U0329949

梅里美小说选

［法］梅里美 著

余中先 译

生活·讀書·新知 三联书店

图书在版编目（CIP）数据

梅里美小说选／（法）梅里美著；余中先译. 一北京：
生活·读书·新知三联书店，2019.9
（三联精选）
ISBN 978-7-108-06360-1

Ⅰ.①梅… Ⅱ.①梅… ②余… Ⅲ.①短篇小说–小说集–法国–
近代 Ⅳ.① I565.44

中国版本图书馆 CIP 数据核字（2018）第 145296 号

责任编辑　王　竞
装帧设计　鲁明静
责任校对　张国荣
责任印制　卢　岳
出版发行　**生活·讀書·新知** 三联书店
　　　　　（北京市东城区美术馆东街 22 号　100010）
网　　址　www.sdxjpc.com
经　　销　新华书店
印　　刷　北京市松源印刷有限公司
版　　次　2019 年 9 月北京第 1 版
　　　　　2019 年 9 月北京第 1 次印刷
开　　本　880 毫米×1092 毫米　1/32　印张 13.875
字　　数　253 千字
印　　数　0,001–6,000 册
定　　价　48.00 元
（印装查询：01064002715；邮购查询：01084010542）

《伊特鲁里亚花瓶》插图

在认识她之前，圣克莱尔由衷地喜爱音乐，而伯爵夫人则酷爱绘画。自他们相识后，他们的趣味就改变了。

《伊尔的维纳斯》插图

　　凶手一定是找到了办法,深更半夜偷偷潜入了新郎新娘的房间。然而,死者胸口上的这些青紫瘀斑,还有它们的圆形走向,实在让我纳闷……

《柯隆巴》插图，Jules Worms 绘

"要让我嫁人，"柯隆巴说，"除非嫁给一个能做到这样三件事的人……"她始终神情悲哀地凝望着仇敌家的房屋。

《卡门》插图，René Bull 绘

　　卡门的脾气就像我们家乡的天气一样。在我们家乡的山区，明明是烈日当空的大好晴天，暴风雨却说来就来。

常读常新的文学经典

"经典新读"总序

意大利作家卡尔维诺认为文学经典可资反复阅读，并且常读常新。这也是巴尔加斯·略萨等许多作家的共识，而且事实如此。丰富性使然，文学经典犹可温故而知新。

《易》云："观乎天文以察时变，观乎人文以化成天下。"首先，文学作为人文精神的重要组成部分，既是世道人心的最深刻、最具体的表现，也是人类文明最坚韧、最稳定的基石。盖因文学是加法，一方面不应时代变迁而轻易浸没，另一方面又不断自我翻新。尤其是文学经典，它们无不为我们接近和了解古今世界提供鲜活的画面与情境，同时也率先成为不同时代、不同民族，乃至个人心性的褒奖对象。换言之，它们既是不同时代、不同民族情感和审美的艺术集成，也是大到国家民族、小至家庭个人的价值体认。因此，走进经典永远是了解此时此地、彼时彼地人心民心的最佳途径。这就是说，文学创作及其研究指向各民族变化着的活的灵魂，而其中的经典（及其经典化或非经典化过程）恰恰是这些变中有常的心灵镜像。亲近她，也即沾溉了从远古走来、向未来奔去的人类心流。

1

其次，文学经典有如"好雨知时节""润物细无声"，又毋庸置疑是民族集体无意识和读者个人无意识的重要来源。她悠悠幽幽地潜入人们的心灵和脑海，进而左右人们下意识的价值判断和审美取向。举个例子，如果一见钟情主要基于外貌的吸引，那么不出五服，我们的先人应该不会喜欢金发碧眼。而现如今则不同。这显然是"西学东渐"以来我们的审美观，乃至价值判断的一次重大改观。

再次，文学经典是人类精神的本能需要和自然抒发。从歌之蹈之，到讲故事、听故事，文学经典无不浸润着人类精神生活之流。所谓"诗书传家"，背诵歌谣、聆听故事是儿童的天性，而品诗鉴文是成人的义务。祖祖辈辈，我们也便有了《诗经》、楚辞、汉赋、唐诗、宋词、元曲、明清小说等。如是，从"昔我往矣，杨柳依依；今我来思，雨雪霏霏"到"落叶归根"，文学经典成就和传承了乡情，并借此维系民族情感、民族认同、国家意识和社会伦理价值、审美取向。同样，文学是艺术化的生命哲学，其核心内容不仅有自觉，而且还有他觉。没有他觉，人就无法客观地了解自己。这也是我们拥抱外国文学，尤其是外国文学经典的理由。正所谓"美哉，犹有憾"；精神与物质的矛盾又强化了文学的伟大与渺小、有用与无用或"无用之用"。但无论如何，文学可以自立逻辑，文学经典永远是民族气质的核心元素，而我们给社会、给来者什么样的文艺作品，也就等于给社会、给子孙输送什么样的价值观和审美情趣。

文学既然是各民族的认知、价值、情感、审美和语言等诸多因素的综合体现，那么其经典就应该是民族文化及民族向心力、凝聚力的重要纽带，并且是民族立于世界之林而不轻易被同化的鲜活基因。古今中外，文学终究是一时一地人心的艺术呈现，建立在无数个人基础之上，并潜移默化地表达与传递、塑造与擢升着各民族活的灵魂。这正是文学不可或缺、无可取代的永久价值、恒久魅力之所在。正因为如此，人工智能最难取代的也许就是文学经典。而文学没有一成不变的度量衡。大到国家意识形态，小到个人性情，都可能改变或者确定文学的经典性或非经典性。由是，文学经典的新读和重估不可避免。

一、时代有所偏侧。就近而言，随着启蒙思想家和浪漫派的理想被资本主义的现实所粉碎，19世纪的现实主义作家将矛头指向了资本。巴尔扎克堪称其中的佼佼者。恩格斯在评价巴尔扎克时，将现实主义定格在了典型环境中的典型性格。这个典型环境已经不是启蒙时代的封建法国，而是资产阶级登上历史舞台以后的"自由竞争"。这时，资本起到了决定性的作用。

二、随着现代主义的兴起，典型论乃至传统现实主义逐渐被西方形形色色的各种主义所淹没。在这些主义当中，自然主义首当其冲。我们暂且不必否定自然主义的历史功绩，也不必就自然主义与现实主义的某些亲缘关系多费周章，但有一点需要说明并相对确定，那便是现代艺术的多元化趋势，及至后现代无主流、无中心、无标准（我称之为"三无主义"）的来临。于是，绝对的相对性取代了相对的绝对性。恰似巴尔扎克、托尔斯泰在我国的命运同样堪忧。

与之关联的，是其中的意识形态和艺术精神。第一点无须赘述，因为全球化本身就意味着国家意识的"淡化"，尽管这个"淡化"是要加引号的。第二点，西方知识界讨论"消费文化"或"大众文化"久矣，而当今美国式消费主义正是基于"大众文化"或"文化工业"的一种创造，其所蕴涵的资本逻辑和技术理性不言自明。好莱坞无疑是美国文化的最佳例证，而其中的国家意识显而易见。第三点指向两个完全不同的向度，一个是歌德在看到《玉娇李》等东方文学作品之后所率先呼唤的"世界文学"。尽管曾经应者寥寥，但近来却大有泛滥之势。这多少体现了资本主义制度在西方确立之后，文学何以率先伸出全球化或世界主义触角的原因。遗憾的是资本的性质不会改变。而西方后现代主义指向二元论的解构以及虚拟文化的兴盛，最终为去中心的广场式狂欢提供了理论或学理基础。

由上可见，经典新读和重估势在必行，它是时代的需要，是国民教育的需要，是民族复兴、国家发展的需要。为此，我们携手生活·读书·新知三联书店，以当代学术研究为基础，精心选取中外文学经典，邀请重要学者和译者，进行重新注疏和翻译，既求富有时代感，也坚持以我为本、博采众长的经典定位。学者、译者们参考大量文献和前人的版本、译本，力图与21世纪的中文读者一起，对世界文学经典进行重估与新读，以期构建中心突出、兼容并包的同心圆式经典谱系。我称之为"三来主义"，即"不忘本来，吸收外来，面向未来"。

除此之外，我们还特邀了相关领域的专家学者，为每部作品撰写了导读，希望广大读者可以在经典阅读的基础上，进一步了解作品产生的土壤，知其然，并且所以然。愿意深入学习的读者，还可以依照"作者生平及创作年表"以及"进一步阅读书目"按图索骥。希望这种新编、新读方式，可以培植读者，尤其是青少年读者亲近文学经典，使之成为其永远的精神伴侣和心灵慰藉。

需要特别说明的是，"经典新读"主要由程巍、高兴、苏玲等同事策划、推进，并得到了诸多译者和注疏者，以及三联书店新老朋友的鼎力支持。在此谨表谢忱！

（陈众议，中国社会科学院外文所所长）

目 录
Contents

导 读

梅里美：浪漫对古典的致意

刘 晖

对歌剧爱好者来说，追求爱情自由的波西米亚姑娘卡门的独特魅力几乎是不可抗拒的。这一常青的艺术形象来自法国作家普罗斯佩·梅里美的小说《卡门》。梅里美1803年9月28日出生于巴黎的一个美术教师家庭，他继承了父母的古典艺术修养，不喜浮夸趣味。他青年时代学习法律、政治、钢琴、哲学和阿拉伯语、英语、俄语、希腊语，浸淫于浪漫主义文学，与司汤达、雨果、缪塞、德拉克洛瓦等交往甚密，遍游英国、西班牙、希腊、土耳其等。他翻译过普希金、果戈理、屠格涅夫的作品，将普希金的残酷主题、心理铺叙、简洁笔触迻译到自己的小说创作中。1825年，他发表《克拉拉·加苏尔戏剧集》，描绘浓厚的西班牙风情和神秘色彩，发出浪漫主义戏剧的先声。1828年，他发表历史剧《雅克团》，以法国14世纪著名的雅克团农民起义为题材，表达反封建的政治激情。1829年，他出版历史小说《查理九世时代轶事》，描绘16世纪法国国王和教会屠杀新教徒的圣巴托罗缪事件，着意不取重要历史人物为原型而虚构历史人物，再现战争与和平时代的法国宫廷生活。在写下著名的短篇小说《马铁奥·法尔科内》(1829)、《伊特鲁里亚花瓶》(1830)之后，1834年，梅里美担任历史文物检察官，在法国外省游历，开法国历史建筑清点与修复之先河，写下了宝贵的游记、历史研究报告，《伊尔的维纳斯》(1837)、《柯隆巴》(1840)、《卡门》(1845)等作品相继问世。1844年，梅里美当选为法兰西学士院院士，成为第二帝国宠爱的作家。他晚年多病，仍笔耕不辍，翻译、撰写了许多关于俄国历史的文章，以及炉火纯青的短篇小说《熊人洛奇》(1869)、《蓝色房间》(1871)、《琼玛》(1873)等。1870年，法国在普法战争中战败，第二帝国覆灭，梅里美深受打击，9月23日，在戛纳辞世。

梅里美与浪漫派的关系若即若离，在他浪漫派的外表下隐藏着古典主义的灵魂。他崇尚古典主义的节制和明晰，厌恶浪漫派的夸张和感情宣泄。他信奉伏尔泰的理性主义，据屠格涅夫观察，他"在一切热情面前都表现出一种彬彬有礼但有点轻蔑的怀疑态度"。梅里美的天才全都倾注在短篇小说创作上。他是心理描写和制造悬念的大师。小说的故事依旧是浪漫的，情节跌宕起伏，充满戏剧性甚至超自然的神秘色彩。超自然虽扰乱了自然，并未完全取而代之，神奇在即将达成时瓦解，在即将消失时复现。梅里美下笔自然简略，偶尔夹杂淡淡的嘲讽，语多机锋。短促的句子，略带紧张的对话，与紧凑的节奏相契。他的文风朴素优雅，甚至有意平淡枯涩。

叙述的不动声色消解了内容的怪诞，浪漫的主题与古典的风格水乳交融。德拉克洛瓦对梅里美小说的评价正中鹄的："古典的形式，古典的背景，奇特的、残暴的题材，巧妙地循序渐进的恐怖效果，对一个超自然世界的神秘展示，对魔法、不可思议的、下意识、命定的东西的喜爱，充斥神秘、情欲和死亡的紧凑的悲剧。"或者可以说，梅里美表达了浪漫对古典的致意。尼采敏锐地看到，"在梅里美那里，情节即已具有激情中的逻辑，直接的线索，严格的必然性"。除了浪漫派作家特有的好古，梅里美亦对他者怀着强烈的好奇心，在小说中常常化身为考古学家、语言学家或人种学家，孜孜不倦地描绘异域的风土人情。差异之美是梅里美的诗学创造。他的全部叙述策略旨在制造不安全感和疏离感，他告诫读者："记着当心！"但差异超出了小说形式，超出了异国情调，关乎思想结构。梅里美努力探索人类精神的无限丰富性，不断地提出认识论问题：我们如何面对不同的思维方式？人类有无共性？如何看待别人与我们的差异？他对他者和别处的偏好称得上是对种族中心主义的反思：揭示思维方式、文化传统和地域的多样性，打破确定性和偏见。无疑，梅里美某种程度上是怀疑论者，但不是犬儒主义者，而是坚定的人道主义者。

　　本书选取了梅里美的五部中短篇小说。《马铁奥·法尔科内》描写仗义疏财的豪侠之士法尔科内，因爱子出卖了被官兵追捕的绿林好汉，亲手杀死了他，以匡正义，科西嘉岛古朴粗犷的民风跃然纸上。《伊特鲁里亚花瓶》讲述一只伊特鲁里亚花瓶如何导致一对上流社会的男女产生纠葛和嫉恨，他们的爱情以悲剧告终，在心理分析方面相当细腻。《伊尔的维纳斯》充满了超自然的神秘氛围，一座从地下挖出的维纳斯雕像竟然复活，夺去了新郎的生命，其情节设置如一部侦探小说，环环相扣，超自然与自然的转换天衣无缝，令人叹服。《柯隆巴》以科西嘉岛上的家族仇杀为背景，讲述了美丽坚强、善于歌咏的少女柯隆巴鼓动其兄报杀父之仇的故事，作者对奇特野蛮风俗的描绘，暗含着对远离文明世界的野性的赞赏。《卡门》是梅里美最重要的作品，描写西班牙发生的一个爱情悲剧。出身破落贵族的堂何塞在烟厂当警卫。吉卜赛女子卡门在烟厂与一名女工斗殴犯案，在堂何塞押送她去监狱的路上，引诱他放了她。堂何塞疯狂地爱上了卡门，为她进了监狱，为她杀人，为她当上走私犯，跟她过着无法无天的生活。卡门最终厌倦了堂何塞，爱上了斗牛士卢卡斯，拒绝回心转意，被堂何塞刺死。《卡门》堪称差异之美的人类学样本。1830年，梅里美第一次到西班牙旅行，被当地残酷的风俗深深吸引，他观看斗牛，结交底层人，认为贩夫走卒比上等人更聪明、更机智、更有想象力。作家把失足的堂何塞描述成被贬谪的反抗者，而不是纯粹的恶人："放在小桌子上的一盏灯照亮了他的脸膛，这张既高贵又凶狠的脸，使我回想起了弥尔顿的撒旦。"女主角在他笔下也有不寻常的恶之美："这是一种奇

特的、野性的美，这是一张初见之下你会惊奇，但你却永远
忘不了的脸。尤其是她的眼睛，具有一种既充满肉欲又凶悍
毕露的表情，此后我再也没有在任何人的目光中见到过。"她
风情万种，无法无天，偷窃打架，走私行骗，出卖色相，以
全部聪明才智反抗法律和伦理。财富、爱情都无法剥夺她对
自由的追求。为了自由她不惜一掷千金，毁掉财产。爱情一
旦变成奴役，她便弃若敝屣，"我不愿意被人纠缠，尤其不愿
意听人指挥。我想要的，是自由，是爱干什么就干什么"。即
使堂何塞拿刀威胁她，她也决不让步，"我们之间的一切都完
了。作为我的罗姆，你有权杀死你的罗密。但是，卡门永远
是自由的"。堂何塞一直无法理解卡门的自由，他希望她"体
现出一个正派女子的审慎做派"，"改掉以往的坏习气"，甚至
要带她"离开西班牙，到新大陆去过一种正派的生活"。与卡
门不同，堂何塞没养成自由的天性，他因迷恋卡门而误入歧
途，卷入与社会对抗的"自由"生活。他认为既然他为卡门
失去了他的一切，卡门就应该完全属于他，成为他的私有财
产。他要求卡门改邪归正，洗心革面，过循规蹈矩的资产阶
级生活。他竟亲手毁灭了他无法得到的至爱，在临死前向他
所背叛的社会忏悔。卡门这个美丽绝伦、桀骜不驯、酷爱自
由的吉卜赛女子，是浪漫派文学中令人耳目一新的形象。她
惊世骇俗，像一朵自由的恶之花，开放得率真，凋谢得决绝，
她的动人心魄的美源于她把反抗推向了极端，把自由视为最

高的存在。梅里美的独特美学创造在于，他把卡门与社会的决裂描写为彻底的、绝对的、不可挽回的，他没有把这种追求自由的英雄气概留给帝王贵胄，而赋予处在社会最底层的贱民，让她散发着高贵的美，把她塑造成一个熠熠夺目的自由女神。更进一步地，梅里美使堂何塞与卡门的冲突摆脱古典主义文学中常见的感情与理智的冲突，上升到了文明与自然的冲突。可以说，梅里美另辟蹊径，通过卡门这个野蛮人，赞颂尼采所说的生命强力和自我意识，揭穿了被金钱和占有欲吞噬的资产阶级法律、道德、自由的虚伪面目。在这个意义上，梅里美对资本主义社会批判之尖锐，不亚于批判现实主义巨擘雨果和巴尔扎克。

（刘晖，任职于中国社会科学院外国文学研究所，
研究方向为法国现代文化理论）

进一步阅读书目

《傅雷全集》第 12 卷（含梅里美：《嘉尔曼》《高龙巴》），辽宁教育出版社，2002。

《梅里美小说选》，郑永慧译，人民文学出版社，1980。

《梅里美中短篇小说全集》，张冠尧译，人民文学出版社，1997。

《梅里美中短篇小说经典》，李玉民译，北京理工大学出版社，2015。

柳鸣九，《柳鸣九文集》卷 5，（柳鸣九主编）法国文学史（中），海天出版社，2015。

Prosper Mérimée, *Théâtre de Clara Gazul, Romans et nouvelles,* Gallimard, "Bibliothèque de la Pléiade", 1978.

Mérimée, morceaux choisis, en collaboration avec Jean Mallion, Paris, Didier, 1952.

Comte D'Haussonville, *Étude sur Prosper Mérimée,* Paris, Calmann Lévy, 1885.

Charlotte Fruton, *Mérimée et la médecine, thèse de doctorat en médecine,* Tournan, V. Farré, 1938.

Pierre Trahard, *La Jeunesse de Prosper Mérimée (1803-1834),* Paris, E. Champion, 1925.

Pierre Trahard, *Prosper Mérimée de 1834 à 1853,* Paris, H. Champion, 1928.

Pierre Trahard, *La Vieillesse de Prosper Mérimée (1854-1870),* Paris, H. Champion, 1930.

Pierre Trahard, *Prosper Mérimée et l'art de la nouvelle,* Paris, Nizet, 1953.

Marquis de Luppé, *Mérimée,* Paris, Albin Michel, 1945.

André Billy, *Mérimée,* Flammarion, 1959.

Xavier Darcos, *Mérimée, Les grandes biographies (Prix France Télévision 1998),* Paris, Flammarion, 1998.

Jean Autin, *Prosper Mérimée, écrivain, archéologue, homme politique,* Paris, Perrin, 1983.

Prosper Mérimée (Connaissance des arts), Paris : Monum, 2003.

Christian Chelebourg, *Prosper Mérimée, le sang et la chair - Une poétique du sujet,* Paris, Minard ALM, 2003.

Paul Léon, *Mérimée et son temps,* Paris, PUF, 1962.

Maurice Parturier, *Autour de Mérimée,* Paris, Giraud-Badin, 1932.

Maurice Parturier, *Correspondance générale,* Paris, Le Divan ; t. VI, 1850-1852. date de 1947.

Maurice Parturier, *Une amitié littéraire, Prosper Mérimée et Ivan Tourgueniev,* Paris, Hachette, 1952.

Sophie Rabau, *Carmen, pour changer, variation sur une nouvelle de Prosper Mérimée,* Paris, Anacharsis, 2018.

作者生平及创作年表

1803年　9月28日，普罗斯佩·梅里美（Prosper Mérimée）诞生于巴黎的一个市民阶层家庭，其出生证上写明："22点左右诞生于巴黎12区先贤祠分区圣热娜薇也芙方场7号。"

父亲雷奥诺·梅里美（Jean-François-Léonor Mérimée，1757—1836），诺曼底地方人，画家，高等综合理工学校的美术教师，后任美术学院的常任秘书，是一位很有才能的画家、历史学家。母亲安娜·莫罗（Anne-Louise Moreau，1775—1852）也是诺曼底人，是18世纪童话作家波蒙夫人（Marie Leprince de Beaumont）的孙女，肖像画家，也是绘画教师。她曾教一对英国姐妹艾玛和范妮·拉格登学绘画，并与她们结下终生的情谊。受此影响，梅里美后来对英国也一往情深。

梅里美的父母于1802年6月22日结婚。

1812年　进入父亲任教的拿破仑中学读第七年级，成绩优异，并学习钢琴演奏，弹得一手好钢琴。在校期间，他经历了第一帝国的崩溃和波旁王朝的复辟，目睹学校更名为亨利四世中学。

1819年　11月2日，在巴黎大学注册攻读法律。但后来兴趣转向文学。他研读各国的古典文学、哲学，甚至巫学，为今后的创作积累了广博知识。同时还学习多种语言，包括阿拉伯语、俄语、希腊语、英语、西班牙语、意大利语和拉丁语。

1822年　夏天，梅里美同司汤达第一次见面。司汤达年长梅里美二十岁，二人结成忘年之交，梅里美一直受他影响。同年，还结识了著名诗人雨果和缪塞。

4月，写作散文体悲剧《克伦威尔》。作品遗失。

1823年　获得法学学士学位。因体质欠佳，免于入伍服役。

1824年　在《环球》上匿名发表关于西班牙戏剧的文章四篇。

1825年　开始发表作品，其文学创作才华尤其体现在短篇小说方面。

5月，以"西班牙女演员克拉拉·加苏尔"为名，发表了名为《克拉拉·加苏尔戏剧集》的作品，包括《非洲人的爱情》《女人即魔鬼》《西班牙人在丹麦》《天堂与地狱》《伊涅斯·芒多之被战胜的偏见》《伊涅斯·芒多之偏见的胜利》六个短剧，内容轻松而稍带讽刺，具有异国情调和轻快自然的风格，与传统的古典主义的戏剧法则格格不入，体现了当时的浪漫主义文学思潮，赢得舆论好评，开了浪漫主义戏剧的先河。书中"戴头巾和项链"的女演员肖像，则是梅里美的好友德莱克吕泽根据他的肖像绘制的。

1826年　与画家德拉克洛瓦结伴去英国旅游，为时半年，观看了莎士比亚戏剧的演出，这对他后来创作历史剧《雅克团》颇有影响。此后，梅里美去英国旅行多达十八次。

1827年　假托意大利政治流亡者夏庆特·马戈拉诺维奇（Hyacinthe

Maglanovitch）之名，发表了具有浪漫主义气息的抒情民谣集《独弦琴》，伪称其中都是斯拉夫人、阿尔巴尼亚人的民歌。歌德撰文向德国读者介绍该集子，普希金也把其中一部分译成俄文。

从5月起，在达威利埃(Davillier)夫人的沙龙中认识了艾美丽·拉科斯特（Emilie Lacoste，1798—1879），并很快成为她的情人。

1828年　匿名发表剧本《雅克团》和《卡尔瓦亚尔之家》。《塞万提斯生平与著作札记》发表。

1月初，艾美丽的丈夫菲利克斯从伦敦来，与梅里美决斗，决斗中，梅里美的左胳膊被打伤。梅里美与拉科斯特夫人的私情一直保持到1832年。

1829年　与法国浪漫派作家结成的"文社"开始密切接触。

3月，唯一的长篇小说《查理九世时代轶事》匿名发表；之后，他的作品几乎都以梅里美的本名在巴黎的文学杂志上发表。

从5月起，《巴黎杂志》等报刊上陆续发表其短篇小说《马铁奥·法尔科内》《查理十一的幻象》《塔曼戈》《勇夺棱堡》《费德里哥》等。抒情民谣《托莱多的珍珠》发表。独幕喜剧剧本《送圣体的马车》《机遇》发表。

去雨果和缪塞的家，参与作品朗读等文学活动。

1830年　短篇小说《龙迪诺的故事》《伊特鲁里亚花瓶》《一场赌戏》发表。

在《民族报》上发表文章《纪念拜伦勋爵》。

七月革命前夕，去西班牙旅行。在这次旅行中，结识了西班牙贵族特巴伯爵，即未来的蒙蒂霍伯爵，伯爵介绍他认识了自己的妻子堂娜·玛奴艾拉（Manuela，1794—1879）。蒙蒂霍伯爵和玛奴艾拉的小女儿就是欧仁妮（Eugenia，1826—1920），后来嫁给拿破仑三世，成了未来的法国皇后。

1831年　开始在七月王朝政府机关里供职，先担任海军部常务秘书处办公室主任，后转入商业部，任部长办公室主任。获得荣誉军团的骑士勋章。同戏剧界人士经常往来，并与缪塞一起参加了文学家的聚会。

《巴黎杂志》上发表了《西班牙来信》中的前两封中的故事《斗牛》和《一次死刑的见闻》。

1832年　短篇小说集《西班牙书简》出版，其中包括《斗牛》《一次死刑的见闻》《盗贼》《西班牙女巫》。抒情剧《迷醉的长枪》、抒情民谣《克罗地亚的禁令》《垂死的海杜克》发表。

在内务部任职。

与年轻姑娘杰妮·达甘（Jenny Dacquin，1811—1895）一见钟情，结为好友，并终生保持书信往来。后来的多年中，梅里美更是常常前去杰妮·达甘居住的夏纳，去那里小住，陪伴她。

1833年　短篇小说《阴差阳错》发表。短篇小说与抒情民谣集《镶嵌画》出版，包括了他以前的作品十三部。喜剧小品《不满意的人》发表。

一度追求女作家乔治·桑。

1834年　被政府命名为历史文物总督察官。从此，作为考古学者和历史学者，经常在法国各地旅行考察，为修复文物建筑而进行考古、发掘、鉴定、编目、保护等工作，也由此漫游了西班牙、英国、意大利、希腊及土耳其等国。在对当地文物进行考察之余，广泛接触各阶层民众，了解逸闻趣事、民间风俗，写了大量的游记，同时积累了小说创作的素材。经他考察、制订修复计划的历史文物建筑有弗泽莱的大教堂（1840）、巴黎圣母院（1843）、卡尔卡松老城区（1853）等，均委托给建筑家欧仁·维奥莱－勒－杜克（Eugène Viollet-le-Duc）主持修复。

短篇小说《炼狱之魂》在《两世界杂志》上发表。

1835 年　5—6 月，在英格兰小住。7 月，游记《法兰西南方旅行札记》（也即他的南方文物考察报告）发表。

1836 年　经过多年的追求，终于让德莱塞夫人（Mme Delessert, 1806—1894）成了他的情妇。10 月，考察报告式游记《法兰西西部旅行札记》发表。

1837 年　5 月，短篇小说《伊尔的维纳斯》在《两世界杂志》上发表。

1838 年　10 月，考察报告式游记《奥弗涅旅行札记》发表。

1839 年　赴科西嘉岛旅行后，经意大利回国。在意大利期间曾在罗马与司汤达相处，一起游览了那不勒斯、庞贝、波佐利等地区，这是他首次游历意大利。

1840 年　4 月，考察报告式游记《科西嘉旅行札记》发表，由此完成了他的四大"游记"。7 月，小说《柯隆巴》在《两世界杂志》上发表，1842 年以单行本出版。

1841 年　5 月，研究著作《试论社会战争》发表。前往希腊、意大利、
　　　　　小亚细亚等地游历。

1842 年　从这一年起，负责对历史文物建筑进行等级划分。为纪念他
　　　　　在这方面的工作，1978 年，法国制定了以其姓名命名的梅里
　　　　　美历史文物等级评定标准。

1843 年　《卡斯蒂利亚王佩德罗一世的故事》发表。11 月被选为法兰西
　　　　　文学院自由院士。

1844 年　短篇小说《阿尔塞娜·吉约》发表。《罗马历史研究》发表。
　　　　　3 月 14 日，入选法兰西学士院院士。《论 19 世纪的法国建筑》
　　　　　发表。

1845 年　10 月，短篇小说《卡门》在《两世界杂志》上发表。

1846 年　短篇小说《欧班神父》发表。完成小说《琉克蕾西娅夫人街》，
　　　　　但没有发表。

1849 年　翻译普希金的小说作品《黑桃皇后》出版。梅里美十分喜欢
　　　　　普希金的作品，后来又翻译过他的《轻骑兵》《波希米亚人》等，
　　　　　在追求文字的紧凑简洁方面，梅里美以普希金为师。

1850 年　独幕喜剧《圣体马车》上演，并不成功。研究司汤达的著作《亨
　　　　　利·贝尔》发表。

　　　　　5—6 月，去英格兰游历。

1851 年　《俄国文学与果戈理》发表。

1852 年　1 月，获"荣誉军团的军官"称号。《俄国历史故事》发表。
　　　　　梅里美的朋友公共教育与图书馆总监利布里被控告偷书，判处

了十年监禁，逃亡英国，梅里美为他辩护。但他发表在《两世界杂志》中的文章被认为侮辱了法官，被判处十五天监禁，并付 1000 法郎的罚款。

1853 年　1 月，女友蒙蒂霍伯爵夫人的女儿欧仁妮·蒙蒂霍成为拿破仑三世的皇后，遂于 6 月当上参议院议员，经常出入皇宫（枫丹白露、圣克卢），并与皇帝、皇后共进晚餐，伴其左右。也常常去南方，到皇后喜欢小住的地方去陪伴她，如比亚里茨等地。他在喜庆游乐、仪典宴会中耗费了不少年华，作为文学家的生命几乎已告终结。

集子《两种遗产，总督察官，一个冒险家的开端》出版。

1854 年　去英国和中欧（瑞士、德国、奥地利、捷克）游历。

1855 年　《历史与文学杂集》发表。

1856 年　通信集《给帕尼兹的信》出版。翻译普希金的作品《手枪射击》出版。

11 月前往尼斯和普罗旺斯疗养，因健康状况出现问题，甚至危及生命。

1857 年　去英国与瑞士游历。

认识了屠格涅夫，后来翻译过他的作品，写过关于他的文章。前后几年里时常主持王宫中的沙龙，这一年中的"梅里美听写"是最为有名的活动。

1858 年　去英国、瑞士、德国、意大利游历，对佛罗伦萨几乎"一见钟情"，对威尼斯和威尼斯人的印象十分好。

1859 年　去西班牙小住，陪同已经年老的蒙蒂霍伯爵夫人。

1860 年　获"荣誉军团指挥官"称号。

1861 年　历史学作品《斯捷潘·拉辛起义》发表。多次出席参议院的会议，
　　　　　并在枫丹白露的皇宫中陪同拿破仑三世。

1864 年　在报刊上发表一系列关于《彼得大帝统治史》的文章。

1865 年　历史学研究《乌克兰的哥萨克》发表。

1866 年　创作短篇小说《蓝色房间》，这是梅里美专门为皇后而写的，
　　　　　书中明确写道："谨以此小说献给吕娜山夫人。"吕娜山夫人即
　　　　　指皇后。翻译屠格涅夫的作品《显现》出版。

　　　　　8 月，获"荣誉军团的大军官"称号。

1867 年　创作短篇小说《琼玛》。又在报刊上发表一系列关于《彼得大
　　　　　帝统治史》的文章。

　　　　　7 月，病，放弃了去伦敦和比亚里茨习惯的旅行。

1868 年　历史学作品《伊凡·屠格涅夫》发表。创作出短篇小说《熊
　　　　　人洛奇》。

　　　　　1 月，病，呼吸困难，十分痛苦。4 月，前往蒙波利埃治病，
　　　　　有所好转。但到了 12 月，又觉得健康情况恶化，咳嗽不断，
　　　　　失眠。

　　　　　6 月，向参议院提交报告，吁请禁止唯物主义学说。

1869 年　巴黎到处传闻梅里美去世，《费加罗报》辟了谣。但梅里美的
　　　　　健康情况极其糟糕，呼吸困难，"经常咳嗽，吃不下，喝不下，
　　　　　睡不好"。谢绝了皇后邀请他一起前往埃及出席苏伊士运河开

通典礼的活动。

短篇小说《熊人洛奇》发表。翻译的屠格涅夫作品《犹太人》《别图什可夫》《狗》出版，另一部《奇特故事》于次年出版。

1870 年　9 月 23 日，于阿尔卑斯海滨省戛纳市比乌亚克 – 拿破仑街 3 号逝世（终年六十七岁），一般认为他是死于心脏病。

梅里美确实患有心脏病和哮喘病，但有人认为，他真正的死因是因法国 1870 年的战败而悲痛欲绝（法国 7 月 19 日向普鲁士宣战，9 月 2 日，法军向普军投降，拿破仑三世成为俘虏。9 月 4 日，法兰西第三共和国在巴黎宣布成立）。9 月 11 日，他精疲力竭地来到戛纳，其间多次对亲友们说："法兰西死矣，我亦将随之而去。"

虽然梅里美始终标榜自己是一个热情的无神论者，他于 1869 年写下的遗嘱却有这样的话："本人希望在葬礼上请一位奥古斯堡的神甫。"这一遗愿得到了满足。死后，9 月 25 日，葬于阿尔卑斯海滨省戛纳市英国公墓。

1873 年　通信集《致一位陌生女子的信》出版，这是他与心爱的女人蒙蒂霍伯爵夫人的通信。两年后又有《致又一位陌生女子的信》出版。

1875 年　《卡门》的故事由法国作曲家乔治·比才改编为歌剧。

1953 年　法国电影导演让·雷诺阿受梅里美喜剧剧本《送圣体的马车》

　　　　的启发，执导了电影《金马车》。

1970 年　2 月，法国邮政为纪念梅里美逝世一百周年发行了纪念邮票。

2005 年　小说《柯隆巴》被改编为电视剧，在法国电视台播出。

2010 年　法国戏剧家钱拉·萨夫瓦圣创作的剧本《普罗斯佩和乔治》，

　　　　　想象了梅里美与乔治·桑的一段爱情生活。

马铁奥·法尔科内

（*Mateo Falcone*）

出了韦基奥港[1]，往西北，朝海岛的中心走，地势就迅速地升高，沿着弯弯曲曲、坎坎坷坷、时时有巨岩挡路的羊肠小道，走上三个钟头后，便来到了一片十分广阔的<u>丛林</u>的边缘。丛林是科西嘉牧人和躲避官府的犯人的家园。要知道，科西嘉的农人，为了省却施肥的辛劳，便放火烧他一片树林：如若火焰烧过了范围，那活该倒霉，他们才不管呢；无论如何，他们确信一点，即在大火燎过、树木成灰的这片沃土上播种，必然会有好收成。到了收获季节，他们只割麦穗，麦秆则留在田里，因为，要统统割下就太费劲了。而留在土中的树根并没有死掉，到来年春天，便发芽抽条，生出密密麻麻的枝条来，不消几年，就又长得有七八来尺[2]高了。人们叫作丛林的，正是这种劫后余生的林木。它包括了各种不同的大小灌木，杂乱无章，纠缠混淆。只有手持利斧，披荆斩棘，才

---

〔1〕 韦基奥港，意即"老港"，在法国科西嘉岛的东南部，该地区的交通极不发达。——译者注；以下若无特殊说明，均为译者注。

〔2〕 指法尺，一尺相当于 0.324 米。下同。

1

能开出一条通道；说到丛林的枝叶浓密和权桠缠绕，便是灵巧的岩羊也钻不进去。

如若您杀死了人，您就跑到韦基奥港的丛林中去吧，您可以平安无事地在那里活着，只要您带着一杆好枪，还有火药与子弹。不过别忘了，您必须带上一件有风帽的棕色大衣[1]，既当被子，又当褥子。牧人会给您羊奶、奶酪和板栗，您根本用不着担心官府的缉拿和死者亲属的复仇，当然，您进城补充装备的时候，还得小心在意。

18××年，我在科西嘉的时候，马铁奥·法尔科内的家就在离丛林半里[2]远的地方。他在当地堪称富户，活得很有派，就是说，他什么活都不干，靠着由雇用的牧人照应的畜群过日子，而那些游荡的牧人，为他山上山下地到处跑，赶着畜群转悠着寻找水草肥美的牧场。当我在那件我将叙述的事情发生两年后见到他时，我觉得他年龄最多只有五十岁。你们不妨想象一下，这是一个小个子，但却强壮，头发鬈曲，黑如煤玉，鹰钩鼻，薄嘴唇，眼睛大，炯炯有神，脸的肤色如同靴子的里子。他的枪法神奇无比，闻名遐迩，尽管在当地不乏众多的神枪手。比如说吧，马铁奥打岩羊从来不用大粒霰弹，远在120步之外，他一枪命中，说打脑袋就中脑袋，

---

〔1〕 皮罗尼。——原注。当地人把羊毛大衣叫作皮罗尼。
〔2〕 这里的"里"为法里，一里约合4公里。以下同。

说打肩膀就中肩膀，从不失手。夜晚开枪也同白天一样，百发百中。他的这一本事是别人告诉我的，对从未到过科西嘉的人来说，这种本领兴许令人无法相信。在深夜，人们在80步开外的地方，放上一支点燃了的蜡烛，蜡烛前再挡上一张盘子大小的透明纸。他举枪瞄准，然后，一人吹灭蜡烛，再等一分钟，他在漆黑一团中开枪，四次中有三次能打穿透明纸。

　　这一如此超凡的身手，使马铁奥·法尔科内在地方上享有很大的声誉。人们既视他为好朋友，也看他作危险的敌手：此外，他热心助人，乐善好施，同韦基奥港地区所有的人都和睦相处。但是，听说在他娶得妻子的科尔特[1]，当年他曾毫不客气地杀过一个情敌，而且，这个对手无论在沙场上还是在情场上都是一把出了名的好手。至少，人们都说，马铁奥一枪撂去，就把正对着一面挂在窗前的小镜子刮胡子的那家伙送上了西天。事情了结后，马铁奥从从容容地结了婚。他妻子朱塞葩先是给他生了三个女儿，这令他十分气恼，最后，总算生了一个儿子，取名叫福尔图纳托：儿子继承了香火，成了全家的希望。女儿们都嫁了好人家：当丈人的在必要时，完全可以指望女婿们两肋插刀，鼎力相助。儿子眼下只有十岁，但已经看得出，将来要成大器。

---

[1] 科尔特是科西嘉岛中部一城市。

秋天的一日，马铁奥和他的妻子早早出了门，要去丛林的一处疏朗地巡视放牧的牲畜。小福尔图纳托想跟他们一起去，但疏朗地太远；再说，总要有人留下看家；于是，父亲拒绝了他的要求：我们将看到，他对此会不会后悔。

两口子已经走了好几个钟头了，小福尔图纳托静静地躺在家门前晒太阳，眺望着远处青黛的山岭，心想着，下星期日，他就要进城，去他那位当**伍长**[1]的叔叔家吃饭了。突然间，他的遐思被一记清脆的枪响打断。他站起身来，转身朝传来枪声的平原望去。接着，又响起了几记枪声，零零星星，但却越来越近。终于，在从平原通向马铁奥家的小路上，出现了一个男人，头戴一顶山民们常戴的尖顶软帽，一脸大胡子，衣衫褴褛，挂着一杆长枪，艰难地拖着步子走来。他的大腿上刚刚挨了一枪。

这人是一个**强盗**[2]，夜里进城购买火药，半路上中了科西嘉轻步兵[3]的埋伏。经一番奋力自卫后，他总算突出重围，但轻步兵穷追不舍，他只得以岩石作掩护，且战且退。追兵

---

〔1〕伍长在科西嘉原指村民反抗领主时起义的头领。现今，它有时候也用来称呼以财产、以亲戚关系、以顾客而在 pieve 或村镇中行使一定影响，并担任一定行政职务的人。在科西嘉，按照传统习惯，人可以分成五等：贵族（其中一部分是贵人，另一部分是老爷）、伍长、市民、平民和外乡人。——原注

〔2〕这个词在这里与逃犯是同义词。——原注

〔3〕这是近年来由政府建立的一支武装，与宪兵部队共同负责维持治安。——原注

离他不远，负伤之躯又不允许他赶在被人追上之前逃入丛林。

他走到福尔图纳托跟前，对他说：

"你是马铁奥·法尔科内的儿子吗？"

"是啊。"

"我是贾奈托·桑皮埃罗。黄领子[1]正在追我呢。快把我藏起来。因为，我实在走不动了。"

"假如我不经过我父亲的同意就把你藏起来，他会说什么呢？"

"他会说你做得对。"

"谁知道呢？"

"快把我藏起来，他们就要来了。"

"等我父亲回来再说吧。"

"叫我等！这是什么话！5分钟后他们就会赶到。快呀，把我藏起来，不然，我就把你杀了。"

福尔图纳托冷静异常地回答他说：

"你的枪膛是空的，你的腰囊[2]中也早就没有子弹了。"

"我还有我的匕首呢。"

"可是，你能跑得过我吗？"他就地一跳，就蹿到那人够不着的地方了。

---

〔1〕 当时，轻步兵的军装是褐色的，领子是黄色的。——原注
〔2〕 一种皮腰带，可用作子弹盒和钱包。

"你不是马铁奥·法尔科内的儿子！你就这样让我在你家门口被他们抓住吗？"

孩子似乎有些动心。

"我要是把你藏起来的话，你会给我什么？"他说着，凑近了一点儿。

强盗往挂在腰带上的一个皮口袋了摸了摸，掏出一枚5法郎的钱币，无疑，这是他用来买火药的钱。福尔图纳托看到银钱，嘴角露出了一丝微笑；他一把夺过钱币，对贾奈托说："什么都不用怕。"

话音未落，他当即就在房屋边的一垛干草堆中扒了一个大洞。贾奈托蜷缩着身子蹲了进去，孩子用干草把他盖住，只留一点点缝隙让他透气，从外表来看，一点儿都看不出这草堆里还藏着一个人。此外，他还想出了一条别出心裁的野蛮计策。他抱来一只母猫和一窝猫崽，把它们放在草堆上，好使人相信，那堆干草好长时间没有人动过了。随后，他看到屋子边的小路上还有血迹，就小心翼翼地拿尘土盖上，这一切干利落后，他又镇定自若地躺下来晒太阳。

几分钟之后，六个身穿黄领子褐色制服的兵，在一个小军官的带领下，来到了马铁奥家的门前。这个小军官还是法尔科内家的远亲。（要知道，在科西嘉，亲戚的范围要比在其他地方广得多。）他名叫提奥多罗·甘巴：这是个十分能干的汉子，强盗们都有些怵他，好几人已被他缉拿归案了。

"你好啊，我的小表侄，"他说道，朝福尔图纳托走来，"瞧你，都长得这么高了呀！刚才有没有看到走过去一个男人？"

"噢！我还没有长得跟您那么高呢，我的表叔。"孩子回答道，装作一派天真的样子。

"快了，快了。告诉我，你有没有看到走过去一个男人？"

"我有没有看到走过去一个男人？"

"是啊，一个戴着黑绒尖软帽的男人，身上穿的是一件绣着红黄两色条纹的上衣。"

"一个戴尖软帽的男人，穿一件绣着红黄两色条纹的上衣吗？"

"是啊，快回答，不要老是重复我的问题。"

"今天早晨，神甫先生骑着他那匹叫皮埃罗的马，经过我家门口。他问我爸爸身体好不好，我回答他说……"

"啊！小油条，你敢耍滑头！快告诉我说，贾奈托是从哪里走过去的，我们找的不是别人，而是他。我敢肯定，他走的是这一条小路。"

"谁知道呢？"

"谁知道呢？我就是知道，你见过他。"

"一个睡着了的人还能见到有谁路过吗？"

"你没有睡着，无赖；枪声早把你弄醒了。"

"您还以为，我的表叔，你们的枪还能打出那么大的响声啊。我父亲的喇叭口火枪打起来，可比你们的响多了。"

"你给我见鬼去吧！该死的小混蛋！我敢肯定，你一准见到了贾奈托。说不定还把他藏了起来呢。喂，兄弟们，你们进屋去找找，看咱们要抓的人在不在。他只剩下一条爪子了，可这家伙鬼得很，绝不会一瘸一拐地逃回丛林。再说，血迹也在这里消失了。"

"爸爸会说什么呢？"福尔图纳托冷笑着问道，"假如他知道了，他不在家时，有人进了他的屋子，他会说什么呢？"

"无赖，"甘巴队长一边说，一边揪住他的耳朵，"你知不知道，要让你改口，全在我的一句话？要是用军刀给你拍上二十下，你没准就会开口了。"

福尔图纳托还是冷笑不已。

"我父亲是马铁奥·法尔科内！"他一字一顿地说。

"你很清楚，小滑头，我可以把你带到科尔特或巴斯蒂亚[1]去。我将把你关进监牢，脚上戴上铁镣，睡在草堆上，假如你不说出贾奈托·桑皮埃罗在哪里，我还将把你送上断头台。"

听到这可笑的威胁，孩子哈哈大笑起来。他重复道："我父亲是马铁奥·法尔科内！"

"队长，"一个轻步兵轻声低语道，"咱们还是别惹马铁奥

---

〔1〕 巴斯蒂亚是科西嘉西北部的一个城市。

的为好。"

甘巴显得颇有些尴尬。他跟已经搜查了一遍屋子的士兵们轻轻地交谈了几句。搜查用不了太长时间，因为一个科西嘉人的木板房只有一个正方形的大房间。家具也只有一张桌子、几条长凳、一些柜子、几件打猎和家用的器具。这时候，小福尔图纳托轻轻抚摸着母猫，似乎在幸灾乐祸地取笑那些士兵和他表叔的窘迫样子。

一个士兵走近了干草堆。他看到了母猫，漫不经心地拿刺刀在草堆里捅了捅，耸了耸肩膀，仿佛觉得自己的谨慎有些可笑。没有任何动静。孩子的脸上没有暴露出丝毫异样的激动。

队长和他的手下束手无策，他们已经神情严峻地望着平原的方向，好像准备回头重返原路。这时，头头认定了，威胁对法尔科内的儿子无济于事，便打算使出最后一招，尝试一下哄骗和利诱的手段。

"小表侄，"他说，"我看你真是个机灵的小伙子！你前程远大。但是，你却跟我耍滑头。要不是我怕我的表兄马铁奥会伤心，我非把你带走不可，我可什么都不管了！"

"得了吧！"

"但是，等我表兄回来后，我会告诉他实情，为了惩罚你的撒谎，他会用鞭子抽得你流血。"

"您怎么知道？"

"你走着瞧吧……不过，这……做一个乖孩子吧，我要送你一样东西。"

"我的表叔，我嘛，我可要给您一个忠告，假如您再拖延下去，贾奈托就会逃进丛林，到那时，就需要派不止一个像您这样的大胆汉，进里头去搜捕他了。"

队长从他的口袋里掏出一块值 10 埃居〔1〕的银表，并注意到，小福尔图纳托看到这块表时，眼睛里直放光芒，便特意晃了晃悬在钢链子上的表，对他说：

"捣蛋鬼！你一定想要一块这样的表，挂在你的脖子上吧，这样，你就可以大摇大摆地走在韦基奥港的街头，骄傲得像一只孔雀；大家伙都会来问你：'现在几点啦？'你就告诉他们，'瞧我的表吧。'"

"等我长大了，我的伍长叔叔会给我一块表的。"

"是啊，但是，你叔叔的儿子现在就已经有了一块……只不过，没有我这一块漂亮就是了……要知道，那孩子比你还小呢。"

孩子叹了一口气。

"怎么了，我的小表侄，这块表，你想要吗？"

福尔图纳托同眼角的余光瞅着这块表，就像是一只猫看

---

〔1〕 埃居是法国古钱币名，因为种类繁多，故价值也不一，10 埃居在当时约合 50 法郎。

着送到嘴边的一整只鸡。由于觉得是主人在取笑它，迟疑着不敢伸出爪子，时不时地，它还移开目光，唯恐禁不起那般诱惑；但却始终不停地舔着嘴唇，像是在对主人说：您的玩笑可真残酷啊！

然而，甘巴队长却像是诚心诚意要把表送给他。福尔图纳托没有伸出手来，但却带着一丝苦笑问他："您为什么要嘲弄我？"[1]

"我的天哪！我没有嘲弄你。只要你告诉我贾奈托在哪里，这块表就是你的了。"

福尔图纳托露出一丝不甚信任的微笑，黑黑的眼睛死死地盯着队长的两眼，竭力想从中看出他说的确实是真心话。

"假如在这种条件下，我还不把表给你的话，"队长嚷嚷起来，"就让我丢掉我的官衔好了！在场的弟兄们都是证人，我一言既出，驷马难追。"

他一面这样说着，一面把表渐渐地移近，一直到它几乎碰到孩子那苍白的脸颊。从这孩子的脸色上，完全可以看出，他的内心正在做着激烈的斗争，一方是贪欲，一方是对被收留者的尊重。赤裸的胸膛猛烈地一起一伏着，他觉得自己已经快透不过气来了。然而，那块表始终在摇晃着，转动

---

[1] Perchè me c...? ——原注

着，有时还碰到他的鼻子尖。终于，他的右手慢慢地伸向了那块表：他的手指头碰到了它，它整个儿地落在了他的手心里，而队长却还没有撒手松开表链的另一头……表盘是天蓝色的……表壳新近才擦过……在阳光下，明晃晃的像是一团火……诱惑实在太强烈了。

福尔图纳托又伸出了左手，向上伸过了肩膀，用大拇指指了指他背后的草堆。队长当即就明白了。他松开了表链子；福尔图纳托感到独自拥有了这块表。他像鹿一般敏捷地挺身起来，跑到离草堆有十步远的地方。轻步兵们立即行动，去翻那垛草堆。

这时候，他们看到，干草动了起来，一个满身血污的汉子从里头爬了出来，手里握着匕首：但是，当他硬撑着想站起来时，他冷却下来的伤口却使他再也无法直立。他倒在地上。队长扑到他身上，夺下了他的短刃。尽管他死命反抗，还是很快就被绑了个结结实实。

贾奈托躺在地上，像是一捆柴火，他朝正走近过来的福尔图纳托转过脸去。

"狗娘养的！……"语气中更多的是轻蔑，而非愤怒。

孩子把从他那里得到的银币扔还给他，感觉到他不再配拥有它了。但是，那位绿林好汉似乎对孩子的这一举动懒得注意。他十分镇静地对队长说：

"我亲爱的甘巴，我走不动路啦，您现在只好把我抬进城了。"

"刚才，你还跑得比狍子更快呢，"残忍的得胜者接口道，"但你放心好了，我很高兴把你逮住了，哪怕背你走上一里地我都不会累的。再说啦，我的伙伴，我们会用你的斗篷跟树枝做一个担架。到了克雷斯波利农庄，我们就可以弄到马了。"

"好吧，"被俘者说，"您在您的担架上铺一些干草，好让我待得更舒服一些。"

轻步兵们忙开了，有的用栗树枝条编制担架，有的给贾奈托·桑皮埃罗包扎伤口。正当他们忙得不亦乐乎的时候，马铁奥·法尔科内和他的妻子突然出现在通往丛林的小路的拐角上。女人背着一大口袋栗子，弯着腰艰难地行走着，而当丈夫的却神气活现地迈着步，只是手里拿着一支枪，肩上又背着另一支，因为，一个男人要是不背武器，而肩负其他的负担，则要被看作有失身份。

一见到那些士兵，马铁奥脑子里的头一个想法就是，他们来抓他了。但为什么这么想呢？难道他跟官府有什么纠葛不成？没有。他在当地享有很好的声誉。就像人们所说的那样，他是**一个很有声望的人物**；但他是科西嘉人，是山里人，而只要细细想一想，很少有什么科西嘉的山民是没犯过什么事儿的，不是开枪伤人，就是动刀子、斗殴。马铁奥的心里倒是比一般人更为清楚，因为，十多年来，他从来没把枪口对准过一个人；尽管如此，他还是小心翼翼地摆开了架势，准备必要时坚决自卫。

"老婆，"他对朱塞葩说，"快把你的口袋放下，做好准备。"

她当即照办。他把背上的那支枪交给她，怕交手起来在肩上碍事。他给手上的那支枪装上弹药，沿着路边的树木，慢慢地朝自己的家靠近，一旦对手表现出丝毫的敌意，就准备迅疾靠到最粗壮的树干后，隐蔽住身体，同时开火。他妻子紧紧地跟在他的身后，握着他那支替换用的枪，还有子弹带。在这样的战斗中，一个好主妇的任务，就是给丈夫的枪上弹药。

在另一头，队长看到马铁奥如此稳稳当当地走来，枪口朝前，指头压着扳机，心中不禁直打嘀咕。他心想，万一马铁奥是贾奈托的某个亲戚，或者是他的一个朋友，他就会鼎力援助，这样的话，那两支枪里的弹药，就将报销掉我们中的两人，这就跟把信投进信箱那般万无一失，假如他不顾我的亲戚情分，那么我的性命可就要交待了！……

正在这无奈之中，他突然灵机一动，做出了一个勇敢的决定，那便是独自一人朝马铁奥迎上去，告诉他事情的经过，就像凑上去跟老朋友聊天那样；但是，把他跟马铁奥隔开的这段短短的距离，在他看来竟然是那么吓人的长。

"喂！我说！我的老伙计，"他喊叫道，"你近来可好啊，哥儿们？是我呀，我是甘巴，你的表弟哪。"

马铁奥停下了脚步，仍然一言不发，听着对方说话的当儿，他把枪口慢慢地向上移，等到队长走到他的跟前时，枪口已经朝向了天空。

"你好，兄弟，[1]"队长说，朝他伸出手去，"我可是有好久没有见到你了。"

"你好，兄弟，"

"我正好路过这里，顺便来向你问个好，同时也向我的表嫂佩葩[2]问个好。今天，我们可是赶了不老少路；不过，我们可不应该为此而喊苦叫累，因为，我们干了很漂亮的一家伙。我们刚刚逮住了贾奈托·桑皮埃罗。"

"老天有眼！"朱塞葩嚷嚷了起来，"上个星期，他还偷了我们家的一只奶羊呢。"

甘巴听了这话，心里很是高兴。

"可怜的家伙！"马铁奥说，"他的肚子饿呀。"

"这滑头像头狮子似的奋力抵抗，"队长有点受气包似的继续道，"他杀死了我的一个兵，这他还不满足，接着又把夏尔东上士的胳膊打折了。不过，这总归不算什么，他只是个法兰西人[3]罢了……然后，他又躲藏起来，连鬼都找不到他的影子。要不是我的小表侄福尔图纳托，我根本就别想找

---

〔1〕 Buon giorno, fratello，这是科西嘉人平日见面时常用的招呼语。——原注
〔2〕 佩葩是朱塞葩的昵称。
〔3〕 科西嘉人往往自视独立和高傲，看不起外乡人，尤其是法兰西人，法兰西人往往被他们看作拥有另外一种文化和语言的外国人。

到他。"

"福尔图纳托！"马铁奥叫了起来。

"福尔图纳托！"朱塞葩也重复了一声。

"是的，贾奈托就藏在那垛干草堆中；但我的小表侄对我揭穿了他的花招。为此，我会把这事告诉他的伍长叔叔的，好让他送一件漂亮的礼物作为酬劳。他的名字，还有你的名字，都将载入我要呈送给检察长先生的报告中。"

"真可恨！"马铁奥低声咕哝道。

说着，他们已经走到了众人跟前。贾奈托早就躺在了担架上，准备上路了。当他看到甘巴陪着马铁奥走来，不禁怪怪地冷笑了一声；然后，转身朝向这家的门口，冲门槛狠狠地啐了一口说："叛徒之家！"

只有一个决意去死的人，才敢冲法尔科内说出"叛徒"这个字眼。要是在往日，掏出匕首，一刀下去，根本用不着再刺第二下，便可迅速地了结这一声侮辱。然而今天，马铁奥没有做出任何其他动作，只是用手扶住脑门，就像一个被击垮的人那样。

福尔图纳托一见父亲露面，便走进了家门。很快地，他端了一碗奶出来，低下眼睛送到贾奈托面前。"滚开！"逃犯狠狠地骂了一句，嗓音如同炸雷。然后，他转身对一个士兵说：

"兄弟，给我一点水喝。"

这士兵双手递上他的水壶，强盗从这个刚才还跟他交过火的敌人的手中接过水壶，喝了起来。随后，他请人把他的双手捆起来，捆在胸前，而不是绑在背后。

"我喜欢，"他说，"躺得舒舒服服的。"

人们赶紧满足他的要求；然后，队长下令开路。他向马铁奥告别，马铁奥没有回答。一行人便急匆匆地朝平原方向走了。

过了将近十分钟，马铁奥才好不容易张开了口。孩子一会儿看看他母亲，一会儿又看看他父亲，目光中透出焦虑。父亲正倚靠在他那杆长枪上，怒气冲冲凝视着孩子。

"你干的好事！"马铁奥终于开口说，语气十分平静，但对了解他的人来说，这平静中透着可怖。

"爸！"孩子叫喊着，眼中噙着泪花，朝前走来，像是要扑倒在他的膝下。但是，马铁奥冲他喊道：

"离我远点儿！"

孩子抽泣着停住脚步，离他父亲有几步远，纹丝不动。

朱塞葩走近过来。她刚刚发现了，有一段表链子从福尔图纳托的衬衣中露了出来。

"谁给你的这块表？"她口气严肃地问他。

"我的队长表叔。"

法尔科内一把夺过怀表，狠狠地朝一块石头上砸去，把表砸得粉碎。

"老婆，"他说，"这小子是我的种吗？"

朱塞葩褐色的脸颊一下子变成了砖红色。

"你说什么，马铁奥？你知道你是在跟谁说话吗？"

"那好吧！这小子就是我们家里第一个干出叛变勾当的孽种。"

福尔图纳托的哭泣和抽噎越发厉害了，法尔科内山猫一般的目光始终盯着他。最后，他用枪托往地上一夯，然后把枪拷上肩，喝令福尔图纳托跟上他，便朝丛林方向走去。孩子乖乖地跟在后面。

朱塞葩追上马铁奥，一把拉住他的胳膊。

"他是你的儿子啊，"她嗓音颤悠悠地对他说，一双黑黑的眼睛盯住了丈夫的眼睛，似乎想看出他的心中在想着什么。

"放开我，"马铁奥说，"我是他的父亲。"

朱塞葩拥抱了她的儿子，哭着回到了她的木板房。她跪倒在圣母马利亚的像前，虔诚地祈祷起来。与此同时，法尔科内已经在小路上走了大约二百步，走到一条小山沟时，才停下来。他走下山沟，用枪托探了探土地，发现它很柔软，很好挖。他觉得，对他的计划来说，这地方确实很合适。

"福尔图纳托，来，站到这块大石头旁边来。"

孩子照他的命令办了，然后，跪了下来。

"祈祷吧。"

"爸呀，我的爸呀，别杀我！"

"快祈祷吧！"马铁奥恶狠狠地重复道。

孩子一边抽噎着，一边嘟嘟囔囔地背诵了一遍《天主经》和《信经》。父亲则在每一段经文的最后，用响亮的嗓音，回以一声："阿门！"

"你会念的经就只有这些啦？"

"我的爸呀，我还会《圣母经》，还有姑姑教我的连祷文。"

"那可是太长了，不过，没关系，你念吧。"

孩子用一种几乎听不清的小声，念完了连祷文。

"念完了吗？"

"哦，爸，饶了我吧！宽恕我这一次吧！我再也不这样了！我一定去求我的伍长表叔[1]，让他们饶恕贾奈托。"

他的话还没有说完，马铁奥就已经给枪装上了弹药，他一边举枪瞄准，一边对儿子说：

"愿上帝饶恕你！"

孩子绝望地挣扎着，想站起来，去抱他父亲的膝盖；但是，已经来不及了。马铁奥开了枪，福尔图纳托应声直挺挺地倒下死去。

马铁奥瞧也不瞧尸体一眼，就起身回家，想找一把铁锹，准备去埋葬他的儿子。还没等他走几步，就遇上了朱塞葩，她是听到枪声后赶来的。

---

〔1〕 原文如此。疑有误。上文中提到，"伍长"不是他的表叔，而是叔叔。

"你干了什么啦？"她叫嚷道。

"公正的处决。"

"他在哪里？"

"在山沟里。我就去把他埋了。他是祈祷了之后，作为基督教徒死去的；我会请人给他做弥撒的。派人去告诉我的女婿提奥多罗·比安基，让他来跟我们住在一起吧。"

1829

伊特鲁里亚花瓶

(*Le Vase Étrusque*)

奥古斯特·圣克莱尔在所谓的上流社会中很不招人待见；其主要原因在于，他只求取悦于那些让他自己愉悦的人。对一些人，他会百般巴结，而对另一些人，他又避之唯恐不及。此外，他生性懒惰，遇事总是漫不经心。一天晚上，当他走出意大利剧院[1]时，A侯爵夫人问他宋塔格小姐[2]唱得如何。"是的，夫人，"圣克莱尔一边答道，一边露出舒心的微笑，心里想的却完全是别的什么。你不能把这奇怪的回答归咎于他的腼腆；因为，他跟一位达官贵人说话时，甚至跟一个时髦女人说话时，都会跟平辈同道说话一样的沉着冷静。侯爵夫人由此认定，圣克莱尔是一个傲慢无礼、自以为是的奇人。

一个星期一，B夫人请他吃晚餐。席间，她跟他频频交谈；从她家出来后，他宣称，他从来没有见过比她更可爱的女人

---

〔1〕 意大利剧院在巴黎，现在叫喜剧歌剧院。从1825年起，有一个意大利歌剧的剧团长期居住在那里。

〔2〕 宋塔格小姐，本名亨丽艾特·格特露德·瓦尔普吉斯·萨塔格（1805—1854），德国女歌唱演员。在意大利剧院，她尤以《塞维利亚的理发师》和《奥赛罗》演出而闻名。

了。原来，B夫人用了整整一个月时间拾人牙慧，结果在自己家里一个晚上就倾倒了个干干净净。圣克莱尔在同一个星期的星期四又见到她。这一回，他稍稍感觉有些厌烦。而另一次拜访的结果，使他决定再也不在她家的客厅中露面了。B夫人则公然宣布，圣克莱尔实在是一个举止不雅、言谈粗鲁的年轻人。

其实，他生来有一颗温柔仁爱的心；但是，在那样一种年纪上，人们实在很容易把某些印象保留整整一生，而他过分外露的敏感使他在同伴们中招来嘲笑。他高傲自大、野心勃勃；他很在意众人的看法，就像孩子在意大人怎么说他。

从此，他便细细地研究了一番，把他认为有损于自己名誉的种种外表差错全都深藏不露。他达到了目的；但他的胜利也付出了很大代价。他会向他人掩饰他那过于温柔心灵中的种种激情；但是，在把它们深藏于内心的同时，他也使它们变得百倍残忍。在上流社会中，他获得了麻木不仁和没心没肺的糟糕名声，而在孤独中，他焦虑的想象力为他创造出特别可怕的烦恼，而且，他越是不敢把这些秘密告诉任何人，内心受到的折磨也就越厉害。

知音实在难觅，这话不假！

"真是难觅！这个世界上，难道还存在着两个彼此无话不说的人吗？这可能吗？"圣克莱尔不太相信友谊，这一点，众人都看得出来。人们发现，他对社交界的年轻人冷冰冰的，十分拘谨。他从来就不打听他们的秘密；而对他们来说，他的所有想法，还有大部分行为，也都是奥秘。不过呢，法国人总喜欢谈论自己；因此，圣克莱尔不经意中倒也听到了不少人的心里话。

他的朋友们——朋友这个词，指的是我们每个星期要见上两次面的人——总是抱怨他对他们心存疑虑；确实，用不着询问便会告诉我们其秘密的人，通常也想知道我们的秘密，而得知不到便会生气恼火。可以想象，内心的倾诉也应该是互相的。

"他把自己裹得密不透风，"有一天，骑兵队长美男子阿尔丰斯·德·泰米纳说，"我从来就没能从这见鬼的圣克莱尔那里得到丝毫的信任。"

"我认为他有一点像是个耶稣会修士，"儒勒·朗贝尔接过他的话头说，"有人对我发誓说，他有两次亲眼看到这家伙从圣叙尔比斯教堂[1]中走出来。没有人知道他在想什么。说到我嘛，跟他在一起，我永远都不会舒服的。"

他们彼此分了手。阿尔丰斯在意大利人林荫大道[2]上遇见了圣克莱尔，只见他低着脑袋走路，谁也不看。阿尔丰斯

---

〔1〕 圣叙尔比斯教堂是坐落于巴黎第六区的一座天主教教堂。

〔2〕 意大利大道是巴黎东西走向连贯的四大"林荫大道"之一，得名于法国大革命前不久的 1783 年建于此处的意大利剧院。

叫住了他，拉住了他的胳膊，还没等他们走到和平街的时候，他就已经把自己跟某夫人偷情的故事全部告诉了对方，还说到那个王八丈夫嫉妒成性，脾气暴躁。

同一天晚上，儒勒·朗贝尔玩纸牌时输了钱，他就去跳舞了。跳舞时，他的胳膊碰了一下一个男人，很不巧，此人也把钱输了个精光，气正不打一处来呢。两个人就吵吵起来，吵到后来，最终约好了日期要决斗。儒勒求圣克莱尔充当他决斗时的助手，趁机还向他借钱，但此人总是只有借没有还的。

不管怎么说，圣克莱尔是一个很好说话的人。他的缺陷只对他自己一个人有害。他很乐于助人，常常还可爱可亲，很少会让人厌烦。他游历很广，博览群书，但只是在别人再三恳求的情况下，才肯说一说他旅途中的见闻和他阅读过的书籍。此外，他还长得魁梧健壮；他的相貌看起来又高贵又聪明，几乎总是过于严肃；但他的微笑充满了优雅。

我还忘了说很重要的一点。圣克莱尔对所有的女人都很殷勤，跟她们谈话比跟男士的谈话要多。他是不是爱上了什么人？

这一点就很难说了。只不过，假如这个如此冷淡的人心中真的有爱，那人们会说，漂亮的伯爵夫人玛蒂尔德·德·库尔西应该就是他追求的对象。那是一个年轻的寡妇，人们发现他频繁出入这寡妇家的门。要得出他们关系亲密的结论，人们的依据如下：首先，是圣克莱尔对伯爵夫人几近于毕恭毕敬的礼貌，反之亦然；其次，是他的装模作样，从来不在人前提她的姓名，或者假如不得不谈到她时，也从来不给予丝毫的赞美；再次的一点，在认识她之前，圣克莱尔由衷地喜爱音乐，而伯爵夫人则酷爱绘画，自他们相识后，他们的趣味就改变了；最后一点，伯爵夫人去年去了温泉疗养，而圣克莱尔在六天之后也动身走人了。

⋯⋯⋯⋯⋯

我的历史学家责任迫使我做出声明，7月的一个深夜，临近太阳升起的时刻，一栋乡村别墅的花园门打开了，走出来一个男子，其小心翼翼的模样，恰似一个生怕被人撞见的小偷。这栋乡村别墅属于德·库尔西夫人，而这个男子就是圣克莱尔。

一个女子，身上裹着长大衣，送他一直到门口，又伸出脑袋朝外一直望着他好一段时间，此时他已经走远，走下了沿公园围墙而铺的小径。圣克莱尔停了一下，小心地环顾了一下四周，回头挥了挥手，让女人回去。明亮的夏日之夜让他清清楚楚地分辨出那张苍白的脸，始终留在原地，一动也不动。他转身折回，来到她跟前，把她温柔地搂在怀中。他想让她回去；但他还有千言万语要对她说。他们的交谈已经持续有10分钟了，这时候不远处传来一个农民的嗓音，他已经早早起来准备下地干活去了。于是两个人匆匆吻别，门关上了，圣克莱尔大步一跃，跳入了小径尽头。

他走上了一条似乎很熟悉的路。一会儿，他欢快地跳跃起来，一边跑，一边用手杖击打路边的灌木；一会儿，他又停下来，或走得很慢，眺望着东方染得鲜红鲜红的天际。简言之，看他这个样子，人们简直会说那是一个砸碎了樊笼而兴奋异常的疯子。走了半个钟头后，他来到了一栋孤零零的房屋的门前，那是他租来度夏用的。他有一把钥匙：他走了进去，然后，一屁股坐到一把长沙发上，眼神定定的，嘴角挂着一丝微笑，若有所思，像是在做白日梦。此时此刻，他的想象力为他呈现的只是一些幸福的想法。"我是多么幸福啊！"他时时都在这样想，"我终于遇识了这颗懂得我心的心灵！……"

"是的，我找到的正是我的理想……我有了一个朋友，她同时又是我的情人……多美好的性格！……多炽烈的心灵！……不，她在爱上我之前，心里从来没有过别人……"很快地，由于虚荣心总是会钻入世人心中作祟，他又情不自禁地想道："……这是整个巴黎最美的女人……"他的想象力重又为他描绘了一遍她所有的魅力。

"……她在所有人中选择了我。而仰慕她的人又多为社会的精英。有那个轻骑兵上校，那么英俊，那么勇敢，而且不算太自命不凡；有那个年轻作家，他能画那么美的水彩画，能演那么精彩的格言剧；有那个去过巴尔干半岛，又为迪埃彼奇[1]效过力的俄罗斯的拉夫勒斯[2],尤其是那位卡米叶·T,他既有精明的头脑,又有潇洒的风度,额头上还有一道军刀留下的伤痕……她把他们全都回绝了。而我!……"

于是,他又吟诵起了他的叠句:"我多么幸福啊!我多么幸福啊!……"

他站了起来,打开了窗户,因为他憋得都快喘不过气来了;然后他来回踱了一会儿步,再后来,他就躺倒在了长沙发上。

一个幸福的情郎几乎就跟一个不幸的情郎同样令人厌倦。我有一个朋友,他就常常处于或是情场得意或者情场失意的情景中,他想让别人来倾听他,只找到一个办法,那就是请我吃上一顿美食,吃饭期间,他得以自由自在无拘无束地谈论他的爱情;而一喝完咖啡,那绝对就得改变话题了。

由于我不可能请我的所有读者都来吃饭,所有,他们也就不必非得听我来讲圣克莱尔对爱情的那些想法。此外,人们也不能总是想入非非,云里雾里的。圣克莱尔累了,他打

---

〔1〕 迪埃彼奇 – 扎巴尔康斯基(1785—1831),俄罗斯元帅,曾率俄军与波兰起义军作战,赢得了奥斯特罗文卡战役(1831年初)的胜利,但不久之后就突然死于霍乱。

〔2〕 原文为"Lovelace",本是18世纪时英国作家萨缪埃尔·理查森小说《克拉丽丝·哈娄》(1748)中的人物,是一个很能诱惑女人的风流才子。后来,这个词慢慢地也就成了"风流才子"的同义词,相当于"唐·璜"。

了个哈欠，伸了伸懒腰，看到天色已经大亮；终于应该考虑
睡个觉了。等他醒转过来时，他看到自己的表上时间已经晚
了，他差点儿就要来不及了，他得赶紧穿衣服，直奔巴黎而去，
因为他被邀请，要去跟几个认识的年轻人一起吃饭，而且要
一直吃到晚上为止。……

人们刚刚又打开了一瓶香槟酒；我就让读者诸君来猜猜
他们到底已经喝到了第几瓶。诸位只消知道，饭局已经进行
到了这样一个时刻，反正在年轻男子的午餐会中这会来得相
当快，这一刻，所有人全都争先恐后地想同时说话，这一刻，
头脑清醒的人开始为那些头脑糊涂的人感到担忧了。

"我希望，"阿尔丰斯·德·泰米纳说，他向来都会不失
时机地谈论英国，"我希望，在巴黎也能像在伦敦一样，每个
人为情妇干杯能成为一种时尚。这样的话，我们就会知道，
我们的朋友圣克莱尔到底是在为谁而长吁短叹。"说到这里，
他又为自己，同时也为邻座斟满了酒。

圣克莱尔稍稍有些尴尬，正准备起来回答，却不料朗贝
尔抢先了一步说：

"我十分赞同这样的做法，"他说，"我就这样做了。"接
着，他举起酒杯，说："为巴黎所有的时髦女人干杯！当然，
我要把年过三十的娘们，还有独眼龙和瘸腿婆等等排除在外。"

"乌拉！乌拉！"年轻的英国迷们叫喊道。

圣克莱尔站了起来，手中举着酒杯：

"各位先生,"他说,"我根本就不像我们的朋友儒勒那样有一个宽大的心,不过,我的心倒是更为专一。然而,我的忠贞不渝倒是很值得推崇,尤其是因为我跟我朝思暮想的女人分开已经很长很长时间了。但是我敢肯定,你们一定会赞同我的选择,只要你们不是已经成了我的情敌。先生们,让我们举杯,为了朱迪特·帕斯塔[1]干杯!但愿我们能很快再见到整个欧洲的第一号悲剧女演员!"

泰米纳想批评这一干杯;但一阵喝彩声打断了他。圣克莱尔心里想,挡过了这一击,整个白天就应该不会再有什么麻烦了。

话题先是转到了戏剧。从戏剧检查制度又过渡到了政治。接着,从惠灵顿勋爵[2],人们又转到了英国马,然后,又从英国马,通过一种很容易把握的思维连接,转到了女人,因为对一些年轻人来说,他们最渴望得到的两件东西,首先是一匹漂亮的骏马,然后就是一个美丽的情妇了。

于是,人们就谈论起了如何获得这些宝贝的办法。骏马是可以买到的,人们同样也可以买女人;但是买女人这样的

---

〔1〕 朱迪特·帕斯塔(1797—1865),意大利著名的女高音歌唱家、演员。1821年到1829年,她每年都在意大利剧院演出。

〔2〕 惠灵顿勋爵(1769—1851),英国将军,曾于1815年统领欧洲联军在滑铁卢战役中大败拿破仑指挥的法军,从而让拿破仑大军在欧洲彻底走向失败。

事，是万万不能说的。圣克莱尔先是很谦虚地说，自己在这一微妙话题上实在没什么经验，然后得出结论如下，要讨得女人的欢心，第一要务就是显得特殊、与众不同。但是，是不是有一种显出特殊的普遍模式呢？他却不认为。

"如此，照您看来，"儒勒说，"一个瘸腿或一个驼背倒要比一个身材挺拔的正常人更能取悦于人了？"

"您把事情也扯得太远了，"圣克莱尔答道，"但是，如有必要的话，我也会接受我的建议的一切后果。比如说，假如我是个驼背，我就不会开枪自杀，而是会想着去征服女人。首先，我只会去跟两种女人打交道，一种女人具有真正的敏感心，情感丰富，另一种女人数量更多，她们自以为有一种独特的性格，也就是被英国人称为古怪乖僻的那类女人。对第一种，我会描述我自身处境的艰难，大自然对我的残忍。我试图激起她们对我命运的怜悯，我会善于让她们去猜想，我能够赢得一种强烈的爱情。我会决斗杀死我的一个情敌，然后，我会服下少量的鸦片酊自杀。这样，几个月后，她们的眼里就再也见不到我的驼背，于是，我就只等着窥伺她们第一次感情冲动的机会好了。至于对那些自认为性格独特的女人，征服起来就很容易了。只要去说服她们相信，一个驼背是决然不会有什么好运的，这是一条铁定的规律；她们马上就会做出反应，来否定这条普遍规律。"

"好一个唐·璜[1]！"儒勒叫将起来。

"先生们，让我们都来砸断自己的腿吧，"波若上校说，"既然我们都不幸生而不为驼背。"

"我完全同意圣克莱尔的意见，"爱克托·罗冈丹说——他的身高还不到三尺半，"我们每天都会看到，那些最漂亮最时尚的女人投入到了你们这些美男子永远不会提防的人的怀抱中……"

"爱克托，我请您站起来，摁一下铃，让他们上酒……"泰米纳神情再泰然自若不过地说。

侏儒站了起来，于是，每个人都情不自禁地微笑着想起了那个被割了尾巴的狐狸的寓言[2]。

"依我看来，"泰米纳继续刚才的谈话说，"我越是活着，就越是看得明白，一个说得过去的脸蛋，"说到这里，他朝正对面的镜子瞥去踌躇满志的一眼，"一个说得过去的脸蛋，以及穿着方面有所品位，那就是最大的独特性，足以诱惑最残忍的女人们了。"说着，他手指头一弹，就把沾在上衣翻领上

---

[1] 唐·璜为欧洲传说中很能诱惑女人的美男子，有很多文艺作品都曾以他为主人公，如莫里哀、拜伦、莫扎特、李斯特等的戏剧、诗歌、音乐作品。

[2] "被割了尾巴的狐狸"是法国寓言诗人拉·封登《寓言诗》中的一篇（第五卷，第五首），说是有一只狐狸在偷鸡时被人割了尾巴，企图说服其他狐狸都来割掉"多余的尾巴"。但狐狸们要它先把尾巴亮出来看看，它只好灰溜溜地走掉了。

的一小粒面包屑弹掉了。

"得了吧!"侏儒嚷嚷起来,"有一张漂亮的脸,有一件斯托普[1]做的衣服,当然可以赢得女人,但只能留住她们一个礼拜,等到第二次约会时,她们就会让你们厌烦。必须有别的东西,才可能得到女人的爱,而所谓的爱……就必须……"

"好了,好了,"泰米纳打断了他,"您想要一个结论性的例子吗?你们全部认识马西尼吧,你们都知道他是一个什么样的人。他的举止活像一个英国马夫,他的谈吐就跟马儿一般……但是他美得如同阿多尼斯[2],系领带系得如同布鲁梅尔[3]。总的来说,他是我所认识的人当中最让人讨厌的一个。"

"他当初差一点儿就把我给厌烦死了,"波若上校说,"你们倒是想想,我曾不得不跟他一起走上 200 法里的路程。"

"你们知不知道,"圣克莱尔问道,"就是他引起了你们都认识的那个可怜的理查德·桑顿的死亡?"

---

〔1〕 斯托普,是当时的一个著名裁缝。巴尔扎克和司汤达的小说作品中(如《红与黑》)对他都有提及。

〔2〕 阿多尼斯是希腊神话中的美少年,更是一个每年死而复生、永远年轻、容颜不老的植物神,受到众多的女性崇拜。在现代"阿多尼斯"一词常被用来描写一个异常美丽、有吸引力的年轻男子。

〔3〕 布鲁梅尔(1778—1840),原名乔治·布赖恩·布鲁梅尔,人送外号"美男子布鲁梅尔",英国的花花公子;其剪裁朴素的衣裤代替西装、领带而成为男士的流行服装。他嗜赌如命,穷困潦倒。

"可是，"儒勒回答道，"您难道不知道他是在丰迪[1]附近被强盗杀死的吗？"

"没错。但是你们会看到，马西尼至少是这一罪行的同谋。很多旅游者，其中就包括桑顿，都曾想到那不勒斯去，由于害怕碰到强盗，他们就决定结伴而行。马西尼打算就此加入到旅队中。桑顿一得知此事，就抢先一步，我想他是出于害怕，怕会跟他一起待上好几天。于是，他便独自一人上了路，至于接下来的事情，您都已经知道了。"

"桑顿那样做很有道理，"泰米纳说，"在两种死法中，他选择了比较好受的一种。处在他的位子上，恐怕每个人都会那样做的。"

停顿了一会儿，他又接着说：

"这么说来，你们都会同意我的说法，说马西尼就是世界上最让人讨厌的人啰？"

"同意！"大伙儿齐声高喊道。

"不要让任何一个人灰溜溜地绝望，"儒勒说，"我们就让某某做个例外吧，尤其是当他阐释他的政治计划时。"

"现在，你们就该都同意我的说法了，"泰米纳继续道，"德·库尔西夫人是一个很有头脑的女子。"

---

〔1〕 丰迪是意大利的一个小镇，在那不勒斯西北 80 公里处。

饭桌上顿时鸦雀无声了。圣克莱尔低下了脑袋，想象着所有人的眼睛全都齐齐地瞄准了他。

"谁能怀疑这一点呢？"他终于说，始终低着头，像是在十分好奇地细细端详陶瓷餐具上描的花纹图案。

"我认为，"儒勒说着，提高了嗓门，"我认为，她是全巴黎最可爱的三个女人之一。"

"我认识她的丈夫，"上校说，"他常常给我看他妻子的迷人书简。"

"奥古斯特，"爱克托·罗冈丹打断了他，"请您把我介绍给伯爵夫人吧。人们都说，您在她的家中可是一言九鼎，想怎么说就怎么说，想怎么做就怎么做的。"

"到秋末再说吧……"圣克莱尔喃喃道，"当她返回巴黎时……我……我想，她是不会在乡下接待客人的。"

"你们能不能听我说几句？"泰米纳嚷嚷道。

众人顿时又安静下来。圣克莱尔在椅子上躁动不安，像是一个出庭受审的被告。

"三年前您还没有见到伯爵夫人，您那时还在德国，圣克莱尔，"阿尔丰斯·德·泰米纳接着说，冷静的语调令人几近绝望，"您根本无法想象她那时候是怎样一个人：美丽俊俏，新鲜得如同一朵玫瑰花，尤其是活泼动人，开心得如同一只蝴蝶。但是，您可知道，在众多的追求者中，哪一个有幸获得她的青睐吗？告诉您吧，是马西尼！这个最愚蠢的男人,最笨的家伙,居然把一个最聪明有才的女人弄得晕头转向。您认为一个驼背能做到这样吗? 得了吧, 还是相信我的话为好, 长一张漂亮的脸, 穿一身裁剪得当的衣服, 然后, 勇敢地向前闯去吧。"

圣克莱尔落到了一个十分尴尬的处境中。他正要给讲这番话的人来一个正式的辟谣;但生怕那样一来又会牵连伯爵夫人,于是只得作罢。他很想能为她说上一两句辩护的话;但他的舌头已经被冻住了。他的嘴唇因愤怒而颤抖不已,他绞尽脑汁想寻找一个借口,挑起一场争吵,却又什么招都没想出来。

"什么!" 儒勒叫嚷起来, 语调中充满了惊讶, "德·库尔西夫人曾经委身于马西尼! **弱者啊, 你的名字是女人!** [1]"

"一个女人的名誉, 那实在也太无足轻重了!" 圣克莱尔说, 口气中透着冷冷的轻蔑, "为了一点点小聪明, 人们完全可以把它碎成齑粉, 更何况……"

就在他这么说的时候, 他猛然回想起一只伊特鲁里亚花瓶, 那是他在巴黎的伯爵夫人家壁炉台上看到过一百次的东西, 想到此, 他心中不由得涌起一阵厌恶。他知道, 那是马西尼从意大利回来后送给她的一件礼物;而且, 还有叫人更

----

〔1〕 原文为英语 "Frailty thy name is woman", 本为莎士比亚悲剧《哈姆雷特》中的一句 (第一幕第二场)。

受不了的地方：这个花瓶从巴黎被带到了乡下，每天晚上，玛蒂尔德从他手中拿过花束后，都会把花插在这个伊特鲁里亚花瓶中。

他的话语灭绝在了他的嘴唇上；他的眼中现在只看得见一样东西，他的脑子也只想得着一样东西：伊特鲁里亚花瓶！

好漂亮的证据！一个批评者会这样说：居然为了这么一点点小事，就来怀疑自己的情妇！

批评家先生，请问您恋爱过吗？

泰米纳当时的情绪也实在是太好了，根本就没在意圣克莱尔对他说话时采用的那种口吻。他以一种轻松自若的老脾气回答说：

"我只不过是在重复社交界中人们所说的话而已。当您在德国时，事情确确实实是这样发生了。此外，我对德·库尔西夫人也并不太认识；我已经有一年半时间没去她家里了。很有可能是人们搞错了，而马西尼只是给我讲了个故事而已。还是回到我们刚才所说的问题上来吧，即便我刚才举的例子有误，我所说的话本身也并无大错。你们大家全都知道，全法国最聪明的女人[1]，其著作……"

正说到这里，房门开了，泰奥多尔·内维尔走了进来。

---

[1] 据文学史家研究，这里指的是女作家斯塔尔夫人（1766—1817）。

他刚从埃及回来。

"泰奥多尔！这么早就回来了！"众人纷纷向他提问。

"你带回一套地道的土耳其服装来了吗？"泰米纳问道，"你是不是有了一匹阿拉伯马、一个埃及马夫了？"

"帕夏[1]是一个什么样的人？"儒勒说，"他什么时候宣布独立呢？你有没有亲眼见过一刀下去就干净利落地砍掉了一个人头？"

"你爱上了**什么舞女**[2]没有？"罗冈丹说，"开罗的女人漂不漂亮啊？"

"您见到L将军了吗？"波若上校问道，"他是如何组织帕夏的军队的[3]？C上校把要送我的军刀给您了吗？"

"还有金字塔呢？还有尼罗河的大瀑布呢？还有门农[4]的

---

〔1〕帕夏本来指土耳其奥斯曼帝国派驻外省的总督。这里特指当时派驻到埃及的最高行政长官、总督穆罕默德·阿里（1769—1849）。

〔2〕原文为"almés"，通常拼写为"almées"，指当地训练有素的舞女。

〔3〕当时的埃及军队是按照法国的编制由法国军官来组织和统领的。

〔4〕门农本来是希腊神话中的人物，是黎明女神厄俄斯和特洛伊王子埃塞俄比亚国王提诺托斯之子，在特洛伊战争中是特洛伊人的盟友。希腊人后来把埃及的阿门霍泰佩三世法老像称为门农神像，因为据说，每当日出时，雕像都会发出哀鸣，像是在欢迎门农的母亲黎明女神厄俄斯的到来。它们位于尼罗河西岸卢克索附近，应该是建于公元前15、前14世纪，埃及的新王朝时期。

雕像呢？还有易卜拉欣帕夏[1]呢？"等等，等等。

所有人都在争先恐后地同时说话；圣克莱尔却只想着伊特鲁里亚花瓶。

泰奥多尔叉着腿坐在那里，因为他在埃及已经养成了这一习惯，回到法国之后也没能改掉，他等到提问者们变得厌烦起来，才从容不迫地开始说，而且说得相当快，不让人轻易打断。

"金字塔！我敢发誓说，那是个**实实在在的骗子**[2]。远不如人们以为的那么高。斯特拉斯堡的芒斯特[3]只比它矮四米。那些古老玩意儿看得我都有些腻了。你们就别跟我谈论它们了。只要看到一个象形文字，我就会昏倒。可以竟然还有那么多旅行者对此类玩意儿感兴趣！而我，我的目标是研究拥挤在亚历山大港和开罗城大街小巷中的整个这一奇特的民众的面貌和风俗，那些土耳其人、贝都因人[4]、科普特人[5]、费

---

〔1〕 易卜拉欣帕夏是19世纪埃及的一位将军，是穆罕默德·阿里的养子，在1848年7月至11月作为摄政王领导国家。

〔2〕 原文为英语"regular humbug"。

〔3〕 芒斯特本是一种干酪的名称，这里指法国斯特拉斯堡市的圣母院，它的塔楼尖顶高达142米，而大金字塔的塔顶才只有146米。

〔4〕 贝都因人是以氏族部落为基本单位在沙漠旷野过游牧生活的阿拉伯人，主要分布在西亚和北非广阔的沙漠和荒原地带。"贝都因"为阿拉伯语译音，意为"荒原上的游牧民""逐水草而居的人"，是阿拉伯民族的一部分。各地贝都因人均使用当地的阿拉伯语方言及阿拉伯文。

〔5〕 科普特人，原先，阿拉伯人对古埃及人称呼为科普特人，意思是"埃及的基督教徒"。现在用来指古埃及信仰基督教的民族。

拉和人[1]、摩格拉宾人[2]。我在检疫站期间,匆匆地撰写了一些笔记。那该死的检疫站,简直不是人能待的地方!我希望你们别以为我患了什么传染病,拜托你们了,诸位!我,我在三百来个鼠疫患者中平静地抽着我的烟斗。啊,上校,您在那里可以看到一支漂亮的骑兵部队,威武雄壮。我会给你们展示我带回来的一些珍贵武器。我有一柄曾经属于赫赫有名的穆拉德贝伊[3]的杰里德长矛,上校,我有一把叫亚塔甘的土耳其弯刀要给您,还有一把叫堪佳尔的短刀要给奥古斯特。我还要给你们看我的**美其拉风衣**,我的**布尔努斗篷**,我的**哈依克头巾**[4]。你们可知道,只要我愿意的话,我完全就可以带几个女人回来。易卜拉欣帕夏从希腊运了那么多女人过来,使得她们都大大地掉价了……但是,由于我母亲的关系……我跟帕夏聊了很多很多。他是一个很有头脑的人,而且没有偏见。你们恐怕不会相信的,他对我们的事务了如指掌。我敢发誓,他连我们内阁的最细微秘密也都知道得一清二楚。我从他的谈话中汲取了关于法国各政党状况的种种极为珍贵

---

[1] 费拉和人,通指在中东和北非地区(尤其是埃及)从事农业劳作的农人。

[2] 摩格拉宾人,指居住在埃及西部地区的当地人。

[3] 穆拉德贝伊(Mourad bey),是土耳其帝国在埃及的一个地方武装马穆鲁克骑兵军团的首领,曾统治埃及全境,后在1798年被拿破仑统领的法军所败,从而归顺法国。

[4] 美其拉、布尔努、哈依克的原文分别为"Metchlâ""Bournous""Hhaïk"。

的信息。眼下，他十分关心统计学。他订阅了我们所有的报纸。你们可知道，他还是一个狂热的波拿巴分子呢！他张口闭口就是拿破仑。'啊！**布拿巴多**〔1〕；多么伟大的人！'他这样对我说。布拿巴多，他们就是这样称呼波拿巴〔2〕的。"

"**约尔迪纳，就是茹尔丹**〔3〕。"泰米纳低声喃喃道。

"一开始，"泰奥多尔继续说，"穆罕默德·阿里对我颇有戒心。你们知道，所有的土耳其人都是生性多疑的。他把我当作一个间谍，真是见鬼了！或者，当作一个耶稣会教士。他简直讨厌透了耶稣会教士。但是，经过几次拜访后，他终于承认，我是一个没有任何偏见的旅行者，只是有一种好奇心，想了解东方人的风俗习惯以及政治生活。于是，他便敞开心扉，对我倾吐肺腑之言。在他最后一次，也即第三次召见我时，我斗胆这样对他说：

"'我实在有些想不通，陛下为何不宣布独立，脱离奥斯曼帝国政府。'——'我的老天！'他对我说，'我倒是很愿意呢，但我很害怕自由派的报纸，它们在你的国家中统治了一切，我担心，一旦我宣布埃及独立，它们就不会支持我了。'

---

〔1〕 原文为"Bounabardo"。

〔2〕 波拿巴是拿破仑的名字。

〔3〕 茹尔丹和约尔迪纳的原文分别为"Jourdain"和"Giourdina"，原出于莫里哀喜剧《贵人迷》第五幕第一场。

这是一个很漂亮的老人，一把漂亮的白胡子，从来不露笑容。他给了我一些非常好吃的蜜饯，但在我给他的所有东西中，最让他喜欢的，还是夏尔莱[1]所收集的皇家禁卫军的军装。"

"那帕夏是个浪漫派吗？"泰米纳问道。

"他不怎么关心文学；但你们不会不知道，阿拉伯文学是非常浪漫的。他们有一位叫美莱克·阿亚塔奈福－伊本－艾斯拉夫的诗人，他最近出版了一本《沉思集》，相比之下，拉马丁[2]的那本《沉思集》就显得是古典主义的散文了。我来到开罗之后，请了一位阿拉伯老师，教我开始读《古兰经》。尽管我只学了不多的几课，我已经看得很明白，这位先知[3]的文风优美至极，而我们所有的译文又是多么糟糕。好吧，你们愿不愿意看一眼阿拉伯语的文字？这个用金色字母写的词就是'安拉'，也就是上帝。"

说到这里，他从他香喷喷的丝绸钱包中拿出来一封模样

---

〔1〕 尼古拉－图森·夏尔莱（1792—1845），法国画家，擅长版画，以及大场景的战争画。

〔2〕 拉马丁（1790—1869），法国诗人，也是一位政治家，以诗歌《湖》而著名。1816年秋，他在法国东南的温泉地疗养，认识了一位女子，两人相恋。她次年的病故给他带来懊丧的回忆，写下了许多悲叹爱情、时光、生命消逝的诗篇，后结集为《沉思集》，1820年发表后受到热烈欢迎，拉马丁也因而一举成名。《沉思集》重新打开了法国抒情诗的源泉，为浪漫主义诗歌开辟了新天地，被认为是划时代作品。

〔3〕 当指伊斯兰的先知穆罕默德。

十分肮脏的信来。

"你在埃及待了多长时间来的？"泰米纳问道。

"六个星期。"

接着，这位旅行者继续为众人描绘一切，事无巨细，从高大的雪松，一直到细小的牛膝草[1]。圣克莱尔几乎是在他一来到之后马上就离开，返回到自己的乡下别墅。他的马儿跑得飞快，让他很难集中起自己的思路来。但是，他隐隐约约地感觉到他在这个世界上的幸福已经永远地被毁了，而这一切，都只怪一个死人，还有一只伊特鲁里亚花瓶。

回到家里后，他一屁股倒在沙发上，而昨天，就在这条长沙发上，他还那么长时间地、那么津津有味地展望他的幸福生活呢。最让他销魂的想法就是，他的情妇不是一个平凡寻常的女人，除了他，她从来就没有爱过谁，也不会再爱别的人。而现在，这一美梦如烟似云一般，消散在了忧伤而又残忍的现实中。

"我拥有一个美丽的女人，仅此而已。她很有头脑：而这也使她更加有罪，她竟然会爱上马西尼！没错，他现在爱着我……全心全意地爱着……尽她所能地爱着。我被她爱着，就如当年马西尼被她爱着那样！她屈从于我的关爱体贴，我

---

[1] "从高大的雪松，一直到细小的牛膝草"这一说法来自《圣经》,见《旧约·列王纪（上）》IV, 33。

的温柔爱抚，甚至还有我的死缠烂打。但是我错了。在我们两颗心之间，并没有真情实意。无论是马西尼还是我，这个男人都是整体的。他很漂亮，她因为他漂亮而爱他。而我，有时候，我也讨夫人喜欢。'好吧，就让我们来爱圣克莱尔吧，'她心里想，'既然另一个已经死了！而假如圣克莱尔要死去或者让人厌烦的话，那我们就走着瞧好了。'"

我坚信，当一个不幸的人如此折磨自己时，魔鬼一定就在旁边瞧瞧地偷听。这场景对人类的敌人是很有趣的；而，当牺牲者感到自己的伤口正在愈合时，魔鬼就会来到他身边，把创口再度捅开。圣克莱尔相信自己听到了一个噪音在他的耳边喃喃道：

> 如此有幸成为
>
> 他的继任者……[1]

他顿时站立起来，怒目圆睁，环顾了一番四周。要是能在房间里找到一个人就好了！毫无疑问，他会扑上去，把他给活活地撕裂，碎尸万段。

挂钟敲响了八点。八点半时，伯爵夫人会等着他。他若

---

[1] 引文来自莫里哀的喜剧《昂菲特利翁》，此剧写主神朱庇特下凡，化身为安菲特利翁的模样，来诱惑后者的妻子。

是不去赴约呢！"说实在的，为什么要再去见马西尼的情妇呢？"于是，他又在长沙发上重新躺下，闭上了眼睛。

"我要睡觉了。"他说。他一动不动地待了半分钟，然后，猛地跳将起来，跑到了挂钟跟前，想看看时间到底过了多少。"我真希望现在已经八点半了！"他想道，"这样的话，即便我再上路，那也已经晚了。"然而他心中却没有勇气留在自己家里；他想找一个借口。他真想自己还不如病了呢。他在房间里来回踱步，然后又坐下，拿起一本书，却连一句都读不下去。他坐到了钢琴前，却没有勇气打开琴盖。他吹了吹口哨，瞭了瞭天上的白云，想起来要数一数窗前的柳树。最后，又回去看挂钟，发现时间连三分钟都没有过。"我无法阻止自己去爱她，"他嚷嚷道，又是咬牙，又是顿足，"她统治了我，我成了她的奴隶，就像之前的马西尼那样！那么，可怜虫，服从吧，既然你没有足够的勇气来砸碎你所憎恨的锁链！"他拿起帽子，匆匆走了出去。

当我们为一种激情所俘获驱使时，如果能从自傲自豪的高度看待自身的弱点，我们就会感到自尊心的一丝慰藉，"没错，我很弱，"他自忖，"但是，只要我愿意！"

他慢悠悠地走上了通向公园门的小径，远远地，他看到一个白色的身影，从树林那黑乎乎的深颜色中凸现出来。她手中挥舞一块手帕，好像是在跟他打招呼。

他的心开始狂跳起来，他的膝盖在颤抖打软；他已经没有力气说话了，他变得那么腼腆，他都害怕伯爵夫人会从他脸上看出来他糟糕的心绪。

他握住她伸过来的手，亲吻了一下她的额头，因为她已经扑到了他的怀中，他跟在她后面，一直走进她的套间，一言不发，使劲地憋住那似乎就要让他胸膛爆炸的喘气。

只有一支蜡烛照亮着伯爵夫人的小客厅。

两个人都坐了下来。圣克莱尔注意到了他女友的发饰；她的头发上只插了一朵玫瑰花。头一天，他给她带去了一幅很漂亮的英国版画，是莱斯里[1]所画的波特兰公爵夫人玫瑰[2]（她现在的发饰就是那个样子），当时，圣克莱尔对此只是简单地说了一句：

"我更喜欢这朵简简单单的玫瑰花，而不是您复杂的头饰。"

他不喜欢珠宝首饰，他想的就跟那位爵爷一样，此爵爷曾出言不逊地说："女人打扮之后就像马儿披上了盔甲，连魔鬼也难以辨认。"前一夜，他曾经一边把玩着伯爵夫人的一根珍珠项链（因为他说话的时候，手中总要拿上一些什么东西），

---

〔1〕 莱斯里（Lesly）应指英国画家查理·莱斯里（1794—1859）。

〔2〕 波特兰公爵夫人，原名为玛格丽特·卡文迪西·本丁克（Margaret Cavendish Bentinck，1715—1785），是当时英国最富有的女人，有一种著名的玫瑰花就以她的名字命名："波特兰公爵夫人玫瑰"。

一边这样说：

"珠宝首饰只能用来掩饰种种缺陷。玛蒂尔德，您已经很漂亮了，根本就无须戴它们。"

而今天晚上，对他随口说出的话也都一直牢记着的伯爵夫人已然摘去了戒指、项链、耳环以及手镯。

在一个女人的打扮方面，他首先注意的是她的鞋，跟许多其他人一样，他在这方面有着自己的癖好。太阳下山之前曾下过一场倾盆大雨。青草还是湿漉漉的；然而，伯爵夫人就穿着丝袜子和黑色的缎子鞋，从一片水湿的草坪上走过……她会不会因此而得病呢？

"她爱着我。"圣克莱尔心里想。于是，他为他自己，为他的疯狂而叹息，他瞧着玛蒂尔德，情不自禁地微笑了，在为自己而懊恼的同时，也感到高兴，因为看到一个漂亮的女人在一些小事情上尽力地讨好他，毕竟，这对情人们来说可是千金难买的啊。

而伯爵夫人，她则是一副容光焕发、神采奕奕的样子，这表情混杂了爱意和调皮，让她显得越发可爱。她从一个日本漆盒中拿出一件东西来，悄悄地捏到手心中不让他看到，然后，伸出捏得紧紧的拳头来，说：

"那天晚上，"她说，"我碰碎了您的表。它现在修好了。"

她把表还给他，带着一种既温柔又调皮的神态瞧着他，咬着下嘴唇，像是要憋住笑。上帝永在！她的牙齿是多么地漂亮！ 在玫瑰红的嘴唇之上，映照出皓齿的那般白亮！（当一个人冷冰冰地接受一个漂亮女子的刻意戏谑时，他的样子会有多么呆傻。）

圣克莱尔谢过了她，接过怀表，把它放进衣兜里。

"好好地瞧一瞧啊，"她继续道，"打开它，看一看它修得好不好。您这样一个有学问的人，您上过综合工科学校，您一定看得出来的。"

"哦！我可不怎么内行的。"圣克莱尔说着，以一种漫不经心的神态打开了表盖。

他是多么的惊讶！德·库尔西夫人的小小肖像就画在表盒的底上。还有什么办法再赌气吗？他额头上的皱纹舒展了开来；他不再去想马西尼；他仅仅只想起，自己就在一个魅力无穷的女人身边，而且这个女人很疼爱他……

云雀这个黎明的信使开始鸣唱起来，长条长条的浅白色光带犁开了东方天边的云彩。这正是罗密欧对朱丽叶道别的时刻[1]；也是所有的情人应该分别的经典时刻。

圣克莱尔站在壁炉前，手里拿着花园门的钥匙，眼睛紧紧地盯着我们已经说到过的那个伊特鲁里亚花瓶。在心灵深处，他对这个花瓶依然耿耿于怀。然而，他的心绪已然顺畅

---

〔1〕 见莎士比亚悲剧《罗密欧与朱丽叶》的第三幕第五场。"云雀这个黎明的信使"正是这场戏中的台词。

多了，一个简单的想法开始出现在了头脑中：泰米纳可能撒了谎。

伯爵夫人想送他到花园门那里，便用一条披巾裹住脑袋，这时候，他用手中的钥匙轻轻敲打着那个讨厌的花瓶，并渐渐地增大敲击的力度，越来越强，使人不由得以为，他很快就会把花瓶敲得粉碎。

"啊！上帝！请您小心点！"玛蒂尔德嚷嚷起来，"您会把我这漂亮的伊特鲁里亚花瓶给敲碎的。"

说着，她一把夺过了他手中的钥匙。

圣克莱尔很是不满，但他还是屈从了。他转过身去，背对着壁炉，以免受到诱惑继续敲打下去，接着，他打开了怀表，开始细细地端详起他刚刚接受的那幅肖像。

"是谁画的呢？"他问道。

"是R先生……喔，对了，是马西尼介绍我认识的他（马西尼从罗马旅行回来后，就发现自己对美术有一种精美的趣味，于是就让自己成为所有年轻艺术家的梅赛纳[1]）。说实在的，我发现这幅肖像跟我很像，尽管稍稍有点太夸张了。"

---

[1] 梅赛纳（公元前70—前8），本来是古罗马时代的一个骑士，奥古斯都皇帝的宠臣，文学艺术的保护人。当时著名的诗人维吉尔、贺拉斯等都曾蒙他提携。这个词"Mécène"后来慢慢演变成了"文学艺术资助人"的代名词。

圣克莱尔真想把怀表狠狠摔到墙上，把它摔得粉碎，难以再修复。但他还是强忍住了，把它放回到衣兜中；然后，发现天色已经大亮，他就走出了屋子，请求玛蒂尔德不要再送他，自己一个人大步穿越了花园，不一会儿，他就独自来到了乡间。

"马西尼！马西尼！"他怒火冲天地叫嚷道，"这么说来，我得永远都碰上你啦！"

无疑,画这幅肖像的画家也一定画了另一幅给马西尼！"我是多么傻啊！一时间里，我竟然会相信，我那么爱着她，她也同样爱着我……之所以这样，只是因为她的头发上插了这么一朵玫瑰花，因为她根本就没有佩戴首饰！……她写字台的抽屉中满是各种各样的首饰……而马西尼，他的眼中只有女人们的打扮，他喜爱的只是女人们的珠宝！……是的，她有一个很好的性格，这一点必须承认。她很善于迎合情人们的趣味。真是活见鬼！我倒一百倍地希望她是一个交际花，她是为了金钱而出卖自己的。那样的话，我至少还能相信，她是爱我的，既然她是我的情妇，而且她还没问我要钱。"

很快地，另一个更令人痛心的想法来到了他的脑子里。再过几星期，伯爵夫人的服丧期就将满了。而一旦她为亡夫守寡的一年期限结束，圣克莱尔就该娶她了。这是他曾经答应过的。答应过吗？不。他从来就没有谈过此事。但是，他确实有过这样的打算，而伯爵夫人对此也心知肚明。对于他，这无异于一种山盟海誓。前一天，他还宁愿舍弃一个王位，而更愿意让他能公开承认自己爱情的那一刻尽早来到；而现在，一想到要把自己的命运跟马西尼前情妇的命运联系在一起，他可就不寒而栗了。

"然而，**我必须如此**！"他心里想，"而且，也非如此不可。这个可怜的女人，她一定认为，我已经知道了她那段蹊跷的往昔故事。他们都说，那件事众所周知。而且，此外，她并不了解我……她不会理解我的。她会想，我爱她只不过就像马西尼爱过她那样。"

想到此，他又不无骄傲地对自己说："三个月里，她让我成为了男人中最幸福的人。这种幸福值得我牺牲掉自己的整个生命。"

他并没有去躺下睡觉，而是骑马在树林中溜达了整整一个上午。在维利埃森林[1]的一条小径中，他看到一个男子骑在一匹漂亮的英格兰骏马上，老远老远地就在高喊他的名字，并一路飞奔过来，来到他的身旁。原来是阿尔丰斯·德·泰米纳。以圣克莱尔当时的精神状态，孤独本来是特别合适的：因此，与泰米纳的相遇就让他糟糕的心境变成了一种难以压抑的愤怒。泰米纳并没有发觉这一点，或者说，此人是故意想要一

---

〔1〕 维利埃森林位于巴黎东南近郊，邻近苏镇。

个恶作剧，来惹一下对方。他喋喋不休地说着，他嘻嘻哈哈地笑着，他还接二连三地开着玩笑，却没发现对方根本就没有搭腔。圣克莱尔看到了一条狭窄的小道，连忙策马钻了进去，希望那讨厌鬼再也不要跟上来；却不料他的如意算盘落了空；一个讨厌鬼是不会那么容易就舍弃快到嘴边的猎物的。泰米纳把缰绳一拉，掉转马头，飞奔着追将上来，很快就跟圣克莱尔并驾齐驱了，更为方便地继续着对话。

我刚才说过，小径很狭窄。两匹马齐头并进已经非常困难了；因此，尽管泰米纳骑术精湛，不过骑行在圣克莱尔旁边时，不免还是碰擦到了对方的脚，这本来也不是什么稀罕事。而圣克莱尔，心中的怒火已经燃烧到了极点，实在是忍无可忍了。他从马镫子上挺起身来，抢起手中的鞭子，狠狠地打了一下泰米纳胯下坐骑的鼻子。

"奥古斯特，您是见了鬼还是怎么的？"泰米纳高声叫嚷起来，"您为什么要打我的马啊？"

"您为什么老是跟着我呢？"圣克莱尔厉声反问道。

"您难道糊涂了吗，圣克莱尔？您忘了吗，是您要跟我说话的呀？"

"我很清楚我是在跟一个自命不凡的人说话呢。"

"圣克莱尔！……您莫不是疯了吧，我想……请听我说：明天，您必须向我道歉，不然的话，您就得跟我说清楚您为何这般无理[1]。"

"那好，我们就明天见吧，先生。"

泰米纳勒住了坐骑；圣克莱尔给了马儿一鞭子；很快地，他就消失在了树林中。

这时，他的心情平静了一点。他生来有一个弱点，就是很相信预感。他想到，他明天说不定会被打死，那样的话，对他的处境倒也是某种解脱。还有一天时间要过呢；明天，就不再有什么焦虑不安了，不再有什么内心折磨了。他回到了自己家，派他的仆人送一张字条给波若上校，又写了几封信，然后，胃口大开地吃了晚餐，准时在八点半的时候来到了花园的小门前。

…………

"您今天是怎么啦，奥古斯特？"伯爵夫人问道，"您本来快活得出奇，而今天，您却无法拿您的那些笑话来让我开心地笑一笑。昨天，您多少有些不高兴，而我，我却是那么开心！今天，我们交换了角色。我，我头疼得要命。"

"美人儿啊，我承认，是的，我昨天确实是有点厌烦。但是，今天，我已经散了步，我做了操练；我的感觉简直好极了。"

"我吧，我起得很晚，我今天早上睡得很足，我做了一些

---

〔1〕 这里，暗示了要决斗。

很累人的梦。"

"啊！做了梦吗？您相信梦吗？"

"这也太疯狂了吧！"

"我，我可是很信梦的；我敢打赌，您一定是做了一个预示了某种悲剧成分的梦。"

"我的老天啊，我从来都是记不清楚我的梦的。然而，这一次，我却记得清清楚楚……在我梦里，我见到了马西尼；因此，您应该能看出来，根本就不是什么好玩儿的事。"

"马西尼？正好相反呢，我还以为您会很高兴再见到他呢？"

"可怜的马西尼！"

"可怜的马西尼？"

"奥古斯特，求求您了，请您告诉我，今天晚上您是怎么啦。在您的笑容中有某种魔鬼般的东西。您的神情像是嘲讽您自己。"

"啊！您对待我太不好了，就像那些寡妇老太太对我的态度那样，您的那些老朋友。"

"是的，奥古斯特，您今天拉长了一张脸，就仿佛您是在跟您很不喜欢的人打交道一般。"

"坏家伙！来吧，把您的手给我吧。"

他带着一种不无嘲讽意味的风流殷勤，亲吻了她的手，彼此对视了整整一分钟。圣克莱尔最先低下了眼睛，大声嚷嚷道：

"活在这个世界上而又不被看成坏家伙，那可真的太难了！那就得永远不谈别的，而只谈天气或狩猎，或者，就跟您的那些老夫人们讨论她们慈善委员会的预算好了。"

他拿起桌子上的一张纸，说：

"看吧，这里是为您洗贵重衣服的女人开的清单。我的天使，就让我们谈谈这些吧：这样一来，您就不会说我是个坏家伙了。"

"实际上，奥古斯特，您很让我吃惊……"

"这样的拼写让我想起来我今天早上发现的一封信。我必须对您说，我收拾了一番我的书信文件，因为我时不时地想要整理一下。然而，我发现了一封情书，那是一个女裁缝写给我的，我十六岁的时候曾经爱上了她。她写每个字的时候都有她自己的方式，而且总是用最复杂的方式。她的文笔也跟她的拼写很相配。说起来也怪，那时候我多少有些自命不凡，我觉得，一个写信写得不像塞维涅夫人[1]那样好的情妇，压根儿就配不上我。于是，我就断然决然地离开了她。今天，当我重读这封信的时候，我承认，这个女裁缝当时对我应该

---

[1] 塞维涅夫人（1626—1696），法国作家，以写给她女儿的书简而在文学史上著名。其书信文笔生动、风趣，反映了路易十四时代法国的社会风貌，被奉为法国文学的瑰宝。

是一片真情。"

"好啊！那是一个靠您供养的女人吗？"

"简直是太精彩了：每个月50法郎。但我的监护人给我的费用却不太多，因为他说，一个年轻男子有了钱就会葬送自己，还会葬送别人。"

"而那个女人，她后来怎么样了呢？"

"我哪里知道啊？……兴许她已经死在济贫院里了。"

"奥古斯特……假如这是真的话，您就不会有这种无忧无虑的神态了。"

"假如要说真话，那么，她后来是嫁给了一个**正人君子**；当我得到了解放，摆脱了监护人后，我给了她一份小小的嫁妆。"

"您的心也太好了！……但您为什么要显出很坏的样子？"

"哦！我是很好心……我越是想，就越是觉得这个女人是真心爱我的……不过当时，我可不会分辨处在一个可笑外形下的一种真实情感。"

"您本来应该把这封信拿来给我看。我是不会嫉妒的……我们做女人的，我们比你们有着更敏锐的分寸感，我们能从一封信的风格中立即看出，写信人是不是真心实意，他是不是在假装一种他根本就没有体验到的激情。"

"然而，有多少次，你们糊里糊涂地被一些傻瓜蛋或者自命不凡的男人俘获！"

　　说着，他瞧了瞧那只伊特鲁里亚花瓶，而在他的目光中，在他的嗓音中，有着一丝悲哀，但玛蒂尔德根本就没有注意到。

　　"得了吧！你们这些男人，你们全都想被人看成是一个唐·璜。你们总是想象，别人如何如何上了你们的当，而实际上，你们遇到的常常只会是唐娜、璜娜，远比你们要更为老谋深算。"

　　"我明白，夫人们，以你们高人一筹的聪明才智，你们完全能够在一法里之外就闻出一个傻瓜来。因此，我不怀疑，您的朋友马西尼是一个自命不凡的傻瓜，到死为止都是个童男子和殉道者……"

　　"马西尼吗？但是他并不太傻啊，而且，有些女人也是很傻的。看来，我得跟您讲一个关于马西尼的故事……不过，我忘了我是不是已经跟您讲过了，您记得吗？"

　　"没讲过。"圣克莱尔回答道，嗓音有些颤抖。

　　"马西尼从意大利回来后就爱上了我。我丈夫很熟悉他；他为我介绍说，这是一个有头脑有趣味的人。他们惺惺相惜。马西尼一开始很勤勉；他给了我一些从施洛特[1]那里买的水彩画，说那是他自己的画，他跟我谈音乐，谈绘画，用的是

---

〔1〕　施洛特是巴黎的一家画店。店铺就开在圣奥诺雷街 353 号。

一种高高在上却又寓教于乐的口气。有一天，他给我来了一封莫名其妙的信。在信中，他跟我说到，我是全巴黎最正直的女子；正因如此，他想成为我的情人。我把这封信给我的表妹朱丽看了。那时候，我们正是一对女疯子，我们决定跟他开一个玩笑。一天晚上，我们接待几位宾客，其中就有马西尼。我的表妹对我说：'我要为您读一读我今天早上刚收到的一份爱情表白。'她就拿出那封信，读了起来，结果引来众人的哄堂大笑……可怜的马西尼啊。"

听到这里，圣克莱尔欢快地大叫一声，顿时跪倒在地。他一把拉住伯爵夫人的手，用亲吻和泪水盖满了它。玛蒂尔德大惊失色，一开始还以为他病了呢。圣克莱尔说不出别的话来，只是一个劲儿地重复道："请原谅我！请原谅我！"最后，他站了起来，容光焕发。

这一刻，他比听到玛蒂尔德第一次对他说"我爱您"的那一天还更幸福。

"我是男人中最狂的狂人和最有罪的罪人，"他嚷嚷道，"两天来，我一直在猜疑你……我又没有寻找一种解释来对你说明……"

"你猜疑我！……为什么？"

"哦！我是一个可怜虫！……有人对我说你曾经爱上了马西尼，而且……"

"马西尼！"她哈哈大笑了一通；然后，立即恢复了严肃的神态，说："奥古斯特，您竟然会有这般疑心，看来还真的是疯狂，而且，还虚伪到要对我隐瞒！"说着，一滴眼泪已经在眼眶中滚动。

"我请求你原谅。"

"我又怎能不原谅你呢，亲爱的朋友？但是，首先让我向你起誓……"

"哦！我相信你，我相信你，什么都别说了。"

"可是，看在老天的分上，究竟是什么原因使得你猜疑一件如此不可能的事呢？"

"什么都没有，什么原因都没有，只有我的糊涂……还有……你瞧，这个伊特鲁里亚花瓶，我知道那是马西尼送给你的……"

伯爵夫人双手合十，神情十分惊讶；然后，她高声叫嚷起来，爆发出一串哈哈大笑：

"我的伊特鲁里亚花瓶！我的伊特鲁里亚花瓶！"

圣克莱尔也情不自禁地笑了起来，同时，大颗的眼泪从脸颊上流下。他把玛蒂尔德拥在怀中，对她说：

"你不原谅我，我就不松开你。"

"好了，我原谅你了，你这个疯子！"她说着，温柔地亲吻了他，"你今天让我感到十分幸福；我还是第一次看到你流泪，我还以为你永远都不会哭呢。"

说着，她挣开了他的怀抱，抓住那个伊特鲁里亚花瓶，往地板上一扔，摔了它一个稀里哗啦。（这是一件人所未知的稀世之宝。上面用三种颜色套画出一个拉皮泰人[1]跟一个马人[2]之间的搏斗。）

几个钟头里，圣克莱尔从最羞愧难当的人，变成了最幸福的人。

…………

"这么说，"晚上，在托尔托尼咖啡馆[3]，罗冈丹遇见波若上校的时候说，"那个消息是真的啦？"

"再真实不过啦，我亲爱的。"上校不无忧伤地回答道。

"那就请您把故事的经过讲给我听听。"

"哦！很好，圣克莱尔一开始对我说，是他不对，但他想先挨泰米纳一枪，然后再向他道歉。我也只能同意他。泰米纳想由抽签来决定谁来开第一枪。圣克莱尔一再坚持让泰米

---

[1] 拉皮泰人，传说中生活在奥林匹斯山附近的马其顿古老民族。
[2] 马人，西方传说中的一个民族，生性野蛮，好斗、好酒、好色，在欧洲的雕塑和绘画中往往被塑造为人头马身的半人半马。据说，马人跟拉皮泰人有过多次搏斗，在奥林匹斯的宙斯神庙的三角楣纹饰上，还有帕特农神殿的雕塑上，都绘有马人与拉皮泰人搏斗的场景。
[3] 这家咖啡冰淇淋店位于巴黎的意大利人林荫大道和泰特布街的拐角。19世纪初开张，1887年左右关闭。

纳先开枪[1]。泰米纳开了枪：我看到圣克莱尔原地转了一圈，然后就倒地死去了。我注意到，有很多士兵在中了枪弹后，身体会先奇怪地转上一圈，然后倒下死去。"

"这也太异乎寻常了，"罗冈丹说，"那泰米纳呢，他做了什么呢？"

"哦！他做了在这一情况下应该做的事。他带着一丝遗憾，把手枪往地下猛地一扔。他扔得是那么地狠，把扳机上的小狗头都摔断了。这是一把曼顿[2]造的英国手枪；我不知道在巴黎是不是能找到一个制枪匠，能够为他照原样再造一把。"

…………

伯爵夫人整整三年里不见任何客人；无论冬夏或春秋，她都留在自己的乡间别墅中，几乎很少走出闺门，有一个混血女仆服伺她，这女仆知道她与圣克莱尔的恋情，但即便是跟她，夫人一天也没有两句话可说。

三年之后，她的表妹朱丽长途旅行归来，前来看她；她

---

〔1〕 细心的读者能从这一细节中看出梅里美自身经历的影子。1828年，当梅里美因爱上了拉科斯特夫人艾美丽而跟她丈夫菲利克斯·拉科斯特决斗时，他请求对方先开枪。结果他的左胳膊被打伤。

〔2〕 约·曼顿（1766—1835），英国枪械制造商。他发明制造的撞击火帽单发手枪后来就被叫作曼顿型手枪，是已知的最早采用击发模式的手枪，也是当时最流行的一种决斗用手枪。梅里美的小说《柯隆巴》对此也有提及。

敲开了门，发现可怜的玛蒂尔德瘦骨嶙峋，苍白如纸，她还以为见到的是一具尸体，而以往，这女人曾是那般美丽动人，那般生气勃勃。她好不容易才把表姐从隐居中拉出来，把她带到伊埃尔城[1]。伯爵夫人郁郁寡欢地在那里又熬过了三四个月，然后死于一种胸部的疾病，据为她治疗的 M 大夫说，此病本是由家事的忧烦所引起的。

1830

---

[1] 伊埃尔是法国南方普罗旺斯地区的一个港口市镇，在蓝色海岸的土伦附近。那里气候温和，是冬季的避寒胜地。

伊尔的维纳斯

(*La Vénus d'Ille*)

愿此雕像亲和而又仁慈，

因为她与常人一般无二。[1]

——吕西安[2]

    我走下了卡尼古山[3]的最后一坡小丘，尽管太阳已经落山，我还是能分辨清楚平原上伊尔小镇[4]的那一幢幢房屋，我正迈步走向那里。

    "您知道，"我对从前一天起就成为我向导的那个加泰罗尼亚[5]人说，"您肯定知道德·佩尔霍拉德[6]先生住在哪里吧？"

---

〔1〕 原文为希腊语。

〔2〕 吕西安，古希腊作家，公元2世纪时人，文笔锐利，讽刺深刻，该引文出自他的作品《爱说谎的人》第19章。

〔3〕 卡尼古山，位于比利牛斯山脉中间，最高海拔为2786米。

〔4〕 伊尔小镇位于法国南方，从佩尔皮尼昂到普拉德的公路边上，在佩尔皮尼昂以西24公里处。梅里美曾于1834年在这一地区游历。

〔5〕 加泰罗尼亚是西班牙东北部的一个地区，首府为巴塞罗那。

〔6〕 佩尔霍拉德（Peyrehorade）也是一个地名，为朗德省的一个小镇。梅里美借它来作为小说人物的姓氏。

"我当然知道啦!"他高声回答道,"我熟悉他的房屋就像熟悉我自己的家一样; 要不是天都这么黑了, 我都可以指给您看的。那是伊尔最漂亮的房屋。他很有钱, 是的, 德·佩尔霍拉德先生; 他给他儿子找的女方家比他自己还更有钱呢。"

"这场婚礼很快就将举行了, 是吗?"我问他道。

"是的, 很快! 说不定连婚礼上演奏小提琴的乐师都已经请好了。或是今天晚上, 或是明天, 或是后天, 这谁知道呢! 反正会在普易佳里举行; 因为那新郎官先生要娶的是普易佳里[1]家的小姐。将是美事一桩, 真的!"

我是由我的朋友 P. 先生[2]介绍给德·佩尔霍拉德先生的。他告诉我说, 这是一个知识渊博的古董学家, 十分平易近人。他一定会很乐意为我展现方圆 10 法里土地上所有的古迹废墟。如此, 我也正希望他能带我参观一下伊尔的周围地方, 我知道那里拥有很多古代的和中世纪的名胜古迹。那场婚礼, 我还是第一次听人说起, 它恐怕会妨碍我的全部计划。

我心中暗忖, 人家洞房花烛, 我这样糊里糊涂地赶去的话, 将会是一个搅场子的人。可他们在等着我呢; P. 先生已经宣

---

〔1〕 普易佳里(Puiggari)是佩尔皮尼昂地方一个考古学家(皮埃尔·普易佳里, 1768—1854)的姓。

〔2〕 据考, 这位 P 先生应该是若贝尔·德·帕萨(1785—1856), 曾任地方上的高官。

布了我的来临，我当然得前往啦。

"先生，我们来打个赌吧，"当我们来到平原上时，我的向导对我说，"就赌一支雪茄好了，我能猜到您到德·佩尔霍拉德先生家里后会做些什么。"

"可是，"我一边回答说，一边顺手给他递上一支雪茄，"这又不是什么难猜的事。到了眼下这样时辰，我们又在卡尼古山赶了6法里的路，最大的事，当然是吃饭啦。"

"这是当然，但明天呢？…… 这么说吧，我敢担保，您明天一定会去伊尔看那个偶像，您信不信？我一看到您在塞拉博纳[1]描画圣徒们的肖像，我就猜到了。"

"偶像！什么偶像？"这个词大大地激发了我的好奇心。

"怎么！没有人跟您讲过吗，在佩尔皮尼昂[2]，德·佩尔霍拉德先生是怎么发现一个土里的偶像的吗？"

"您是想说，一尊黏土烧制的雕塑吗？"

"不是。却是铜铸的，那玩意儿可值钱啦。它的分量可是有教堂的一口钟那么重。在地里埋得很深的，就在一棵橄榄树的脚下，我们是在那里把它给挖出来的。"

"这么说来，挖掘的时候您在场吧？"

"是的，先生。两个礼拜之前，德·佩尔霍拉德先生对我

---

〔1〕 当指塞拉博纳修道院，位于距伊尔约12公里的山上。
〔2〕 佩尔皮尼昂，法国南部城市，东比利牛斯省的省会。

们，对胡安·科尔[1]和我说，把一棵去年受了霜冻的老橄榄树的根刨了，因为它已经冻死了，您知道的。就这样，我们干起了活儿，胡安·科尔一门心思地刨着树根，突然，他一镐子下去，我只听得'嘭……'的一响，我还以为他敲响了一口钟呢。'这是什么呢？'我说道。我们挥动镐子，继续刨着，挖着，突然，从土里露出来一只黑颜色的手，活像是一个死人的手从泥土中冒了出来。我，当时我简直吓坏了。我赶紧跑去找先生，我对他说：'有死人啊，我的主人，橄榄树底下有死人啊！得马上去叫神甫！'——'什么死人？'他问我说。他赶紧跑了过来，一看到那只手，就高声叫喊起来：'一件古董！一件古董！'您还会以为他找到了什么宝贝呢。于是乎，他亲自干了起来，又是镐头刨，又是双手挖，还东蹦蹦西跳跳地，干得是那么欢实，简直一个快顶上我们两个了。"

"最后，你们找到什么了？"

"一个很高很大的女子雕像，黑色的，先生，恕我说一句有些失礼的话吧，几乎是赤裸裸的，整个儿都是铜铸的，而德·佩尔霍拉德先生告诉我们说，那是异教徒时代[2]的一尊

---

〔1〕 据考，梅里美有个友人就叫胡安·科尔，在佩尔皮尼昂附近当医生。

〔2〕 指西班牙被阿拉伯人征服的时期。公元711年阿拉伯人（又称摩尔人）入侵西班牙。当时，阿拉伯人摧枯拉朽，只用了7年时间就征服了整个伊比利亚半岛，从而开始了近800年的对西班牙的统治。

偶像……总之，是查理大帝时代[1]的！"

"我认为那是……某个圣母的铜像，来自一座被毁的修道院。"

"一个圣母像！说得倒不错！……假如那果真是一尊圣母像，那我恐怕早就认出来了。我对您说吧，这是一尊偶像；这从她的神态中就能看出来。她正用她那双大白眼睛盯住您瞧呢……简直可以说，她是在凝视您。瞧着她的时候，人们不禁会把眼睛垂下来的。"

"白眼睛吗？它们兴许是镶嵌在青铜上的。那兴许是某个罗马时期的雕像。"

"罗马雕像！对了。德·佩尔霍拉德先生说过，这是一尊罗马雕像。啊！我看得很清楚，您跟他一样，也是一位有学问的人。"

"它是整尊的吗？保存完好的吗？"

"是的！先生，它什么都不缺失。比市政厅里的那尊路易-菲利普[2]半身雕像还要更漂亮、更细腻，那是石膏的，上了

---

〔1〕 查理大帝，公元8到9世纪统治高卢地方的法兰克人的国王，曾远征西班牙，与那里的阿拉伯人（所谓的异教徒）作战。

〔2〕 路易-菲利普（1773—1850），法国国王（1830—1848年在位），法国奥尔良王朝唯一的君主。1830年七月革命后，被资产阶级自由派等拥上王位。在位期间，镇压巴黎共和派起义，平定波旁王朝残余和路易·波拿巴所策划的叛乱，1848年二月革命中，迫于压力而逊位，后逃往英国隐居。

颜色。但是这尊雕像的脸，还有这一切，让我觉得有些不舒服。它像是有一种凶狠的神态……事实上也确实如此。"

"凶狠！它怎么对您凶狠了？"

"确切地说，不是专门对我；但是您将会看到这是怎么一回事。我们费了九牛二虎的力气，才总算把它立了起来，德·佩尔霍拉德先生也帮着我们一起拽绳子，尽管他手无缚鸡之力，这位好心的正人君子！我们好不容易把它竖得挺直了。我捡了一块碎瓦片，想把它给垫稳了，结果，啪啦嗒！一声巨响，它就仰面朝天地倒下了。我说：当心那底下！但已经太晚了，因为胡安·科尔根本就来不及抽出他的腿来……"

"他受伤了吗？"

"只听得咔嚓一声，他那条可怜的腿啊，当场就断了！哎哟我的妈呀！当我看到这一切时，我，我马上就急了。我真想举起镐头把这个偶像砸个稀巴烂，但德·佩尔霍拉德先生把我拦住了。他拿了一些钱给胡安·科尔，他在床上一直就那么躺着，到现在已经有整整两个礼拜了，而医生说，那条腿再也无法走得跟好腿一样利索了。这真是遗憾呐，想当初，他可是我们这里跑得最快的人啊，而且，除了那位少东家先生，他也算是我们最矫健的网球手之一。这样一来，阿尔丰斯·德·佩尔霍拉德先生也很伤心，因为向来，只有科尔才是他的球场对手。看他们在球场上来回击球，那才叫一个漂亮呢。啪！啪！球从来都不带落空沾地的。"

　　我们就这样东拉西扯地聊着，一路进了伊尔镇，而我也很快就见到了德·佩尔霍拉德先生。这是一个小个子老人，虽然上了年纪，却精力旺盛，脸上扑了粉，鼻子通红，一副很快活的神态，又略带了一些谐谑的意味。他先让我坐在一张已经摆好了菜肴的饭桌前，然后才打开 P. 先生的介绍信，把我介绍给他的太太和儿子，说我是一个出色的考古学家，足以让鲁西雍[1]从因学者们的冷漠而被人遗忘的境地中摆脱出来。

　　我吃得很带劲，因为没有什么能比山区的新鲜空气更能叫人精神振奋，胃口大开，我一边津津有味地吃着，一边仔细打量起了我的主人家。我已经简单说过了德·佩尔霍拉德先生的样子；我在这里还得补充一句说，这是个十分活跃的人。他不停地说着，吃着，站起来，跑去他的书房，给我拿来一些书，为我展示一些版画，还为我斟酒，根本就歇不下两分钟来。他的妻子，稍稍有些臃肿，就像大多数过了四十岁的加泰罗尼亚女子一样，是个典型的外省女人，一心忙于照料家庭杂务。尽管桌上的菜肴足够六个人吃了，却还是跑到了厨房里去，叫人宰杀了几只鸽子，油炸了一些玉米饼，

---

〔1〕　鲁西雍本来是法兰西王国的一个省份，从 1659 年到 1790 年相对独立，后属于法国，成为东比利牛斯省。现在，法国普罗旺斯—阿尔卑斯—蓝色海岸大区沃克吕兹省也还有一个市镇叫作鲁西雍。

打开了我不知道有多少罐果酱。不一会儿，饭桌上就摆满了菜肴和瓶酒，假如我把他们端上来的食物都尝上那么一点点，那我就会吃得肚子撑破。然而，我每谢绝一道菜，他们就会一再地道歉。他们生怕我在伊尔会过得不舒服。在外省，好吃的东西本来就缺少，而巴黎人又是那么爱挑剔！

在他父母亲来来回回走动期间，阿尔丰斯·德·佩尔霍拉德先生却像一块界碑那样纹丝不动。这是一个高个子年轻人，二十六岁，模样俊俏，五官端正，但有点儿缺乏表情。从他那运动员一般的身材体形来看，他应该当之无愧地享有不知疲倦的网球手这一闻名遐迩的名声。这天晚上，他穿着十分优雅，完全是按照最新一期《时尚画报》上插图的样子来打扮的。但是，我似乎总觉得他的衣装有些别扭；他僵僵地待在那里，活像一根小木桩，杵在他法兰绒的衣领中，要转身也是整个身子硬扭着全都转过去。他的一双手又大又壮，晒得黝黑，指甲剪得很短，跟他的一身服装形成了极其鲜明的对比。那真是一双耕种者的大手，从一个花花公子的衣袖中伸了出来。此外，尽管他万分好奇地把我从头到脚打量了一个遍，审视着我的巴黎人气质，整个晚宴期间却只有一次开口跟我说话，还是问我我的那条表链是从哪里买的。

"啊，这样！我亲爱的客人，"晚饭快吃完的时候，德·佩尔霍拉德先生对我说，"您现在到了我家，成了我的客人。如果不让您看够我们这大山中的种种宝贝物件，我是不会放开您的。您得学会认识我们鲁西雍,这样您才会公道地为它赞美。您不会怀疑我们将要为您展示的一切。腓尼基人的、凯尔特人的、罗马人的、阿拉伯人的、拜占庭人的种种古迹,您将会看到一切,从雪松一直到牛膝草[1]。我会带您去四处转悠,到处看一看,连一块砖头都不会遗漏的。"

一阵连声的咳嗽迫使他停住了嘴。我赶紧利用这一机会对他说,我很遗憾,在他们家操办喜事的日子里打扰了他们。假如他们愿意就我该做些什么而给我一些极其有用的建议的话,我完全可以不麻烦他们抽空来陪我……

"啊!您是想说这个小子的婚礼吧,"他高声嚷嚷着打断了我的话,"小事一桩!后天就办事。你就跟我们一起参加吧,跟家里人一样,因为未来的儿媳妇刚刚死了一个姑妈,作为这个姑妈的财产继承人,她得戴孝。因此,就不安排什么庆典了,也不举行舞会了……真的是太遗憾了……不然的话,您就能看到我们的加泰罗尼亚女郎跳舞了……她们全都那么漂亮,兴许兴致一来,您就会学我那儿子阿尔丰斯的样了。人们都说是,好事会成双,一场婚礼总会带来另一场的……礼拜六,年轻人一结完婚,我就自由轻松了,我们就可以动身了。我很抱歉,让一场外省人的婚礼来烦您。对一个早已

---

[1] 这一表达法,梅里美曾在自己的作品中多次借用,典出《旧约·列王纪(上)》,见《伊特鲁里亚花瓶》中第42页注〔1〕。

见惯了喜庆场面的巴黎人来说，这可能算不得什么……更何况婚礼上还没有舞会！然而，您会见到一个新娘子……一个新娘子……您会把对她的新看法说给我听的……但是，您是一个庄重端正的人，您不会再那样地盯着女人瞧了。我可是有比这更精彩的东西要展现给您看。我要让您好好地开一开眼……我为您保留了一个惊喜，明天，我会让您大吃一惊的。"

"我的天啊！"我对他说，"家里头珍藏着宝贝，而又不让大伙儿知道，实在是一件很难办到的事。我想我已经猜到了您为我保留的惊喜。但是，假如您要说的就是那尊雕像的话，那么，我的向导对我做的那些精彩描绘就只能进一步激起我的好奇心，我正想好好地欣赏它一番呢。"

"啊！他都已经对您说到了偶像啦，因为他就是这样称呼我那美丽的维纳斯像的……但是我什么都不想对您说。明天，天亮后，您将会看到它，您将会告诉我，我是不是有道理把它看作一件宝贝杰作。老天啊！俗话说得好，赶早不如赶巧，您真的是赶得再巧不过了！那上面有一些铭文，我这个可怜的无知者，我是以我自己的方式来解释的……但是一位来自巴黎的学者！……您可能会笑话我的阐释……因为我撰写了一篇论文……真的，我这么对您说……一个爱好古董的外省老头子，我真的也算是豁出去了……我想要印上很多份……假如您愿意帮我读上一遍，为我斧正的话，我可能会希望……比如说，我很好奇地想知道，您会如何解释在雕像基座上的这几个字母：

CAVE[1]……但是，我不想再问您什么问题了！明天见！明天见！今天，我们就不要再提那维纳斯一个字了！"

"你说得对，佩尔霍拉德，"他妻子说，"就让你的偶像留在那里吧。你应该看到，你都已经妨碍先生吃饭了。得了吧，先生在巴黎见过的好多雕像都比你的要漂亮得多。在杜伊勒里宫[2]，有好几十尊呢，也都是青铜的呢。"

"看见了吧，这就是无知，外省人圣洁无比的无知！"德·佩尔霍拉德先生打断了她，"拿一件精致的古物来跟库斯图[3]平淡无奇的形象相比！

"内人议论众神的口气

当真是无礼至极！[4]

"您可知道我女人希望我把那尊雕像熔烧掉，好为我们的

---

〔1〕 应该是拉丁语，意思为"提防""小心"。

〔2〕 杜伊勒里在巴黎，原为王宫，有宫殿和花园。1871 年巴黎公社期间，宫殿被毁，现仅存花园。

〔3〕 当指尼古拉·库斯图（1668—1733），法国雕塑家，他有很多作品后来成了杜伊勒里花园中的装饰。他的弟弟纪尧姆被人称为纪尧姆·大库斯图（1677—1746），也是有名的雕塑家。大库斯图的儿子也是雕塑家，世人称之为小纪尧姆·库斯图（1716—1777）。

〔4〕 这里的两句，是在模仿莫里哀喜剧《昂菲特利翁》（第二幕第二场）中的诗句。

教堂铸造一口钟。那样一来，她就能成为那口钟的命名人了。先生，这可是米隆[1]的一件杰作啊！"

"杰作！杰作！它所做的才是一件好好漂亮的杰作吧！把一个人的腿都给砸烂了！"

"我的女人，你可看见了吗？"德·佩尔霍拉德先生一边语调坚定地说，一边就把自己穿着花条纹丝袜的右腿朝她伸过去，"喏，就算我的维纳斯砸断了我的这条腿，我也不会遗憾的。"

"老天啊，佩尔霍拉德，你怎么可以这样说呢！幸亏那个人现在好多了……话又说回来，我还是下不了决心，去瞧一眼造成了如此不幸的那尊雕像。可怜的胡安·科尔啊！"

"被维纳斯所伤害，先生，"德·佩尔霍拉德说着，不禁哈哈大笑起来，"被维纳斯所伤害，傻瓜才会抱怨呢。"

"你可不知维纳斯的恩惠。[2]

"谁又没被维纳斯伤害？"

---

〔1〕 米隆，古希腊的著名雕刻家，生活与创作时期大约为公元前 480 年至前 440 年，是希腊艺术古典时期早期的代表人物，其杰作有《掷铁饼者》《雅典娜》和《玛尔斯》。他擅长青铜圆雕。

〔2〕 原文为拉丁语 "Veneris nec praemia noris"，典出公元前 1 世纪拉丁诗人维吉尔的长篇史诗《埃涅阿斯纪》（第四卷第 33 行）。

　　阿尔丰斯先生听得懂法语，但不怎么懂拉丁语，心有灵犀地眨了眨眼睛瞧着我，像是在问我："那么您呢，巴黎人，您听明白了吗？"

　　晚饭终于吃罢。其实，我停嘴不吃已经有整整一个钟头了。我很疲惫，我实在掩饰不住地连连打哈欠。德·佩尔霍拉德夫人第一个发现我的困意，注意到已经是该睡觉的时候了。于是乎，新的一轮道歉开始了，为我即将就寝之地的简陋而道歉。我不会像在巴黎那样舒服的。在外省，条件就是这样差！对这里的鲁西雍人还应该多多包涵。虽然我一再声明，在山区奔走了一路之后，只要有一堆麦秸当作睡铺，我就能美美地睡上一觉，他们还是再三恳求我原谅这些贫穷的乡下人，说他们已经尽了全力，无奈条件就是这样，只能委屈我了。我终于在德·佩尔霍拉德先生陪同下，上楼来到了他们为我准备的房间。楼梯的最上面几级是木头的，通向一条走廊的中央，走廊两旁则是好几个房间。

　　"右边那个套间，"主人家对我说，"是我给未来的阿尔丰斯夫人准备的。您的房间在对面一侧走廊的尽头。您应该明白，"他补充道，尽量让口气显得玄奥一些，"您应该明白，得离新婚夫妇远一点儿。您是在房屋的一端，而他们则在另一端。"

　　我们走进了一个家具齐全的房间，跃入我眼帘中的第一个物品，是一张长足七尺、宽有六尺的床，它是那么的高，需要借助一条板凳才能爬上去。我的主人家为我指点了一下喊人用的摇铃的位置，还亲自验证了糖罐里放满了糖，那些古龙香水瓶也都放在梳妆台上，问过我好几次是不是还缺少什么东西之后，他道了一声晚安就走了，留下我一个人。

窗户全都关闭着。脱衣服之前，我打开了一扇窗，想呼吸一下夜晚的新鲜空气，吃过了一顿长时间的晚餐后，深深地透透气，真的是一件美事。对面就是卡尼古山，任何时刻都是那么的令人赞叹，但是这天晚上，在皎洁的月光照耀下，它美轮美奂，在我眼中显得是世界上最美丽的山岭。足足有好几分钟，我一直待在窗前，眺望着它美妙无比的倩影，而正当我要关上窗户时，我低下了眼睛，发现那尊雕像就矗立在院子里的一个基座上，离房屋大概有二十来土瓦兹〔1〕的距离。它就位于一道绿篱的边角上，那绿篱正好把一个小花园跟一片宽阔平整的方形场地分隔开，后来我才知道，那块场地原来就是镇上的网球场。这个网球场早先是德·佩尔霍拉德先生的家产，后来，在他儿子的一再催促恳求下，他才出让给了镇里。

从我所在的距离看过去，实在很难分辨清楚那雕像的姿势；我能判断的只有它的高度，大概有六尺高的样子。这时分，有镇上的两个小流氓正好路过网球场，靠那道绿篱很近很近，用口哨吹着鲁西雍当地著名的优美小调《溪流奔涌的高山》〔2〕。他们停下脚步瞧那雕像，其中一个甚至还高声地招呼起它来。

---

〔1〕 土瓦兹是法国旧时的长度单位，一土瓦兹相当于 1.949 米。

〔2〕 这是一首很古老很著名的加泰罗尼亚歌谣，大概产生于 13 世纪。

他说的是加泰罗尼亚语；但是我在鲁西雍这地方已经待了很长时间，能够大致听明白他在说什么。

"你原来就在这里啊，风流娘们！（他使用的加泰罗尼亚字词要更为粗野。）你原来在这里！"他说，"这么说就是你砸断了胡安·科尔的一条腿！假若你落到了我的手中，我非砸断你的脖子不可。"

"说得轻巧！拿什么砸啊？"另一个说，"它是铜铸的，硬得很呢，艾迪安本来想把它锉断，结果反而把自家的锉刀都弄断了。那是异教徒时代的铜制品；硬得很的，我不知道还有什么比它更硬的了。"

"假如我有一把冷铁凿子的话（看起来，他是一个学制锁的学徒），我很快就能把它的大白眼睛抠出来，就像我能把坚硬的杏核砸开，把一粒杏仁从中抠出来。那里头的银子能值上一百多个苏[1]呢。"

他们走了几步，正准备离开。

"看来，我得给这偶像说一声晚安了。"学徒中岁数大的那个说着，突然停住了脚步。

他弯下腰，兴许是从地上捡了一块小石头。我见他胳膊猛地一扬，扔出了什么东西，立即，一记清脆的响声从青铜

---

〔1〕 苏，法国的辅币单位，通常，20个苏为一法郎。

雕像身上传过来。同时，那学徒用手捂住了脑袋，发出一声痛苦的惨叫。

"它给我弹回来了！"他嚷嚷道。

我的那两个小流氓拔腿就跑。显而易见，那小石头从金属上飞弹起来，狠狠地惩罚了他对女神像的这一肆意冒犯行为。

我开心地大笑着，关上了窗户。

"又一个受到维纳斯惩罚的汪达尔人〔1〕！但愿所有破坏我们历史文物的家伙都会这样被打破脑袋！〔2〕"说完这句仁慈的祝愿语，我就稳稳地睡着了。

当我醒过来时，天色已经大亮。只见我的窗前站着两个人，一侧，是德·佩尔霍拉德先生，身穿着睡袍；另一侧，是他妻子派过来的一个仆人，手里端着一杯热巧克力。

"来吧，起床了，巴黎人！我那些从都城来的懒鬼全都是这样！"当我匆匆忙忙地穿衣服时，我的主人家这样说道。"已经八点钟了，还赖在床上呢！我嘛，我从六点钟就起来了。我

---

〔1〕 汪达尔人是古代东日耳曼的一个部族，在民族大迁徙中于 429 年占领了北非的突尼斯一带，以迦太基为中心，建立了汪达尔王国。公元 455 年，他们从海上出发，并无情地洗劫了罗马城。历史上，他们以破坏文明而著称。

〔2〕 本篇小说发表于 1837 年，而在四年前，梅里美担任了法国七月王朝政府中的历史文物总督察官。从此经常在法国各地旅行考察，为修复文物建筑而进行考古、发掘、鉴定、保护等工作。这里的描写，对作者的专业工作也是一种影射。

都已经上楼来了三次啦；我踮起脚尖走近您的房门：没有人，连一点儿声息都没有。在您这把年纪，多睡贪觉可不是什么好事。而且，我的维纳斯，您到现在还没有见过呢！来吧，赶紧给我把这杯巴塞罗那巧克力喝了……真正的走私货呢……在巴黎都找不到这么好的巧克力。好好增加一点力气，因为，当您来到维纳斯的跟前时，人们就再也不能把您给拉开了。"

没用了五分钟，我就准备停当，就是说，脸刮了一大半，纽扣也马马虎虎地扣上了，喝巧克力时太匆忙，被滚烫的巧克力烫了一下。我下楼来到了花园里，站在了一尊令人赞叹的雕像跟前。

果真是一尊维纳斯像，美轮美奂。她上身赤裸着，就像古代人表现伟大的神明们时通常做的那样；她的右手抬到了胸脯的高度，手心朝里，大拇指、食指和中指伸直了，另外两根手指头微微地弯曲。另一只手，紧靠着髋部，提拉着遮盖住了下体的衣裙。这一雕像的姿势令人想起被人称之为日耳曼尼库斯[1]的那位豁拳者[2]的姿势，我也不太知道人们为

---

[1] 日耳曼尼库斯是罗马贵族称号，一般是指小日耳曼尼库斯（公元前16/15—公元19），他是朱里亚·克劳狄王朝的一位王室成员，也是罗马帝国皇帝卡里古拉之父，颇受群众爱戴，其名字日耳曼尼库斯来自其父尼禄·克劳狄乌斯·德鲁苏斯，以纪念其在日耳曼尼亚的军功。日耳曼尼库斯在德鲁苏斯即大日耳曼尼库斯之后成为克劳狄乌斯家族这一分支的世袭称号，作为这个家族分支的后代克劳狄一世和尼禄也都继承该称号。
[2] 豁拳，或称划拳：饮酒时的一种博戏。两人同时喊数并伸出拳指，以所喊数目与双方伸出拳指之和数相符者为胜，败者罚饮。

何这样称呼他。兴许雕塑家是想表现这女神在玩豁拳游戏呢。

　　无论如何，恐怕再也看不到有比这个维纳斯的躯体更完美的东西了；没有什么比她的轮廓曲线还更丰腴、更肉感了；也没有任何比她的衣裙更优雅、更高贵的了。我猜想那一定是后期罗马帝国的作品；我看得出来，这是雕塑艺术处于巅峰时期的一件杰作。尤其叫我大为惊讶的，是形态上的逼真精致，简直让人以为是照着真人的样子模塑出来的，假如大自然会产生如此完美的范例的话。

　　这女神的头发，从额头开始向上梳去，像是以往就镀过金的。她的脑袋小巧玲珑，就像几乎所有的希腊雕像那样，微微有些前倾。说到那张脸，我恐怕永远也表达不出其怪异的特征，其风格，在我印象中，跟任何一个古代的雕塑都不相似。说到底，根本就不是希腊雕塑家千篇一律地惯有的那种宁静而又庄严的美，给予了所有那些线条以威严肃穆的神态。在这里，正好相反，我不无惊讶地观察到艺术家那种刻意的追求，要让狡黠的表情带上一点点凶狠。所有线条都显得略略有些紧张：眼睛有点儿歪斜，嘴角有点儿上翘，鼻孔则少许有些隆起。在这张美得不可思议的脸上，却分明显露出了些许的轻蔑、嘲讽，还有凶残。说实话，我越是端详这尊令人叹为观止的雕像，就越是体验到一种别扭的心境，我实在很纳闷，一种如此妖艳的美丽竟然会跟一种缺乏联系在一起，缺乏任何的同情心。

"即便真有这样的模特儿存在，"我对德·佩尔霍拉德先生说，"那我也怀疑上天是否真的创造过一个如此的女人，我为爱上她的那些情人悲哀！她一定是一门心思地要让他们绝望而死。在她的表情中，有着某种凶残无比的东西，不过话又说回来，我也从来没有见过如此漂亮的东西了。"

"是维纳斯全身心地粘上了她的猎物！[1]**"**德·佩尔霍拉德先生高声嚷嚷道，对我表现出来的激动很是满意。

这一地狱般的嘲讽表情兴许还因她眼中之白和身上之黑而有增无减，那种白是白、黑是黑的鲜明对比是如此强烈，白的是她眼睛中镶嵌的银，白亮白亮的，黑的则是整个雕像因长年风吹日晒而披上的那层墨绿色铜锈，黛青黛青的。那双闪闪发亮的眼睛产生出某种幻觉，让人联想到那是真实的、有生命的。我记得很清楚我那向导对我说过的话，他说是，它会让那些瞧它的人都低下眼睛。这话几乎不假，经过这个青铜形象的时候，我就会情不自禁地做出一个表示愤怒的动作，对我自己表示不满，因为我隐约感觉到了某种局促不安。

"既然现在您已经细细欣赏过了这一切，我亲爱的古物鉴定专家同行，"我的主人家说，"假如您愿意的话，那我们就来开一个专题科学讨论会吧。请问，您对这一铭文有些什么

---

〔1〕 这句诗是法国剧作家拉辛的悲剧《费德尔》第一幕第三场中女主人公费德尔对自己的乳母兼心腹厄尼诺娜说的一句台词。

想法？对它，我想您还一点儿都没有注意到吧？"

他为我指点了雕像的基座，我在那上面读到这些词语：

CAVE AMANTEM.

"**学问渊博的人啊，请问您对此有何看法？**[1]"他一边搓着双手，一边问我道。"让我们看一看，我们在'*cave amantem*'这句话的理解上是否英雄所见略同！"

"可是，"我回答道，"这句话有两层意思。我们可以翻译为：'小心提防那个爱着你的人，不要轻易相信你的那些情人。'但是，在这一层意思上，我就不知道'*cave amantem*'是不是真的符合拉丁语的规范。从这位女士魔鬼般的凶相来看，我倒是宁可相信艺术家是想让观众小心提防这个可恶的美人。因此，我还是想翻译成：'假如**她**爱上了你，你可就要小心了。'[2]"

"嗯！"德·佩尔霍拉德先生说，"是的，这一层意思很

---

〔1〕 原文为拉丁语"Quid dicis, doctissime ？"。往日，博士论文答辩委员会主席往往用这句话来征询评审委员的意见，梅里美也常常在其书信中引用这一表达法，来咨询通信的对方。

〔2〕 后来，根据梅里美小说改编的歌剧《卡门》（比才作曲）中，剧本作者 H. 梅拉克和 L. 阿莱维就让女主人公卡门唱出了这句话："假如我爱上了你，你可就要小心了。"

值得赞赏；但是，请您不要见怪，我还是更喜欢第一种翻译法，我还会为它引申一番。您知不知道维纳斯的情人是谁吗？"

"那可有好几个呢。"

"是的；但是，占第一位的，那就得算伏尔甘[1]了。人们难道不是想说：'即便你貌美、动人，即便你趾高气扬，你却有一个打铁匠、一个丑陋的瘸腿人做你的情人！'先生啊，对那些风流的女人来说，这确实是一个深刻的教训！"

我实在忍不住要笑，因为他的解释在我看来也太牵强附会了。

"拉丁语确实很简练，但它也太可怕了。"我委婉地说道，为的是避免当面提出与我那位古物专家相反的意见，说着，我后退了几步，以便更好地观察雕像。

"请等一等，同行！"德·佩尔霍拉德先生说着，拉住了我的胳膊，"您还没有看完全呢。这里还有另外一行铭文呢。请登上基座，好好地瞧一下雕像的右胳膊。"

他一边这样说，一边帮助我登上了基座。

我就不太雅观地搂住了维纳斯的脖子，根本不考虑还像不像个样子，反正，我对她已经有些熟悉了。一时间里我甚

---

〔1〕 在罗马神话中，维纳斯是美神。而伏尔甘则是火神，同时也是铁匠们的保护神。通常，他的艺术形象为一个铁匠，手持铁锤或钳子，头戴锥形帽，身穿皮围裙，裸露着一条胳膊，一条腿有些跛，面目丑陋。

至还**直瞪瞪盯着她的鼻子**瞧着她，从近处来看，我发现她更为凶狠，同时也更为漂亮。然后，我辨认出，在那条胳膊上镌刻着一些文字，我猜想那是古代的一种草书。凭着眼镜的帮助，我拼读起了这些文字，而与此同时，德·佩尔霍拉德先生在一旁重复着我所念出的每个字词，还用动作和嗓音表示赞同。我这样读道：

VENERI TVRBVL...

EVTYCHES MYRO

IMPERIO FECIT.

在第一行的"TVRBVL"这个词后面，我觉得有几个字母被抹除掉了；但是"TVRBVL"却清清楚楚，明晰可辨。

"它的意思是……？"我的主人家问我，他容光焕发，微笑中透着一丝狡黠，因为他一定认为我不会很容易地搞清楚"TVRBVL"这个词的意思。

"有一个词我还解释不清楚，"我对他说，"其余的就都很容易了。说的是艾乌蒂切斯·米隆遵命谨以此礼物奉献给维纳斯。"

"妙极了。但是'TVRBVL'呢，您是怎么看的呢？'TVRBVL'又是什么呢？"

"'TVRBVL'这个词可把我给难住了。我绞尽脑汁地寻找某个兴许能帮我用来修饰维纳斯的形容语，但我白费了劲。我们来瞧一瞧吧，您觉得 TVRBVLENTA 这个词如何？令人困惑、令人不安的维纳斯……您会发现，我始终就在纠缠于她那凶狠的表情。TVRBVLENTA，对维纳斯来说，这根本就不是太糟糕的形容语。"我用很谦虚的口吻补充道，因为连我自己也都不甚满意我的解释。

"爱闹腾的维纳斯！爱折腾的维纳斯！啊！您还以为我的维纳斯是一个酒吧歌舞厅里的维纳斯吗？根本不是，先生；那是一个上流社会的维纳斯。但是，我还要为您解释一下 TVRBVL 这个词……不过，您至少得答应我，在我的论文出版印刷之前，请不要广为传播我的发现。那是因为，您知道吗，我得凭借这一发现好好地给自己赢得一份荣誉……无论如何，你们得留几个麦穗在田里，让我们这些可怜的外省穷鬼捡上一捡。你们已经够富裕了，巴黎的学者先生们！"

我站在高高的基座上，向他庄严地承诺，我永远都不会有偷窃他的发现那样的卑贱想法。

"TVRBVL……，先生，"他一边说道，一边将身子朝我凑过来，并低下了嗓门，生怕会有另外一个人听到他的话，"请念成 TVRBVLNERAE。"

"可我依然还是不太明白。"

"请听我说。离这里一里远的地方，山脚下，有一个村子叫作布尔特耐尔[1]。那是拉丁语‘TVRBVLNERA’一词的某种讹音。再没有比这一类音节颠倒[2]更平常的行为了。布尔特耐尔，先生，曾是一个罗马小镇。我一直就在猜疑，但苦于始终没有证据。而这一证据，现在终于找到了。这个维纳斯恰恰就是布尔特耐尔镇供奉的女神；而布尔特耐尔这个词，我刚刚揭示了它的古老词源，它证明了一件更为有趣的事，那就是，布尔特耐尔在成为一个罗马城镇之前，曾经是一个腓尼基城镇！”

他停下来，一边喘口气沉默一阵子，一边得意扬扬地享受着我的惊讶神态。我好不容易才忍住了想大笑一通的愿望。

“实际上，”他继续说道，“‘TVRBVLNERA’是一个纯粹的腓尼基词，‘TVR’，要读成‘TOUR’……‘TOUR’或‘SOUR’，是同一个词，不是吗？‘SOUR’是蒂尔城[3]的腓尼基语称呼；我用不着再来提醒您它的意思。‘BVL’就是‘Baal’；‘Bâl’，‘Bel’，‘Bul’，只有发音上的轻微区别。至于‘NERA’，这让我稍稍有些为难。由于找不到一个相应的腓尼基词语，我便倾向于认为，它是来自希腊语的‘γηρος’，意思是潮湿、

---

〔1〕 原文为“Boulternère”。伊尔以西4公里的地方，还确实有个村子叫布尔特耐尔。

〔2〕 指“Boulternère”与“Turbulnera”的词形相似，只是有两个音节颠倒了一下。

〔3〕 蒂尔（Tyr）为古代腓尼基的商城，阿拉伯语为“Sur”，位于今日黎巴嫩贝鲁特以南，存有腓尼基和罗马时代的种种历史遗迹。

泥泞。因而这是个混合词。为了证明'γηρος'这个词，到了布尔特耐尔之后，我将为您指明，山上的溪水是如何留下来，形成一个个臭烘烘的池塘的。另一方面，词的尾缀'NERA'应该是很晚之后才追加上去的，为的是纪念泰特里库斯[1]的妻子乃拉·皮薇苏维娅，看起来，她应该是为图尔布尔城做了什么好事。但是，由于那些池塘的关系，我更认为词源还是'γηρος'。"

他得意扬扬地捏了一小撮鼻烟嗅着。

"不过，我们还是先把腓尼基人放一放吧，回头来看这一段铭文。我是这样翻译的：'遵美神本人之命，米隆谨以此雕塑作品奉献给布尔特耐尔的维纳斯。'"

我克制着没有去批评他的词源学说法，但我也很想趁机证明一下我自己对此的深切理解，于是我对他说：

"请等一等，先生。米隆确实贡献了某件作品，但我根本就不认为那就是这尊雕像。"

"怎么！"他嚷嚷起来，"米隆难道不就是一个著名的希腊雕塑家吗？雕塑的才华将是他那个家族的世传：因此，一定是他的某个后代塑造了这个雕像。再也没有比这更确定无疑的了。"

---

〔1〕 当指泰特里库斯一世，最后一位高卢帝国皇帝，271—273 年在位，和他的儿子泰特里库斯二世一起统治。

"但是,"我反驳道,"我看到,那条胳膊上有一个小洞。我想,那一定是用来固定某个东西的,比如,一个手镯什么的,是那一位米隆作为赎罪的贡祭奉献给维纳斯的。米隆是一个不幸的情人。维纳斯很生他的气:为了平息她心中的怒火,他奉献给了她一个手镯。请注意,'*fecit*'〔1〕这个词常常被用来替代'*consecravit*'〔2〕。这是两个同义词。假如我手头有格吕泰或者奥雷利〔3〕的著作的话,我会为您提供不止一个例子的。一个恋爱之人在梦中见到维纳斯,他想象她命令他给她的雕像奉献一个手镯,这是很自然的事。米隆就此为她奉献了一个手镯……然后,是野蛮人,或者是某个亵渎神明的小偷……"

"啊!看得出来,您是个写小说的!"我的主人家高声嚷嚷道,伸手扶我下了基座,"不,先生,这是米隆学派的一件作品。您只需看一看它的做工,就会坚信不疑了。"

我给自己制定过一条规则,永远都不去冒犯那些固执己见的古物鉴赏家,于是我装作一副心服口服的样子,低下脑袋说:

"真的是一件令人赞叹的作品。"

"啊!我的老天,"德·佩尔霍拉德先生高声道,"又有破

〔1〕 拉丁语,意思为"制造""做"。
〔2〕 拉丁语,意思为"贡献""奉献"。
〔3〕 这两位都是欧洲著名的希腊罗马学学者,文献学家,詹姆斯·格吕泰（1560—1627）,荷兰文献学家;而约翰·加斯帕尔·冯·奥雷利（1787—1849）则是瑞士文献学家。

坏者留下了一道痕迹！有人朝我的雕像扔了一块石头！"

他刚刚发现，就在维纳斯像的胸脯上方一点点，有一道白印儿。我注意到，在她的右手手指头上还有一道类似的痕，我猜想，它说不定就是那块石头扔过来时被蹭了一下，或者，是被那石头击中胸脯后反弹的碎片给刮了一下。于是，我就把当时目睹见证的侮辱雕像的行径以及随之而来的惩罚报应一一讲给了主人公听。他痛快地哈哈大笑了一阵，把那个二流子小学徒跟狄俄墨得斯[1]做了一下比较，并希望他也跟那位希腊英雄一样，看到他所有的同伴变成白色的飞鸟。

午饭的钟声打断了这一番引经据典的交谈，跟头一天一样，我不得不放开肚子一个人吃四个人的饭量。然后，德·佩尔霍拉德先生的一些佃户来了；在他跟他们见面的同时，他儿子带我去看他为他的未婚妻在图卢兹买的一辆四轮马车，毋庸赘言，我对它是赞不绝口。然后，我跟他一起进了马厩，他拉我留在那里，听他赞了整整半个钟头他的马儿，他为我列数它们的世

----

[1] 狄俄墨得斯，希腊神话中的人物，为阿尔戈斯的国王。他还是特洛伊战争时希腊联军的英雄。在那次战争中曾受到雅典娜帮助而多次击败特洛伊人并获得重大胜利，他本人曾统率八十艘希腊战船，在战争中立下奇功。得胜回国后，被妻子及其情夫赶出了故国。相传，在战后的一次航行中，他的船队遇到暴风雨，他们随风漂到意大利海岸。于是，他在那里建立一个小王国，自任国王，直到去世。据说，在特洛伊战争中，他曾误伤了维纳斯，后来维纳斯为了报复他，把他的同伴全部变成白色的鸟，据说这些鸟就是信天翁。

系，为我讲述它们为他在省里的赛马大会上赢得的种种大奖。最后，他话题一转，借由一匹母马的过渡，跟我谈到了他未来的妻子，他说他打算把那匹灰色的母马送给他的新娘。

"我们今天就能见到她，"他说，"我不知道您会不会觉得她漂亮。你们巴黎人都是一些爱挑剔的人；但是，所有人，在这里，还有在佩尔皮尼昂，都觉得她很迷人。还有一点好的，就是她很富有。她在普拉代〔1〕的姨妈留给了她一份遗产。哦！我该会是多么的幸福啊。"

看到一个年轻人更多的是对未婚妻丰厚的嫁妆，而不是对她美丽的眼睛感兴趣，我深为震惊。

"听说您对珍宝首饰十分内行，"阿尔丰斯先生继续道，"您觉得这个怎么样？这是我明天要给她的戒指。"

他一边这么说着，一边就从他小指头的第一个指节上摘下一枚镶有钻石的大戒指，戒指呈两只手互相交握的形状；这一隐喻在我看来拥有无穷无尽的诗意。戒指的做工很古老，但我断定，为了镶嵌钻石，已经有人对它做了改动和添加。戒指的内壁上，能读到用哥特体字母镌刻的这样几个词："*Sempr' ab ti*"〔2〕，意思是，"永远与你同在"。

"这是一枚很漂亮的戒指，"我对他说，"但那些添加上去

---

〔1〕 普拉代是法国东比利牛斯省的一个市镇。
〔2〕 拉丁语。

的钻石让它稍稍丧失了原有的特色。"

"哦！可是这样一来，它就漂亮得多了，"他微笑着回答道，"这里头有价值1200法郎的钻石。是我母亲留给我的。这是一枚家传的戒指，已经很古老的了……是骑士时代的老物件了。她曾经在我外祖母的手上戴过，外祖母又是从她自己的外祖那里继承下来的。天晓得它是哪年哪月制作的。"

"巴黎的习惯，"我对他说，"是送一枚简简单单的戒指，通常，那是用两种不同的金属构成的，比如黄金和铂金。这么说吧，您手上的这另一枚戒指，我看就更适合送她。而这一枚，以它的钻石，还有它的两手形状的浮雕，就显得太肥厚了，那上面再想戴手套恐怕也戴不上去了。"

"哦！阿尔丰斯夫人愿意怎么样的话就怎么解决好了。我相信，她一定会很高兴得到它的。手指头上有1200法郎的钻石，这总是一件开心的事。而这一枚小小的戒指，"他一边补充道，一边心满意足地瞧着他戴在手上的那枚光溜溜的戒指，"这一枚，是一个女人在巴黎送给我的，那是在一个忏悔星期二的狂欢之日[1]。啊！两年前，我在巴黎时，是多么随心所欲

---

[1] 忏悔星期二，又称忏悔节（法语原文为"mardi gras"，直译为"油腻星期二"），是圣灰星期三的前一天，标志着"七天油腻一周"的结束。而所谓的圣灰星期三，则是基督教教历的大斋期（四旬期）之起始日。每年，"忏悔星期二"的日子都不固定，在复活节之前的第47天。

啊！那真的是一个好玩的地方！……"说到这里，他不无惋惜地叹了一口气。

这一天，我们得去普易佳里，到新娘子的娘家去吃晚餐；我们登上了四轮马车，朝着离伊尔大约一法里半的城堡奔驰而去。我被当作家中的朋友受到接待和欢迎。我将不会讲述那一顿晚餐以及接下来的那番谈话，反正我也没怎么参与那谈话。阿尔丰斯先生坐在新娘子身边，每隔一刻钟就会咬着她的耳朵，对她悄悄说上一句半句的。至于她，她几乎不怎么抬眼看人，每次她未婚夫跟她说话时，她都会谦逊地红一红脸，但回答他说话时却倒也落落大方。

普易佳里的小姐芳龄一十八岁；她那婀娜苗条的身材，恰好跟她那位魁梧强壮、骨骼粗大的未婚夫形成鲜明对照。她不仅漂亮，而且还十分诱人。我非常欣赏她那些极为得体的回答；而她那仁慈善良的外表中也不乏一丝狡黠的轻微痕迹，这使我不由自主地联想到我主人家的那一尊维纳斯像。在我心中做出的这一对比中，我暗暗自问，我们之所以不得不承认雕像的美依然略胜一筹，是不是因为，在很大程度上，这一美取决于她那母老虎一般的表情；而是因为，即便是在邪恶的激情中，力量之源也总是会在我们心中激起一种惊讶，一种不由自主的赞叹。

"多么遗憾啊，"离开普易佳里时，我心里想道，"一个如此可爱的人竟会是个富家千金小姐，她的嫁资会让一个原本配不上她的人来死命追求！"

回伊尔的路上，我实在不太知道该对德·佩尔霍拉德夫人说些什么才好，但我想，总应该跟她说说话才是，于是我说：

"夫人，你们在鲁西雍，头脑也真的是够开通的！"我高声说道，"居然会想到在一个礼拜五举办婚礼！在巴黎，我们就算是更不迷信的了，也没有人会考虑在一个这样的日子里办喜事呀。"

"我的老天啊！快别说这些了，"她对我说，"要是在家里是我说了算的话，我们当然会选一个别的日子啦。但是，佩尔霍拉德硬要这样，我们就只得由着他啦。不过，这样一来，弄得我也怪不痛快的。假如有什么不幸发生呢？人们这么说总归有一些道理吧，要不，为什么所有人全都那么害怕礼拜五呢？"

"礼拜五！"她丈夫高声嚷嚷道，"那是维纳斯的日子[1]！是举办婚礼的好日子！您瞧瞧，我亲爱的同行，我心里想的只有我的维纳斯。我以我的名誉担保！全是因为我的维纳斯，我才选择了礼拜五办喜事。明天，假如您愿意的话，在婚礼之前，我们将为她做一个小小的祭祀；我们要为她祭上两只斑尾林鸽，此外，假如我知道从哪里能弄到熏香的话……"

---

[1]　法语中，"礼拜五"一词为"vendredi"，来自拉丁语"veneris dies"，意即"维纳斯之日"。但照基督教的说法，礼拜五又是耶稣受难的日子，故而迷信的西方人认为这个日子不吉祥。

"得了吧,佩尔霍拉德!"他妻子怒不可遏地打断了他的话,"亏你想得出来,居然要给一个偶像烧香!简直岂有此理!街坊四邻会怎么说我们呢?"

"至少,"德·佩尔霍拉德先生说,"你得允许我给她的头上戴上一个由玫瑰和百合编织的花冠吧:

"大把大把地撒下百合花吧。[1]

"您看吧,先生,宪章[2]还是一纸空文。我们根本就没有崇拜的自由!"

第二天的日程安排遵循了以下方式。10点整,所有人应该准备停当,更衣完毕。喝过巧克力,人们将驱车前往普易佳里。婚礼的民事仪式应该在镇公所举行,而宗教庆典则安排在城堡的礼拜堂里。接下来的就是一场婚宴。午餐之后,人们要尽情地欢庆,直到傍晚7点钟。7点整,人们将返回伊尔,回到德·佩尔霍拉德先生的家,两家人将在家中一起晚餐。其余的则该怎

---

〔1〕 原文为拉丁语"Manibus date lilia plenis"。 这一引语来自古罗马诗人维吉尔的长篇史诗《埃涅阿斯纪》第六卷。那一段讲述的是狄多和埃涅阿斯的相爱,埃涅阿斯后来离开了狄多,害得狄多得了相思病。
〔2〕 这里的宪章应该指法国路易十八的复辟王朝于1814年6月4日颁布的《宪章》,其第五章规定:每个人都有宣传自己的宗教的自由,各种信仰均得到同样的保护。但它的第六章又规定:罗马天主教为法国的国教。

么着就怎么着。既然不能跳舞，那就尽量吃个饱吧。

从8点钟起，我就坐在了维纳斯像面前，手里捏着一支铅笔，开始第二十次描绘雕像的脑袋，却始终无法捕捉住她那诡异的表情。德·佩尔霍拉德先生在我身边走来走去，给我一些建议，不断地对我重复他的那些腓尼基词源；然后，把一些孟加拉红玫瑰放到雕像的基座上，并用一种混杂了悲剧与喜剧的口吻，祈求女神为将与他共同生活在同一屋檐下的那对新婚夫妇祝福。大约九点钟时，他回家去换衣服，这时候，阿尔丰斯先生露面了，身子紧紧地绷在新衣服中，手戴洁白的手套，皮鞋擦得锃亮，衣扣是镂空的，扣眼上还点缀了一朵玫瑰花。

"您能为我的妻子画一幅肖像吗？"他问我道，俯下身来看我的绘画，"她也是很漂亮的。"

这时，就在我已经谈到过的那个网球场上，一场比赛开始了，它立即就吸引了阿尔丰斯先生的注意力。而我，身子有些疲劳，而且对描绘出这张充满凶恶之气的脸几乎不抱任何希望，很快地也就丢下了手头的绘画，跑去瞧网球比赛了。在那些网球手中，有头一天来到此地的几个赶骡子的西班牙脚夫。那是些阿拉贡人和纳瓦拉人[1]，几乎所有人全都身手不凡。如此一来，伊尔人尽管有阿尔丰斯先生在边上加油鼓劲，

---

〔1〕 阿拉贡和纳瓦拉都是西班牙的地区名，分别位于西班牙的东北部和中北部。

出谋划策，却终是不敌那几位新科冠军，很快就败下阵来。法国的观众不禁有些垂头丧气。

阿尔丰斯先生瞧了瞧他的怀表。时间才九点半。他母亲还没有梳头打扮呢。他便不再犹豫：他脱掉盛装，问人借了一件上衣穿上，前来挑战西班牙人。我微笑着看他这样做，心中略带一丝惊讶。

"必须维护国家的荣誉。"他说。

此时，我觉得他真的十分英俊。他激情昂扬。他那身打扮，方才还如此让他小心在意，眼下早就被他忘得一干二净了。几分钟之前，他还脖子僵僵地不敢乱动，生怕会扭乱了他的领带。现在，他全然顾不上他那烫了卷的头发，也根本不去想他那连褶子都折得整整齐齐的襟饰。而他的新娘子呢？……我的天啊，我想，假如有那么一丝可能性的话，他甚至都会让人把婚礼推迟一天的。我看他匆匆换上了一双便鞋，把袖子卷得老高老高，做出一副很有把握的样子，率领着受挫的一方再度上阵，就像当年的凯撒在都拉基乌姆重整旗鼓，召集旧部兵将[1]。我跳过绿色的树篱，很合适地站到一棵朴树的

---

〔1〕 都拉基乌姆，旧称都拉斯，在如今的阿尔巴尼亚。公元前48年，凯撒与庞培决战，围攻都拉基乌姆时被庞培打败，后凯撒重整人马，在法萨罗之战中大败庞培军，击毙近万人，降者甚众；庞培率少数将士逃至埃及后被杀。此战为凯撒在罗马建立独裁统治铺平了道路。

树荫下，把双方的对垒交战看了个一清二楚。

跟所有人期望的正相反，阿尔丰斯先生第一个球就没接好；说实在的，这个球擦了一下地，以一种异乎寻常的力量反弹起来，击球的是一个阿拉贡人，看来他就是西班牙人的头头。

此人有四十来岁的年纪，很干练，也很神经质，身高六尺，橄榄色的皮肤，色调几乎就跟青铜的维纳斯雕像一样深。

阿尔丰斯先生愤怒地把球拍往地上一扔。"这枚该死的戒指，"他高声嚷嚷道，"把我的手指头勒得那么紧，这样稳当的一个球都被漏掉了！"

他不无困难地摘下了那枚钻石戒指：我赶紧凑近过来，要去接戒指；但是他早已先我一步跑向了维纳斯雕像，把戒指戴在了她的无名指上，回到了伊尔队头阵的位置上。他脸色苍白，但沉着平静，镇定自若。从此，他就再也没有犯过一次错误，西班牙人终于被彻底打败。这是一场漂亮的比赛，观众真正是群情激昂：有的人千百次地欢呼尖叫，把帽子往空中飞扔；有的人跑过来握他的手，把他叫作国家的荣誉。就算他击退了一次敌军的进犯，我猜他所受到的赞扬恐怕也不过尔尔，不会更热烈，更真诚了。对手落败后的懊丧更是增添了他胜利的光辉。

"我们以后再战上几盘吧，我的勇士，"他洋洋得意地对那个阿拉贡人说，"不过，我会让您得上几分的。"

我倒是希望阿尔丰斯先生表现得更谦虚一点，见他的对手受到如此轻蔑的怠慢，我几乎也有些难受起来。

那个西班牙巨人深深地感受到了这一凌辱。我看到，他那本来黑黝黝的脸色唰地变白了。他神色阴郁地瞧着手中的球拍，咬紧了牙关；然后，他用一种有些窒息的嗓音，低声说道："**我们走着瞧**[1]。"

德·佩尔霍拉德先生的嗓音扰乱了儿子的获胜喜悦；我的主人家，很惊讶地发现他儿子根本就没有在那里指挥新买的四轮马车的套车事宜，而当他看到他汗水淋漓地手握一副球拍时，心中的那一份惊讶就更强烈了。阿尔丰斯先生跑向了屋里，去那里洗脸洗手，又换上了簇新的衣服和亮锃锃的皮鞋，五分钟之后，我们就驾着马车飞奔在了去普易佳里的路上。镇上的所有网球手，以及相当数量的观众，一边发出热烈的欢呼声，一边跟我们跑了一阵。给我们拉车的那几匹强壮的马儿，好不容易才维持住了前进的步子，没有被这些天不怕地不怕的加泰罗尼亚人追上。

我们到了普易佳里，一行人马上就前往镇公所，这时候阿尔丰斯先生猛地一拍脑门，低声对我说：

"瞧我这记性！我把戒指给忘了！它还在维纳斯的手指

---

[1] 原文为西班牙语"Me lo pagarás"。

上呢，干脆让魔鬼把我带走吧！至少，请您不要对我母亲提起这件事。兴许她什么都不会注意到的。"

"您可以派个人去取一下。"我对他说。

"算了吧！我的仆人留在了伊尔。而眼前的那些人，我实在是信不过。1200法郎的戒指！这会让不止一个人动心的。再说，这里的人对我的粗心大意又会做何感想？他们会尽情地笑话我一通。他们会把我叫作雕像的丈夫……但愿没有人会把它偷走！幸亏，这偶像让我手下的那些家伙都好生害怕。他们都远远地不敢接近它。算了吧！这没什么；我还有一枚戒指呢。"

民事和宗教的两番仪式庄严隆重地举行，整个过程中一切均进展得恰如其分；而普易佳里的小姐则接受了巴黎时髦女郎的那枚戒指，一点儿都没猜疑到，她的未婚夫为他牺牲掉了一个爱情的信物。然后，人们来到餐桌前，开始大吃大喝，甚至还放开歌喉歌唱，一切持续了很长很长时间。我则因新娘子周围爆发出的巨声欢笑而为她感到痛苦；然而，她做得比我所希望的还更得体，即便有时显得矜持，却丝毫没有矫揉造作。

也许，环境越是困难，勇气也就越是自然而然地生成了。

谢天谢地，婚宴终于如上帝所愿的那样结束了，时间也已经是4点钟了；男人们前去美丽如画的公园中散步，或者瞧着身穿节日盛装的普易佳里农妇们在城堡的草坪上跳舞。

就这样，我们打发了几个钟头。这期间，女人们则急忙团团簇拥住了新娘子，让她为她们展示新郎送的结婚礼物。然后，她去换了衣服，我注意到，她漂亮的头发上罩了一顶软帽，外面还戴了一顶插了羽毛的礼帽，因为女人们全都一样，做姑娘时不让穿这种衣服，不让戴那个首饰，一旦结婚之后，只要她们有可能，就会迫不及待地佩戴起早先被禁止的饰物。

快八点钟了，众人准备返回伊尔。但是，这之前，先是演出了一幕悲怆动人的戏。普易佳里的小姐的姑姑，为她扮演了母亲的角色，这是一个上了年纪而又十分虔诚的女子，她根本就不该跟我们一起去镇里。在我们出发时，她给她的侄女来了一番感人的告诫，告诉她如何履行做一个妻子的职责，好不容易念叨完了，却又是一通抱头大哭，还有没完没了的亲吻。德·佩尔霍拉德先生把这次离别比作了萨宾女子的被劫[1]。我们总算还是走了，而在路上，每个人都在竭力想法子逗新娘子乐，让她笑；但是始终没能成功。

在伊尔，晚饭已经在等着我们了，而且，那是一顿何等丰盛的晚餐啊！如果说，上午的巨大欢乐已经很让我震惊了，

---

[1] 萨宾是亚平宁半岛南部的城市，据古代的传说，当年，罗马人曾在喜庆之际，趁机发动大规模抢劫，劫走萨宾的女子回去为妻。欧洲艺术史上曾有不少经典的绘画作品表现这一题材，如科尔托纳、大卫、普桑等人的作品。

那么，晚上众人对新郎新娘所开的种种玩笑和隐晦影射给我带来的震惊，就是有过之而无不及了。新郎在入席之前一度不见了踪影，露面时显得脸色苍白，神情严峻，几乎冷若冰霜。他一刻不停地在喝科利乌尔[1]的陈酿葡萄酒，它几乎就跟烧酒一样烈。我就坐在他的旁边，觉得有义务提醒他一下：

"小心啊！他们说这葡萄酒很凶的……"

我都不知道自己对他说了些什么蠢话，反正是鹦鹉学舌，人云亦云。

他推了一下我的膝盖，压低了嗓音对我说：

"等大家都离席之后……我希望能跟您说上两句。"

他那严肃庄重的口吻让我大吃一惊。我更专注地瞧了瞧他，我注意到，他的脸色已经奇异地变了样。

"您身体没什么不舒服吗？"我问他。

"没有。"

说着，他又喝了起来。

这时候，在一片尖叫声和鼓掌声中，一个十一岁的小男孩钻到了桌子底下，从新娘的脚踝上解下来一条白色间杂有玫瑰色的漂亮带子，并且亮给在场的众人看。人们把这个东西叫作她的吊袜带。马上，它就被剪成了碎片，并被分发给年轻小伙

---

[1] 科利乌尔是法国东比利牛斯省的一个市镇，濒临地中海，以出产葡萄酒著称。

子们，他们便遵照某些贵族大家庭依然保留至今的一个古老习惯，把这碎丝带别在自己的上衣扣眼上。而见此情景，新娘就不禁羞赧得面红耳赤。但是，在这之后，新娘子的尴尬才真正达到了最高潮，只听德·佩尔霍拉德先生摆手让众人安静一下，为她唱了几句加泰罗尼亚语言的诗歌，他说，那是他即席口占的。如果我没有弄错的话，这几句诗的意思如下：

"我的朋友们，这又是什么？我喝的葡萄酒让我看到了双重影吗？这里怎会有两个维纳斯……"

新郎猛地转过脑袋来，神情恐慌，看得所有人都笑了起来。

"是的，"德·佩尔霍拉德先生继续说，"在我的家中有两个维纳斯。一个我是从土地中找出来的，就像挖松露[1]一样；而另一个，则是从天而降，刚刚与我们分享了她的腰带。"

他想说的是她的吊袜带。

"我的儿啊，你就从罗马的维纳斯和加泰罗尼亚的维纳斯中选择一个你更喜欢的吧。这赖皮要了加泰罗尼亚女郎，他选得更好。罗马的那一位是黝黑的，加泰罗尼亚的这一位却是白皙的。罗马的那个是冷冰冰的，加泰罗尼亚的这个则炽

---

〔1〕 松露（Truffle）是一种蕈类的总称，分类为子囊菌门西洋松露科西洋松露属。通常是一年生的真菌，多数在松树、栎树、橡树的根部着丝生长。松露气味特殊，含有丰富的蛋白质、氨基酸等营养物质。它对生长环境的要求极其苛刻，无法人工培育，产量稀少，导致了它的珍稀昂贵。一些欧洲人将松露与鱼子酱、鹅肝并列"世界三大珍肴"。

烈得让靠近她的一切人热血偾张。"

这段诗歌精彩的结尾赢得了众人的一致呼唤，鼓掌声如闪电一般热烈，笑声如雷鸣一般响亮，我简直在担心天花板都要掉下来砸到我们的脑袋上了。饭桌前只有三张脸依然还那么严肃，那就是新郎、新娘的脸，还有我的脸。我头疼得厉害；而且，我也不知道是为什么，一场婚礼总是会让我感到忧伤。而眼前的这一场，更让我有些厌恶。

最后那几段诗歌是由镇长助理唱的，我不得不说，其格调颇有些轻浮放肆，随后，人们进入客厅，见证新娘子的入洞房仪式，因为夜已深沉，将近子夜时分了。

阿尔丰斯先生把我拉到一扇窗户前，一边眼睛瞅着别处，一边对我说：

"您一定会笑话我的……但我也不知道我这是怎么了……我已经中了邪！真是活见鬼了！"

我当时脑子里生出的第一个想法就是，他一定以为自己遭遇了蒙田[1]和塞维涅夫人说起过的那一类不幸：

"整个的爱情帝国都充满了悲剧故事[2]。"等等。

---

[1] 蒙田（1533—1592），法国思想家、作家，随笔这一文类的首创人。主要文学作品即为《随笔集》。
[2] 语见塞维涅夫人 1671 年 4 月 8 日给她女儿的信。梅里美几乎原封不动地引用了原文，只有一个形容词不同，改用了 "plein"，而不是 "rempli"，但两者是同义词，都是"充满了"的意思。

　　我本来还以为这样的不幸事故只会发生在聪明人的身上呢，我心中暗自嘀咕道。

　　"我亲爱的阿尔丰斯先生，您喝科利乌尔的葡萄酒恐怕喝多了，"我对他说，"我早就提醒过您了。"

　　"是的，兴许。但这件事要远远更为可怕。"

　　他话说得吞吞吐吐。我以为他彻底醉了。

　　"您知道我的那枚戒指吧？"沉默了一阵子之后，他继续道。

　　"怎么的？叫人给偷走了？"

　　"没有。"

　　"如此说来，您给拿了回来啰？"

　　"不……我……我根本就无法把它从这个见鬼的维纳斯的手指头上摘下来。"

　　"是吗？您恐怕使的劲不够大吧。"

　　"谁说的，我使大劲了……但是，那维纳斯……她却攥紧了手指头。"

　　他神情惊慌地死死盯着我，紧靠着窗户的西班牙式的长插销[1]上，生怕支撑不住会倒下。

　　"好一个漂亮的故事！"我对他说，"您当初肯定是把戒

―――――――――

〔1〕　长插销，是一种得靠转动手柄才能开关窗户的垂直的插销。

指套得太紧了。明天，您用钳子拔一下，就一定能拔出来的。但是，一定得小心，别碰坏了雕像。"

"不，我对您说吧。维纳斯的手指头都缩了回去，都收了起来；她几乎都握紧了拳头，您明白我的意思了吗？……显然，她已经成了我的妻子，既然我把戒指都给她戴上了……她再也不愿意还我了。"

我不由自主地一哆嗦，一时间浑身都是鸡皮疙瘩。然后，他长长地叹了一口气，一股酒气顿时朝我直喷而来，所有的激情逃遁得毫无踪影。

这可怜的家伙，我自忖，他已经烂醉了。

"您是古物鉴赏家，先生，"新郎用一种可怜兮兮的口气补充道，"您对那些雕像一定很在行……那里头兴许存在着什么弹簧，什么见鬼的机械装置，反正我是一点儿都不知道……您是不是可以去看一看呢？"

"很愿意，"我说，"请您跟我一起走吧。"

"不，我更想让您一个人去。"

我就走出了客厅。

晚餐期间，天气已经变了，这时候，瓢泼大雨已经开始下了起来。我正要问人借一把雨伞，转念一想，便打消了打伞的主意。我当真是一个大傻瓜啊，我心里说，竟然还想着要去证实一个醉鬼对我说过的话！兴许，他只是想跟我玩上一个恶作剧，好让那些正直的外省人开心地笑上一通；而我，我反正都无所谓的，大不了，就是被大雨淋一个落汤鸡，到时候患一场感冒。

我从大门口朝被雨水淋得湿漉漉的雕像瞥了一眼，没有返回客厅就径直上楼，回了我的房间。我躺倒在床上；但久久不能入眠。白天发生的一幕幕情景重又浮现在我的脑际，历历在目。我想到了那个如此美丽、如此纯洁的年轻姑娘，她竟然委身于一个粗野不堪的醉鬼。这是多么丑恶的事情啊，我心里说，一场只讲门当户对的婚姻！一个披戴了一条三色肩带的镇长，一个系挂了一对襟饰的神甫，就这样，世界上最纯真的少女便奉献给了牛头怪物弥诺陶洛斯[1]！要知道，两个真心相爱的人，甚至都愿意付出生命的代价来换取一个如此珍贵的时刻，而就在一个如此的时刻，两个并不相爱的人，他们彼此又有什么可说的呢？一个女人难道会爱上一个她见过其粗野言行的男人吗？最初的印象往往是最难以抹除的，我敢肯定，这个阿尔丰斯先生遭人记恨完全是咎由自取的……

我的这场内心独白当然远不止这些，不过我也不打算在此和盘托出，就在我尽情遐想时，我听到房子里有人来来往

---

〔1〕 牛头怪物弥诺陶洛斯：希腊神话中一个著名的半人半牛怪物，后成为克里特的国王。他居住在一个巨大的迷宫中，每年要求雅典人向他进贡七对童男童女，最终，他被希腊英雄忒修斯杀死。

往地走动，房门打开又关上，关上又打开的，有车辆出发；然后，我似乎听到楼梯上有轻盈的脚步声，好几个女人在走向跟我房间反方向的走廊尽头的那个房间。那可能是送新娘入洞房的队列。随后，她们又下楼去了。德·佩尔霍拉德夫人的门关上了。我心里在想，这个可怜的姑娘一定心慌意乱，坐立不安了！我也因为心中不平而辗转反侧。在一个操办喜事迎娶新妇的家中，一个单身汉扮演了一个傻瓜蛋的角色。

好不容易才安静了一会儿，就听得楼梯上响起了上楼来的沉重脚步声。木头的阶梯嘎吱嘎吱地直响。

"好一个鲁莽的人！"我不禁嚷嚷起来，"我敢打赌，他准得从楼梯上摔下去。"

一切却复归于寂静。我拿起一本书，想换换脑子，改变一下我的思路。这是一本省里的统计手册，其中有一篇德·佩尔霍拉德先生的论文，是关于普拉代地区中德鲁伊教[1]历史建筑遗迹的。我刚刚读到第三页，就困得睁不开眼了。

我睡得很不稳当，还醒转来好几次。听到鸡叫的时候我已经醒来二十多分钟了，应该是清晨五点钟的光景。天快要亮了。这时，我清清楚楚地听到了跟我头天晚上入睡前听到过的同样沉重的一阵脚步，同样嘎吱嘎吱乱响的楼梯声。我觉得其

---

〔1〕 德鲁伊教为古代高卢人和凯尔特人的一种多神教宗教，相信人的灵魂永生不死，肉体死后灵魂可以转生。

中必有蹊跷。我一边打着哈欠，一边使劲琢磨着，阿尔丰斯先生为何起得这么早。我实在想象不出个所以然。我正要闭上眼睛，不料又听到一阵奇异的踩脚声，引起了我的注意力，很快地，踩脚声中又掺杂了门铃的丁零当啷声，还有稀里哗啦的开门声，随后，我隐隐约约地辨认出几声含糊的叫喊。

我的醉鬼没准在哪里放了一把火啦！我一边这样想着，一边就从床上跳将起来。

我匆匆地穿上衣服，进入走廊中。从走道另一边的尽头，传来了几记叫嚷声和哀号声，一个撕人心肺的嗓音盖过了其他所有的声音："我的儿啊！我的儿啊！"显而易见，一种不幸落到了阿尔丰斯先生的头上。我赶紧跑向新婚夫妇的洞房：那里早已经挤满了人。跃入我眼帘的第一个景象，是那个年轻男子，半裸着身子，歪斜地躺在床上，而木头的床板已经塌折了。他脸色铁青，身子纹丝不动。他母亲在他身边又是号哭，又是叫嚷。德·佩尔霍拉德先生也在一旁手忙脚乱，一会儿用古龙香水给儿子按摩太阳穴，一会儿又把嗅盐递到他鼻子底下让他闻。可惜啊！他的儿子早已死去多时了。房间的另一端，新娘子正坐在一条长沙发上可怕地颤抖不已。她爆发出一声声含混不清的叫喊，两个体格健壮的女仆使出九牛二虎之力，把她摁在那里。

"我的老天啊！"我高声叫道，"究竟出了什么事啦？"

我走到床前，托起那个不幸的年轻人的身子；他早已经全身冷冰冰、硬绷绷的了。他的牙关紧咬着，脸色有些发黑，表达出一种吓人的忧虑。这一切相当清楚地说明，他是暴死毙命的，而且垂死的过程非常可怕。然而，在他的衣服上没有留下任何血迹。我解开他的衬衣，看到他胸口上有一道青紫的伤痕，一直延伸到腰侧和背后。几乎可以说，他是被一个铁箍给勒死的。检查尸体时，我的脚踩到了留在地毯上的什么硬东西上；我低头一看，发现了那枚钻石戒指。

我把德·佩尔霍拉德先生和他的妻子拉到他们的卧室中，然后我让人把新娘子抬进来。"你们还有一个女儿，"我对他们说，"你们应该好好地对待她。"说完，我就走开了，让他们独自留在房间里。

我觉得，毫无疑问，阿尔丰斯先生是被人杀害的，凶手一定是找到了办法，深更半夜偷偷潜入了新郎新娘的房间。然而，死者胸口上的这些青紫瘀斑，还有它们的圆形走向，实在让我纳闷，因为，一根铁棍或一条铁棒根本就制造不出这样的结果来。突然间，我回想起，我曾经听人说起过，在巴伦西亚地方，有一些被人收买的胆大妄为之徒，会用长条形的皮口袋装满细沙，来击打人，而置人于死地。我立刻就想起来那个阿拉贡的赶脚骡夫，还有他的威胁；不过，我实在是不敢想象，他竟然会因为一个那么轻松的玩笑，而实施一番如此可怕的报复。

我在屋子里来回溜达，到处寻找撬锁翻墙的痕迹，结果什么都没发现。我又下到了花园中，想看看凶手是不是可能从这一侧偷偷潜入进来的；但是我也没有发现任何确凿的证据。更何况，头天夜里的一场雨把地面淋得那么湿，要是留下过什么脚印，恐怕也早被冲洗干净了。不过，我还是观察到几个脚印，深深地印入土地上：那些脚印分别是往两个相反方向而去的，只是处在同一条线上，它们的一端是跟网球场相邻的绿篱的拐角处，另一端就在房屋的大门口。那很可能是阿尔丰斯先生的脚步，当时他一路跑去，想从雕像的手指上找回自己的那枚戒指。另一方面，相对于其他地方，绿篱的这一片算是不那么浓密，凶手应该就是从这一点上穿越了绿篱的。我在雕像面前走过来又走过去，还停下来一会儿，细细端详着它。这一次，我得承认，我无法直视她那恶意中还透着嘲讽的表情而心中不带恐惧；我的头脑中满是那些我刚刚目睹过的可怕情景，我似乎看到了一个来自地狱的凶神恶煞，正为这家人遭遇的不幸而鼓掌庆贺呢。

　　我回到了我的房间，一直待到中午时分才又出来。出来之后，我赶紧探听我的主人家的消息。他们夫妇已经稍稍安静下来了。普易佳里的小姐，我现在似乎应该称她为阿尔丰斯先生的遗孀了，这会儿已经恢复了知觉。她甚至还跟来伊尔地方来巡视的佩皮尼昂的王家检察官说了话，而这位法官也听取了她的证词。他也询问了我的证词。我则把我所知道的都告诉了他，甚至都没向他隐瞒我对那个阿拉贡骡夫的怀疑。他听了后当即下令拘捕那个赶骡子的家伙。

"您从阿尔丰斯夫人那里打听到什么消息了吗？"等我的证词被笔录下来签过字之后，我问那位王家检察官道。

"那个可怜的年轻女郎已经疯了，"他对我说，脸上露出一丝苦笑，"疯了！彻底地疯了。她是这样跟我讲述的：

"她说，她当时已经放下了帐子，躺下有好几分钟了，房间门突然被推开，进来了一个人。此时，阿尔丰斯夫人位于床的里侧，靠近床与墙之间的过道，脸朝着墙壁。她一动不动地待着，以为是她丈夫进来了。过了一会儿，床嘎吱响了一声，仿佛承受了一个很大的重量。她心中非常害怕，但是不敢转过脑袋来看。就这么，过去了五分钟，兴许十分钟……她根本就没有时间的意识，分分秒秒就这样流逝了。然后，她不由自主地动了一下，或者，是躺到床上来的那个人动了一下，她感觉她碰到了冷冷的什么东西，像冰一样冷，反正她是这样感觉的。她往床的里侧紧紧蜷缩，四肢不禁瑟瑟地颤抖不已。过了不一会儿，房门第二次打开了，有人走了进来，说道：晚上好，我亲爱的女人。很快，有人撩开了帐子。他听到一声窒息了一般的叫喊。躺在她身边床上的人，从自己的位子上挺起身来，似乎向前伸出了胳膊。这时候，她转过头来……看到了，她说，她丈夫跪在床边，脑袋靠着枕头，被紧紧地抱在一个绿兮兮的巨人张开的双臂中。她说，并对我重复了二十遍，这可怜的女人啊！……她说她认出来了……

您猜是谁来的？就是青铜的维纳斯，德·佩尔霍拉德先生的那尊雕像……自从它出现在这个地方后，所有人都梦见了它。但是，我还是继续来讲那个不幸的疯女人的故事吧。

"看到这一景象，她便昏了过去，丧失了知觉，兴许，早在一段时间之前，她就已经丧失了理智。无论如何，她都说不出她究竟昏死过去了多长时间。当她醒来后，她又看到了那个幽灵，或者说，那座雕像，就如她自始至终所说的那样，她看到那雕像纹丝不动，两腿和身躯的下半部在床上，上半身和双臂则向前伸出去，而被紧紧地搂定在其怀抱中不得动弹的，则是她的丈夫。一声公鸡的啼叫响起。这时候，雕像下了床，扔下怀中的那具死尸，走出了屋子。阿尔丰斯夫人赶紧摇铃叫人，而接下来的事，您就都知道了。"

那个西班牙汉子被带了过来；他镇定自若，十分冷静、十分机灵地为自己辩护。此外，他也不否定他说过我所听闻的那句话；但他有他的解释，他强调说，他想说的不是什么别的意思，而只是想表明，好好休息之后，他一定会从胜利者那里赢回一盘网球赛的。我记得他最后还补充说：

"一个阿拉贡人，受到侮辱后定然会当即复仇，而绝不会等到第二天。假如我认为阿尔丰斯先生是在故意欺侮我，那我二话不说，立马就会在他的肚子上捅上一刀。"

人们把他的鞋子拿去，对比了留在花园里的脚印；结果发现，他的鞋子要远远大得多。

最后，此人下榻的旅店的店主也确凿证明，他整整一夜都在给一头生病的骡子按摩和喂药。

另外，那个阿拉贡人声誉很不错，每年都要过来做生意，在当地也算得上赫赫有名。于是，地方上当场就把他给放了，并向他道了歉。

我刚才忘记说了一个仆人的证词，他是阿尔丰斯先生活着的时候最后一个见他的人。当时，他正准备上楼去新房中找他的新娘，便把那仆人叫了来，带着一种焦虑不安的神情问他是不是知道我在哪里。那仆人回答说，他压根儿就没有看到我。于是，阿尔丰斯先生长叹了一口气，整整有一分多钟时间没说一句话，然后，他说：**好吧！魔鬼也会把他抓走的！**

我问了那个仆人，阿尔丰斯先生当时跟他说话时，是不是戴着那枚钻石戒指。仆人迟迟疑疑地答不上来；最后他说他觉得没有，而且他也根本没注意。"如果他手指上戴着这枚戒指的话，"他定了定神，又补充说，"我是一定会注意到的，因为我以为他早就把戒指给阿尔丰斯夫人了。"

盘问这个仆人时，我心中也多多少少感受到某些迷信的恐惧，觉得阿尔丰斯夫人已经用她的证词让这种恐惧充满了整栋房子。王家检察官微笑着瞧了我一眼，于是，我也就不再坚持问下去了。

阿尔丰斯先生的葬礼举行之后几小时，我就准备离开伊尔。德·佩尔霍拉德先生派人用他的马车把我送往佩皮尼昂。尽管他身体很虚弱，可怜的老人家还是执意亲自送我到他们家花园的门口。我们默默无语地穿越了花园，他靠着我的胳膊，步履沉重地前行。分别的那一刻，我朝维纳斯雕像瞥去最后的一眼。我预料，我的主人家尽管不会分享这尊雕像带给家中一部分人的那些恐惧和仇恨，却一定会想方设法摆脱掉这样一个很容易让他时时联想到家中不幸的物件。我本意想劝他把维纳斯雕像送给博物馆。就在我再三迟疑，想说又没有说的当儿，德·佩尔霍拉德先生机械地把脑袋转向了一边，不去看我正举目凝视的方向。他瞥见了雕像，立即泪如雨下。我拥抱了他，一句话都不敢再对他说，就登上了马车。

从我走之后，我就没有听说过有什么新消息前来澄清这一神秘莫测的灾祸。

德·佩尔霍拉德先生在儿子死后的几个月也离开了人世。他在遗嘱中说明，他把他的手稿留给我，而我有朝一日说不定会将它付梓出版。不过，我并没有在里头发现那篇涉及维纳斯雕像上所镌刻的铭文的论文。

补记：

我的朋友 P. 先生刚刚写信告诉我，那尊雕像已经不存在了。在丈夫死后，德·佩尔霍拉德夫人心中最牵肠挂肚的事，就是让人把它熔化了，铸成一口钟，让它在这一新的形态下为伊尔的教堂效力。但是，P.先生在信中又补了一句说，厄运似乎总是在追随那些拥有这块青铜的人。自打这口钟在伊尔敲响以来，葡萄已经被寒霜冻坏了两次。

1837

柯隆巴

(*Colomba*)

你若想报仇雪恨，

请放心，她一人就已足够。

——尼奥罗地方的哀歌[1]

一

181X[2]年10月上旬，英国军队的卓越军官，爱尔兰爵士托马斯·内维尔上校，从意大利游历归来后到达马赛，和他女儿一起下榻在波沃旅馆[3]。热情洋溢的游客们的赞不绝口产生了一种反作用，而为显得与众不同，今天许多的**旅游者**拿贺拉斯的**勿惊叹任何事物**[4]为信条。上校的独生女儿莉迪娅

---

〔1〕原文为科西嘉方言。据说，这里的哀歌是梅里美采风得来的，原本为一个年轻女子为其兄长所作。而在1841年《两世界杂志》版的题头诗中，前面还有两句："可怜的孤女，没有丈夫，没有堂兄弟！——"

〔2〕据推算，应该是1819年，即德拉·雷比亚上校被杀（1817年8月2日）两年之后。

〔3〕当地确有此旅馆。1839年梅里美前往科西嘉之前，就曾下榻于此。

〔4〕原文为拉丁文，见古罗马诗人贺拉斯（前65—前8）《书信集》（I, 6）。

117

小姐就是这一不满的游客阶层中的一员。《耶稣变容图》[1]在她看来平庸无奇，维苏威的火山爆发只不过比伯明翰[2]工厂的烟囱稍稍崇高一点。总之，她对意大利的老大不满，是这个国家缺乏地方色彩、缺乏个性。这句话的意思，你怎么解释都行，早几年我还十分明白，现今却已不再清楚了。一开始，莉迪娅小姐自庆在阿尔卑斯山的那一边发现了在她之前还没有人见过的东西，以为她可以"和雅士端人"谈论它们，就像汝尔丹先生所说的那样[3]。但是，很快地，她发现到处都已被她的同胞占先，要想见识任何陌异之物，都已近乎绝望，于是转而投身于反对派的阵营中。确实，令人难堪的是，你根本不可能提到意大利的名胜奇观，而不听到别人问你："您肯定知道某某地方某某宫殿中那幅拉斐尔的杰作吧？这真是意大利最漂亮的东西啊。"而这恰恰是你忽略而没有见到的。由于把一切都看遍太费时间，最简单的便是一棍子下去惩罚一切。

在波沃旅馆，莉迪娅小姐遇到了一件令人沮丧的窝囊事。她带回来一幅漂亮的速写，画的是塞尼城佩拉斯吉式城

---

〔1〕《耶稣变容图》为意大利名画家拉斐尔的画作，现存梵蒂冈博物馆。

〔2〕伯明翰是英国的一个工业城市。

〔3〕汝尔丹先生为法国戏剧家莫里哀剧作《贵人迷》中的主人公，关于和"雅士端人"谈天说地一说，见该剧第三幕第三场。

门或曰蛮石城门[1]，她以为这城门一定被众画家忘记了。却不料，她在马赛遇到的弗朗西丝·芬维奇夫人给她看她的纪念册，在一首十四行诗和一朵枯萎的花儿之间，出现了那座城门，用大量的锡耶纳[2]黄褐色着色。莉迪娅小姐把塞尼城门的画给了她的女仆，对佩拉斯吉建筑丧失了一切尊重。

这一忧烦也为内维尔上校所分享，自从妻子去世后，他看待万事万物无不借用莉迪娅小姐的眼光。对他而言，意大利的最大过错就是惹烦了他女儿，由此，它便是世界上最讨厌的国家。他对绘画和雕塑倒是没有什么坏话可说的，这点不假；不过他可以断定的是，在这个国家中，狩猎是最苦的差事，要想打几只恶毒的红山鹑，他不得不在罗马的乡野顶着烈日跑上十里地。

来到马赛后的第二天，他邀请以前的副官艾利斯上尉吃晚餐，后者刚刚在科西嘉待了六个星期。上尉绘声绘色地对莉迪娅小姐讲述了一个绿林好汉的故事，它跟人们在从罗马到那不勒斯路上常常对她讲的那些盗贼故事没有丝毫相似之处。饭后吃甜点时，只剩下了两个男人，还有几瓶波尔多葡

---

〔1〕 塞尼城位于罗马和那不勒斯之间。佩拉斯吉人是古代希腊人对前希腊民族的称呼，他们的建筑往往用一些大块石头造成，故有"蛮石"建筑一说。

〔2〕 锡耶纳原为意大利的一个城市名，这里用作形容词，即一种黄褐色，因为该城的几乎所有建筑都是这种颜色。

萄酒，他们谈起了狩猎。上校得知，科西嘉是打猎的好地方，猎物之美，种类之广，数量之多，没有任何国家能比得上。

"那里能见到大量的野猪，"艾利斯上尉说道，"必须学会把它们跟家猪分辨开来，它们跟家猪惊人地相像；要知道，假如你打死了家养的猪，牧猪人就会来找你的麻烦。他们会从被他们叫作**丛林**的小树林中钻出来，一个个武装到牙齿，让你赔他们的猪，还会耻笑你。你还会遇到岩羊，这是一种在别的地方看不到的十分奇特的动物，是上佳的猎物，不过十分难打。还有鹿、黄鹿、野鸡、小山鹑，各种各样的猎物，在科西嘉遍地都是，永远也数不清。上校，假如您喜爱打猎，就到科西嘉去吧；在那里，就像我的一个旅店主说的，您可以开枪打所有可能的猎物，从斑鸠一直到人。"

喝茶时，上尉又讲了一个**横向族**间仇杀的故事[1]，比第一个故事更古怪，使莉迪娅小姐重又入了迷。上尉还给她叙述了当地奇特而又野蛮的风貌，居民们的独特性格，他们的殷勤好客，以及他们的原始习惯，终于使她对科西嘉产生了热烈的迷恋。最后，他把一把漂亮的小匕首放在她的脚边，其引人之处倒不是它的形状，也不是它镶嵌着的黄铜，而在于它的来历。这是一个著名的强盗转让给艾利斯上尉的，他担

---

[1] 这是以仇家或近或远的旁系亲属为对象的复仇。——原注

保说，它曾经刺进过四个人的身躯。莉迪娅小姐把它插在腰带上，放在床头柜上，睡觉之前两次把它从鞘套中抽出来。而上校，则梦见他杀死了一头岩羊，羊的主人让他赔钱，他心甘情愿地付钱，因为，这是一种十分奇怪的动物，身体很像一头野猪，但却长着鹿的角和野鸡的尾巴。

"听艾利斯讲，科西嘉有着令人艳羡的猎物，"跟他女儿单独吃午饭时，上校说道，"若不是那里路途遥远，我倒很愿意在那地方待上半个月。"

"好啊！"莉迪娅小姐答道，"我们为什么不去科西嘉呢？您去狩猎的时候，我可以画画嘛；要是能把艾利斯上尉对我说起过的那个岩洞画到画册中，我真不知道会有多高兴呢，听说，波拿巴小时候在那里读过书[1]。"

上校表达的愿望得到女儿的赞同，这兴许还是头一次。这一出乎意料的协调一致令他很兴奋，然而，他毕竟还算通情达理，便提出一些异议，却刺激起了莉迪娅小姐的任性。他说起那地方的荒凉，说起一个女人去那里游历的困难，但一切均归于无用：她什么都不怕；她最喜欢骑马旅行；野营露宿对她来说就如同过节；她甚至威胁说要去小亚细亚走一圈。总之，她应答如流，因为还没有一个英格兰女子去过科西嘉，所以她非去不可。等她

---

[1] 该岩洞位于阿雅克修西面，尽管被叫作拿破仑岩洞，"拿破仑曾在此读书"只是个纯粹的传说而已。

回到圣詹姆斯广场[1]，把她的画册拿出来炫耀时，那是何等的幸福啊！"我亲爱的，您为什么把这张美妙的画翻过去了？""哦，这没有什么。那是我照着一个著名的科西嘉强盗的样子画的一幅速写，他给我们当过向导。""怎么！您还到过科西嘉？……"

那时，从法国到科西嘉，还没有蒸汽机轮船通航[2]，他们四处打听有没有帆船驶往莉迪娅小姐打算勘探的那个岛。当天，上校给巴黎写信，退掉他预订的套房，并同一条准备开往阿雅克修[3]的科西嘉双桅帆船的船主商谈妥当。船上有两个将就的房间。他们把食物装上船。船主担保说，他的一个老水手是个高明的厨师，做得一手普罗旺斯鱼汤，谁也比不上。他还承诺说，小姐一定会觉得很舒适，旅途会风平浪静。

此外，依照女儿的意愿，上校规定船主不再搭载任何乘客，而且还得沿着海岛的滩岸航行，以便能够饱览群山的美景。

二

到了启航那一天，一切都已收拾停当，从早上起就装上了

----

[1] 圣詹姆斯广场为伦敦一地，位于王宫前。
[2] 1827年，《环球报》宣布消息，从马赛到科西嘉的轮船即将通航（每星期两个航班）。此前，两地之间确实不通航。
[3] 阿雅克修为科西嘉一城市，现在是科西嘉的省会。

船：双桅帆船必须等到晚上起风时才能出发。在等船的时间里，上校跟他女儿一起在卡那维艾尔大街[1]上散步，船主赶来，请求他同意在船上捎带一个乘客，此人是他大儿子的教父的叔伯兄弟，有紧急要事，要回故乡科西嘉去，但苦于找不到搭乘的船只。

"这是一个可爱的小伙子，"马泰船长补充道，"是个军人，在近卫军轻步兵部队中当军官，假如'那一位'[2]还当皇帝的话，他就将是上校了。"

"既然是一个军人……"上校说道，还没等他说出，"我很同意他和我们一起走……"莉迪娅小姐就用英语喊了起来：

"一个步兵军官！……"因为她父亲在骑兵部队中服役，她对任何别的兵种全都冷眼相顾，"兴许还是一个没有受过教育的人，他也许会晕船，他会把我们渡海的乐趣全都毁掉的！"

船主一句英语都听不懂，但是看到莉迪娅小姐噘起美丽的小嘴，他似乎明白了她在说什么，便开始分三点赞扬起他的亲戚来，最后担保说，他是一个正儿八经的男子，出身于**伍长**[3]家庭，一点儿也不会妨碍上校先生的，因为他，船主

---

〔1〕 卡那维艾尔大街是马赛最繁华的大街，离老港不远。
〔2〕 "那一位"指拿破仑。
〔3〕 作者梅里美本人在他另一篇小说《马铁奥·法尔科内》中对"伍长"（caporal）一词有过解释。"伍长在科西嘉原指村民反抗领主时起义的头领，后称呼有财产、有亲戚、有被保护人，在村镇中行使一定影响和长官职权的人。"参见前注。

本人，会负责把他安置在一个角落里，别人是发现不了他的存在的。

上校和内维尔小姐觉得很奇怪，在科西嘉竟然还有这样的家庭，一代代父子相传都当伍长的；但是，由于他们虔诚地以为，所谓的伍长是指步兵班的伍长，他们于是断定，他肯定是个可怜的穷鬼，船主是出于怜悯把他带上了船。若他真是一个军官，那他们就不得不与他应酬一番，但对一个伍长，就没有什么可拘束的了，只要他那班士兵不在这里，枪上了刺刀，逼迫你去你不想去的地方，他就只是个无足轻重的人物。

"您的亲戚晕船吗？"内维尔小姐语气生硬地问道。

"从不晕船，小姐；在海上同在陆地上一样，他的心坚如磐石。"

"那好！您可以把他带来。"她说。

"您可以把他带来，"上校重复道，说完，他们继续散步。

约莫傍晚五点钟，马泰船长前来找他们，让他们上双桅帆船。在港口，船长的小划艇附近，他们看到一个高大的年轻人，身穿一件蓝色礼服，纽扣一直扣到下巴，脸晒得黧黑，眼睛又长又大，黑色的眼珠炯炯有神，一副爽直而又机敏的样子。从他耸肩膀的方式上，从他弯卷的小胡子上，很容易看出他是一个军人；因为在那个时代，小胡子还没有开始在街上流行，国民自卫军还没有把近卫军的举止习惯引入到所有的家庭中。

见到上校时，年轻人摘下鸭舌帽，语言得当地、不卑不亢地感谢他提供的方便。

"很高兴能为您帮忙，我的小伙子。"上校说，友好地向他点了点头。然后，他上了划艇。

"您那位英国人，他倒毫无顾忌。"青年人用意大利语低声地对船主说。

船主把食指放在左眼下面，两边的嘴角向下一拉。懂得暗号的人都明白，这是在说，英国人懂意大利语，那是一个怪人。青年人微微一笑，指了指脑门，算是回答了马泰的手势，意思是，所有的英国人头脑中都有一些乖戾的东西。随后，他坐到船主身边，仔细地但又不算鲁莽地注视着他漂亮的女旅伴。

"这些法国士兵，全都很有气派，"上校用英语对他女儿说，"所以，他们很容易被提升为军官。"

然后，他用法语对年轻人说：

"请告诉我，勇敢的人，您曾在哪个部队中服役？"

青年用胳膊肘轻轻捅了一下他叔伯兄弟的教子的父亲，抑制住一个嘲讽的微笑，回答说，他曾经在近卫军的轻步兵部队中，眼下，他离开了第七轻步兵团。

"您参加过滑铁卢战役吗？您还很年轻呀。"

"对不起，上校，这是我参加的唯一一次战役。"

"它可是一仗顶两仗啊。"上校说。

年轻的科西嘉人咬紧了嘴唇。

"爸爸，"莉迪娅小姐用英语说，"问问他，科西嘉人是不是非常爱戴他们的波拿巴？"

还没等上校把这问题翻译成法语，年轻人便以一口相当好的英语回答，尽管带着浓重的口音：

"您知道，小姐，没有人在故乡能成为先知。我们这些拿破仑的同胞，我们也许不如法国人那么爱戴他。至于我，尽管我的家族跟他的家族早年曾是仇敌，我仍爱戴他、崇拜他。"

"您能说英语！"上校叫了起来。

"说得很糟糕，这一点您一听就能发现。"

莉迪娅小姐尽管对他无拘无束的腔调有些不悦，但一想到在一个伍长和一个皇帝之间竟然还存在着一种个人的敌意，便忍不住笑了出来。她似乎已经在想象中品尝到了科西嘉奇特风俗的滋味，她打算把这一点写进她的日记。

"或许您在英国当过俘虏？"上校问道。

"不，我的上校。我是在法国学的英语，还在我小的时候，是跟贵国的一个俘虏学的。"

随后，他对内维尔小姐说道：

"马泰对我说，您刚从意大利归来。小姐，您一定会说一口纯正的托斯卡纳语[1]；我怕您听不懂我们的方言，会有一

---

〔1〕 托斯卡纳是意大利中部的一个地区，首府是佛罗伦萨，托斯卡纳语被认
　　　 为是意大利的标准语。

些小小的不便。"

"我女儿听得懂所有的意大利方言，"上校回答道，"她有语言的天赋。这一点她不像我。"

"那么，小姐听得懂这一首科西嘉民歌吗？这是一个牧羊人对一个牧羊女说的话：

S'entrassi 'ndru Paradisu santu, santu,

E nun truvassi a tia, mi n'esciria.[1]

纵然我走进了神圣而又神圣的天堂，

要是我找不到你，我也会离去。

莉迪娅小姐听得明白，觉得所引的歌词颇为放肆，而且伴随着吟诵的目光更加肆无忌惮，她顿时脸涨得通红："**我懂**。"[2]

"您是不是用六个月的假期回家探亲[3]？"上校问道。

"不，我的上校。他们让我领半饷[4]，或许是因为我参加

---

〔1〕 科西嘉语，大致意思就是后两行的法语译文。
〔2〕 原文为意大利语。
〔3〕 以前在军队某些部门中服役的人可以有六个月时间的休假。
〔4〕 滑铁卢战役后，复辟王朝对帝国军队的军官实施过发放半饷的措施，这里相当于退伍。

过滑铁卢战役，而且还是拿破仑的同乡。我回家了，就像歌谣中唱的那样，希望成为泡影，囊中空空如洗。"

他抬头凝望天空，长吁一声。

上校把手伸进口袋，掏出一枚金币来，想寻找一句话，好有礼貌地把金币塞到他可怜敌手的手中。

"我也一样，"他说，语气十分轻松，"他们也叫我领半饷，但是……您拿的半饷恐怕都不够买烟抽的。这个您拿着，伍长。"

他试图把金币塞到年轻人紧握着放在小划艇船舷上的手中。

年轻的科西嘉人涨红了脸，站起身来，紧咬着嘴唇，似乎正准备报之于狂怒，猛然间又脸色一变，放声大笑起来。上校手里捏着金币，惊得瞠目结舌。

"上校，"复归平静后，青年人说道，"请允许我给您两点忠告：第一，永远不要送钱给一个科西嘉人，因为，我的同乡中会有人相当不讲礼地把钱扔到您脸上；第二，不要把对方根本不需要的头衔加在他们头上。您称呼我为伍长[1]，而我是中尉。当然，这里头的差别不很大，但是……"

"中尉，"托马斯爵士叫了起来，"中尉！但是船老板对我

---

[1] "伍长"（caporal）一词在不同情景下，还可以有"下士""班长"的意思。

说，您是个伍长，而且令尊大人以及府上祖辈历代男子都是伍长。"

听到这些话，年轻人笑得越发起劲，越发开心了，笑得身体一直往后仰去，连船主和两个水手也齐声欢笑起来。

"对不起，上校，"年轻人终于说道，"这场误会实在精彩，到现在我才算弄明白。确实，我的家族以世代拥有众多伍长为荣；但是，我们科西嘉伍长的衣服上从来就没有军衔饰条。在基督纪元 1100 年左右，有些村镇举旗反抗山区贵族老爷的专制，选出一些头领，称之为**伍长**。在我们的岛上，凡是祖辈当过这种护民官的，我们都引以为荣。"

"对不起，先生！"上校大声叫道，"万分抱歉。既然您明白了我误会的原因，我希望您能多加原谅。"

他向他伸出了手。

"这是对我小小傲慢的公正惩罚，上校，"年轻人说道，始终在笑着，并真诚地握着英国人的手，"我一点儿都不怨您。既然我的朋友马泰把我介绍得那么不清楚，请允许我再自我一下：我叫奥尔索·德拉·雷比亚，领取半饷的中尉，从这两条漂亮的猎狗来看，我推测，您是来科西嘉打猎的，如若果真如此，我倒很高兴让您见识一下我们的丛林和我们的山岭……但愿我还没有把它们给忘了。"他说着，叹了一口气。

这时，划艇已经到了双桅帆船跟前。中尉把手伸给莉迪娅小姐，然后又帮助上校爬上甲板。到了船上，托马斯爵士依然沉浸在他的误会产生的尴尬中，不知道如何才能让一个公元1100年以来的世家子弟忘记自己的失礼，他不等征求女儿的同意，便请求他共进晚餐，并又一次表示道歉，又一次握手致意。莉迪娅小姐微微皱起了眉头，但是，到后来，等她弄明白伍长是怎么一回事之后，总算没有发火；她的客人并不令她讨厌，她甚至开始在他身上发现了某种我说不上来的贵族气质，只不过他过于率直，过于快活，不像一个小说中的主人公。

"德拉·雷比亚中尉，"上校对他说，手中端着一杯马德拉酒[1]，用英国人的方式向他致意，"我在西班牙见到过许多您的同胞；他们都是闻名遐迩的阻击兵军团的人。"

"是的，许多人永远留在了西班牙。"年轻的中尉神情严肃地说。

"我永远也忘不了一个科西嘉营在比托里亚战役[2]中的行动，"上校继续说道，"我当然还记得，"他又补充了一句，同时揉了揉胸脯，"整整一天里，他们躲在花园的树篱后放冷枪，打死了我们不知多少人，还有马。最后，他们决定突围，便会合在一起，一溜烟地跑了。我们希望能在平原上报复他们

---

〔1〕 马德拉酒是出产于大西洋葡属马德拉岛的一种加度葡萄酒。

〔2〕 比托里亚是西班牙巴斯克地方的一个城市，比托里亚战役发生于1813年6月21日，由惠灵顿指挥的英、西、葡联军在此大败法军。

一下，但是我的那些怪人……请原谅，中尉，我的意思是说，那些英雄好汉，排成了方阵，怎么也无法把他们打散。在方阵中心，这情景现在依旧浮现在我的眼前，有一个军官骑在小黑马上，守护在鹰旗旁，抽着他的雪茄烟，就像在咖啡馆中那般自在。有时候，仿佛为了挑逗我们，他们还奏起军乐……我派头两队骑兵向他们发起冲锋……好家伙！非但没有突破方阵，我的龙骑兵反倒拐向了斜肋，随后又向后转，溃乱地退败回来，不止一匹马上没有了主人……又是一阵阵见鬼的军乐吹奏个不停！当掩卷了营队的尘埃消散落定，我又看见军官守定在鹰旗旁，仍旧抽着他的雪茄。我顿时大怒，亲自带队作最后一次冲锋。这时，他们的枪因为打得太久，积满了污垢，都打不响了，但是士兵们排成了六行，刺刀对准了马鼻子，几乎可以说，这是一道铜墙铁壁。我吼叫着，我激励着我的龙骑兵，我夹紧马肚子催马飞进。这时，我说到的那个军官终于扔掉了他的雪茄，对他手下的一个人指了一下我。我听到一声呼叫，像是**打那个白头发的**[1]！当时我正好戴着一顶有白翎毛的帽子[2]。我来不及听到下文，因为，一颗流弹穿透了我的胸脯。真是一个棒极了的营队，德拉·雷比亚先生，后来，有人告诉我，这是第十八轻步兵团的第一号

---

〔1〕　原文为意大利语。
〔2〕　作者可能把"帽子"（cappello）和"头发"（capello）弄混淆了。

营队，全都是科西嘉人。"

"是的，"奥尔索说，在听故事期间，他的眼睛一直闪闪发亮，"他们完成了撤退，带回了他们的鹰旗；但是有三分之二的勇士今天安息在了比托里亚平原上。"

"顺便问一下，兴许您知道指挥战斗的那个军官的姓名吧？"

"他便是家父。他那时是第十八军团的少校，由于在那悲壮的一天中的表现而擢升为上校。"

"原来是令尊大人！毫无疑问，实在是一员勇将！我真想有机会再见见他，我会认出他来的，我敢肯定。他还健在吧？"

"不，上校。"年轻人说道，脸色稍稍有些变白。

"他参加过滑铁卢之战吗？"

"是的，上校，但是，他并没有福气战死在沙场……他死在科西嘉，已经有两年了……我的老天！这大海是多么的美丽！我已经有十年没有见过地中海了。"

他话锋一转："小姐，您是不是觉得地中海比大西洋还要美丽？"

"我觉得它颜色太蓝了……海浪也缺乏崇高的气魄。"

"您喜爱野性的美吗，小姐？如果是这样的话，我相信，科西嘉一定会让您喜欢的。"

"小女喜欢任何异乎寻常的东西，"上校说，"所以，意大利不太令她满意。"

"对意大利，"奥尔索说，"我只熟悉比萨[1]，我在那地方读过一段时间的中学；但是，每当我想到圣公墓，想到大教堂，想到斜塔……我就不能不充满敬仰之情，尤其是圣公墓。您可能还记得奥尔卡尼亚[2]的《死神》……它就栩栩如生地印刻在我的脑海中，我相信我能够把它描画出来。"

莉迪娅小姐担心中尉先生会来一大段热情洋溢的赞美词，便打着哈欠说：

"是的，确实很美。对不起，父亲，我有点头疼，我要回舱室休息去了。"

她吻了一下她父亲的额角，对奥尔索庄重地点了点头，便消失了。于是，两个男人谈起了狩猎和战争。

他们得知，在滑铁卢他们曾面对面地打过仗，很可能还相互开过枪。于是，他们的相处由此越发融洽。在轮番地批评了一通拿破仑、惠灵顿、布吕歇尔[3]之后，他们一起开口捕猎黄鹿、野猪和岩羊。末了，夜色已深，最后一瓶波尔多葡萄酒也喝了个干净，上校又一次握了握中尉的手，祝他晚

---

〔1〕 比萨是意大利名城，尤以 12 世纪时的斜塔而著名。

〔2〕 安德烈亚·奥尔卡尼亚（约 1308—1369），意大利佛罗伦萨画派的著名画家、雕塑家、建筑家。他曾为比萨圣公墓的哥特式走廊创作题为《死神之胜利》的大型壁画。

〔3〕 布吕歇尔（1742—1819），普鲁士陆军元帅，在拿破仑战争中，曾和惠灵顿一起对抗拿破仑。

安，并希望能够把这次开始得那么可笑的认识继续发展下去。他们分了手，各自都去睡觉。

三

夜色柔美，月光在海面上跳跃荡漾，帆船凭借微微的和风，平缓地航行着。莉迪娅小姐全无一丝睡意，只是因为有一个渎神之人的存在，才妨碍了她领略那一片激情，在大海上，在月光下，每一个人，只要他心中有一颗诗意的种子，都会体会到那一份激动。等到她认定，那毫无诗意的年轻中尉肯定已经酣睡后，她悄悄起了床，披上一件皮大衣，唤醒了她的贴身女仆，一起来到甲板上。四下里静无一人，只有一个水手守在舵位上。水手用科西嘉方言唱着一首哀歌之类的曲子，曲调粗犷，呆板一律。在夜深人静之际，这一奇特的音乐显现出它的魅力。可惜的是，那水手到底在唱些什么，莉迪娅小姐并不能听懂多少。在众多的陈词滥调当中，一种有力的诗意强烈地刺激着她的好奇心；但是，不一会儿，听到最精彩的时候，忽然又蹦出了几个方言词汇，意思莫名其妙地逃逸而去。然而，她还是听明白了，他唱的是一件凶杀案。对凶手的诅咒，对复仇的警告，对死者的赞扬，所有这一切全都乱糟糟地混成一团。她记住了几句歌词；在此，我尝试着把它们翻译如下：

……枪炮也好，刺刀也好——都不能使他的面容变色，——战场上泰然自若——就像夏日的天空，——他是猎隼，鹰的朋友[1]，——对朋友他是沙漠中的蜜糖，——对敌人，他是怒吼的海涛。——比太阳还要高，——比月亮更温柔。——法兰西的敌人从来等不到他，——家乡的杀手——从他背后下手，——就像比托罗[2]杀害桑皮埃罗·科尔索[3]。——他们从来不敢正面看他。——……把我赢得的十字勋章——挂在我床前的墙上。——红的是它的绶带。——更红的是我的衬衫。——给我的儿子，给我远在他乡的儿子，——保留好我的十字勋章和我血淋淋的衬衫。——他将看到上面有两个洞。——为了每一个洞，要在另一件衬衫上打上一个洞。——但是，这样，就算报仇雪恨了吗？——我要那只开枪的手，——那只瞄准的眼睛，——那颗起歹念的心……

---

〔1〕 影射拿破仑。

〔2〕 参看《菲里皮尼》，第11卷。——比托罗这一名字至今仍为科西嘉人所不齿。它与叛徒是同义词。——原注

〔3〕 桑皮埃罗·科尔索是科西嘉独立的英雄，他在争取从热那亚统治下解放科西嘉的斗争中受挫，他的妻子瓦妮娜·多纳诺试图同热那亚参议院谈判，为他求情，他认为她背叛了他的事业，便把她扼死了。瓦妮娜的兄弟为她报仇，设法使他中了埋伏，被他早先的一个伙伴比托罗所杀。

水手突然停了下来。

"为什么您不再唱下去了，我的朋友？"内维尔小姐问道。

水手的头动了一动，示意有一个人从双桅帆船的舱门中出来了：原来是奥尔索，他来欣赏月色。

"把您的哀歌唱完吧，"莉迪娅小姐说，"我十分喜欢听。"

水手向她俯下身子，低声说道："我对任何人都不给**林贝可**[1]。"

"不给什么？您说什么……？"

水手不作回答，开始吹起口哨。

"我撞见您在欣赏我们地中海的景色，内维尔小姐，"奥尔索一边说，一边走近她，"在别的地方，您一定看不到这样明媚的月色吧。"

"我并没有在赏月，我正全神贯注地在研究科西嘉语呢。这个水手正唱着一首最最悲怆的哀歌，唱到精彩的关头却突然停了。"

水手弯下腰，似乎在仔细地察看罗盘，却使劲地扯了扯

---

[1] Rimbeccare 在意大利语中，意思为反诘、反驳、拒绝。在科西嘉方言中，它意味着：当众做出侮辱性的斥责。——对一个被害者的儿子说，他不报杀父之仇，这就是给他一个 rimbecco（林贝可）。林贝可是对还没有以鲜血洗清侮辱的人的一种催促。——热那亚统治者的法律曾在科西嘉十分严厉地惩罚给人以林贝可的人。——原注

内维尔小姐的皮袄。很显然，他的哀歌是不能在奥尔索中尉面前唱的。

"你刚才在唱什么呢，保罗·弗朗塞？"奥尔索问，"是一首**东岸丧歌**，还是一首**西岸丧歌**[1]？小姐听得懂，想听你唱完。"

"我忘了词了，奥尔斯·安东。"水手说。随即，他尖着嗓子，大声地唱起一首圣母颂来。

莉迪娅小姐心不在焉地听着颂歌，不再催逼唱歌人了，但心中却拿定主意，过一会儿一定把那谜一般的词弄清楚。她的贴身女仆，尽管是佛罗伦萨人，却并不比她的主人更懂科西嘉方言，她同样也迫不及待想知道个究竟；于是，不等女主人来得及用胳膊肘来警告，她就已凑近奥尔索，问道："上尉先生，**给人一个林贝可**是什么意思？"

"林贝可！"奥尔索说，"这可是给一个科西嘉人的最致命的侮辱：它的意思是，指责他不报仇雪恨。谁对您说起林

---

[1] 当一个人死后，尤其当他被人杀害后，人们要把他的遗体放在一张桌子上，家中的女子，如果没有女眷，则由女友们，或者由富有诗歌天才的著名的外来女子，在众人面前即兴用当地方言演唱诗体的哀歌。这种女子被称为 voceratrici（哭丧歌女），或者按照科西嘉的发音，称作 buceratrici；而哀歌，在东海岸叫作 vocero、buceru、buceratu；在西海岸则叫作 ballata。vocero 一词，以及派生词 vocerar、voceratrice，都来源于拉丁文 vociferare。有时候，许多妇女轮流即兴演唱，死者的妻子或女儿常常亲自唱挽歌。——原注

贝可的？"

"那是昨天，在马赛，"莉迪娅小姐急忙抢着说，"双桅帆船的船主说起过这个词。"

"他说到谁了？"奥尔索急迫地问道。

"噢！他给我们讲了一个古老的故事……是什么时代的呢？……噢，对了，我想是在瓦妮娜·多纳诺的时代。"

"小姐，我这么猜想，瓦妮娜之死恐怕使得您不怎么喜爱我们的英雄，勇敢的桑皮埃罗吧？"

"可是，您难道觉得这行为十分英勇吗？"

"按当时的野蛮风俗，他的罪孽可以得到谅解；更何况，桑皮埃罗正跟热那亚人展开一场殊死的斗争：假如他不惩罚那个试图和热那亚人谈判的女人，他的同胞们又怎么能信任他呢？"

"瓦妮娜没有得到丈夫的允许便出发去谈判，"水手说道，"桑皮埃罗完全应该扭断她的脖子。"

"可是，"莉迪娅小姐说，"她是为了拯救她的丈夫，是出于对丈夫的爱，才去向热那亚人求情的呀。"

"为他求情，就是对他的侮辱！"奥尔索叫了起来。

"而亲手杀死她，"内维尔小姐继续说道，"他可真是一个恶魔！"

"您要知道，是她自己要求死在他手中的。小姐，在您看来，奥赛罗[1]是不是也是个恶魔呢？"

"两者的差别多大啊！奥赛罗是嫉妒，桑皮埃罗只不过是虚荣。"

"而嫉妒不同样也是一种虚荣吗？那是爱的虚荣，您恐怕会因为他的动机而原谅他吧？"

莉迪娅小姐向他瞥去充满尊严的一眼，便转身去问水手，船什么时候能到港口。

"后天吧，"他说，"要是一直顺风的话。"

"我真想现在就看到阿雅克修，这条船让我厌烦透了。"

她站起身，挽着贴身女仆的胳膊，在上甲板上走了几步。奥尔索一动不动地待在船舵旁，不知道他究竟应该和她一起散散步呢，还是停止这一场似乎使她厌烦了的谈话。

"多美丽的姑娘啊，凭圣母马利亚的血起誓！"水手说道，"假如我床上的跳蚤都像她那个样子，它们就是咬我，我也绝不会抱怨的。"[2]

莉迪娅小姐兴许听到了对她美貌的这一天真赞美，她有些气恼，因为她几乎当即就回舱室去了。不一会儿，奥尔索也回去了。等他一离开上甲板，女仆又走上甲板，经过对水

---

〔1〕 指莎士比亚悲剧《奥赛罗》中的主人公。

〔2〕 关于这段话，可参照《堂吉诃德》第1卷第30章桑丘·潘沙的话："莫非这样的王后还嫌赖吗？我简直像被满床的跳蚤咬得浑身痒痒了！"

手的一番询问，给她的女主人带回了如下的消息：被奥尔索的上场所打断了的是一首西岸丧歌，为德拉·雷比亚上校的死而作。死者正是奥尔索的父亲，两年前被人杀害。水手毫不怀疑，奥尔索返回科西嘉，**为的是报仇雪恨**，这是他的原话。他敢肯定，用不了多久，人们就将在皮耶特拉内拉村看到**新鲜肉**了，这一尽人皆知的成语翻译过来的意思就是，奥尔索老爷打算杀死两个或者三个杀害他父亲的嫌疑人，实际上，这些人曾经因此案而遭到司法部门的追究，但却由于有法官、律师、官员和宪警作后盾，而被宣布为清白无辜。

"在科西嘉，没有什么公正而言，"水手补充说，"与其信任王家法院的一个推事，而不如寄希望于一把好枪。当你有了一个仇敌后，你就得在三个 S 中挑选一个[1]。"

这些令人感兴趣的消息以一种明显的方式，改变了莉迪娅小姐对德拉·雷比亚中尉的态度和心境。从这一刻起，在这位充满浪漫想象的英国女子心中，他便成了一个人物。他那种满不在乎的神态、那种直率而又愉快的语调，早先怎么也不能被她看上眼，现在却平添了几分价值，因为，一个生机勃勃的心灵正需要有深深的城府，才能使任何的感情都深藏在心，一丝一毫都不外露。在她看来，奥尔索就像是菲耶

---

[1] 这是当地人的一种表达法，"三个 S"即 schiopetto、stiletto、strada 这三个词：枪、刀、逃。——原注

斯基^[1]之类的人，在轻浮的外表底下，掩藏着远大的抱负；尽管杀死几个坏家伙远比不上解放祖国来得壮美，但一次漂亮的复仇终归是漂亮的。再者说，女人们总愿意一个英雄不是政治家。只是在这时，内维尔小姐才注意到，年轻的中尉有大大的眼睛、雪白的牙齿，身材挺拔，有教养，也懂处世之道。

第二天，她和他聊了很多，他的谈话令人颇感兴趣。她问了许多关于他家乡的问题，他也娓娓道来。他从很年幼时就离开了科西嘉，先是去读中学，然后读军校，科西嘉留在他心中的形象被蒙上一层诗意的色彩。他兴致勃勃地谈着它的崇山峻岭，它的高树密林，还有它的居民们奇异的风俗习惯。很可以想象，在他的叙述中，"复仇"一词出现了不止一次，因为，说到科西嘉人，就不能不对他们那尽人皆知的激情表示指责，或表示赞同。奥尔索对他的同胞世代永无止息的仇恨行为，采取了一种一般性的谴责，这让内维尔小姐颇为吃惊。然而，他对农民的复仇表示谅解，认为报仇就是穷人之间的决斗。

"这一点是千真万确的，"他说，"只是在做出一种合乎规则的挑战之后，人们才彼此动手仇杀。'你小心提防吧，我也

---

〔1〕 菲耶斯基（约1523—1547），热那亚贵族，他试图推翻多里亚的统治曾是多种文学作品的题材，其中以席勒的剧本《菲耶斯基的密谋》最为有名。据说，他与多里亚家族有世仇。

会提防的,'这就是敌对双方在动手暗害对方之前,要交换的祝圣般的话语。在我们家乡,暗杀的案件比别的地方要多得多,"他补充说,"但是,在这些罪孽中,你永远也找不出一桩是出于卑鄙的动机。确实,我们有很多谋杀者,但却没有一个窃贼。"

当他说到复仇和谋杀这些词的时候,莉迪娅小姐目不转睛地注视着他,但在他脸上却看不到一丝一毫激动的痕迹。既然她已经断定,他具有喜怒皆不形于色的必要毅力,除了她以外,谁都摸不透他的内心,她便继续坚决地相信,德拉·雷比亚上校的阴魂用不了等多久就可以得到复仇的满足。

双桅帆船已经看见了科西嘉。船主——道出沿岸主要景点的名称,尽管莉迪娅小姐对它们一概毫无所知,她仍然很高兴得知它们的名称。再也没有比无名的风景更令人厌倦的了。有时候,上校的望远镜中会出现某个岛民,身穿棕褐色的呢子服,背着一杆枪,骑在一匹小马上,在陡峭的山坡上疾行。莉迪娅小姐把眼前的每一个人,都看成是一个强盗,或者是一个去为亡父报仇的人。但是,奥尔索却认定,那是某个住在附近村镇的平和的居民,正出门忙着自己的事情;他背枪不是因为需要,而是为了**派头**,为了时髦,就如同一个花花公子外出,必然要带上优雅的手杖那样。虽然作为武器,长枪不如匕首那么高贵,那么有诗意,莉迪娅小姐依然认为,对一个男人来说,它还是比一柄手杖更加优雅,她回想起，拜伦勋爵笔下的所有英雄都死于枪弹，而不是死于传统的短刃。

经过三天的航行，他们来到了桑基内群岛[1]跟前，阿雅克修湾壮观的全景一览无余地展现在我们的旅游者眼前。人们很有理由把它和那不勒斯湾相比；正当双桅帆船缓缓驶入港口，一片着了火的丛林冒出滚滚的浓烟，烟雾笼罩了吉拉托峰[2]，使人联想起维苏威火山，更增添了两个海湾的相似性。若要使两者完全相似，还需要一支阿提拉[3]的军队，把那不勒斯的四郊扫荡一番；因为，阿雅克修的四周是一片死寂和荒凉。这里不像那不勒斯，看不到从卡斯泰尔拉马尔到米塞那海岬[4]到处都有的那些优雅的园林景筑，在阿雅克修港湾的四周，人们只能见到黑黝黝的丛林，在丛林后面，则是光秃秃的山岭。没有一幢别墅，没有一栋住房。只是在城市周围的高地上，三三两两的有一些孤零零的白色建筑，从绿荫的背景上凸现出来；那是一些家族的灵堂和坟墓。在这片风景中，一切都具有一种庄严而又凄惨的美。

城市的外貌，尤其是在那一时节，更增添了由四郊的荒

---

[1] 桑基内群岛，在科西嘉西部阿雅克修湾入口处，由五个岛屿组成。
[2] 吉拉托峰，位于阿雅克修南面 20 公里。
[3] 阿提拉（？—453），以武力征服欧洲的东、西罗马帝国。
[4] 卡斯泰尔拉马尔在那不勒斯湾南面，米塞那海岬在那不勒斯湾的西面。

凉给人造成的印象。大街上没有一丝动静，人们只能碰到很少几个游手好闲的人，而且总是那么几个。除了几个来城里售卖食品的农妇，就没有什么女人了。在这里，根本听不到在意大利城市中习以为常的高声说话、嬉笑、唱歌。偶尔，在散步场[1]的一棵大树的阴影下，十几个武装的农人在玩纸牌，或者在一旁观看。他们不叫不喊，也不争吵；如若赌到怒火升起，便能听到手枪的响声，这永远是威胁的前奏曲。科西嘉人自然是严肃而又沉默的。到晚上，会有一些人出来纳凉，但是林荫大道上的散步者则几乎都是外乡人。岛民们总是留在自己的家门口；每个人都像是一只老鹰，待在自家的巢窝边窥伺着。

四

在登上科西嘉岛后的两天中，莉迪娅小姐参观了拿破仑出生的房子，并用多少符合道德标准的方法弄到了一点点糊墙纸[2]，在这之后，她心中便感到一种深切的忧愁，这种感觉必然会滋生于任何外乡人的心中，只要他无法适应所在异乡的不爱交际的习惯，他就仿佛受到绝对孤独的惩罚。她有些

---

〔1〕 称作拿破仑大道，两旁种植有橘子树和其他热带树木。
〔2〕 据说，拿破仑死于有毒的糊墙纸，但显然不是在科西嘉。

后悔当初的心血来潮；但若是立即就离开，则又会损坏她无畏旅游者的美名。于是，莉迪娅小姐耐下心来，尽其所能地打发时光。在做出这一宽宏大量的决定之后，她去准备了铅笔和颜料，勾画了几幅海湾的风景，为一个脸晒得黑黑的老农画了一张肖像，这个前来卖甜瓜的老人，像是大陆上的菜农，长着一把白胡子，那神情活像是凶神恶煞。所有这一切还不至于激起足够的兴致，她便决定让那位伍长的后裔回心转意，这事情并不很难，因为奥尔索本来就不急于归返家乡，倒像是很高兴在阿雅克修自得其乐，尽管他在此没有见任何人。此外，莉迪娅小姐心中制订了一个崇高的计划，要使这头山乡之熊文明化，叫他放弃使他返回故乡之岛的可怖谋划。自从她开始认真观察他以来，她对自己说，让这样一个年轻人走向灭亡，未免太可惜了。对她来说，让一个科西嘉人转变信念，将是一件无比荣耀的事。

我们这几位游客的日子是这样度过的：上午，上校和奥尔索去打猎；莉迪娅小姐画画，或者给女友们写信，以便能在她的信上写上日期和地点：阿雅克修。6点钟左右，带着猎物回来；大家吃晚餐，莉迪娅小姐唱歌，上校打瞌睡，两个年轻人聊天一直聊到深夜。

不知是为了护照上哪个手续问题，内维尔上校不得不到省政府走一趟；省长正烦闷得要死，他的大多数同僚也都闷得慌，听说来了一个有钱的英国人，不仅属于上流社会，而且还有一个漂亮的女儿，全都很兴奋；于是省长极其周到地接待了他，千口万口地答应尽量提供方便，并且在不几天后，还亲自登门回访了上校。

当时，上校刚好离开饭桌，正舒舒服服地摊坐在沙发上，准备打一个瞌睡；他女儿在一架破烂的钢琴前，一面弹一面唱；奥尔索在旁边翻着乐谱，同时偷偷看着演奏者的肩膀和金黄的头发。仆人通报省长来到；钢琴声戛然而止，上校站起来，揉了揉眼睛，把女儿介绍给省长。

"我就用不着对您介绍德拉·雷比亚先生了吧，"他说道，"您一定认识他吧？"

"先生就是德拉·雷比亚上校的公子吧？"省长问道，神态略微发窘。

"正是在下，先生。"奥尔索答道。

"我曾有幸认识令尊大人。"

老一套的寒暄应酬很快即告结束。上校忍不住地连打哈欠；按照奥尔索的自由主义者本性，他根本就不屑于同当局的官吏打交道；只有莉迪娅小姐一人在维持着交谈。从省长这方面来说，他竭力不让谈话冷场，很显然，他很高兴能跟一位了解欧洲社会全部名流的女子谈论巴黎和上流社会。谈话当中，他不时以一种异常好奇的眼光观察着奥尔索。

"您是在大陆上认识德拉·雷比亚先生的吗？"他问莉迪娅小姐。

莉迪娅小姐有些窘迫地回答，她是在前来科西嘉的帆船上才认识他的。

"这是一个非常庄重得体的青年，"省长低声说道，接着，他用压得更低的嗓音问，"他有没有对您说过，他是抱定什么意图返回科西嘉的？"

莉迪娅立即神色庄严地说："我根本就没有问过他这个问题，不信您可以问他自己。"

省长沉默无语；但过了一会儿，他听到奥尔索用英语对上校说了几句什么，便对他说："先生，看起来，您好像到过很多地方，您可能忘记了科西嘉……还有它的风俗了吧。"

"没错，我离开家乡的时候，年纪还很小。"

"您始终还在军队中吗？"

"我领半饷了，先生。"

"我在猜想，您在法国军队中待的时间太长了，恐怕已经全盘法国化了吧，先生。"

他说最后这句话时，语气明显有些夸张。提醒一下科西嘉人，说他们属于一个大国家，这可不是在出奇地讨好他们。他们愿意单独自成一族，而这一愿望，他们也确实证明得相当好，以至于人们都承认这一点。

奥尔索有些被刺痛了，反驳道："省长先生，您认为一个科西嘉人需要在法国军队中服役，才能出人头地吗？"

"不是的，当然不是的，"省长说道，"这根本就不是我的想法：我要说的只是本地的某些风俗，其中一些并不像一个行政长官想看到的那样。"他特别强调了一下"风俗"这个词，脸上尽可能地显出一副严峻无比的表情。不一会儿后，他便起身告辞，离去之前得到莉迪娅小姐的允诺，她将到省长官邸去看望他的夫人。

等他走远以后，莉迪娅小姐说道："我只有到科西嘉来，才能知道省长到底是怎么回事。这一位看来还算讨人喜欢。"

"我嘛，"奥尔索说，"我却不敢苟同，我觉得此人很怪，他言语夸张，行径诡秘。"

上校已经昏昏沉沉地处于半睡之中；莉迪娅小姐朝他这里投来一瞥后，压低了嗓音说道："而我，我觉得，他并不像您所说的那么诡秘，因为我认为，我明白了他的意思。"

"您当然是一个眼光敏锐的人，内维尔小姐；假如，您在他刚才说的话里头看到了一些精辟的思想，那肯定是您自己添加进去的。"

"我认为，您刚说的，是马斯卡里叶侯爵说过的一句话[1]，德拉·雷比亚先生；但是……您是不是想要我证明一下我的洞察力？我可是会一点巫术的，一个人，我只要看到过

---

[1] 马斯卡里叶侯爵是莫里哀喜剧中的人物，这句话见《可笑的女才子》第九场："想要在我们家看到声望，肯定还得由您把它给带来。"不过，实际上这不是马斯卡里叶说的，而是女才子喀豆说的。

两次，我就能知道他心里在想什么。"

"我的老天！您真让我害怕。假如您真的能猜透我的想法，我不知道我是应该高兴，还是应该悲哀……"

"德拉·雷比亚先生，"莉迪娅小姐的脸红了，继续说道，"我们认识才只有几天；但是在海上，还有，在野蛮人的国度——请您原谅我这么说，我希望…… ——在野蛮人的国度，人们比在上流社会更容易成为朋友……所以，假如我像一个朋友那样，对您谈起稍稍属于私人范围的、外人通常不应该过问的事情，请您不要见怪。"

"噢！不要用这个词，内维尔小姐，换了另一个词[1]，我会更加开心。"

"那么好吧！先生，我应该告诉您，我本没有特意打听您的秘密，我只是偶然听说了一部分，它们实在让我难过。先生，我知道了您府上遭受的不幸，人们常常对我讲起贵乡同胞有仇必报的性格，以及他们复仇的方式……省长影射的不正是这个吗？"

"莉迪娅小说兴许以为……"奥尔索的脸色变得跟死人一样苍白。

"不，德拉·雷比亚先生，"她打断了他的话头，"我知道您是一个有荣誉感的绅士。您亲口对我说过，在贵乡，现

----

〔1〕 这个词指"外人"，另一个词指"朋友"。

在只有老百姓还在干**族间仇杀**……您还把它称为某种形式的决斗……"

"您认为我有朝一日可能成为一个杀人凶手吗？"

"既然我跟您说起了这个，奥尔索先生，您应该看到，我对您并没有怀疑，我之所以跟您说，"她低下眼睛，继续说道，"是因为我明白，您回到家乡后，或许会被野蛮的偏见包围。当您得知，有人钦佩您有勇气抵抗它们时，您会轻松许多的。"她说着，站了起来，"好了，我们不再谈这些讨厌的事情了：我的头都谈得疼了，再说，时间也太晚了。您不会怪我的吧？让我们以英国人方式，说一声晚安吧。"她向他伸出手去。

奥尔索神情严肃、满心激动地紧握住她的手。

"小姐，"他说，"您可知道，有些时候，故乡的本能在我身上觉醒。有时，当我想起可怜的先父……可怖的念头就萦绕在我的心头。多亏您，我算是永远地解脱了。谢谢您，谢谢！"

他还要说下去，但莉迪娅小姐把一个茶匙掉在了地上，响声惊醒了上校。

"德拉·雷比亚，明天5点出发打猎！一定准时。"

"好的，我的上校。"

五

第二天，狩猎者们即将返回的时分，内维尔小姐和贴身女仆一起从海边散步归来，正要回到旅馆的时候，她注意到一个身穿黑色服装的年轻女子，骑在一匹矮小却很壮实的马上进了城。她身后跟着一个农人模样的人，同样也骑着马，穿着棕呢外套，两肘处已经磨破，肩上斜挂着一个葫芦，腰带上插着一支手枪；他手中拿着一杆长枪，枪托安倚在一个绑在马鞍架上的皮套子中；总之，从整套打扮来看，活像一个情节剧中的强盗，或者是出门远游的科西嘉市民。那女子引人注目的美色首先吸引了内维尔小姐的注意。她看来约莫二十岁，高个子，肤色白皙，深蓝色的眼睛，嘴唇粉红，洁白的牙齿如同晶亮的珐琅。在她的表情中，人们可以同时看出高傲、不安和忧愁。她的脑袋上蒙着一条叫**美纱罗**的黑色面纱，是由热那亚人引入科西嘉的，十分适合于妇女们披戴。她那栗色的头发梳成长长的辫子，像头巾一样盘绕在头上。她的衣着十分整洁，但又朴素至极。

内维尔小姐有的是时间，可以仔细地打量她，因为披美纱罗的年轻女子在街上停了下来，向一个人打听着什么，从她的眼神来看，探问的是一件很要紧的事；随后，得到了回答之后，她扬起冬青枝条，朝坐骑抽了一鞭子，马儿大步小跑起来，一直跑到托马斯·内维尔爵士和奥尔索下榻的旅馆门口，才停下步来。女郎和旅店主交换了几句话之后，灵巧地从马背上跳下来，坐到了大门旁一条石头凳上，她的随从则牵着马去了马厩。穿着巴黎人服装的莉迪娅小姐从她身边走过时，这个陌生女子连眼皮都没有抬一下。一刻钟以后，她打开窗户时，看到披美纱罗的女郎依然坐在原先的地方，依然一动不动。很快，上校和奥尔索打猎归来，到了旅馆。这时候，旅店主过去对身着孝服的小姐说了几句话，用手指头给她指了指年轻的德拉·雷比亚。那女子的脸红了起来，激动地站起身子，向前走了几步，然后猛然停住，仿佛惊呆了似的一动也不动。奥尔索就在她身边，好奇地打量着她。

"您就是，"她声音激动地说，"奥尔索·安东尼奥·德拉·雷比亚吗？我是柯隆巴。"

"柯隆巴！"奥尔索喊了起来。

他一把将她搂在怀里，温柔地亲吻她，这让上校和他女儿十分惊讶；因为在英格兰，人们是从不在街道上拥抱的。

"我的哥哥，"柯隆巴说，"我没有得到您的许可就来了，还请您能原谅；不过，我从朋友那里听说，您已经来了，能看到您，对我来说，真是莫大的宽慰啊……"

奥尔索又把她拥抱了一下；然后，转身朝向上校说：

"这是我的妹妹，要是她不自我介绍，我根本就认不出她来了。柯隆巴，这位是托马斯·内维尔上校爵士。上校，请您原谅，今天，我恐怕不能陪您吃晚饭了……我妹妹……"

"哎！我亲爱的，您要到什么鬼地方去吃晚饭呢？"上校大声地嚷嚷道，"您很清楚，在这见鬼的旅店中，只准备了一顿晚餐，那是给我们的。小姐若能赏光和我们共同进餐，小女一定会十分高兴。"

柯隆巴朝她哥哥瞧了一眼，他倒是没有再推让。大家一起进入旅馆最大的一间房间，它除了用作上校的客厅，还是大家的餐厅。德拉·雷比亚小姐被介绍给内维尔小姐，她向她行了一个深深的屈膝礼，但没有说一句话。人们看得出，她十分惊慌，兴许是生平头一回和外国的上流社会人士待在一起。不过，在她的行为举止中，倒是一点土气也没有。她身上的奇异特点弥补了手足无措。也正是由于这一点，她很讨内维尔小姐喜欢；因为旅馆的客房已经被上校一行占满，再也没有空余房间，莉迪娅小姐便把自己的屈尊或者好奇大大发展了一步，居然在她自己的房间里为德拉·雷比亚小姐又搭了一张床。

柯隆巴结结巴巴地说了几句感谢的话，便匆匆忙忙地跟随内维尔小姐的贴身女仆去梳洗了，在太阳底下风尘仆仆地骑马走了一天，稍稍梳洗一番是绝对必要的。

等梳洗后回到客厅，走到猎人们刚刚放在一个角落里的上校的猎枪前，她停住了脚步。"好漂亮的武器！"她说，"哥哥，那是您的吗？"

"不，这是上校的英国枪。不仅好用，而且漂亮。"

"我真希望，"柯隆巴说，"您也有一把这样的枪。"

"这三支枪里当然有一支应该属于德拉·雷比亚，"上校高声说，"他使得相当出色。今天，他开了14枪，枪枪命中！"

153

当即，就展开了一场慷慨的赠送战，你推我让，争着客气，最后奥尔索终于被说服，答应收下礼物，这使他妹妹大为满意，从她脸上的表情很容易看出，刚才还是满脸的严肃，现在却一下子闪耀出孩童般的欢乐。

"您挑选吧，我亲爱的。"上校说道，奥尔索表示不同意。

"那么好吧！就请令妹小姐代为挑选好了。"

柯隆巴不等人说第二遍，便毫不推让地选了装饰最为朴素的一支，但那是一支曼顿[1]制造的优质枪，大口径的。

"这一支，"她说，"一定能打得很准。"

她的哥哥忙不迭地答谢，正好这时候晚餐准备好了，才算把他们从客套中拉到饭桌上来。柯隆巴一开始还扭捏了一阵不肯就座，直到她哥哥对她使了一个眼色，才作罢休。看到她在饭前像个虔诚的天主教徒那样画十字，莉迪娅小姐心中欣喜得很。

"好啊，"她自言自语道，"原来，这就是原始的习俗。"她告诫自己，对科西嘉古老风俗的这一位年轻代表，一定要多加有趣的观察。而奥尔索，则明显地显出坐立不安的神态，想必是担心他妹妹说出或者做出什么太土气的事。但是柯隆巴不断地观察着他的做法，按照他的样子调整着自己的一切

---

[1] 约瑟夫·曼顿是英国一个著名的武器制造商。参见《伊特鲁里亚花瓶》中的前注。

行为。有时，她带着某种奇特的忧郁表情紧紧地凝视着他；而这时候，假如奥尔索的眼神遇到了她的眼神，一定是他先把目光移开，似乎他有意要避开他妹妹从内心里向他提出的、而他自己也十分清楚的问题。大家说着法语，因为上校的意大利语说得很糟糕。柯隆巴听得懂法语，甚至当她不得不和主人交谈时，还能发音准确地应付几句。

上校注意到两兄妹之间的拘束，晚饭后，便秉着他爽直的本性，问奥尔索是不是愿意单独地跟柯隆巴小姐谈谈，他可以跟女儿到隔壁房间去待一会儿。但是，奥尔索急忙谢绝，说他们有的是时间可以在皮耶特拉内拉交谈。皮耶特拉内拉是他要居住的村子的名字。

于是，上校坐在沙发中他习惯的位子上，内维尔小姐试图挑起话头，让美丽的柯隆巴开口说话，但一连换了好几个话题都没能成功，便有些失望，只得请奥尔索为她朗读一段但丁的诗歌；但丁是她最喜爱的诗人。奥尔索选择了《地狱篇》中的一段，即描写弗朗切丝卡·达·里米尼的那一段插曲，开始读了起来，尽量把这些庄美的三句诗念得抑扬顿挫。诗句精彩地描述了一男一女共同阅读爱情故事的危险[1]。随着他

---

〔1〕 见但丁《神曲·地狱篇》第五首：弗朗切丝卡违心地嫁给贵族里米尼家的简西托，因嫌丈夫貌丑，遂与小叔子保罗私通，被丈夫杀死。据说她是与保罗一起阅读骑士朗斯罗的爱情故事时与保罗共坠爱河的。

的朗读，柯隆巴越来越靠近桌子，抬起她原先低着的头，她的双眸睁大，射出一道奇异的火光；脸色一会儿通红，一会儿苍白，身子在椅子上抽搐起来。意大利人的身心结构多么令人惊叹，他们根本就不用一个学究来指出诗歌的美，他们一听就明白！

这段诗歌读完后，她叫喊起来："这有多么美啊！哥哥，这诗是谁写的？"

奥尔索有些为难，内维尔小姐赶紧微笑着回答，说是一个已经死了好几百年的佛罗伦萨诗人写的。

"当我们回到皮耶特拉内拉后，"奥尔索说，"我教你读但丁的诗吧。"

"我的天，这诗有多美啊！"柯隆巴反复道；随后，她把已经记住的三四段诗背诵了出来，起初声音很低，后来越背越激奋，竟大声朗诵起来，而且比她哥哥刚才念得还更富有感情。

莉迪娅小姐惊讶不已："您看来非常喜欢诗歌，"她说，"我真羡慕您的运气，您一开始读的就是但丁的诗歌。"

"您瞧，内维尔小姐，"奥尔索说，"但丁的诗有多么大的力量，竟然把一个只会念《天主经》的小小的野姑娘都感动了……噢，不对，我弄错了，我想起来了，柯隆巴可是个内行。她从小起就喜欢舞文弄诗的，家父曾写信告诉我，她是皮耶特拉内拉村和方圆十里地内最有名的**哭丧歌女**。"

柯隆巴向她哥哥投去恳求的一瞥。内维尔小姐曾听人说起过，在科西嘉，有不少能即兴作诗的丧歌女，巴不得能亲耳听一听。因此，她苦苦地恳请柯隆巴为她略显一番身手。奥尔索有些懊悔，悔不该提起妹妹的诗歌才华，这时便居间调停，帮着妹妹说话。他竭力起誓，说再没有什么比科西嘉的西岸丧歌更枯燥无味的了，还说在读了但丁诗歌之后再来听科西嘉的诗歌，简直是在丢他故乡的丑，等等。但是，他再赌咒也没有用，这只能激发内维尔小姐的任性，最后，他只好对他妹妹说："好吧！随便唱他一段什么吧，但不要太长啦。"

柯隆巴叹了一口气，认真凝视了桌子上的台毯一分钟，然后，又抬头看着房梁；最后，她把一只手搭在眼睛上，好像那些鸟儿，以为自己看不见自己了，别人也就看不见自己似的，放下心来。她用一种怯生生的嗓音唱起了，或者不如说朗诵起了下面这首**夜曲**：

少女与斑尾林鸽

在高山背后遥远的地方，有一个山谷，那里的太阳每天只露一会儿脸；——在那山谷中，有一座阴暗的小房，——门槛上杂草丛生。——门扉、窗户全都始终关得紧紧。——房顶上从不飘出炊烟。——但是，到了中午，当太阳光临此地，——一扇窗户便会打开，——孤女坐在纺车前纺纱：——她一边纺纱，一边唱着——一首忧郁的歌谣；——但却没有任何别的歌与她和唱。——有一天，那是春天的一天，——一只斑尾林鸽落脚在附近一棵树上，——听到了姑娘的歌声。——它说：年轻的姑娘，并不只有你一个人在哭泣：——一只残忍的凶鹰夺走了我的伴侣。——斑尾林鸽，请指给我看那只强盗之鹰：——哪怕它飞得同云彩一样高，——我也要把它打落在地。——可是我，可怜的姑娘，谁能把我的兄弟还给我，——我那如今远在他乡的兄弟？——年轻的姑娘，告诉我您兄弟在何方，——我的翅膀将把我带往他身旁。

"真是一只有教养的斑尾林鸽！"奥尔索高声叫道，激动地拥抱了他的妹妹，而他假装出来的嬉笑腔调则与这激动形成鲜明的对照。

"您的歌谣真有魅力，"莉迪娅小姐说，"我想让您把它写在我的纪念册上。我要将它翻译成英语，我要为它谱上曲调。"

诚实的上校一个字都听不懂，却也跟在女儿之后一味夸奖。随后，他补充道："小姐，您说到的那只斑尾林鸽，是不是我们今天吃的那种烤得扁扁的鸟儿？"

内维尔小姐拿来了她的纪念册，当她看到即兴唱诗的姑娘抄写歌词时，用了一种奇异的方式来安排纸页，实在吃惊不小。诗句不是单独成行排列，而是把各句上下连在同一行，只要纸的宽度足够，就一直一行写到头，以至于它完全不符合人们熟悉的"一句一短行，长短不一样，前后都留空"的写诗格式。柯隆巴小姐拼写时的随心所欲，也引起了内维尔小姐的注意，而且不止一次逗得她忍俊不禁，而奥尔索作为兄长的自尊心却颇受伤害。

睡觉的时刻到了，两个年轻姑娘回到了她们的房间。在卧室里，当莉迪娅小姐摘下项链、耳环、手镯之际，她注意到她那个同伴从裙子里掏出某种长长的东西，像是一个裙撑，但形状却大不一样。柯隆巴小心翼翼地、几乎有些偷偷摸摸地把它塞在她放在桌子上的美纱罗底下；然后，她跪在地上，虔诚地做晚祷。两分钟以后，她已经上了床。

莉迪娅天性好奇，脱衣服时又像英国女子那样慢慢腾腾，便凑到桌子跟前，假装寻找一枚别针什么的，翻开美纱罗，发现一把相当长的匕首，非常别致地镶嵌着螺钿和银丝，做工十分精细。这是爱好者眼中无比值钱的一件古老武器。

"小姐们，"内维尔小姐微微一笑，说道，"怎么喜欢把这小小的工具带在怀中，是这里的习惯吗？"

"不得不如此啊，"柯隆巴叹了一口气，回答说，"这里的坏人实在太多了！"

"您真的有勇气这样给他来一下吗？"

内维尔小姐把匕首拿在手中，做了一个刺杀动作，像在戏台上表演那样，从上往下戳。

"是的，假如有这个必要，"柯隆巴的嗓音柔柔的，富有音乐性，"比如说，为了自卫，或者为保护我的朋友……不过，这匕首可不是这么个握法，假如您的敌手向后一躲闪，这样，您会伤了自己的。"

说着，她坐起身来，"瞧，要这样握，刀口向上。人们说，这样才能致人于死地。不需要使用这种武器的人可真有福啊！"

她叹息了一声，一头倒在枕头上，闭上了眼睛。再也找不到一张比她更美丽、更高贵、更纯洁无瑕的脸了。菲迪亚斯如果现在要雕刻密涅瓦的像[1]，根本用不着再去找别的模特了。

六

正是为了遵循贺拉斯的教诲，我从事情的正中间[2]开始投入叙述。既然现在万籁俱寂，美丽的柯隆巴也好，上校也

---

〔1〕 菲迪亚斯（活动时期约公元前490—前430），希腊雅典雕塑家。密涅瓦是罗马神话中的智慧女神。
〔2〕 原文为拉丁语。拉丁诗人贺拉斯的美学著作《诗艺》中说（第148行），史诗诗人总是从故事的正中间开始讲述，似乎听众已经知道故事情节似的。

好，他的女儿也好，全都沉睡了[1]，我就趁此机会，把某些要点告诉我的读者，他若是想更深地进入到这真实的故事之中，便不能不掌握这些要点。我们已经知道，德拉·雷比亚上校，即奥尔索的父亲，是被人杀害的。然而，一个人在科西嘉被杀，跟在法国被杀是不同的，在法国，可能因为苦役船上的逃犯想不出更好的办法偷你的银钱财宝，才来谋财害命；而在科西嘉，则是仇敌的凶杀。但是结仇的原因，则常常一言难尽。许多家族只是出于陈旧的习惯而相互仇恨，而仇恨的最初缘由往往已经消失得无影无踪。

德拉·雷比亚上校所属的家族跟好多家都有世仇，尤其是跟巴里齐尼家族。有人说，早在16世纪的时候，德拉·雷比亚家的一个男人引诱了巴里齐尼家的一个女子，后来被受辱小姐家的一个亲人用匕首刺死。而另外有些人的说法却截然不同，说是德拉·雷比亚家的一个女子被诱惑，巴里齐尼家的男人被杀死。无论真相如何，事实毕竟如一句老话所说，两家之间鲜血流来流去。不过，与传统的习惯相反，这桩凶杀案并没有引起别的仇杀，因为德拉·雷比亚家和巴里齐尼家两家都受到热

----

[1] 据考，这是对拉辛悲剧《伊菲革尼亚》中一行著名诗句的仿写："但是万籁俱寂，军队也好，风儿也好，海神尼普顿也好，全都沉睡了。"（第一幕第一场）

那亚政府[1]当局的迫害，家中的年轻人都逃亡国外，接连好几个时代，两个家族中都没有刚强勇猛的复仇代表。

到了上个世纪末，德拉·雷比亚家一个在那不勒斯当军官的男子，一次在赌场中跟几个军人吵架，对方破口大骂，谩骂中称他为科西嘉的羊倌；他拔出剑来，但是一人难抵三条汉子，眼看渐渐不支，幸亏这时一个在场赌钱的外国人跳将出来，大喝一声："我也是科西嘉人！"毅然拔刀相助。那个外国人原来是巴里齐尼家的一个后代，他并不认识他的同胞。等到彼此互通家门之后，两人均以礼相见，并起誓永结生死之交。

在大陆上，科西嘉人很容易相互友好交往，而在故乡的岛上，却完全相反。在眼下这个情景中，人们就看得非常真切：德拉·雷比亚家的人和巴里齐尼家的人留在意大利时，一直是亲密的朋友，但是，一旦回到科西嘉，他们彼此便很少见面了，尽管两人都住在同一个村庄。当他们去世时，人们说，这二位已经有五六年没有说过话了。他们的儿子，同样这般地生活，按照岛上人的说法，**如同标签一样**[2]。一个叫吉尔福

---

〔1〕历史上，科西嘉曾经由热那亚统治，一直到1768年热那亚人把该岛卖给法国为止。

〔2〕这是源自意大利的说法，意思是"各自留在自己的位子上，不向对方迈出一步"。

乔，是个军人，也就是奥尔索的父亲；另一个叫久迪切·巴里齐尼，是个律师。他们各自都当上了族长，由于职业不同，彼此离得很远，几乎没有机会互相见面，也没有机会听到别人谈到对方。

大约是在1809年，有一天，久迪切在巴斯蒂亚城[1]读到一份报纸，报上报道了吉尔福乔上尉刚获得一枚勋章的消息，他读后对身边的人，这消息并不让他惊奇，因为某某将军是他们家的后台。这句话传到了在维也纳的吉尔福乔耳中，他便对他的一个同胞说，等他回到科西嘉后，他将会看到久迪切成为富翁，因为这家伙从败诉的官司中得到的钱比从胜诉的官司中赢得的钱还要多。谁也不知道这话影射的究竟是什么，是说律师背叛了他的当事人呢，还是仅仅限于这样一个平庸的事实，一项糟糕的官司要比好的官司更能使搞法律的人获益。不管怎么说，巴里齐尼律师闻知了这句俏皮话，并一直牢记心头。1812年，他竞选当他那个镇的镇长，而且极有希望大功告成，不料某某将军写信给省长，推荐了吉尔福乔夫人家的一个亲戚；省长急忙迎合将军的意愿，而巴里齐尼毫不怀疑，一定是吉尔福乔从中捣了鬼。1814年，拿破仑皇帝倒台之后，将军推荐的那个镇长被指控为波拿巴党人而

---

〔1〕 巴斯蒂亚是科西嘉西北部一城市。

丢官，由巴里齐尼接替职位。后来，在百日政变[1]中，又轮到巴里齐尼镇长被撤职；但是，这阵风暴之后，他又在盛大的仪式上重新接掌了镇长的官印和户籍簿册。

从此之后，他一路吉星高照。而德拉·雷比亚上校却被迫领了半饷，回到了老家皮耶特拉内拉村，不得不对付一系列没完没了的暗中刁难：一会儿说他的马撞坏了镇长先生家的篱笆，传讯他去赔偿；一会儿镇长又借口要修复教堂的路面，叫人抬走了一块镌刻有德拉·雷比亚家族徽章，并且覆盖在他家某成员坟墓上的破石板。如果有山羊吃了上校家的青苗，这些畜生的主人总归能获得镇长的保护；德拉·雷比亚家的两个老主顾，兼管着皮耶特拉内拉村邮政所的杂货店老板和充当村警的老残废军人，接连被撤职，而代之以巴里齐尼家的宠信。

上校的妻子死了，临死时留下遗嘱，希望能安葬在她生前爱去散步的一个小树林中；而镇长立即声称，她只能埋葬在村镇的墓地中，说他没有获得当局的允许可以让人单独另建一个坟墓。怒不可遏的上校宣称，他可以等着这一允许，但在此之前，他妻子将先行安葬在她选定的地方，并且，他叫人在那里挖了一个坑。而镇长也叫人在公墓中挖了一个坑，

---

[1] 百日政变，1815年3月20日，拿破仑从流放地厄尔巴岛返回法国，同年6月22日第二次逊位，7月8日路易十八复位，史称"百日政变"。

并召来了宪警,声称这是为了维护法律的威严。到了下葬那天,双方人马全都到场,一时间,人们忧心忡忡,担心为争夺德拉·雷比亚夫人的遗体,两边会大打出手。死者亲属带来了四十来个全副武装的农人,强迫本堂神甫出了教堂之后就走向树林子;另一方面,镇长则带着两个儿子,以及他的亲信和宪警,闻讯赶来阻止。当他来到现场,责令送葬队伍倒退回去时,他招来了一片嘘声和威吓声;对手的人数比他们要多得多,而且似乎决心坚定。看到他过来,好几支长枪把子弹压上了膛;人们甚至说,有一个羊倌已经瞄准了他。但是,上校抬起了枪口,说道:"没有我的命令,谁也不许开枪!"镇长像巴奴日一样,"天生就怕挨打"[1],他拒绝应战,便同手下人一起溜之大吉。于是,送葬队列开始前进,而且故意兜了一个大圈子,好从镇公所门口经过。在游行中,一个混在队伍中的白痴竟然肆无忌惮地高呼:"皇帝万岁!"有两三个声音呼应了一阵。这些雷比亚派分子越来越亢奋,居然提议杀死镇长家的一头牛,因为这该死的牛挡了他们的路。幸亏上校出面,才阻拦了这一暴行。

可以想象,一份报告随之炮制出笼,镇长用他最优美的

---

[1] 巴奴日为拉伯雷小说《巨人传》中人物,此言见该书第二部《庞大固埃》第21章最后一段:"说完这句话,他撒腿就跑,生怕挨打,他生来就怕挨打。"

文笔，向省长打了一个报告，报告中，他尽情描绘了神圣的和人类的法律如何被践踏于脚下，他这个镇长的威严，以及本堂神甫的威严，是如何遭到藐视和侮辱，德拉·雷比亚上校如何成为一起波拿巴党徒阴谋的领头人，他企图改变王位继承的顺序，挑唆公民相互械斗。这样的罪孽，按照刑法法典的第86和第91款，是要受惩罚的[1]。

诉状的这种肆意夸大，反而影响了它的效果。上校也写信给省长，给王家检察官；他妻子的一个亲戚跟岛上的一个众议员有姻亲关系，后者则是王家法院院长的一个堂兄弟。靠着这些关系的保护，阴谋之说烟消云散，德拉·雷比亚夫人安息在了树林中，只有那个白痴被判处了十五天监禁。

巴里齐尼律师对这桩官司的结果大为不满，便掉转炮口，从另一侧进攻。他搜寻出另一份陈旧的证书，依靠这份证书，开始跟上校争夺起某一条推动着一个磨坊的溪流的所有权来。一场官司便打上了，而且持续了很长时间。快到一年时，法院终于要开庭判决了，从种种表面征象来看，案子有利于上校，可是突然，巴里齐尼先生把一封信递到了王家检察官手里。信是由一个叫阿戈斯蒂尼的著名强盗写的，他威胁镇长，要他撤回诉讼，否则就要放火杀人。众所周知，在科西嘉，强

---

[1] 梅里美是学法律出身的，这里的说法完全正确。

盗的保护是深受人们欢迎的，而为了帮助朋友，强盗们也频繁地插手私人间的争执。镇长利用了这封信，而却不料又出现了一件意外之事，把事情弄得更为复杂。强盗阿戈斯蒂尼写信给检察官，说是有人仿造他的笔迹，是在毁坏他的人品，使人以为他的影响威望是可以收买的。他在信的末尾这样写道："假如我找到那个冒名顶替者，我必定严厉惩处之，以儆效尤。"

事实明摆着，阿戈斯蒂尼根本就没有给镇长写恐吓信；德拉·雷比亚家和巴里齐尼家彼此没完没了地**互相**指责对方做伪证。双方都发出威胁，司法当局竟然不知道罪人到底在哪一方了。

在此期间，吉尔福乔上校被人暗杀了。据法院卷宗的记录，事情经过是这样的：18××[1]年8月2日，天色已晚，一个叫玛德莱娜·皮耶特里的女人带着麦子去皮耶特拉内拉村，听到附近很近的地方响了两下枪，似乎是在一条去村子的低洼路上发出的枪声，离她所在的地方约莫有150步远。紧接着，她看见一个男人低着身子从葡萄园的小路上跑过，朝村庄方向而去。这个男人曾停下了一会儿，回身张望；但是，由于距离太远，皮耶特里家的女人没看清他的脸，更何况，他的

---

〔1〕 应该是1817年。

嘴上还衔着一片葡萄叶，几乎遮住了整张脸。他向女证人没看见的一个同伙做了一个手势，然后便消失在葡萄园里。

皮耶特里家的女人放下麦子，顺着小路跑去，发现德拉·雷比亚上校躺在血泊中，身上中了两枪，但仍还在喘气。他的身边是他那把长枪，子弹上了膛，似乎当他准备防备正面过来的一个敌人时，却被身后的另一个敌人开枪打中。他喘着粗气，试图挣脱死神的魔掌，但却一句话都说不出来。据医生后来的解释，这是因为他的肺被打穿了的缘故。鲜血堵住了他的喉咙，又慢慢地流出来，像是一团红色的泡沫。皮耶特里家的女人使劲想把他扶起来，问他几句。她看得很清楚，他想开口说，但他无法让她明白在说什么。她注意到他想把手伸到衣服口袋中去，便赶紧从口袋中掏出一个夹有记事本的皮夹子，打开来递到他面前。受伤者拿起皮夹子中的铅笔，想要写什么。事实上，证人看到他费力地画了好几个字母；无奈她不认字，不明白其中的意思。上校用尽力气写好字，便把皮夹子交到皮耶特里家女人手里。他紧紧握住她的手，用一种奇特的神情看着她，照女证人的说法，他仿佛要对她说："这很重要，这是杀害我的凶手的名字！"

皮耶特里家的女人赶往村庄时，遇见了镇长巴里齐尼先生和他的儿子文琴泰罗。这时，天色几乎全黑了。她把所看见的事情叙述了一番。镇长接过皮夹子，跑到镇公所，披挂好他的职权肩带，叫来了他的秘书，还有宪警。玛德莱娜·皮耶特里单独和年轻的文琴泰罗待在一起，她向年轻人建议赶紧去救上校，兴许他还有一口气呢。但是文琴泰罗回答说，假如他去靠近一个曾是他家仇敌的人，人们必定会指控他杀死了他。没过一会儿，镇长回来了，发现上校已经死了。他让人抬走了尸体，并写了报告。

在这种场合下，巴里齐尼先生心中不免有些惊慌，不过惊慌归惊慌，他还是赶紧查封上校的皮夹子，并在自己职权的范围内开始了种种缉查；但没有发现任何重要的线索。当预审法官来到时，人们打开了皮夹子，在一张血迹斑斑的纸上，人们看到几个字母，出自一只有气无力的手，字迹歪斜，但还能辨认出来。上面写道：**"阿戈斯蒂……"**，法官毫不怀疑，认为上校的意思是想指出，杀人凶手是阿戈斯蒂尼。

可是，柯隆巴·德拉·雷比亚被法官叫来后，要求检查一下那只皮夹子。经过好一阵子的仔细翻看，她伸出手来指向镇长，高声叫道："凶手就是他！"这时，她尽管沉浸于万分的悲痛之中，但还是以一种惊人的精确和明晰，说出她的理由。她叙述说，几天前，她父亲收到儿子的一封信，读后便把信烧了，但在烧信之前，他用铅笔把奥尔索的地址抄写在了皮夹子上，因为奥尔索刚刚换了驻地。然而现在，皮夹子里这一地址不见了。柯隆巴由此得出结论，镇长把写有地址的那张纸页撕了，而那张纸很可能就是她父亲写下凶手名字的那一张；柯隆巴断定，镇长用阿戈斯蒂尼的名字代替了那个凶手的名字。法官发现，写着名字的那个小本本果然缺了一页；但是，很快，他又注意到，皮夹子中其他的记事本上也同样缺页，许多证人都说，上校有个习惯，当他想点雪茄时，往往会从皮夹子中的小本子上撕下一页来，很可能他不小心把抄了地址的那张纸也点了雪茄。另外，有人证实，镇长从皮耶特里家的女人那里接过皮夹子后，天已经全黑了，他不可能读本子上的字。他又被证明是立即赶往镇公所的，中间一会儿都没有停顿，在镇公所，有宪警队长在一旁，看到他点亮一盏灯，把皮夹子放进一个信封中，当着队长的面把信封封了口。

宪警队长做完他的证言后，柯隆巴早已控制不住自己，她扑倒在他的膝前，恳求他以他身上最神圣的东西起誓，说清楚他是否曾经让镇长独自待了一小会儿。宪警队长显然被姑娘的激昂感动了，犹豫再三之后，他承认说，他曾经到隔壁房间去找一张大纸，不过他的逗留没有超过一分钟，而且，当他摸索着在抽屉中找纸的时候，镇长一直在跟他说话。此外，他还证明，等他回转时，那只血淋淋的皮夹子一直放在桌上原来的地方，即镇长进门时随手扔到的那个地方。

巴里齐尼先生态度十分平静。他说，他可以原谅德拉·雷比亚小姐的行为，并且很愿意屈尊来证实自己的无辜。他提出证明，说自己整个傍晚始终待在村庄里，当案件发生时，他儿子文琴泰罗正和他一起在镇公所门前。临了他还说，他的另一个儿子奥尔兰杜乔那天正好感冒发烧，躺在床上一直没离开过。他出示了家中所有的枪，没有一把在最近曾打响过。他补充说，他一看到那个皮夹子，就立即明白了它的重要性；他把它封了，并交到他副手的手里，因为他预料到，由于他和上校关系紧张，很可能遭到怀疑。最后，他提醒人们说，阿戈斯蒂尼曾威胁过，要杀死冒他的名写信的人，由此暗示，那个卑劣的家伙可能怀疑到了上校的头上，把他杀了。按照强盗的习俗，为类似的动机而作一次如此的复仇，不是没有先例的。

德拉·雷比亚上校死后的第五天，阿戈斯蒂尼遭遇了一个保安巡逻队，经过一场殊死的搏斗后，终于被打死。人们在他身上找到一封柯隆巴写给他的信，她在信中恳求他公开说清楚，他到底是不是人们所指控的凶犯。由于那强盗没有做出回答，于是人们普遍认为，他是没勇气对一个姑娘承认，是他杀死了她的父亲。然而，那些声称很了解阿戈斯蒂尼性格的人却在私下里说，假如他杀死了上校，一定会大夸其口的。另一个以布兰多拉乔的名字而闻名的强盗，回复了柯隆巴一个声明，在声明中，他以**名誉**担保他伙伴的清白。但是他所援引的唯一证明，仅仅是阿戈斯蒂尼从未向他说起过，他自己怀疑上校。

结果是，巴里齐尼一家没有受到追究；预审法官对镇长赞不绝口，后者还为自己的漂亮行为添了一顶桂冠，他撤销了先前为了跟德拉·雷比亚上校争夺小溪流的所有权而提起的诉讼。

柯隆巴按照当地习俗，在她父亲的尸体前，当着众多亲友的面，即兴作了一首**丧歌**。她在歌中尽情发泄了她对巴里齐尼家族全部的仇恨，明确指责他们行凶杀人，同时还威胁他们，说她的兄弟必定要报此仇。莉迪娅小姐听水手唱的，正是这一首被传唱得如此著名的**丧歌**。闻知父亲的死讯，当时驻扎在法国北部的奥尔索便提出请假，但没有获得批准。开始，接到他妹妹的一封来信后，他认定凶手是巴里齐尼家的人，但是很快，他收到了所有预审卷宗的抄件，还有一封法官的私人信件，这使他几乎认定，强盗阿戈斯蒂尼是唯一的罪人。柯隆巴每三个月给他写一封信，不断地向他重复自己的怀疑，并把这些怀疑叫作证据。这些指控使他胸腔中科西嘉人的热血不由自主地沸腾起来，有时候，他差不多就要分享他妹妹的偏见了。然而，他每次给她写信，他都要重复，说她的引证没有丝毫坚实的基础，不值得相信。他甚至禁止她再向他提起这事，不过，他的禁令始终归于无用。两年时间就这么过去了，最后，他退伍领了半饷。这时，他想返归故乡，并不是为了向他认定无辜的人们复仇，而是为了把妹妹嫁了，把他的小小产业卖了，只要它还值得上几个钱，可以供他去大陆上生活。

七

兴许是妹妹的来到以更大的力量唤醒了奥尔索心中对故居的思恋，兴许是他在文明人朋友面前，为柯隆巴那野性十足的服装和行为感到难堪，第二天，他就宣布了离开阿雅克修、返归皮耶特拉内拉村的计划。但同时，他又请上校答应，等上校去巴斯蒂亚的时候，一定到他简陋的宅所小住几日，他自己也允诺上校，届时一定跟他一起去猎黄鹿、野鸡、野猪，等等。

出发前一天，奥尔索没有去打猎，却提议沿着海湾散散步。和莉迪娅小姐挽着胳膊走，他可以自由自在地谈话，因为柯隆巴留在城里，要采购一些物品，而上校时不时地要离开他们一会儿，去打海鸥和鲣鸟，这让过路人大为吃惊，他们弄不明白，他竟然会为那些微不足道的猎物浪费火药。

他们沿着去希腊人礼拜堂[1]的路走着，从礼拜堂望去，可以看到港湾最美的景色；但是，他们对此不屑一顾。

"莉迪娅小姐，"经过一阵长得令人难堪的沉默之后，奥尔索开口说，"坦率地说，您觉得舍妹怎么样？"

"我很喜欢她，"内维尔小姐回答说，接着又微笑着补上

---

〔1〕 希腊人礼拜堂建于1632年，从阿雅克修往西走半个小时即可到达。

一句，"甚至还超过了喜欢您，因为她是真正的科西嘉人，而您，您是一个过于文明化了的野蛮人。"

"过于文明化了！……可是！自从我的脚重新踏上这个海岛后，我不由自主地感到，我又变成了野蛮人。千百个可怕的念头折腾着我，在我的心中激荡……在一头钻入我的荒野之前，我需要跟您稍微谈一谈。"

"先生，做人必须有勇气；看看令妹的忍耐力，她给您做了榜样。"

"啊！您可别受骗。别相信她的忍耐力。她还没有跟我说过一个字，但是，在她的每一道目光中，我都读到了她所期待于我的东西。"

"那么，她到底期待您什么呢？"

"噢！什么都没有……仅仅只是要我试一试，看令尊大人的枪打起人来是不是跟打山鹑同样行。"

"居然有这样的想法！而您竟然能猜到它！可是，刚才您还承认，她什么都没有对您说。可见您真是可恶。"

"假如她不想复仇，她一开始就会对我讲起家父；而她没有这样做。她本该说出她认定杀害了家父的那些人的名字……不过我知道，她是弄错了人。可是呢，不！一句话都没有。您瞧，我们这些科西嘉人，这就是我们民族的狡猾之处。舍妹明白，她还没有把我完全控制在她手中，因而不想在我还能一走了之的时候惊吓了我。一旦当她把我指引到悬崖边上，我头脑一发热，她就会把我推入深渊。"

这时，奥尔索对内维尔小姐讲述了他父亲之死的一些细节，并说，把重要的证据集中在一起分析，可以认定，凶手就是阿戈斯蒂尼。

"什么都不能说服柯隆巴，"他接着说，"这从她最后的一封信中可以看得很清楚。她赌咒要巴里齐尼家偿命。唔……内维尔小姐，您看，我对您有多么信任……要不是由于她的野蛮教育使她带有一种成见，认为复仇的责任责无旁贷地落到我的头上，因为我将是我们家族的一家之主，而且我的荣辱成败维系于此，巴里齐尼家的人兴许早就不在这个世上了。"

"实际上，德拉·雷比亚先生，"内维尔小姐说，"您是在侮蔑令妹。"

"不，您自己这样说过的……她是科西嘉人……她的想法跟他们所有人的想法一样。您知道我昨天为什么那么忧愁吗？"

"不知道，不过最近一段时间里，您的情绪糟糕得要命……在我们刚认识的头几天里，您要可爱得多。"

"其实正相反，昨天，我要比平日更开心，更幸福。我见您待舍妹那么友善，那么宽容！……我同上校一起坐船回来。您知道一个撑船的船夫用他见鬼的土话对我说什么来的？他说：'奥尔斯·安东，您杀死了好多猎物，但您会发现，奥尔兰杜乔·巴里齐尼是比您更强的猎手。'"

"好吧！这话又有什么可怕的呢？您真的那么期望当一个精干的猎手吗？"·

"可是，您难道没有看出来，这可恶的家伙是在说我没有勇气杀死奥尔兰杜乔吗？"

"您知道，德拉·雷比亚先生，您叫我害怕。你们岛上的空气似乎并不仅仅让人发烧，而且还使人发疯。幸亏我们很快就要离开它了。"

"走之前不要忘了来我们皮耶特拉内拉村啊。这是您亲口答应了舍妹的。"

"假如我们不信守这一诺言，难道也会遭到某种报复吗？"

"您还记得令尊先生有一天给我们讲过的故事吧？那些印第安人曾威胁外国公司的总督，如果不满足他们的请求，他们就绝食饿死。"

"这就是说，您就将绝食而死吗？我很怀疑。您只要一天不吃，柯隆巴小姐随后就会给您端来一份令人大开胃口的**波露秋**[1]，您就会放弃绝食计划。"

"您的玩笑开得太残忍了，内维尔小姐；您应该对我宽容一些。您看，我现在一个人在这里。只有您在阻止我变疯，就像您说的那样。您是我的守护天使，而现在……"

---

〔1〕 这是一种加了奶油的煮奶酪，是科西嘉民族的风味菜。——原注

"现在，"莉迪娅小姐口吻严峻地说，"为了支持这一太容易摇摆的理智，您有着男子汉和战士的尊严，而且还有……"她一边转过身子，去摘一朵花，一边继续说道，"您对您守护天使的回忆，假如这一点对您有所作用的话。"

"啊！内维尔小姐，我真不敢想象，您真的对我还有一点意思……"

"听着，德拉·雷比亚先生，"内维尔小姐稍稍有些激动地说，"既然您是个孩子，我就把您当作孩子对待。当我还是一个小姑娘的时候，家母给了我一串我梦寐以求的项链，但是她对我说：'每次你戴上这串项链时，你就要记住，你还不懂法语。'这样，项链在我的眼中稍微失去了一点价值。对我来说，它好像成了一种谴责；但我还是佩戴着它，而我也学会了法语。您看见这枚戒指了吗？这是一枚埃及圣甲虫像[1]，请注意，它是在一座金字塔中找到的。瞧这个怪异的形象，您兴许会以为是一只瓶子，它的意思是**人的生命**。在我们国家，有不少人认为古埃及的象形文字十分有意思。那一个图像，就是紧接着的那个，是一面盾牌和一条执着长矛的胳膊：意思是**战斗、搏斗**。由此，两个字的连接便构成了这句我觉得相当美的格言：**生命就是战斗**。请不要以为我能

---

〔1〕 所谓的圣甲虫像是指雕有埃及圣甲虫的宝石戒指。

177

流利地翻译象形文字。这是一个**博学**的学者对我解释的。拿着，我把我这个圣甲虫像给您。什么时候您有了科西嘉的坏念头，您就瞧一瞧我的护身符，您就对自己说，必须胜利地摆脱邪恶的激情引我们投入的搏斗。您看，说实在的，我还真会说教。"

"我会想念您的，内维尔小姐，我会对自己说……"

"对您自己说，您有一个女朋友，假如她得知您被吊死，她会……十分……悲伤。此外，这样也会使您的祖先伍长先生们感到痛心。"说完，她哈哈笑着，挣脱了奥尔索的臂膀，向她父亲跑去。"爸爸，让那些可怜的鸟儿安静一会儿吧，来跟我们一起到拿破仑的岩洞中去作诗。"

八

离别中总有着某种庄严，即便是短暂分手时。奥尔索和他妹妹要在一大早动身，头天晚上，他已经向莉迪娅小姐告了别，因为他不希望她特意为他而破了睡懒觉的习惯。他们的道别冷淡而又严肃。自从在海边的那场谈话后，莉迪娅小姐害怕对奥尔索表露出过分明显的关心，而奥尔索这方面，则始终在心中记着她的玩笑，尤其是她轻松的口吻。有那么一时间，在英国姑娘的行为举止中，他以为看出了一种正在滋生的爱的情感；而现在，他又被她的玩笑搞得手足无措，他对自己说，他在她眼中只是一个普通的熟人而已，而且很快就将被忘却。

出发那天早上，他正坐着同上校一起喝咖啡时，突然看到莉迪娅小姐走了进来，身后跟着他的妹妹，这时，他真是万分惊讶。她五点钟就起了床，而这对一个英国女子，尤其对内维尔小姐来说，需要做出很大的努力。他不禁有些得意扬扬起来。

"我很抱歉，这么早就把您给吵醒了，"奥尔索说道，"我想，肯定是舍妹弄醒了您，尽管我嘱咐过她，不要妨碍您，您一定该骂我们了吧。也许您希望我已经被吊死了？"

"不，"莉迪娅小姐低声用意大利语说道，显然是不想让她父亲听到，"您一定为我无辜的玩笑而烦我了吧，我可不愿让您对您的女仆带走糟糕的印象。你们科西嘉人，真是一帮可怕的人！再见吧，我希望不久后还能见面。"说完，她向他伸出手去。

奥尔索的回答仅仅只是一声叹息。柯隆巴走近他的身边，把他拉到一个窗台旁，把她藏在美纱罗底下的一件东西露给他看，压低了声音跟他说了一会儿话。

"舍妹想送您一件特殊的礼物，小姐，"奥尔索对内维尔小姐说，"可我们科西嘉人没什么好东西可给……只有我们的感情……是时间所不能抹却的。舍妹对我说，您曾好奇地看过这把匕首。这是家中的一件古物。早先它大概挂在那些伍长中某一位的腰上，而我应把认识您的荣耀归功于那些伍长。柯隆巴认为它是那么的珍贵，以至于她要先征求我的同意才把它送给您，而我，我不知道该怎样回答她才好，因为我怕您会取笑我们的。"

"这把匕首真漂亮，"莉迪娅小姐说，"不过，它是你们家的宝贝，我不能接受。"

"这不是家父的匕首，"柯隆巴大声叫喊道，"它是泰奥多尔国王[1]赐给家母的一个祖上的。假如小姐肯接受，那对我们将是非常愉快的事。"

"您瞧，莉迪娅小姐，"奥尔索说，"不要小看了国王的匕首啊。"

对一个收藏家来说，泰奥多尔国王的遗物比起最有权势的君王的遗物来，不知要珍贵多少倍。诱惑是如此强烈，莉迪娅小姐仿佛已经看到这柄武器放在圣詹姆斯广场她家中的一张漆桌上，产生出惊人的效果。

"但是，"她拿起匕首，像是想接受但又有些犹豫的样子，向柯隆巴露出一丝最可爱的微笑，说道，"亲爱的柯隆巴小

---

[1] 泰奥多尔（1694—1756），德国冒险家，又称纳霍夫男爵，曾于1736年3月带着一批武器装备来到科西嘉，鼓动科西嘉人反对热那亚的统治，同年4月15日，自立为王。号称泰奥多尔一世。但八个月后就逃亡英国，其财产被热那亚人充公。

姐……我不能……我不敢让您这样随身没有武器就上路。"

"我哥哥和我在一起,"柯隆巴自豪地说,"我们有令尊大人赠送的好枪。奥尔索,您装了子弹没有?"

莉迪娅小姐收下了匕首,而柯隆巴,为了祛除送武器给朋友的危险,向莉迪娅小姐要了一个苏算是卖价,因为当地人相信,把锋利的武器赠送给人是有危险的。

终于该动身了。奥尔索再一次握了握内维尔小姐的手。柯隆巴拥抱了她,然后把她粉红的嘴唇送到上校的脸上,上校被这科西嘉的礼节弄得惊喜交加。莉迪娅小姐靠在客厅的窗前,看着兄妹俩上了马。柯隆巴的眼睛里闪烁着一种带有狡猾意味的欣喜光芒,而莉迪娅小姐还从来没有注意到过。这个高大、强健的女人,一味地执迷于她那野蛮人的荣誉观,额头上散发着骄傲的光,弯弯的嘴唇露出嘲讽的微笑,她正带着这个武装的年轻男子,仿佛要去参加一次充满艰险的远征。这使莉迪娅想起了奥尔索的恐惧,她似乎看见了他的灾星正引导他走向灭亡。已经骑在马上的奥尔索抬起了头,看到了她。兴许是猜出了她的想法,兴许是向她做一次最后的告别,他拿起那颗已经穿在一根细线上的埃及戒指,放到嘴唇上吻了一吻。莉迪娅小姐红着脸离开了窗户;随后几乎立即又返回窗前,看着那两个科西嘉人骑着小马离开,向着山岭方向飞奔而去。

半个钟头后,上校用望远镜指给她看,他们正沿着海湾深处走着，她看到奥尔索不断地回头向城市眺望。最后，他终于消失在昔日的沼泽地，今天已经变成美丽的苗圃的后面。

莉迪娅小姐在镜子面前打量自己，发现自己脸色煞白。

"这个年轻人会怎么想我呢？"她自忖道，"我自己又会怎么想他呢？我为什么要想他呢？……一个旅途遇识的人！……我到科西嘉做什么来了？……噢！我根本不爱他……不，不，再者说，这是不可能的……还有柯隆巴……我难道会成为一个哭丧歌女的嫂嫂！她还随身带着一把大匕首！"这时，她发现自己手中正拿着泰奥多尔国王的那把匕首。她赶紧把它扔到梳妆台上。"柯隆巴在伦敦，去阿尔马克跳舞[1]！……我的天呀，那里将出现什么样的**明星**[2]啊！……也许她还会风行一时呢……他爱我，我敢肯定……这是一个小说中的人物，我中断了他的冒险生涯……但是，他当真要按科西嘉方式为他父亲复仇吗？……这是某种介乎于康拉德[3]和花花公子之间的人物……我把他变成了一个纯粹的花

---

〔1〕 阿尔马克是伦敦的一处高级会堂，由苏格兰人威廉·麦科尔于1763年创办，贵族阶层常常在此举办节日舞会。

〔2〕 在那个时代的英国，人们用这个词来称呼那些以某种独特表现来吸引众人注意的时髦人物。——原注

〔3〕 康拉德是拜伦的《海盗》（1814）中主人公的名字，他是希腊群岛上的一个海盗首领，被土耳其帕夏萨义德抓获，萨义德之妾爱上了他，要帮助他杀死萨义德，但被他拒绝。

花公子，一个穿着科西嘉服装的花花公子！……"

她躺倒在床上想睡觉，但却怎么也睡不着。我不想在此继续描述她的独白，反正在她的独白中，她说了不止一百次，说德拉·雷比亚先生在她心中什么都不是，过去不是，现在不是，将来也还不是。

九

与此同时，奥尔索跟他的妹妹正在路途中。最开始，马儿急速的奔驰妨碍了他们间的交谈；但是，当过于陡峭的上坡路迫使马匹放慢脚步时，他们就很方便地谈起了他们刚刚离开的朋友。柯隆巴热情满怀地说到了内维尔小姐的美丽动人，说到了她金色的头发和她优雅的风度。随后她问，上校是不是真像他显现的那么富有，莉迪娅小姐是不是独生女。

"这倒真是一门好亲，"她说道，"看起来，她父亲对您十分友好……"见奥尔索没有回答，她继续道："我们家早先也很富有，现在仍是岛上最受尊敬的人家。那些**头领**[1] 全都是杂种。只有伍长的家庭中才有真正的贵族，您知道，奥尔索，您是岛上最初一批伍长的后代。您知道我们家原先是

---

〔1〕 在科西嘉，人们把封建领主的后代称为头领。在头领家庭和伍长家庭之间，经常发生贵族称号的争夺。——原注

山那边的[1]，是内战迫使我们家移居到了这一边。奥尔索，要是我换了您，我是不会犹豫的，我会向上校提亲迎娶内维尔小姐。……（奥尔索耸了耸肩膀。）我将用她的陪嫁买下法尔塞塔树林和我们家山坡下面的葡萄园。我将用琢石建造一栋漂亮的房子，我要把古老的石塔升高一层楼，就是在**漂亮老爷**亨利伯爵[2]的时代，桑布库乔[3]杀死了那么多摩尔人的那个石塔。"

"柯隆巴，你疯了！"奥尔索说着便策马飞奔。

"您是男子汉，奥尔斯·安东，您比一个女人家更懂得应该做什么。我真想知道那个英国人对我们的这门亲事有什么反对意见。英国有伍长吗？……"

兄妹俩就这样一路聊着，不知不觉已走了很长一段路。眼下来到一个小村庄，离伯科尼亚诺[4]不远，他们停下来，准备到一个世交的朋友家吃饭过夜。他们受到了科西嘉式的

---

[1] 山那边指东海岸。这一常用的表达法依据说话人位置的不同而意思有异。——科西嘉从北到南被一条山脉分为两半边。——原注
[2] 见《菲里皮尼》，第2卷。——漂亮老爷亨利约死于公元1000年，据说他死时，人们听到天空中有歌声，唱着以下带有预言性的词句：漂亮老爷亨利伯爵死了；科西嘉的事情越来越糟。——原注
[3] 在科西嘉的传说中，有两个民族独立英雄的名字都叫桑布库乔，其中一个生活在公元1000年前后，另一个生活在15世纪。从上文来看，当是指前一人。
[4] 伯科尼亚诺，科西嘉一地，位于阿雅克修东北方20公里处。

殷勤礼待，只有亲身经历过的人才能领略这一款待的珍贵。

第二天，曾经做过德拉·雷比亚夫人的教父的这家主人，一直把他们送到离家一里远的地方。

"您看见了这片森林和小丛林了吧，"临别时，他对奥尔索说，"一个**惹出事情**来的男人，可以在里头平平安安地活上十年，也不会有宪警或者巡逻队来找他。这片树林靠近比扎沃纳森林[1]；只要你在伯科尼亚诺或附近地方有朋友，你就什么都不缺。您有一杆好枪，一定打得很远吧。圣母马利亚！多大的口径啊！用这把枪来打野猪就太小意思了。"

奥尔索冷冷地回答说，他的枪是英国造的，**打铅弹**打得很远。他们互相拥抱了一下，然后分手各自走自己的路。

说话间，我们的旅人离皮耶特拉内拉只剩下很短的一段路了。他们走到一个必经的峡谷口时，发现前方有七八个持枪的人，有的坐在石头上，有的躺在草地上，还有的站立着，似乎在放哨。他们的坐骑在不远处啃食青草。柯隆巴从一个很大的、科西嘉人出门必带的皮口袋中拿出一个望远镜，用它打量了他们一番。

"是我们的人！"她欢快地高叫起来，"皮耶鲁乔事情办得不错。"

---

〔1〕 比扎沃纳森林，在伯科尼亚诺以北 10 公里处。

"他们是谁？"奥尔索问。

"是我们的牧羊倌，"她回答道，"前天晚上，我派皮耶鲁乔出发，来找这帮勇士，让他们护送您回家。您回皮耶特拉内拉时不能没有保驾的人，而且，您应该知道，巴里齐尼家的人什么事都做得出来。"

"柯隆巴，"奥尔索语气严厉地说，"我对你恳求过多少次，不要再对我说起巴里齐尼家的人，也不要再提起你那些没有根据的猜疑。我绝不会干这种可笑的事情，让这帮无赖家伙陪着我回家乡，你事先也不跟我打个招呼，就把他们召集起来，真叫我生气。"

"哥哥，您忘记了您的家乡。您的冒失已经使您面临着危险，现在，必须由我来保护您的安全。我不得不这样做。"

这时，羊倌们发现了他们，纷纷跑去骑上马，朝他们飞驰而来。

"奥尔斯·安东万岁！"一个身体十分健壮的白胡子老人叫喊道，尽管天气炎热，他却还穿着一件带风帽的大袖子外套，是科西嘉呢绒的衣料，比他那群山羊的毛还要厚。"他跟他父亲简直就是一个模子里倒出来的，只是他更高大，更强壮。多么漂亮的枪啊！大家都会谈论这把枪的，奥尔斯·安东。"

"奥尔斯·安东万岁！"其他所有的羊倌齐声呼应，"我们知道，他最终总要回来的！"

"啊！奥尔斯·安东，"一个脸色褐红如土砖的高大汉子说，

"假如您的父亲能在这里看到您归来，真不知道他该会有多么高兴！可爱的人啊！假如他当初相信我的话，假如他让我去办久迪切的那件事……您今天恐怕还能够看见他。这个正直的人！他没有相信我的话，现在，他应该知道，我说的有道理了。"

"好了！"白胡子老人接过话茬，"让久迪切再等待一些日子也损失不了什么。"

"奥尔斯·安东万岁！"

伴随着这一片呼喊的，是十几声冲天而鸣的枪响。

奥尔索被这帮子骑在马上的人围在中央，情绪十分恶劣。他们同时大声嚷嚷，争先恐后地跟他握手，一时间，他简直无法让他们听他说话。最后，他摆出一个头领的样子，像训斥关禁闭的人那样，沉下脸来，对他们开口说话：

"我的朋友们，我十分感谢你们向我以及向我父亲表示的深厚情谊；但是，我想，我希望，任何人都不要对我建议什么。我知道我该做什么。"

"他说得对，他说得对！"羊倌们叫嚷起来，"您知道，您有事尽可以来找我们。"

"好的，我会的。但是，现在，我谁都不需要，我的家没有任何危险的威胁。你们都回去吧，去放牧你们的羊群吧。我认得回皮耶特拉内拉的路，我不需要别人来当向导。"

"什么都不要怕，奥尔斯·安东，"那个老人说，"**他们今**

天不敢出来。公猫回来了，耗子就钻洞。"

"老白毛，你才是公猫呢！"奥尔索说，"你叫什么名字？"

"怎么！您连我都不认识啦？奥尔斯·安东，我以前经常带您骑在我那头爱咬人的骡子上来的！您不认识波罗·格里弗了吗？您看一看，我这条好汉，我的灵魂和肉体全都属于德拉·雷比亚家族。只要您说一句话，当您的长枪一开口，我这把老火枪，老得跟它主人一样老的火枪，是决不会沉默的。相信我吧，奥尔斯·安东。"

"很好，很好；不过，真见鬼！请你们都走开，好让我们继续赶路！"

羊倌们终于离开他们，飞奔着朝村庄驰去；但是，时不时地，每到路途上的一个制高点，他们总要停下来，似乎是在检查有没有暗中的埋伏，而且，他们始终与奥尔索兄妹保持着不太远的距离，以便一旦需要，就飞速赶来支援。波罗·格里弗老头对他的同伴说：

"我了解他，我了解他。他不说他想做什么，但是他会去做。他跟他父亲简直就是一个模子里倒出来的。好吧！你尽管说你不记恨任何人好了！你对圣女内加[1]起了誓了。太好啦！我嘛，我看镇长的皮还抵不上一颗无花果呢。不出一个月，

---

〔1〕 这位圣女在日历上没有专门的本名日。对圣女内加发誓等于故意否定一切。——原注

他的皮都不能再用来做皮囊了。"

就这样，在这一队尖兵的引导下，德拉·雷比亚家的后代进了他的村，回到了他的祖先伍长们的老宅子。许久以来一直群龙无首的雷比亚派分子，聚集在一起欢迎他的到来，而村中坚守中立的居民都站在自己家门口，看着他走过。而巴里齐尼派分子则待在他们的家中，从门缝中向外窥望。

皮耶特拉内拉村同所有的科西嘉村庄一样，建造得十分不规则；要想看到一条街道，必须到马伯夫先生建造的卡尔热斯才行[1]。房屋稀稀拉拉地分散而建，完全不在一条直线上，它们坐落在一个小高地的顶头上，或者还不如说，在山腰的一个平台上。在村镇中央，矗立着一棵苍翠的巨橡，大树旁有一个花岗岩的水槽，由一根木头管子从附近的泉眼引来清水。这一公用生活设施的建筑，原来是德拉·雷比亚家和巴里齐尼家共同出资建造的，但是，如果人们想从这里寻找两家昔日里和睦相处的标记，那可就大错特错了。恰恰相反，这是他们两家彼此嫉妒的作品。

以前，德拉·雷比亚上校曾经给他那个村镇的参议会捐献过一小笔钱，用于建造一个水泉；巴里齐尼律师知道后，赶紧也捐出一笔数目差不多的钱，全靠这一慷慨的竞争，皮

---

〔1〕 马伯夫侯爵（1712—1786），科西嘉由热那亚人归还法国后的第一任总督。卡尔热斯在科西嘉岛的西海岸，在阿雅克修西北方向30公里处。

耶特拉内拉村才有了它的饮水泉。在碧绿的大橡树和水池子旁边，有一大片空地，人们称为广场，到了傍晚，无所事事的闲人们总爱聚集在这里。有时候，人们在这里玩纸牌，一年一度的狂欢节上，人们在这里跳舞。在广场两端，遥遥相对地矗立着两栋高而狭的房屋，都是用花岗岩和页岩建造的。这便是德拉·雷比亚和巴里齐尼两家敌对的**堡塔**。它们的结构是一样的，它们的高度是相同的。人们看到，这两家的敌对状态始终维持不变，并不受家道盛衰命运沉浮的影响。

我们或许有必要在此解释一番，**堡塔**这个词指的究竟是什么东西。这是一种方形的高楼，差不多有 40 来尺[1] 高，要是在别的地方，人们就干脆称之为鸽子窝。它的门很狭窄，开在离地 8 尺高的地方，要从一把很陡的梯子上去，方可入门。在门的上方，是一扇带有阳台的窗，这种阳台在窗户下凿挖出来，活像一个带堞眼的突廊，它有助于埋伏兵马，安全地击杀冒失的来犯者。在窗与门之间，可以看到两个粗粗雕刻而成的盾形徽章。一个在过去刻着热那亚的十字架，但今天已经完全被砸掉了，根本不可辨认，只有靠考古学家去考察了。在另一个盾形纹章上，雕刻着堡塔拥有者家族的徽章。此外，要想把上面的装饰说得齐全，还要补充一句：纹

---

[1] 这里的尺指法尺，1 尺合 0.325 米。参见《马铁奥·法尔科内》中的前注。

章上也好，窗户的框架上也好，都有枪弹留下的痕迹。这样，你对科西嘉中世纪的一座宅邸，就会有一个完整的概念。我还忘了说，居住用的房间与堡塔是连通的，内部常常有一条通道。

德拉·雷比亚家的堡塔和房屋占据着皮耶特拉内拉村广场的北边；巴里齐尼家的堡塔和房屋则在广场南边。从北边的堡塔到水池子，是德拉·雷比亚家的散步场，而巴里齐尼家的散步场，则在相对的南边。自从上校的妻子下葬后，人们从来没见过一家中的任何一个人出现在另一家的散步场上，而在广场上，两部分散步场所的划分是经过双方默认的。

这一天，为了避免多绕弯路，奥尔索正要从镇长家门前经过，他妹妹急忙提醒他，让他走另一条小街，这样，不需要穿越广场就可以到达家里。

"为什么自找麻烦呢？"奥尔索说，"广场难道不是大家公有的吗？"说着就要催马向前。

"真有种！"柯隆巴低声说道，"……我的父亲，您的报仇雪恨指日可待了！"

到了广场之后，柯隆巴走在巴里齐尼家的房屋和她哥哥之间，她的眼睛一眨都不带眨地盯着敌人家的窗户。她注意到，这些窗户不久前都被封闭起来，窗上还开辟了一些**箭眼**。所谓的**箭眼**，指的是在用来封死窗户下半部分的大木块之间，留出来的枪眼形状的窄口子。当人们担心某种进攻时，他们就建筑这样的堡垒，在粗大木块的保护下，他们可以躲在后面向来犯者射击。

"胆小鬼！"柯隆巴说，"您瞧，哥哥，他们已经开始防卫了；他们建筑了堡垒！但是，总有一天他们要出来的！"

奥尔索在广场南半边的出现，在皮耶特拉内拉村引起了一阵哗然，它被认为是一种无所畏惧的表现，甚至近乎胆大妄为了。对那些到了傍晚就聚集在碧绿的橡树附近的中立派来说，这成了一个没完没了的议论话题。

"实在真是幸运啊！"有人说，"巴里齐尼家的儿子们还没有回来，要知道，他们可不像律师那样沉得住气，他们可不会允许仇敌家的人这样不付出代价就大摇大摆地通过他们的地盘。"

"邻居，您还记得我曾对您说过的话吗？"一个老人补充说，他是镇里的预言家，"今天，我仔细观察了柯隆巴的面容，她的脑子里可有不少的想法。我已经闻到空气中的火药味了。用不了多久，在我们的皮耶特拉内拉，鲜肉铺里就要有便宜肉了。"

十

奥尔索很年轻时就离开了父亲，难得有时间同父亲见面。他十五岁时离开皮耶特拉内拉村，去比萨读书，又从那里进入军事学校。那时，他父亲吉尔福乔正随着帝国的鹰旗征战于全欧洲。在大陆，奥尔索有过很少几次机会见到父亲的面，而只是在1815年，他才加入父亲指挥的军团中。但是上校在军纪方面毫不留情，铁面无私，对待儿子就如对待所有其他的军官那样，也就是说，非常非常严厉。奥尔索对他留下的记忆只有两类。一类是在皮耶特拉内拉，父亲打猎归来时，把马刀递给他，让他帮着卸下猎枪的弹药，还有，就是让当时还是小孩子的他第一次坐到家庭的饭桌上来。再一类，就是他因某种过失而遭到德拉·雷比亚上校的禁闭惩罚，那时候，父亲只称他为德拉·雷比亚中尉。

"德拉·雷比亚中尉，您擅自离开战斗岗位，禁闭三天。""您的阻击兵离预备队的距离远了五米，五天禁闭。""到了中午十二点零五分，您还戴着军便帽，禁闭八天。"

仅仅只有一次，在一个叫四条臂[1]的地方，父亲对他说："很好，奥尔索。不过要多加小心。"此外，这最后的一类回忆并不是皮耶特拉内拉村留给他的。看到童年时代熟悉的地方，看到他曾那么热爱的母亲使用过的家具，他的心灵深处不禁涌出一股股甜蜜而又辛酸的激情。随后，他想到前途依然黯淡的未来，想到妹妹在他心中激起的朦胧的不安，还有一个超乎于一切之上的想法，那就是内维尔小姐将要来到他的家里，而目前，

---

[1] 四条臂是比利时的一个小村庄。1815年7月16日，法军和英军在此有过一次激烈的战斗。

这个家在他的眼中是那么地狭小，那么地破烂，那么地不舒适，不会适合于一个过惯了奢华生活的人，她可能会由此看不起他。所有这些想法，在他的脑子里乱成一团，使他从心底里感到气馁。

他坐到一把很大的发黑的橡木扶手椅上，准备吃晚饭，那是以前一家人吃饭时他父亲坐的家长席位。他看到柯隆巴犹豫了一下才同他坐在一起用餐，便朝她微笑起来。他很感激柯隆巴在吃饭时一直保持了沉默，饭后又迅疾离开了饭桌，因为他感到自己实在很激动，担心柯隆巴会发动一场舌战，而他又应付不了。好在柯隆巴放过了他，给他留了一点点时间静静心。他手托着脑袋，一动不动地久久待在那里，脑海中回闪着半个月来他所经历的一幕幕场景。他惊恐地看到，每一个人似乎都在期待着，看他对巴里齐尼家会做出什么举动。他已经发现，对他来说，皮耶特拉内拉的舆论开始成为社会的公论。他必须动手复仇，否则就会被人认定为一个懦夫。但是，向谁复仇呢？他无法相信巴里齐尼家的人是杀他父亲的凶手。实际上，他们是他家的世仇而已，但是，要把他们定为凶手，就得拥有他那些同胞所拥有的粗野的偏见。

有时候，他会一边注视内维尔小姐送给他的护身符，一边低声重复着那句格言："生命就是战斗！"最后，他语气坚定地对自己说："我一定要成为胜利者！"带着这种愉快的想法，他站了起来，拿着油灯，上楼准备到他的房间去。

这时，有人敲起门来。时间已经太晚了，不会有客人来访。

柯隆巴闻声立即赶来，身后跟着伺候他们的女仆。

"没什么事。"她一边奔向大门，一边说。

不过，在开门之前，她还是问了一声谁在敲门。

"是我。"一个温柔的嗓音回答道。

横插在门上的木闩立即被取了下来，柯隆巴回到了饭厅里，身后跟着一个十来岁的小姑娘，她赤着脚，破衣烂衫，脑袋上包着一块破旧的手帕，手帕底下露出一绺绺长长的黑头发，就像是乌鸦的翅膀。孩子很瘦，脸色苍白，皮肤被太阳晒得发亮；但她的眼睛中却闪耀着智慧的光芒。看到奥尔索时，她腼腆地停住脚步，按农妇的方式朝他行了一个礼。然后，她低声地同柯隆巴说话，并把一只刚刚猎得的野鸡递到她的手中。

"谢谢你，吉莉[1]，"柯隆巴说，"谢谢你的叔叔。他还好吧？"

"很好，小姐，他向您问候。我不能够更早一点来，因为他回来就已经晚了。我在丛林里等了他三个钟头。"

"你还没有吃饭吗？"

"当然！我还没有，小姐，我没有时间吃。"

"我给你弄点吃的来。你的叔叔还有面包吗？"

"不多了，小姐，不过，他更缺的还是火药。眼下，栗子

---

〔1〕 吉莉和吉莉娜都是米吉莉娜的昵称，见本篇第十一章后文中的故事。

熟了，他现在需要的就只有火药了。"

"我给你一块面包，还有一点火药，你给他吧。告诉他省着点用，火药可是很贵的。"

"柯隆巴，"奥尔索用法语说，"你这样大方地送东西给谁呢？"

"给村里一个可怜的强盗，"柯隆巴也用法语回答说，"这个小家伙是他的侄女。"

"我觉得，你行善应该选择更合适的对象。为什么把火药送给一个为非作歹的坏蛋，让他去作恶呢？要不是这里的人对强盗都有那么一种可悲的怜悯心，他们早就在科西嘉销声匿迹了。"

"我们家乡最坏的人可不是那些落草[1]的人。"

"假如你愿意的话，尽管给他们面包好了，面包嘛，我们对谁都不能拒绝。但是，我不明白，为什么要给他们军火？"

"我的哥哥，"柯隆巴以一种低沉的语调说道，"您是这个家里的主人，这个屋子里的一切都属于您。但是，我要告诉您，我宁可把我自己的美纱罗给这个小姑娘，让她把它卖了，也不愿拒绝把火药给一个强盗。拒绝给他火药！这不等于把他出卖给宪警吗？除了弹药，他还有什么办法抵抗他们呢？"

---

[1] 所谓**落草**，指的是去当强盗。强盗不是一个令人憎恶的词，它的意思是被放逐者，即英国叙事诗中的绿林好汉。——原注。参见《马铁奥·法尔科内》中有关"强盗"的前注。

这时候，小姑娘正狼吞虎咽地吃着一块面包，一边吃，一边还认真地轮番注视着柯隆巴和她的哥哥，试图从他们的眼神中弄明白他们到底在说什么。

"你的那个强盗到底做了什么？因为什么罪才躲进了丛林？"

"布兰多拉乔根本就没有犯什么罪，"柯隆巴叫嚷起来，"他杀死了焦万·奥皮佐，因为，当他在军队中服役时，焦万·奥皮佐杀死了他父亲。"

奥尔索扭过了脑袋，拿起油灯，一声不吭地上了楼。这时，柯隆巴把火药和食物给了小女孩，一直送她到大门口，并一再叮嘱她说：

"千万让你的叔叔照看好奥尔索！"

十一

奥尔索在床上辗转反侧，好久后方才入睡。这样，第二天早上他醒得很晚，至少对一个科西嘉人而言是很晚。刚刚起床，映入他眼帘中的第一个物件，就是他们仇敌家的房屋，还有他们刚刚垒筑起来的**箭眼**。他下了楼，去找他妹妹。

"她在厨房里浇铸枪弹。"女仆萨薇丽娅回答他。

这样，他所走的每一步，都不能不受到战争阴影的追随。

他看到柯隆巴坐在一把小矮凳上，身旁堆着刚刚浇铸的子弹，正在切子弹的铅皮浇口。

"你在做什么见鬼的东西？"她的兄长问道。

"上校送您的那把枪里已经没有子弹了，"她嗓音柔和地回答道，"我找到了一个子弹模子，今天，您就能有 24 枚枪弹了，我的哥哥。"

"我不需要它们，谢天谢地！"

"有备无患嘛，奥尔斯·安东，您忘记了您的家乡，忘记了团结在您周围的人们。"

"还没等我忘记，你就会很快提醒我的。告诉我，几天之前，是不是有一个大箱子运到了？"

"是的，哥哥。要不要我把它搬到您的楼上？"

"你！把它搬上去？你连把它扛起来的力气都没有……这里有男人可以帮着搬一下吗？"

"我还不像您想象的那样娇柔吧。"柯隆巴说着，便卷起了袖子，露出了一段又白又圆的胳膊，模样极其完美，却显出一种非凡的劲力。

"来，萨薇丽娅，"她对女仆说道，"来帮我一把。"

说话间，还没等奥尔索赶过来，她已独自一人扛起了沉重的箱子。

"我亲爱的柯隆巴，这个箱子里，"他说，"有一些给你的东西。请你原谅，我送给你的礼物实在太微薄了。不过，一个只领半饷的中尉的钱包实在是不太鼓的。"

说着，他打开了箱子，拿出了几件衣服，一条披肩，还有一些年轻姑娘用的物品。

"多么漂亮的东西啊！"柯隆巴叫了起来，"我得赶快把它们藏起来，免得弄脏了。我要把它们留到结婚时再用，"她补充了一句，脸上露出一丝忧郁的微笑，"因为，现在，我还在戴孝。"说着，她吻了一下她哥哥的手。

"我的妹妹，你那么长时间还戴着孝，这未免有些太做作了吧。"

"我发过誓的，"柯隆巴坚定地说，"要让我除孝，除非……"说着，她看了一眼窗外巴里齐尼家的房屋。

"除非等到你结婚的那一天吗？"奥尔索接过话头，以避免她把下半句话说出来。

"要让我嫁人，"柯隆巴说，"除非嫁给一个能做到这样三件事的人……"她始终神情悲哀地凝望着仇敌家的房屋。

"我真奇怪，柯隆巴，像你这样漂亮的姑娘，怎么到现在还没有结婚。好吧，你告诉我，有谁看上了你。再说，我也总会听到求爱的夜曲的。这歌必须唱得十分精彩才行，才能赢得你这样一个著名丧歌女的喜欢。"

"谁会要一个可怜的孤女？……何况，能让我脱下孝服的男人，必须让那一家的女人穿上孝服！"

"这简直是在发疯。"奥尔索心说道，但他什么都没有说出来，怕引起争吵。

　　"哥哥,"柯隆巴语气温存地说,"我也有一些东西要送您。您在那边穿的衣服,在我们乡下穿就显得太漂亮了。如果您穿着漂亮的燕尾服进丛林,那恐怕用不了两天,它就会变成烂布条了。必须留着它,等内维尔小姐来了再穿。"

　　随后,她打开了一个大衣柜,从里头拿出一套猎装来。

　　"我给您做了一件绒布上装,还有一顶便帽,是我们这里的时髦式样。很早以前我就为您绣了花边。您愿不愿意试一试?"

　　她给他穿上一件绿色绒布的宽大上装,背后还带有一个大口袋。她往他头上戴上黑绒布的尖顶帽,帽子上用煤玉和黑色的丝线绣了花边,尖顶上有一个缨子似的东西。

　　"这是我们父亲用过的子弹带[1],"她说,"他的匕首就放在您上装的衣兜中。我去给您把手枪找来。"

　　"我真像是喜剧杂演剧院[2]里的一个强盗。"奥尔索一面说道,一面照着萨薇丽娅递给他的一面小镜子。

　　"您这副样子真是太好了,奥尔斯·安东,"老女仆说道,"连伯科尼亚诺和巴斯泰里卡[3]最漂亮的**尖帽哥儿**[4]都不如

―――――――――

〔1〕　子弹带,是放子弹用的腰带。左边还可以插一支手枪。——原注
〔2〕　喜剧杂演剧院,是巴黎旧时一家专演情节喜剧的剧院,位于圣殿林荫大道,建于1769年。
〔3〕　巴斯泰里卡,位于伯科尼亚诺以南十多公里。
〔4〕　当地人把那些戴尖帽的人叫尖帽哥儿。——原注

您美。"

奥尔索穿着他的新衣服吃饭，饭间，他告诉他妹妹，他的箱子还有一些书。那些书是他专门从法国和意大利为她买的，是想让她好好用功读一读。

"因为，柯隆巴，"他又补充说，"在大陆上，有些事情是孩子们一断奶就学会了的，而要是一个像你这样的大姑娘还不懂得的话，那就有些难为情了。"

"您说得有道理，哥哥，"柯隆巴说道，"我知道自己还缺少什么，我不求别的，只求能够学会，我尤其希望您能帮助我学。"

几天过去了，柯隆巴的嘴里还没有提到巴里齐尼这个姓氏。她总是在忙着照料她的兄长，常常跟他说到内维尔小姐。奥尔索为她读法国和意大利的作品，有时，他对她那些见解的准确和通情达理感到惊讶，有时，他又不禁为她对最普通事物的深深无知感到诧异。

一天早上，吃完早饭后，柯隆巴出去了一会儿，回来时不是带着一本书和纸张，而是头上披上了美纱罗。她的神情比平时要严肃得多。

"我的兄长，"她说，"我请您跟我一起出去一下。"

"你要我陪你上哪里？"奥尔索说着，把胳膊伸给她挽着。

"我不需要您的胳膊，哥哥，但是，请带上您的枪和您的子弹盒。一个男人永远都不能出门时不带武器。"

"好吧！应该顺应时兴的潮流。我们去哪里？"

柯隆巴一句话都不说，抓紧了脑袋上的美纱罗，唤上看家狗，就出了门，身后紧紧跟着她的哥哥。她大步流星地出了村子，走上一条低洼的路，在葡萄园中蜿蜒前行。她对跟着的狗做了一个手势，放它跑到前面去，那狗大概明白她的意思，因为它当即就左拐右拐地跑起了之字形，一会儿向左穿越葡萄园，一会儿又从右面穿越，但始终离它女主人50步左右，有时候它还停在路中央，一边远远地望着她，一边摇着尾巴。看样子，它十分完美地完成了自己的侦察任务。

"假如穆斯凯托吠叫起来，"柯隆巴说，"哥哥，您就枪弹上膛，站着别动。"

拐弯抹角地走了多时，离村庄约有半里远的时候，柯隆巴突然在一条道路的拐弯处停住脚步。那里，隆起来一个小小的金字塔形的树枝堆，有些树枝依然发青，有些已经完全枯干，堆得大约有三尺高。人们可以看到，它的顶部露着一个漆成黑色的木头十字架的尖头。在科西嘉的许多区镇，尤其在山区，还保留着一个极其古老的风俗，兴许还跟异教的某种迷信有关，它要求每一个过路的人，在曾经有人横遭暴死的地方，放上一块石头或者一截树枝。长年累月，只要这个人悲惨的结局仍还留存在人们的记忆之中，这一奇特的奉献就仍然日复一日地堆积下去。人们把这个叫作某个人的**堆**。

柯隆巴在这一堆枝叶前停下来，随手摘了一段野草莓树的枝条，把它添加到金字塔上。

"奥尔索,"她开口说,"我们的父亲就是死在这里的。我的兄长,让我们为他的灵魂祈祷吧!"

说着,她跪了下来。奥尔索赶紧学她的样子也跪下来。这时候,村子里的钟缓缓地敲响了,那是昨夜有人死了。奥尔索泪飞如雨。

几分钟之后,柯隆巴站了起来,眼眶里干干的,但神情很激动。她匆匆忙忙地用大拇指画了一个科西嘉人十分熟悉的十字,人们画这种十字时,一般都伴随着要起一个庄严的誓。然后,她拉着她的哥哥,走上了回村的路。

他们沉默无语地回到了家中。奥尔索上楼到他自己的房间去。不一会儿,柯隆巴也上楼来找他,带来了一个小小的首饰盒,放在房间里的桌子上。她打开了首饰盒,从中拿出一件沾满了血迹的衬衣。

"这是您父亲的衬衣,奥尔索。"

她把它扔在他的膝盖上。

"这是打中他的铅弹。"她把两颗生了锈的子弹放在衬衣上。

"奥尔索,我的兄长!"她高叫着,扑到他的怀中,用力地拥抱他,"奥尔索!您要为他报仇!"

她疯狂无比地拥抱着他,亲吻着子弹和衬衣。然后,她走出房间,留下她的哥哥傻愣愣地待在椅子里。

奥尔索一动不动地待了好一会儿,不敢把那些可怕的遗物从身上拿开。最后，他鼓足了勇气，把它们重新放回首饰盒里，跑到房间的另一角，一头倒在床上，脑袋冲着墙，脸埋在枕头中，仿佛拼命躲避着，怕见到一个幽灵似的。妹妹的最后几句话一直回响在他的耳畔，他仿佛听到了一声命定的、不可避免的神谕，向他索要鲜血，索要无辜者的鲜血。我就不准备详述这个可怜年轻人的种种感受了，反正这些感受混沌一团，乱得跟一个疯子的头脑那样乱七八糟。他久久地保持着同一种姿势，不敢转过脑袋来。最后，他站起来，关上了小盒子，急急忙忙地出了家门，跑到田野里，糊里糊涂地向前走着，根本不知道要去哪里。

渐渐地，清新的空气使他轻松下来；他变得平静一些了，冷静地分析起了自己的处境以及摆脱困境的方法。他根本不怀疑巴里齐尼家的人是凶手，这一点我们已经清楚了。但是他猜想，他们很可能伪造了强盗阿戈斯蒂尼的信笺。而正是这一封信引起了他父亲的死亡，至少他是这样认为的。不过，追究他们的伪造罪，他又觉得是不可能的。有时候，假如当地人的偏见和本能回头向他袭来，明明白白地告诉他，在一条小路的拐弯处施行报复是很容易的，这时，他就会厌恶地避开它们，而竭力回想起他军团里的战友，回想起巴黎的沙龙，尤其是回想起内维尔小姐。随后，他会想到他妹妹的指责，他性格中存留的科西嘉特性会帮他证明这些指责的正确，并使它们变得更为刺人。在他的良知与他的偏见的这一搏斗中，唯一留存的希望，就是寻找一个随便什么借口，挑起跟律师的某个儿子的一次争吵，并且同他做一决斗。用一颗子弹或者一记击剑打死他，这一办法协调了他的科西嘉观念和他的法兰西观念。找到这一权宜之计后，他就该考虑实施方法了。这时，他已经有了一种如释重负的感觉，而另一些更为温和的想法使得他狂热的激情进一步平静下来。西塞罗在他女儿图丽娅的死讯面前绝望至极，头脑中充满了所有那些他可用来赞颂女儿的美丽辞藻，竟然忘记了自己的悲痛[1]。项狄先生失去了他的儿子，他也用同样的方法谈论生与死的问题，以安慰自己[2]。奥尔索心想，他可以对内维尔小姐描绘一番他内心的情感，而这样的描绘说不定会引起那个美人儿的极大兴趣，这么一想，他的热血便冷静了下来。

本来，他已经不知不觉地远离了村子，这时，他又返回往村里走。他正走着，突然听到有一个小姑娘在丛林边上的一条小路上唱歌，她肯定以为四下里只有她一个人。那是一

─────────────

〔1〕 图丽娅是西塞罗所宠爱的女儿，十六岁结婚，二十二岁成了寡妇，后再婚两次，三十四岁时去世（公元前45年）。女儿死后，西塞罗疯狂地写作，为的是忘却自己的悲伤。其中有一部《慰藉论》就专论图丽娅之死。据说，西塞罗因自己的第二个妻子对图丽娅的死没有表现得很悲痛，就此跟她离了婚。

〔2〕 项狄是英国作家斯泰恩（1713—1768）的小说作品《特里斯川·项狄的生平与见解》中的主人公。老瓦尔特·项狄在失去大儿子后，曾仿写一封古人致西塞罗的信，以期减轻自己的痛苦。

首缓慢而又单调的歌，正是那种哭丧歌。小女孩唱道：

> 给我的儿子，给我远在他乡的儿子，——保留好我的
> 十字勋章和我血淋淋的衬衫……

"你在唱什么呢？小家伙？"奥尔索突然出现在她的面前，愤怒地问道。

"是您啊，奥尔斯·安东！"小女孩叫喊起来，吓得不知所措，"……这是柯隆巴小姐编的一首歌。"

"我禁止你再唱这首歌。"奥尔索厉声喝道。

小女孩左看看，右看看，似乎在考虑从哪个方向可以逃脱。她脚边的草地上放着一个很大的包袱，很显然，要不是为了照应那个大包袱，她恐怕早就溜之大吉了。

奥尔索为自己的粗暴感到羞惭。

"我的小姑娘，你那包里是什么东西？"他问道，让语气尽可能地温和一些。

由于吉莉娜犹豫不决，他便解开了包袱皮，发现是一大块面包，还有别的食物。

"你给谁送的这面包，我可爱的小宝贝？"他问她。

"先生，您是知道的，是给我叔叔。"

"你的叔叔不是强盗吗？"

"为您效劳，奥尔斯·安东先生。"

"假如宪警碰上你，问你上哪里去呢？……"

"我就对他们说，"小女孩毫不犹豫地说，"我带些吃的东西给卢克瓦人[1]，他们正在丛林里伐木。"

"要是你碰上饿坏了的猎人，要抢你的食物吃，那可怎么办呢？……"

"没有人敢这样。我会说，这是给我叔叔的。"

"很不错，他确实是不会让人抢走他的晚餐而无动于衷的……你的叔叔，他爱你吗？"

"噢！是的，他很爱我。自从我爸爸去世后，就是他来照顾我们家：照顾我妈妈、我妹妹，还有我。妈妈还没得病的时候，他向富人家要些活儿给妈妈干。我叔叔跟镇长还有本堂神甫谈过话后，镇长每年都给我一件衣裙，本堂神甫给我读教理问答。但是，待我们特别好的，还是您的妹妹。"

这时，一条狗出现在小路上。小姑娘把两根手指放到嘴巴里，打了一个尖利的呼哨。那条狗立即跑到她跟前，磨蹭了她一会儿，然后又一头扎入到丛林中。很快，两个穿戴得破破烂烂但却全副武装的男人从离奥尔索只有几步远的一丛新长的树木后站起身来。可以说，他们是从盖满了地面的一团团岩蔷薇和香桃木中，像游蛇一样爬行过来的。

---

〔1〕 卢克瓦人指来科西嘉干活的意大利农业工人。

"噢！奥尔斯·安东，欢迎您，"两个人中的年长者说道，"怎么！您不认识我了吗？"

"认不出来。"奥尔索说，一直盯着他看。

"真是奇怪，一把大胡子、一顶尖帽子，就会把一个人给您变了！来吧，我的中尉，仔细瞧一瞧。难道您真的忘了滑铁卢的老战友吗？您不再记得布兰多·萨维里了？他在那个不幸的日子里，跟您肩并肩地打光了多少盒子弹呀！"

"怎么！是你？"奥尔索说，"你不是在1816年开小差了吗？"

"正像您所说的，我的中尉。天哪，军队生活真叫人厌烦，再说，我在这个地方还有一笔账要清算。哈哈哈！吉莉，你真是一个勇敢的姑娘。快给我们拿吃的来，我们可是饿坏了。我的中尉，您可想象不到，在丛林里，人们的胃口会变得何等好。谁给我们送来这个的？是柯隆巴小姐还是镇长？"

"都不是，叔叔。这一次是磨坊老板娘，她把吃的送给你们，还送给我妈妈一条毯子。"

"她要我们做什么？"

"她说，她雇来的砍伐丛林的那些卢克瓦人，现在向她要35个苏，还有栗子，因为皮耶特拉内拉那一带正在流行疟疾。"

"一帮无赖！……我瞧着办吧。——中尉，请不要客气，您愿意和我们一起分享这顿饭吗？我们曾经在一起吃过更糟糕的饭呢，那还是我们那个可怜的同乡得势的时代，可惜他被人赶出了军队。"

"非常感谢。——我也被迫离开了军队。"

"是的，我听说了。不过，我敢打赌，您可是并没有为此而发怒。您也有一笔必须清算的账。——来吧，神甫，"强盗对他的一个同伙说，"来吃饭吧。奥尔索先生，我向您介绍一下，这位是神甫先生，这就是说，我不知道他是不是神甫，但是他有着神甫的学问。"

"先生，鄙人只是一个研究神学的穷学生，"第二个强盗说，"人们不让我选择自己的志向。不然，谁知道呢？我或许已经成为教皇了，是不是，布兰多拉乔？"

"是什么原因使教会没有得到您的智慧呢？"奥尔索问道。

"一件微不足道的小事，一笔账要清算，就像我朋友布兰多拉乔所说的那样。我在比萨大学啃书本时，我一个妹妹却在家中行为荒唐。我不得不回到家乡，把她嫁出去。可是，那个未婚夫却太急了一点，在我赶回老家的三天前，就患疟疾一命呜呼了。于是，我就去找死者的兄弟，若是您处在我的地位，您恐怕也会这么做的。但是，人家告诉我，他已经成家了。我该怎么办呢？"

"确实，这是非常棘手的。您怎么办了呢？"

"在这种情景下，就只有靠火石[1]了。"

---

[1] 指长枪，这是很流行的说法。——原注

"也就是说……"

"我把一颗子弹送进了他的脑袋。"强盗冷冷地说。

奥尔索做了一个表示厌恶的动作。然而,兴许是由于好奇,兴许是想晚一点儿再回家,反正他留了下来,继续和那两个人谈着话,眼前的每一个男人至少都在良心上有一桩杀人案。

布兰多拉乔趁着同伴说话的当儿,把面包和肉放在了面前;他自顾自地吃了起来,随后,他又喂他的狗。他向奥尔索介绍说,他的狗叫布卢斯科,天生有奇特的直觉,认得出任何一个巡逻兵,不管他怎么化装都无济于事。最后,他割了一块面包和一片生火腿肉给他的侄女吃。

"强盗的生活真是美好!"神学生吃了几口后,高声嚷嚷道,"也许有一天,您也会尝试一下的,德拉·雷比亚先生,您将会看到,一个人能不听任何主子的命令,而只凭自己的意愿行事,是多么美妙的事情啊!"

直到现在,强盗说的都是意大利语,他接着用法语说:

"对一个年轻人来说,科西嘉不是一个很有趣的地方,但是,对于一个强盗,事情则完全不同了!女人们疯狂地爱上我们。就如您所看见的那样,我在三个不同的区镇,有三个不同的情妇。无论我走到哪里,哪里都是我的家。甚至有一个女人还是宪警的妻子呢。"

"您通晓不少语言吧,先生?"奥尔索声调低沉地说。

"假如我说法语,那是因为,您知道,**必须给予儿童以最**

大的尊重[1]。布兰多拉乔和我，我们早就说好了，不能让她听懂，我们要让这小姑娘行为规矩，做个好人。"

"等到她十五岁时，"吉莉娜的叔叔说，"我就把她嫁一户好人家。我心里已经有计划了。"

"由你自己去向人提亲吗？"奥尔索问。

"当然啦。您以为假如我去对本地的一个大户人家说：'我，布兰多·萨维里，如若我能看到贵公子娶米吉莉娜·萨维里为妻，我将不胜荣幸。'他会迟迟不予理睬吗？您以为会这样吗？"

"我不会劝他这样做的，"另一个强盗说，"因为我的同伴出手很厉害。"

"就算我是一个混蛋，"布兰多拉乔继续道，"是一个流氓、一个骗子，我只要打开我的褡裢，金币就会像雨点一般地落到里头。"

"这么说来，在你的褡裢中，"奥尔索说，"有什么东西能吸引金钱吗？"

"什么都没有，但是，假如我写一张条子给一个有钱人，就像有人做过的那样，写上：'我需要 100 法郎，'他就得忙不迭地给我送来。但是，我是一个珍惜荣誉的人，我的中尉。"

---

〔1〕 原文为拉丁文。语见古罗马讽刺诗人尤维纳利斯的《讽刺诗集》，第十四卷，第 47 行。

"您可知道，德拉·雷比亚先生，"被他同伴叫作神甫的那个强盗说，"您可知道，在这个风俗淳朴的地方，也有那么一些卑鄙的家伙，利用我们借助于我们的护照（他指了指他的长枪）而赢得的声望，伪造我们的签名，去提取汇票。"

"这我知道，"奥尔索语气粗暴地说，"不过，是什么样的汇票呢？"

"六个月前，"强盗继续说，"我当时正在奥雷扎那[1]一带散步，一个乡下人向我走来，他老远就摘下帽子，朝我招呼：'啊！神甫先生（他们总是这样称呼我），请原谅我，请您再宽容我一些日子，我现在只有55法郎，但是，说实在的，这是我能攒积的全部钱了。'我听了莫名其妙，便说：'可鄙的人，你说的是什么意思？什么55法郎？'他回答我说：'我要说的是65法郎，您向我要的100法郎，我实在无法弄到。''什么？真见鬼！我向你要过100法郎吗？我根本就不认识你！'于是，他交给我一封信，或者不如说，一张脏兮兮的纸条，在信中，有人让他把100法郎送到一个指定的地点，不然的话，乔坎多·卡斯特里科尼就要烧毁他家的房屋，杀死他家的母牛，而乔坎多·卡斯特里科尼正是我的姓名。他们无耻地假冒了我的签名！最让我来气的是，信是用土语写的，通篇都

---

[1] 奥雷扎那是当地的一个小村，位于柯尔特的东北方。

是拼写错误……我居然还会把字母拼写错！我获得过大学里所有的奖！我当即就给了那个混蛋一个耳光，把他打得原地转了两圈。'啊！你把我当成了一个小偷，你这可恶的无赖！'我对他说。我还朝他您知道的那个地方狠狠地踢了一脚。稍稍消了气之后，我问他：'他们让你什么时候把钱放到指定地点的？''就是今天。''很好，你马上就给我送去。'地点指示得清清楚楚，就在一棵松树的脚下。他带走了钱，把它们埋在大树底下，然后回来找我。我在附近埋伏下来。我跟我那个可怜的人，在那里待了整整见鬼的六个钟头。德拉·雷比亚先生，要是有必要的话，我甚至可以等他个三天三夜。六个钟头过后，出现了一个**巴斯蒂亚佬**〔1〕，一个无耻的高利贷者。他正低下身子，准备去取钱时，我开了火，我打得那么准，他的脑袋立即就开了花，倒在刚刚从地下挖出来的金币上。我对那个农民说：'傻瓜东西！赶紧把你的钱拿走，从今以后，千万不要再怀疑乔坎多·卡斯特里科尼会做出这等卑鄙的事情。'那可怜的家伙，抖抖索索地捡起他的 65 法郎，连擦都不擦一下。他向我道了谢，我又狠狠地踢了他一脚，作为临别的纪念。他一溜烟地跑了。"

---

〔1〕 山区里的科西嘉人特别憎恨巴斯蒂亚的居民，不把他们当作自己的同胞。山区的人们从来不把他们叫作巴斯蒂亚人，而是叫作巴斯蒂亚佬；大家知道，称呼某某佬一般含有轻蔑的意思。——原注

"啊！神甫，"布兰多拉乔说，"我真羡慕你的这一枪。你一定笑得连嘴也合不拢了吧？"

"我打中了那个巴斯蒂亚佬的太阳穴，"强盗接着说，"这使我想起了维吉尔的诗句：

"……熔化了的铅弹穿透了他的太阳穴

使他直挺挺地倒在沙土中死去。[1]

"熔化了的铅弹！ 奥尔索先生，您以为一颗在空中轨道上迅速穿行的铅弹，会由于速度过快而被熔化吗？您学习过弹道学，您应该能告诉我，诗人这么写是犯了错误，还是揭示了真理？"

奥尔索更愿意讨论这个物理学上的问题，而不愿同那个学士争论其行为是否符合道德规范什么的。布兰多拉乔对这一类科学问题明显不感兴趣，便打断了他们的话，提醒说太阳已经偏西了：

"既然您不愿意跟我们一起吃晚饭，奥尔斯·安东，"他说，"我劝您还是早早回家，免得让柯隆巴小姐等得太久。再者说，太阳下山的当儿在路上乱跑，可不总是一件好事情。您

---

[1] 原文为拉丁文。见维吉尔的《埃涅阿斯纪》，第九卷，第587—588行。

出门为什么不带枪呢？附近这一带，常常有歹徒出没，您一定要小心。今天，您没有什么可担心的；因为巴里齐尼家的人在路上碰到了省长，把省长请到他们家去了。他要在皮耶特拉内拉村待上一天，然后要去科尔特安放第一块石头，就像人们说的……其实是一件蠢事！他今天夜里要睡在巴里齐尼家里，但是，明天他们就有空了。他们中有一个叫文琴泰罗，是个坏种，还有一个叫奥尔兰杜乔，比他兄弟也好不了多少……您一定要分别找他们，今天这个，明天另一个；不过，一定要小心提防。我能对您说的就只有这些了。"

"谢谢你的告诫。"奥尔索说，"不过，我们之间并没有任何纠葛，除非他们前来找我，我没有什么可跟他们说的。"

强盗带着嘲讽的神气，把舌头吐出在嘴边，向脸上一甩，发出啪嗒一记声响；但他却什么都没有说。奥尔索站起身来，准备回家。

"还有，"布兰多拉乔说，"我还没有感谢您给的火药呢。它来得正是时候。现在，我什么都不缺了……也就是说，只缺少一双鞋子……不过，这几天里，我会用岩羊的皮给自己做一双的。"

奥尔索悄悄地把两枚五法郎的钱币塞到强盗的手中。

"送你火药的是柯隆巴，这些是给你买一双鞋的。"

"别干蠢事，我的中尉，"布兰多拉乔叫了起来，把两枚钱币还给了他，"难道您把我当成了乞丐？我接受面包和火药，但是我不要任何别的东西。"

"在老战友之间，我本来以为可以相互帮个忙的。那么好吧，再见！"

可是，在离开之前，他还是趁强盗稍不注意，就把钱放进了他的褡裢里。

"再见，奥尔斯·安东！"神学家说道，"说不定过几天我们还会在丛林里见面的，到时候，我们再继续我们关于维吉尔的研究。"

奥尔索离开他那两位正直的同伴已经有一刻钟了，突然又听到有一个人拼命地从他身后跑来。原来是布兰多拉乔。

"我的中尉，您是不是有些过分啊？"他气喘吁吁地喊道，"实在有些过分了！给您十个法郎。如果换成了别人，开这样的玩笑我可是不依不饶的。替我向柯隆巴小姐多多问候。您简直让我追得喘不过气来！好吧，再见！"

十二

奥尔索发现，柯隆巴对他久久逗留在外有些惊慌不安。但见到他之后，她重又恢复了平素常有的那种忧郁的平静神态。吃晚饭时，他们只谈了一些无关紧要的事情。奥尔索被他妹妹宁静的神色刺激起了胆量，便跟她谈起了他跟两个强盗的邂逅，甚至还斗胆开起玩笑来，嘲笑那个小姑娘吉莉娜，说是在她叔叔以及他那位可尊敬的同伴卡斯特里科尼先生的照应下，她会受到什么样的道德和宗教教育。

"布兰多拉乔是一个正直的老实人，"柯隆巴说，"但是，说到卡斯特里科尼，我听人说，他是一个没有原则的人。"

"我认为，"奥尔索说，"他比起布兰多拉乔来，可说是彼此彼此，谁也高不了多少，谁也低不到哪里去。两个人都是公开与社会为敌的人。他们犯下的第一桩罪从头一天起就把他们拴在了一系列其他的罪行中。而实际上，他们并不比许多不住在丛林中的人更有罪。"

一道喜悦的光彩闪耀在他妹妹的额头上。

"是的，"奥尔索继续说道，"这些可怜的家伙有着他们自己的荣誉观。是一种冷酷的偏见，而不是一种卑鄙的贪婪迫使他们过着入林为寇的生活。"

一阵沉默。

"哥哥，"柯隆巴给他倒了一杯咖啡，说道，"您可能已经听说了吧，夏尔–巴蒂斯特·皮耶特里昨天夜里死了。是的，他死于沼泽热。"

"这个皮耶特里是谁？"

"他是本镇的一个居民，玛德莱娜的丈夫，爸爸临死之前就是把皮夹子交给玛德莱娜的。这家的寡妇今天来求我参加守灵，同时为他们唱一点什么。您最好也一起去。他是咱们家的邻居，在我们这样的小地方，这点礼节是不应该免去的。"

"让你的守灵见鬼去吧，柯隆巴！我根本就不喜欢让我妹妹这样抛头露面地当众现丑。"

"奥尔索，"柯隆巴回答道，"每个人都有自己纪念死者的方式。**哭丧歌**是从我们的祖先传下来的，我们应该尊重它，如同尊重一个古老的习惯。玛德莱娜没有唱丧歌的**天赋**，而老菲奥尔蒂丝皮娜，本地最好的哭丧歌女，恰恰又患病了。总得有人去唱哭丧歌吧。"

"你以为，假如没有人在他的棺材前唱一些糟糕的诗歌，夏尔－巴蒂斯特就不能在另一个世界中找到他的道路吗？如果你愿意，你尽管去守灵好了，柯隆巴；如果你认为我应该去，那我就跟你一起去好了；不过，不要再即兴哭丧了，这在你的年龄是不合适的，而……我求求你了，我的好妹妹。"

"可是，哥哥，我已经答应人家了。您也知道的，这是我们这里的风俗，而且我要再对您重复一遍，这里只有我能即兴哭丧。"

"愚蠢透顶的风俗！"

"这样去唱，其实我心里也很痛苦。它使我回想起我们所有的不幸。明天，我会因此而病倒的；但是，必须这样做。哥哥，请允许我这样做吧。您还记得吗，在阿雅克修，您还对我说，让我为那个英国小姐即兴唱上一段来的，她还嘲笑我们的古老风俗呢。而今天，难道我就不能为那些可怜的人即兴演唱吗？他们将会感激我，这将有助于减轻他们的悲伤。"

"好吧！你想怎么做就怎么做吧。我敢担保，你早已经编好了你的哭丧歌，你不想让它白白消失掉。"

"不对，我不可能事先把它编好的，哥哥。我必须来到死者面前，心中想着尚还存活着的人们。这样，眼泪才会涌出我的眼眶，那时，我才唱得出从心中奔涌而上的词句。"

这整个一番话说得那么的简洁明了，令人无法怀疑柯隆巴小姐心中存有诗意才华上的丝毫虚荣。奥尔索被说服了，跟他妹妹一起来到皮耶特里家中。

死者躺在家中最大一间房中的一张桌子上，露着脸。所有的门窗全都大开着，桌子周围燃着许多蜡烛。寡妇守在死者的头部旁边，她身后，有一群妇女，把房间的整整一半挤得满满当当；另一半站着几排男人，都没戴帽子，眼睛直盯着尸体，保持着深沉的寂静。每一个新来到的客人都要走到桌子前，拥抱一下死者[1]，向寡妇和孝子点头致意，然后一言不发地站到圈子里头去。时不时地，某个吊唁者会打破庄严的寂静，向死者说上几句话。

"你为什么丢下了你贤惠的妻子？"一个老大娘说，"难道她伺候你还不算周到吗？你还缺少什么呢？为什么不多等一个月呢？你的儿媳妇就要给你添一个孙子了。"

---

[1] 这一风俗至今（1840年）仍流行在伯科尼亚诺。——原注

一个高个子年轻人，皮耶特里的儿子，紧握着他父亲冰冷的手叫喊道："噢！为什么你不是**横死**[1]呢？不然，我们就可以为你去报仇了！"

这就是奥尔索刚刚进门时听到的头几句话。见到他进来，人们就让开了道，一阵好奇的喃喃嘀咕表明，等待已久的人们被哭丧歌女的到来激奋起来了情绪。柯隆巴拥抱了寡妇，拉着她的一只手，眼睛低垂着，沉思了好几分钟。然后，她把美纱罗向后一撩，死死地盯着死者，慢慢地向尸体俯下身来，脸色几乎跟死人一样苍白，开始唱起来：

> 夏尔-巴蒂斯特！愿基督接受你的灵魂！——活着，就是受苦。——你将到达的地方——既没有阳光，也没有寒冷。——你不再需要你的砍柴刀，——也不需要你那笨重的十字镐。——再没有活儿要让你干。——从此后，你所有的日子都是礼拜日。——夏尔-巴蒂斯特，愿基督拥有你的灵魂！——你的儿子现在管起了家。——我看见橡树倒下——被利比乔风[2]吹得干枯。——我想它已经死去。——我再次经过，——而它的根上长出了新芽。——新芽变成了一棵橡树，——枝繁叶茂。——在它强有力的

---

[1] **横死**，即暴力致死。——原注
[2] 利比乔风是从利比亚一带刮来的炎热的东南风。

枝杈下，玛德莱娜，你安息吧，要思念那棵已经不在了的橡树。

听到这里，玛德莱娜不禁放声痛哭起来，还有两三个男人，平时在迫不得已之际也能极度冷静地向基督徒开枪，就像他们开枪打山鹑那样，此时却在他们黧黑的脸上抹着大滴的泪珠。

柯隆巴就这样继续唱了好一会儿，时而唱给死者听，时而唱给他家里人听，中间还以**哭丧歌**中经常采用的拟人法，以死者本人的口吻说话，安慰他的亲友，或给他们以忠告。随着她的即兴演唱，她的脸上显现出一种崇高的表情；脸色变成一种透明的玫瑰色，越发衬映出牙齿的晶亮和眼睛里的光芒。这简直是一个站在三角鼎上的古希腊占卜女。众人全都簇拥在她周围，除了几声凄厉、几声叹息，人群中几乎听不到任何低微的声响。尽管比起在场的其他人来，奥尔索对这野蛮的诗歌感到更难接受，他仍然很快地被全场一致的激情所感动。他退到厅堂中一个阴暗的角落，像皮耶特里的儿子那样地哭泣起来。

突然间，听众中发生了一阵轻微的骚乱，人们围成的圈子闪开了一条缝隙，进来了好几个陌生人。从人们对他们表现出的敬意中，从人们给他们让道的匆忙中，显然可以看出，来者都是一些重要人物，他们的到来为这一家人的脸上增添了光彩。然而，出于对哭丧歌的尊重，没有人对他们说一句话。

第一个走进来的人约莫有四十岁。他那黑色的衣服，他那别在衣领上的红色玫瑰花结勋带，还有他脸上显露出来的威严和自信的神色，使人一下子就猜想到，他就是省长。他的身后跟着一个老头，腰板佝偻，脸色蜡黄，虽然戴着一副绿玻璃片的眼镜，却很难遮掩他那腼腆而不安的目光。他也穿着一身黑色的衣服，尺寸明显过大，尽管仍然簇新，但显然是好几年之前做的。他总是寸步不离地跟定了省长，简直可以说是想躲进省长的身影里去。最后，在他后面进来的，是两个身材魁梧的年轻人，脸被太阳晒成古铜色，脸颊上长满了浓密的络腮胡，目光傲慢而放肆，体现出一种缺乏礼貌的好奇。奥尔索本来已经忘记了村里人的相貌，但是，一见到那个戴绿色眼镜的老头，陈旧的回忆立即在内心里被唤醒。老头跟在省长身后出现，这一点就足以叫人认出他来。他是巴里齐尼律师，皮耶特拉内拉的镇长，他和他两个儿子前来让省长见识一下哭丧歌的表演。此时此刻，奥尔索心中闪现而过的东西，是很难形容清楚的。但是他父亲仇人的出现引起了他的某种嫌恶之情，经过长时间抑制的怀疑又涌现出来，而且比任何时候都更甚。

而柯隆巴，一见到不共戴天的仇敌，她那变化多端的脸容立即换成了一种可怖的表情。她的脸色唰地变得煞白；她的嗓音变得沙哑，刚要出口的诗句消失在了嘴边……不过，很快地，她又带着一种新的激情，继续唱起了哭丧歌：

> 当雄鹰面对空荡荡的窝巢——悲痛地哀鸣，——椋鸟
> 盘旋在它的周围，——羞辱着雄鹰的哀痛。

唱到此时，忽听人群中传出一阵窃笑；那是刚刚进来的两个年轻人发出来的，无疑，他们觉得这一隐喻实在过于大胆了。

> 雄鹰终将清醒过来；它要展开它的翅膀，——它要
> 在鲜血中洗净它的尖喙！——而你，夏尔-巴蒂斯特，愿
> 你的朋友们——向你致以最后的告别。——他们的眼泪已
> 经流得够多了。——只有可怜的孤女不流眼泪。——她为
> 什么要为你哭泣呢？——你整日整日地沉睡——在你的家
> 人中间，——准备着去见——万能的天主。——孤女哭的
> 是她的父亲，——他被怯懦的凶手暗算，——从背后遭到
> 袭击；——她的父亲流下鲜红的血——流在碧绿的树叶下
> 面。——但是她汇集了他的鲜血，——这一高贵而又无辜
> 的鲜血；——她把它洒在皮耶特拉内拉，——好让它成为
> 致命的毒药。——皮耶特拉内拉将永远显示着这鲜血——
> 直到凶手的血——把无辜者的血迹抹除干净。

这些歌词一唱完，柯隆巴便轰然倒在一把椅子上，用她的美纱罗拍打着自己的脸，人们听到她失声痛哭。哭泣中的妇女们赶紧团团围住了即兴演唱者；许多男人则将愤怒的目光投向镇长和他的儿子；几个年长者喃喃低语，抱怨他们不该来到这里引起公愤。死者的儿子分开密集的人群，准备去恳求镇长尽快离开此地；但镇长还没有等他开口恳请，就一步溜出了门。他到了门口时，两个儿子就早已经在街上了。省长对年轻的皮耶特里说了几句哀悼安慰的话后，也立即溜之大吉。

奥尔索走到他妹妹身边，挽住她的胳膊，搀扶她走出了厅堂。

"送他们回去，"年轻的皮耶特里对他的几个亲友说道，"小心在意，别让他们出什么事！"

两三个青年人赶紧把匕首塞到上衣的左袖里，护送奥尔索和他妹妹，一直到他们家门口。

十三

柯隆巴气喘吁吁，精疲力竭，累得连一句话都说不出来。她的脑袋倚靠在哥哥的肩上，两只手紧紧地握着他的一双手。奥尔索心中尽管对她哭丧歌的最后几句唱词不甚满意，但还是十分警觉，没有对她说任何埋怨话。他静静地等待着她神

经质发作的结束，这时，忽然听见有人敲门。萨薇丽娅走了
进来，惊慌不安地通报说：

"省长先生来了。"

一听到这个消息，柯隆巴立即硬撑着站了起来，仿佛为
自己的虚弱而感到羞耻，她站立着，一手扶着椅子，椅子在
她的手下明显地颤动着。

省长先是说了一番平庸的客套话，为自己不适时宜的来
访表示歉意，接着便慰问了一下柯隆巴小姐，并谈到了过分
激动的危害，谴责了葬礼中哭丧的恶习，说是哭丧女的才华
使这一恶习在送葬者心中变得更为难受；他还巧妙地插了几
句轻描淡写的批评，指责了即兴歌词最后几句的倾向性。然后，
他口气一转，说：

"德拉·雷比亚先生，您的英国朋友托我向您转达他的问
候。内维尔小姐还特地要我向令妹小姐致意。她还让我捎一
封信给您。"

"一封内维尔小姐的信？"奥尔索喊了起来。

"可惜，那封信我现在没有随身带来，不过，过五六分钟
我就派人给你们送来。她父亲病了。我们有一阵子担心他患
上了我们这里可怕的热病。幸亏他痊愈了，您自己就可以看
到这一点，因为我想，您很快就将看到他了。"

"内维尔小姐想必担了很大的心吧？"

"很幸运，她是在他脱离了危险之后才得知实情的。德

拉·雷比亚先生，内维尔小姐常常跟我谈起您和令妹小姐。"

奥尔索欠了一下身子。

"她对你们二位怀有很深的友情。她的外表十分优雅，行为有些轻松随意，但她内心中有着极强的理智。"

"这是一个十分可爱的人。"奥尔索说。

"我几乎是在她的请求下才来这里的，先生。因为，谁也不比我更熟悉那一段我极不愿意在他们面前提起的不幸故事。既然巴里齐尼先生仍然还是皮耶特拉内拉的镇长，而我，我仍然还是这个省的省长，我就不必对你们说，我对某些实情是有所猜疑的。假如我得到的消息属实，我的猜疑已被一些冒冒失失的人告诉给了您，而您却出于愤慨而拒绝相信，这我知道，以您的地位和性格，您有这样的愤慨是可以预料的。"

"柯隆巴，"奥尔索说道，在他的椅子上不安地扭动，"你实在太累了。你该去睡觉了。"

柯隆巴摇了摇头表示否定。她已经恢复了平时的冷静，火辣辣的眼睛死死地盯住了省长。

"巴里齐尼先生非常希望看到，"省长继续说，"这样的一种敌意关系……也就是说，你们彼此之间疑虑不定的状态能够消除……就我而言，如果我能够看到，您和他之间将建立起常人应有的那种相互尊重的关系，那么，我将不胜荣幸……"

"先生，"奥尔索激动地打断了他的话，"我从来没有指责过巴里齐尼律师是杀害家父的凶手，但是他却做了一件事，这事将永远妨碍我跟他建立任何的正常关系。他曾经盗用一个强盗的名义，伪造了一封恐吓信……至少，他曾在暗中散布说，这封信是家父所写。而这封信，最终，先生，很可能就是他的死的间接原因。"

省长沉思了一阵子。

"当初，在令尊大人同巴里齐尼先生打官司的时候，由于令尊生性爱冲动，他也曾经这样以为，这当然是情有可原的。但是，从您这方面来说，同样的盲目便是不能容忍的了。请您仔细想一想，巴里齐尼伪造这样一封信根本就得不到好处……我就不跟您说他的性格了……您根本就不认识他，您对他早就有反感……但是，您无法设想一个懂得法律的人……"

"可是，先生，"奥尔索站了起来，说道，"请您想一想，对我说这封信不是巴里齐尼写的，就等于说这是家父写的。先生，他的名誉就是我的名誉。"

"先生，谁也比不上我，"省长继续道，"更确信德拉·雷比亚上校的名誉……可是……这封信的作者现在已经查到了。"

"谁写的？"柯隆巴叫喊道，一步逼到省长跟前。

"一个混蛋，已经犯了好几个案子……都是你们科西嘉人认为不可饶恕的案子，一个窃贼，他的名字叫托马索·比安基，现在关押在巴斯蒂亚的监狱里，他承认那封该死的信是他写的。"

"我不认识这个人,"奥尔索说,"他写信的目的是什么?"

"他是本地人,"柯隆巴说,"是我们家一个磨坊师傅的兄弟。他是一个坏蛋,一个专门撒谎的人,他的话不能相信。"

"你们将会看到,"省长说,"他在这件事中得了什么好处。令妹小姐刚刚提到的那个磨坊师傅,他的名字,我相信,叫作泰奥多尔,他向上校租用磨坊,就是在巴里齐尼先生同令尊大人打官司争夺的那条河流上的磨坊。上校平素为人慷慨大方,几乎没有拿这磨坊来盈利。然而,托马索却以为,假如巴里齐尼先生获得了这条河的所有权,磨坊师傅就得付一笔数目可观的租金给他,因为人人都知道,巴里齐尼爱钱如命。总之,为了帮他兄弟一个忙,托马索便盗用强盗之名伪造了那封信,事情就是这样。您知道,在科西嘉,家族的亲戚关系十分强有力,有时,它们甚至可以使人去犯罪……请您读一读这封信,是检察长写给我的,它会向您证实我刚刚对您说的一切。"

奥尔索浏览了一遍这封详细记述了托马索供词的信。柯隆巴同时也越过她哥哥的肩头把它读了一遍。

当她读完信后,她就叫喊起来:

"一个月前,当人们听说我哥哥就要回来时,奥尔兰杜乔·巴里齐尼就去了一趟巴斯蒂亚。他一定去找了托马索,并且买通他撒了这个谎。"

"小姐,"省长有些不耐烦地说,"您总是用讨厌的假设来解释一切,难道这就是发现真理的办法吗?您嘛,先生,您还算冷静,请对我说,您现在是怎么想的?您是像小姐那样以为,一个只是犯了轻罪而不会判重刑的人,为了帮一个他甚至并不认识的人的忙,竟然会乐意承担伪造证书的罪行吗?"

奥尔索重读了一遍检察长的信,以异乎寻常的认真态度,对每一个字都斟酌了一番,因为,自从他见到巴里齐尼律师之后,他感觉自己比几天前更加难以说服。最后,他不得不承认,信中的解释看起来是理由充足的。

可是,柯隆巴使劲地叫喊起来:

"托马索·比安基是一个老滑头。我敢担保,到最后,他是不会受惩罚的。要不然,他准会从监狱里逃走。"

省长耸了耸肩膀。

"先生,我已经把我得知的情况告诉给您了,"他说道,"我走了,请您三思。我期待着您的理智来开导您自己,我希望,您的理智将比令妹的……假设更有力量。"

奥尔索说了几句请原谅柯隆巴的话之后,再一次重复了他的确信,他现在认为托马索是唯一有罪的人。

省长站起来准备走了。

"假如时间不是太晚了,"他说,"我会请您跟我一起去拿内维尔小姐的信……趁此机会,您还可以把您刚才说过的话对巴里齐尼先生也说一说。这样，一切纠葛就全都了结了。"

"奥尔索·德拉·雷比亚永远也不迈进巴里齐尼家的门！"柯隆巴冲动万分地叫喊道。

"看起来，小姐是贵府的**领头羊**[1]啦。"省长带着嘲讽的口气说道。

"先生，"柯隆巴嗓音坚定地说，"您受骗了。您还不了解律师这个人。他是男人中最狡猾、最会撒谎的人。我请求您，不要让奥尔索去做一件将给他蒙上耻辱的事。"

"柯隆巴！"奥尔索叫了起来，"激动冲昏了你的头脑。"

"奥尔索！奥尔索！看在我亲手交给您的首饰盒的面上，我恳求您了，请听我的话。在您跟巴里齐尼家的人之间，有一笔血债要了结。您绝不能去他们家！"

"妹妹！"

"不，我的兄长，您不能去。不然的话，我就离开这个家，您将永远也见不到我……奥尔索，可怜可怜我吧！"

她跪倒在地上。

"我很遗憾，"省长说道，"德拉·雷比亚小姐如此不通情理。我相信，您一定会说服她的。"

---

[1] 当地人就是这样来称呼带领羊群走路的公羊，它的脖子上一般系有一个小铃铛，人们还拿这个称呼来比喻一个家庭中主持重要事务的人。——原注

他打开了门,又停住脚步,仿佛在等着奥尔索跟他一起走。

"我现在不能离开她,"奥尔索说,"……明天吧,假如……"

"明天我一大早就要动身。"省长说。

"哥哥,至少,"柯隆巴喊道,双手合十,"等到明天早上吧。让我再看一看父亲的文件……您总不能拒绝我的这一个要求吧。"

"那好吧!你今天晚上看文件,但是,至少,你不要再拿这一荒唐的仇恨来折磨我了……省长,实在很抱歉……我自己也觉得十分难受……最好还是等到明天吧。"

"静夜出主意,"省长一边说着,一边离开,"我希望明天您不要再犹豫不决了。"

"萨薇丽娅,"柯隆巴招呼道,"拿灯笼,送一送省长先生。他会交给你一封给我哥哥的信。"

她又对萨薇丽娅耳语了几句。

"柯隆巴,"等省长走远了,奥尔索说道,"你真叫我为难。难道你要永远拒绝明摆着的事实吗?"

"您答应我等明天再说的,"她回答说,"我的时间太少了,但是我仍然抱有希望。"

随后,她拿着一大串钥匙,匆匆地跑到楼上的一个房间里。接着,人们听到那里传来抽屉一个紧接着一个被打开的声音。然后,又是一阵翻腾书桌的声音,早先,德拉·雷比亚上校把他的重要文件都锁在那个书桌中。

十四

萨薇丽娅去了很久没有回来。正当奥尔索的不耐烦到了极点时，她终于回来了。她手里拿着一封信，身后跟着小姑娘吉莉娜，小女孩正揉着眼睛，因为她刚刚从好梦中被唤醒。

"孩子，"奥尔索说，"这么晚了你还到这里来做什么？"

"小姐让我来的。"吉莉娜回答道。

"真见鬼，她又想干什么？"他思忖道。不过这时，他所做的是急忙拆开莉迪娅小姐的信，当他读信的当儿，吉莉娜上楼找他妹妹去了。

内维尔小姐在信中写道：

先生，家父偶患小疾，更何况他平素懒于动笔，我便不得不充当他的秘书。那天，他没有跟我们一起去欣赏风景，您知道，他只是在海边湿了湿脚，而在你们这美丽神秘的岛上，仅此一点就足以让他发起寒热来了。我能看到您读到此时脸上的表情，您肯定要去摸您的匕首，但是我希望，您再也没有匕首了。总之，家父只是发了一点烧，而我却为此惊恐万状。那位让我觉得很是和蔼可亲的省长，给我们派来一个同样十分和蔼可亲的医生，他用了两天时间，便把我们拉出了痛苦。寒热没有再发作，家父又想去打猎了。但我依然严禁他出门。

您觉得您那山中的城堡如何？您那坐北朝南的堡塔一直还在老地方吗？那里有很多的鬼魂吗？我向您问这些问题，是因为家父还记得，您答应过他可以打黄鹿、野猪、岩羊……那种怪兽是不是就叫这个名字？当我们到巴斯蒂亚上船的时候，我们准备到贵府去叨扰几日。我希望，您所说的如此陈旧、如此破烂的德拉·雷比亚城堡不会在我们的头顶上倒塌，虽然在这里，省长是那么的可爱，跟他在一起不愁没有话题可谈，随便说一句[1]，令人高兴的是，我已使得他有些神魂颠倒。

我们经常谈起阁下您来。巴斯蒂亚的司法人员把一个关押在铁窗后的坏蛋的某些供词送给了省长，这些供词的内容可以使您消除您心中最后的那些疑虑；您的有时让我忧虑不安的敌意，从此就可以完全消失了。您真的想不到，这会使我多么高兴。当您随同那位美丽的哭丧女出发时，手中紧握长枪，目光阴沉，您在我的眼中就显得比平时还更富有科西嘉气质……甚至过于科西嘉气了。算了[2]！我给您写得太长了，都是因为我心情厌烦的缘故。省长就要出发了，真可惜！当我们上路去你们那里的山区时，我

---

〔1〕 这句原文为英语。
〔2〕 原文为意大利语。

们会给您发个信的。另外，我还要给柯隆巴小姐写信，斗胆[1]向她要一份十分特别的烤奶酪。眼下，请代我向她多多问候。她送我的匕首派上了大用场，我用它来裁开我带来阅读的小说的纸页；但这可怕的铁器对这一用途不屑一顾，把我的书裁得面目全非。

再见了，先生；家父向您致以他最最亲切的问候[2]。听省长的话吧，他是一个很有主意的人，我相信，他是为了您而专门绕道而行的。他要去科尔特参加一个奠基仪式；我想象，这可能是一次十分壮观的庆典，我非常遗憾不能亲自去看一看。一个绅士先生，身穿绣了花边的衣服，脚穿丝织的长袜，披挂着白色的肩带，手里拿着一把抹灰泥的镘刀！……还有一篇演说；仪式结束之际，人们千遍万遍地高呼：国王万岁！

看到我写了满满的四页纸，我恐怕会为此而自命不凡了吧；但是，先生，我再对您重复一遍，我实在是烦闷透顶，出于这一理由，我允许您也给我写很长很长的信。顺便提一句，您至今还没有向我通告一声您已经幸福地到达皮耶特拉内拉城堡，这使我觉得十分意外。

莉迪娅

---

〔1〕原文为意大利语。
〔2〕原文为英语。

又及：——我请求您听省长的话，按照他的意思去做。我们一起商定好了，您必须这样去行事，而这样会使我非常高兴。

奥尔索把这封信看了三四遍，每看一遍，都要在心中细细地做无数的分析。然后，他写了一封很长的信作为答复，他叫萨薇丽娅把信交给本村一个当夜就动身去阿雅克修的人。他早已把跟妹妹说好的事置之脑后，根本就不想去讨论巴里齐尼家喊冤是真是假的问题，莉迪娅小姐的来信使他把一切都看得十分光明；他再也没有怀疑，再也没有仇恨。他等着他妹妹重新下楼，但等了好一阵子，一直没有见她出现，便回屋睡觉去了。长久以来，他的心境第一次是那么轻松平静。吉莉娜得到柯隆巴的秘密吩咐，回家去了。柯隆巴花了大半夜的时间来阅读旧文件。拂晓前不久，她听到小石子打在窗户上的声音，按照这一暗号，她下楼来到花园，打开一扇暗门，把两个面有菜色的男子引进家里。她做的第一件事情是把他们领到厨房，给他们吃的东西。这两个男子究竟是什么人，且听我慢慢道来。

十五

清晨 6 点左右，省长的一个仆人来敲奥尔索家的门。柯隆巴接待了他，他告诉她，省长就要出发了，正等着她的哥哥呢。柯隆巴毫不犹豫地说，她哥哥刚才下楼时摔了一跤，扭坏了脚，一步都走不了，他请求省长先生原谅，如若省长肯屈尊到他家来一下，那他将十分感激。那仆人带着这一信息走后不久，奥尔索下楼来，问他妹妹，省长有没有派人来找他。

"他请您在这里等他。"她不露声色地说。

半个钟头过去了，巴里齐尼家那边没有传来丝毫的动静；此时，奥尔索又问柯隆巴，她在文件里是不是发现了什么东西。她回答说，她会当着省长的面解释的。她装出十分镇静的样子，但她的脸色和眼神却显出一种狂热的激动。

终于，人们看到巴里齐尼家的大门打开了，省长身穿行装第一个出来，身后紧跟着镇长以及他的两个儿子。皮耶特拉内拉村的居民们从太阳刚升起时，就守候在家门口，准备亲眼看一看省长——省里的第一号长官——是如何出发的，可是，当他们看到他由巴里齐尼家的三个人陪同着，径直地穿过广场，来到德拉·雷比亚的家时，他们是多么的惊讶啊！

"他们讲和了！"村里的政治家们叫嚷起来。

"我早对你们说过，"一个老头子说，"奥尔索·安东尼奥在大陆上待得太久了，做起事来已经不像一个有胆量的男人那样了。"

"不过，"一个雷比亚派分子说道，"请注意，是巴里齐尼家的人来找他的。他们来求饶了。"

"是省长把他们大家全都给骗了，"老头子反驳道，"今天的人们已经没有胆量了，年轻人对他们父亲流的血漠不关心，就像他们都是别人的杂种似的。"

省长看到奥尔索好端端地站立着，行走毫无困难，不由得有些惊异。柯隆巴赶紧用两句话承认自己撒了谎，并请求他原谅。

"假如您住在别的地方，省长先生，"她说，"家兄昨天就前去登门问安了。"

奥尔索也糊里糊涂地赔不是，同时声明说，在这一可笑的诡计中没他什么事，他为之感到深深的歉意。省长和老巴里齐尼看到他一脸糊涂的样子，又看到他对他妹妹的责备，仿佛相信了他悔疚的真诚。但是镇长的儿子们却大为不满：

"甭想寻我们的开心。"奥尔兰杜乔说，嗓音相当高，故意要叫人听到。

"假如我的妹妹这样地作弄我，"文琴泰罗说，"我很快就让她下一回绝不敢再犯。"

这些话语，还有说话时的声调，惹得奥尔索心中老大不高兴，使他心中的善良愿望稍稍有几分减退。他同巴里齐尼家的两个儿子互相瞪了几眼，目光中全无一点点的善意。

此时，大家落了座，只有柯隆巴没有坐，她站在厨房的门旁。省长首先开口，讲了几句关于当地人世俗成见的老生常谈后，提醒说，绝大多数不共戴天的仇恨其实都是由误会造成的。随后，他对镇长说，德拉·雷比亚先生从来没有认为，巴里齐尼家曾直接或间接地参与了使他丧父的那个不幸事件；实际上，他只是对两家诉讼案中一个特别情况保留有某些疑问。鉴于奥尔索先生长期在外，并且由于他所获悉的消息的不可靠性，这一疑问是完全可以理解的。而最近得到的一些材料证词已经使他彻底消除了这些疑问，他表示完全满意，并愿意跟巴里齐尼先生及其儿子们建立起睦邻友好关系。

奥尔索神情不太自然地欠了欠身；巴里齐尼先生嘟嘟囔囔地说了几句谁也听不懂的话；他的儿子们则抬头望着屋上的横梁。省长正要继续他的长篇大论，准备换个角度，代巴里齐尼家这方面向奥尔索致辞，不料柯隆巴从她的方头巾底下抽出几张纸，神情严峻地走到双方当事人前面，开口说道：

"如果真能看到我们两家之间战争的结束，这当然是一件令我十分高兴的事。但是，要获得真诚的和解，就得把一切解释清楚，不要遗留任何的疑点……——省长先生，我完全有理由怀疑托马索·比安基的供词，这是一个声名狼藉的人。——我早就说过，您的儿子也许到巴斯蒂亚的监狱里探望过那个人……"

"胡说八道，"奥尔兰杜乔打断说，"我根本就没有见过他。"

柯隆巴朝他瞥去轻蔑的一眼，外表看来十分平静，继续说道：

"您曾解释了托马索为什么要以一个凶险的强盗的名义来威胁巴里齐尼先生，您说他是要让他哥哥泰奥多尔继续保留我们家磨坊的租用权，因为我父亲的租费很低……是不是？"

"这是显而易见的嘛。"省长说。

"这种事，出自像比安基这样一个无赖的手，是不难解释的。"奥尔索说，他妹妹的温和神态迷惑住了他。

"那封伪造的信，"柯隆巴继续道，她的眼睛开始放射出炯炯的光芒，"写的日期是 7 月 11 日，那时候，托马索正在他哥哥那里，就是说，在磨坊中。"

"是这样的。"镇长说着，开始有点不安。

"那么，托马索·比安基写这信究竟有什么好处呢？"柯隆巴带着一种胜利喜悦叫喊道，"他哥哥的租约已经期满；我父亲通知他 7 月 1 日起不再续约。这里是我父亲的登记簿册以及不再续约通知的原本，还有阿雅克修一个商人的来信，他给我们介绍了一个新的磨坊师傅。"

她一边说着，一边把手里的文件交给省长。

一时间，全场惊讶，鸦雀无声。镇长的脸色明显地变得苍白。奥尔索皱起了眉头，走上前去，把省长拿在手中仔细阅读的文件看了一遍。

"这是在寻我们的开心！"奥尔兰杜乔又一次叫喊道，他气冲冲地站起身来，"我们走，父亲，我们根本就不应该到这里来！"

只需片刻时间，巴里齐尼先生的头脑就恢复了冷静。他要求检查一下文件；省长一言不发地把纸张递给了他。这时，他把绿色的眼镜抬起来架在额头上，带着一副无所谓的神态把文件浏览了一遍。柯隆巴则在一旁死死地盯着他，眼睛瞪得如同一头母老虎那样，仿佛看到一头黄鹿走近了有着虎崽的巢穴。

"可是，"巴里齐尼先生放下眼镜，把文件还给省长，说道，"或许，托马索得知如今已故的上校先生是个好心人……他以为……他一定这样以为……上校先生会改变先前不再续约的主意……实际上，他们还占有着磨坊，所以说……"

"那是我，"柯隆巴用轻蔑的口吻说，"是我把磨坊给他留下的。家父死了，我在我自己的位置上，应该照顾一下我们家的客户。"

"然而，"省长说，"这个托马索承认，那封信就是他写的……这一点是很清楚的。"

"我认为很清楚的是，"奥尔索插入道，"在这件事背后，一定隐藏着可耻的勾当。"

"我还有一点要反驳一下这几位先生。"柯隆巴说。

她打开了厨房门，立即走进房间的是布兰多拉乔、神学学士和他们的狗布卢斯科。两个强盗都没有带武器，至少表面看来如此。他们的腰带上别着子弹盒，但却没有手枪这一必不可少的配器。走进厅堂之后，他们毕恭毕敬地脱下帽子。

人们可以想象，他们的突然出现会引起什么样的效果。镇长差点儿仰天摔了一跤；他的两个儿子勇敢地挡在了他的身前，手伸到衣服的口袋中，去掏他们的匕首。省长正要往门口走去，这时，奥尔索一把抓住布兰多拉乔的衣领，朝他吼道：

"混蛋，你到这里来做什么？"

"这是一个圈套！"镇长一面叫喊，一面试图夺门而出。但是萨薇丽娅早已经从外边把门给锁上了两道锁，人们后来才知道，这是两个强盗的命令。

"各位好心人！"布兰多拉乔说道，"请不必害怕，我的心并不像我的脸那么黑。我们没有一丝一毫的歹意。省长先生，我很愿意为您效劳。——我的中尉，请松开手，您简直把我掐死了。——我们到这里是来做证的。快，说话呀，说你呢，神甫，你的舌头不是很灵巧的吗？"

"省长先生，"神学士说道，"我以前无幸认识您，实在失敬。我名叫乔坎多·卡斯特里科尼，更多的人管我叫神甫……啊！您记起我来了吧！这位小姐，我以前也无幸认识，是她让我来，给你们谈一谈某个叫托马索·比安基的人的情况，三个礼拜前，我就是跟那位老兄一起待在巴斯蒂亚的监狱里。我要告诉你们的是……"

"请不必说了，"省长说道，"对像您这样的人，我连一句话都听不进去……德拉·雷比亚先生，我很愿意相信，您与眼下这一可耻的阴谋没有一点儿关系。不过，您还是不是这个家的主人？请让人打开这道门！令妹或许应该说明一下，她为什么要跟这些强盗保持那么奇特的关系。"

"省长先生，"柯隆巴大声嚷道，"请您屈尊听一听这个人说的话。您在这里是为了替众人主持公道，而您的责任是寻求事实真相。您说吧，乔坎多·卡斯特里科尼。"

"别听他的！"三个巴里齐尼齐声喊道。

"假如众人一起齐声说话，"强盗微笑着说，"那可不是让大家听明白的好办法。我在监狱里，跟刚才谈到的那个托马索·比安基关在一起，我们不是朋友，只是关在一起。他常常接受奥尔兰杜乔先生的探望……"

"胡说。"两个兄弟一齐喊叫道。

"两个否定等于一个肯定，"卡斯特里科尼冷静地评论道，"托马索很有钱。他吃香的，喝辣的，尽是好东西。我也总是爱好美食（这是我的一个小缺点），所以，尽管我不太情愿同这个怪家伙来往，我还是跟他一起吃过几次饭。为了感谢他的盛情，我向他建议跟我一同越狱逃跑……一个小姑娘……她早先得过我一点点的帮忙，给我提供了逃跑的办法……我不想牵连任何人，所以不能告诉你们她叫什么名字。托马索拒绝了我的建议，他跟我说，他对自己的案子很有把握，还说巴里齐尼律师替他向所有的法官都说了情，说他一定会清白无辜地获释，而且还会有银钱进项。至于我，我还是相信走为上计。**我的话完了。**[1]"

"这个人说的是一派胡言,"奥尔兰杜乔坚决地重复道,"假如我们是在荒野中,每人身上都扛着枪,看他还敢不敢这么说。"

"这么说那就太愚蠢了!"布兰多拉乔喊道,"听着,别跟神甫闹翻了,奥尔兰杜乔。"

"德拉·雷比亚先生,您到底还让不让我出去啊?"省长不耐烦地跺着脚说。

"萨薇丽娅!萨薇丽娅!"奥尔索喊道,"快把门打开,真见鬼!"

"请稍微等一等,"布兰多拉乔说,"让我们先走一步,我们先走我们的。省长先生,这是规矩,当双方在共同的朋友家见面时,离开时彼此应该留有半个钟头的休战。"

省长朝他投去轻蔑的一瞥。

"愿为诸位效劳。"布兰多拉乔说道,接着,他的胳膊平伸开,对他的狗招呼道:"来,布卢斯科,为省长先生跳一个。"

狗一跃跳过了他的胳膊,强盗们急忙到厨房去取了他们的武器,穿过花园走了。随着一声尖利的呼哨,厅堂的门像中了魔法似的自行打开了。

---

〔1〕 原文为拉丁文,为演说、做证、辩护的结束语。

243

"巴里齐尼先生，"怒火中烧的奥尔索说道，"我认定您就是伪造信件的人。从今天起，我就要向检察官对您提出起诉，控告您伪造文书，控告您勾结收买比安基。也许我还要以更严重的罪名控告您。"

"而我，德拉·雷比亚先生，"镇长说，"我要控告您设下圈套陷害好人，还要控告您勾结强盗，图谋不轨。而现在，省长先生会把您交给宪警看管的。"

"省长自然会尽到自己的责任，"省长严厉地说，"他要保证在皮耶特拉内拉正常的秩序不受扰乱，他要努力使正义得到伸张。先生们，我这番话是对你们大家说的！"

镇长和文琴泰罗早已经出了厅堂，奥尔兰杜乔倒退着跟着他们走出去，这时，奥尔索低声地对他说：

"您父亲已经年老，我一个巴掌就能把他拍死：我只有找你们算账了，您和您的兄弟。"

作为回答，奥尔兰杜乔拔出匕首，像一个疯子那样扑向奥尔索；但是，还没等他举刀刺来，柯隆巴就拉住了他的胳膊，用力一拧，同时，奥尔索一拳打在了他的脸上，打得他连退好几步，重重地跌在门框上。匕首从奥尔兰杜乔的手中飞了出去，但是，文琴泰罗拔出了他的匕首，返回屋里。柯隆巴飞身过去抓起一把长枪，向他们表明，两人对付一人是不平等的。同时，省长也插身到了搏斗者中间。

"等着瞧，奥尔斯·安东！"布兰多拉乔恶狠狠地喊道，猛地把厅堂的门一拉，然后用锁锁上，以便自己有时间从容撤退。

奥尔索和省长整整有一刻钟时间一声不吭，各自待在厅堂的一个角落。柯隆巴倚靠在决定了胜利的那杆长枪上，额角上闪耀着胜利的高傲之光，轮流打量着他们俩。

"居然还有这样的地方！这样的地方！"最后，省长嚷嚷道，神情激动地站起来，"德拉·雷比亚先生，您已经错了。现在我请求您以您的名誉担保，不再使用任何的武力，等待由法律机构来对这该死的案件做出判决。"

"好的，省长先生，我不应该揍这个混蛋小子；可是，我最后还是把他给揍了，我不能拒绝他提出的要求，我只能满足他。"

"哎！不，他不想跟您决斗！……但是，要是他暗害您的话……那完全是您自己的所作所为导致的。"

"我们会小心提防的。"柯隆巴说。

"奥尔兰杜乔在我看来是一个勇敢的小伙子，"奥尔索说，"省长先生，我推测他将来一定很有出息。他拔匕首时迅疾无比，但是，处在他的地位，我会做得同样的漂亮。我所庆幸的是，舍妹有着相当的腕力，不像一个文弱小姐的样子。"

"你们不能决斗！"省长叫喊起来，"我禁止你们决斗！"

"请允许我向您说，先生，凡牵涉名誉的事，我不服从任何别的命令，只听从我的良心。"

"我对您说，你们不许决斗！"

"先生，您可以把我抓起来……也就是说，如果我愿意被人抓住的话。但是，即使发生了这样的事情，您也只是把眼前这不可避免的事件推延一下而已。省长先生，您是珍惜名誉的人，您知道，事情只能如此，不可能有别的结果。"

"假如您把我的兄长抓起来，"柯隆巴补充说，"半个村子的人都会站到他的一边，我们就会看到一番热闹的枪战了。"

"先生，我预先通知您，"奥尔索说，"我请求您，不要以为我只是在吹大牛；我告诉您，假如巴里齐尼先生滥用他镇长的权力，要把我抓起来，我是要抵抗的。"

"从今天起，"省长说，"巴里齐尼先生暂停履行镇长的职责……我希望，他能够证明自己的清白……听着，先生，我对您很感兴趣。我对您的要求并不太高：安安静静地待在自己家，直到我从科尔特回来。我只离开三天时间。我会带着检察官一起回来，到那时，我们再一起彻底搞清楚这桩不幸的案件。您能不能答应我，在此期间不采取任何敌对行动？"

"先生，我不能担保，假如奥尔兰杜乔如我所想象的那样，要求跟我见面过招呢？"

"怎么！德拉·雷比亚先生，您，一个法国军人，您想跟一个您怀疑伪造了信件的人决斗吗？"

"先生，我已经揍了他。"

"可是，假如您揍了一个苦役犯后，他来向您挑衅，您也会同他决斗吗？行了，奥尔索先生！那么好吧！我再向您让一步：您不要先去找奥尔兰杜乔……假如是他先来约您的话，我可以准许您跟他决斗。"

"他肯定要来找我决斗的，我毫不怀疑。但是，我可以向您保证，我不会再扇他巴掌，刺激他来决斗。"

"还有这样的地方！"省长重复道，来回踱着大步，"我什么时候才能回到法国呢？"

"省长先生，"柯隆巴用她尽可能温和的嗓音说，"时候不早了，您能否赏光在舍下用饭？"

省长不禁笑了起来。

"我在此耽搁的时间实在太长了……看来像是有些偏袒你们了……还有那该死的奠基石！……我必须走了……德拉·雷比亚小姐……您今天的行为可能已为将来准备了多多的不幸！"

"省长先生，至少您应该给舍妹一个公道，她相信的事情是有根有据的，而且，我现在也可以肯定，您也相信了她的断言是有根有据的了。"

"再见了，先生。"省长说道，向他挥了挥手，"我预先告诉您，我会命令宪警队监视您的一切行动。"

省长走后，柯隆巴说："奥尔索，您在这里可不是在大陆上。奥尔兰杜乔对您所谓的决斗会根本不屑一顾，更何况，像他那样的混蛋，是绝对不会像一个勇敢者那样去决斗而死的。"

"柯隆巴，我的好妹妹，你真是一个女中豪杰。我从心底里感激你，你救我免吃了一刀。把你的小手给我，让我亲吻它。但是，你知道，应该让我去行动。有些事你是不明白的。给我准备早饭；只等省长一动身启程，就把小姑娘吉莉娜给我找来，看来，她真的十分能干，什么任务都能完成得好好的。我需要她为我送一封信。"

趁着柯隆巴前去督促饭菜的准备，奥尔索上楼进了他的房间，写了这样一张便条：

> 您想必急于与我约定决斗；我也有同样急迫的心情。明天早晨六点钟，我们可以在阿瓜维瓦山谷见面。我使手枪异常娴熟，因此我不建议用手枪决斗。听人说，您使长枪打得很好：那我们就各自带一把双响长枪吧。我会由一个村里人陪同前来。假如令兄弟愿意陪同您来，那么就请再带一个证人，同时预先通知我。在这种情况下，我也要有两位证人。

> 奥尔索·安东尼奥·德拉·雷比亚

省长在副镇长家里待了一个钟头后，走进巴里齐尼家又待了几分钟，然后便出发去了科尔特，随身只带了一名宪警。

一刻钟之后，吉莉娜带了上述那封信，亲自交到了奥尔兰杜乔的手中。

复信迟迟未见，直到傍晚时分才送到。信的落款是老巴里齐尼先生，他告诉奥尔索，他要把那封恐吓他儿子的信交给王家检察官。在回信的末尾，他还附上一句：

> 我问心无愧，静候法庭判决您的诽谤罪。

这时候，柯隆巴已经叫来了五六个牧羊人，来驻守德拉·雷比亚家的塔楼。尽管奥尔索再三抗议，他们还是在朝向广场的窗户上凿了一些箭眼，整个晚上，镇上都有各种各样的人前来自愿帮忙。强盗神学家甚至也写来了一封信，他以他的名义以及布兰多拉乔的名义答应说，假如镇长动用宪警的话，他就前来插手干涉，信的末尾还有这样的**附言**：

> 我斗胆问您一句，不知省长先生对我的朋友给予小狗布卢斯科的优良教育有些什么想法？除了吉莉娜，我还从来没有见到比它更加温顺听话、更有天赋的学生了。

十六

第二天平平静静地过去，没有发生敌对行动。双方均采取了防守姿态。奥尔索不出家门一步，而巴里齐尼家的大门也始终紧闭。人们看到，留守在皮耶特拉内拉的五名宪警在广场上，在村庄周围走来走去，辅助他们的还有一名乡警，他一个人代表着镇上的民兵。副镇长时时刻刻佩戴着肩带。但是，除了敌对的两家窗户上的**箭眼**，就没有一丝战争的迹象了。只有一个科西嘉人才会注意到，在广场上，在绿色橡树的周围，能看见的人只有女人。

到了吃晚饭的时候，柯隆巴喜气洋洋地递给她哥哥一封刚刚送到的内维尔小姐的信：

> 亲爱的柯隆巴小姐，我十分高兴地从令兄的来信中得知，你们的敌对行为已然结束。请接受我衷心的祝贺。自从令兄离开阿雅克修后，家父便无法忍受那里的生活，因为无人跟他谈论战争，无人同他一起打猎。我们今日出发，傍晚要到令亲戚府上投宿，我们已有一信给她。后天，大约11点，我就要前赴贵府，请求品尝山区的烤奶酪，您曾说过，它的味道要比城里奶酪的味道好得多。
>
> 再见，亲爱的柯隆巴小姐。
>
> 您的朋友，莉迪娅·内维尔

"她难道没有收到我的第二封信吗？"奥尔索叫了起来。

"您瞧，从她信的日期来看，当您的信到达阿雅克修时，莉迪娅·内维尔小姐已经在路上了。您对她说让她不要来了吗？"

"我对她说，我们已经处于围困状态。这样的情景下，我看不太适合接待客人吧。"

"嗨！这些英国人都是一些古怪的人。我在旅店她房间里度过的最后那个晚上，她对我说过，如果不看到一场精彩的族间仇杀就离开科西嘉，她会很遗憾的。奥尔索，假如您愿意，我们可以向我们仇敌的家发起进攻，让她好好地观看一场战斗。怎么样？"

"你知道吗，"奥尔索说，"柯隆巴，造化让你生为女子，实在是大错特错了。你本来可以成为一个卓越的军人的。"

"也许吧。不管怎么说，我得去准备我的烤奶酪了。"

"不必了吧。必须派人前去通知一下，在他们出发之前就把他们阻止住。"

"是吗？在这样的天气，您还要派一个送信的去吗，您想让山洪把他连同您的信一起冲走吗？……在这样的风雨天里，我真同情那些可怜的强盗们！幸亏他们还有皮罗尼[1]……奥尔索，您知道应该怎么办吗？假如暴风雨停止了，您明天清晨就早早出发，在我们的朋友还未上路之前赶到我们的亲戚

---

〔1〕 这是一种带有风帽的十分厚的呢外套。——原注
　　在《马铁奥·法尔科内》一作中，作者也曾描述过皮罗尼。

家。这对您来说不算什么太难的事，莉迪娅小姐总是睡到很晚才起床的。您把我们家发生的事讲给他们听；假如他们还坚持要来的话，我们当然十分欢迎。"

奥尔索急忙表示赞同这一计划，而柯隆巴呢，沉默了一会儿之后又开口说：

"奥尔索，刚才我对您提起攻打巴里齐尼家，也许您以为我是在开玩笑吧？您知不知道，我们人多势众，两个对一个起码还富富有余？自从省长让镇长停了职，这里的所有人都站到了我们这一边。我们可以粉碎他们。很容易挑起事端来的。假如您愿意，我就到水池子那里去，我去羞辱他们家的女人；这样，他们就会出来……也许……因为他们是那么的懦弱！也许他们会从箭眼里向我开火；他们打不中我的。这时候，我们就有话说了：是他们先打起来的。战败者只好活该战败：在一场混战中，到哪里去寻找击中目标的人？奥尔索，请相信您妹妹的话吧；那些穿黑衣袍的[1]到这里来只会舞文弄墨，废话连篇。结果什么都解决不了。那个老狐狸倒能找到办法，让他们在大中午时看到满天星星。啊！如果当时不是省长用身体挡着文琴泰罗，我们可就少了一个敌人啦。"

---

[1] 指法官和检察官，因他们穿着黑色的衣服。

说这番话时，她十分平静，就如她刚才说要去准备烤奶酪一样。

奥尔索惊得目瞪口呆，死死地盯着他妹妹看，目光中混杂着敬佩和害怕。

"我温柔的柯隆巴，"他从桌子前站起来，说道，"我真怕你是一个魔鬼的化身。不过，你还是放心吧。假如我不能让巴里齐尼家的人吊死，我也会找到别的办法让他们受个够的。不是火热的子弹，就是冰冷的刀刃[1]！你看，我并没有忘记科西嘉话。"

"越早越好，"柯隆巴微笑着说道，"明天您骑哪匹马，奥尔斯·安东？"

"黑马。你为什么问这个？"

"我好给它喂一点大麦。"

奥尔索回到他的房间去了，柯隆巴打发萨薇丽娅以及牧羊人去睡觉，自己一个人留在厨房里准备烤奶酪。她时不时地竖起耳朵，仿佛很不耐烦地等着她兄长的入睡。最后，当她确信他已经熟睡时，她拿起一把小刀，试了试刀刃，觉得还挺锐利，便把一双大鞋穿在自己小巧的双脚上，然后蹑手蹑脚地来到了花园里。

---

〔1〕 这是当地人常用的说法。——原注

花园有围墙围着，围墙外连着一片相当宽阔的空地，空地用栅栏围住，用来放马。要知道，在科西嘉，养马从来不用马厩。一般情况下，人们把马放在田野里，任由它们凭着自己的聪明智慧，去寻觅吃食，去躲避风雨和寒冷的侵袭。

柯隆巴小心翼翼地打开了花园的门，走进了空地，轻轻地打了一个呼哨，便把马群引到了身边，她常常这样喂它们面包和盐。等到那匹黑马来到她身边，她一把抓住它的鬃毛，一刀下去，割破了它的耳朵。黑马猛地一跳，蹿得老高，尖利地嘶鸣着飞跑开去，就像它的同类感到痛楚时通常所做的那样。柯隆巴感到很满意，回到了花园里，这时，奥尔索打开了窗子，喊道："谁在那里？"同时，她还听到他推子弹上膛的声音。对她来说，幸运的是，花园的门处在一片漆黑之中，而且还被一棵巨大的无花果树挡住了一部分。很快，她看到她哥哥的房间里微光一闪一闪的，知道他正在点灯。她赶紧关上花园门，沿着墙根溜回来，使她黑色衣服和贴墙栽种的果树那阴暗的枝叶混杂成一团。终于，还没等到奥尔索出来，她已经回到了厨房中。

"出了什么事？"她问他。

"我好像觉得，"奥尔索说，"有人打开了花园的门。"

"不可能。这样的话，狗会吠叫的。不过，我们还是去看看吧。"

奥尔索在花园里兜了一圈，看到花园通向外面的门锁得好好的，便有些为自己过分的警觉感到羞愧。他正要回自己的房间去，柯隆巴开口说：

"我的兄长，我很高兴看到您这样谨慎，以您现在的地位，您确实应该小心在意。"

"这都是你培养的结果，"奥尔索说，"晚安！"

翌日清晨，奥尔索起床后准备出发。他的衣着既体现出一个准备去见自己心爱女子的男人的风度，也反映出一个时刻准备复仇的科西嘉人的谨慎。他身穿一件腰身卡得很窄的蓝色礼服，在绿色的丝带上，斜挂着一个装弹药的白铁皮小盒子；他的匕首插在旁侧的口袋中，手上握着那杆曼顿式长枪，枪膛里上满了弹药。当他匆匆忙忙地喝着柯隆巴为他倒上的一杯咖啡时，一个牧羊人出门去为他备马。奥尔索和他妹妹随后也跟着出去，来到那片空地。牧羊人已经抓住了马，但转眼之间，他手中的马鞍和缰绳便都落在地上，仿佛被吓坏了似的。而那匹马，似乎也记起了头天夜里受的伤害，怕在另一只耳朵上再挨一刀，就猛地直立起来，又是使劲尥蹶子，又是嘶鸣不已，折腾得不亦乐乎。

"赶快，你倒是快点儿啊！"奥尔索对牧羊人喊道。

"嗨！奥尔斯·安东！嗨！奥尔斯·安东！"羊倌大声地说，"我的圣母，真见鬼了！"

接下来，便是一连串恶毒的咒骂，没完没了，而且大部分都无法翻译。

"出了什么事了？"柯隆巴问道。

大家伙都围到马儿身边，看到它耳朵豁了一个口子，鲜血淋漓，不禁感到惊讶和愤慨，异口同声地发喊起来。要知道，对于科西嘉人来说，残伤敌手的坐骑既是一种复仇行为，也是一种挑战，或者一种死亡威胁。"除了射出的枪弹，没有什么能够惩罚这类罪行。"[1]

奥尔索尽管长期居住在大陆，比起其他人来，对这样的侮辱并不看得如此严重，但是，假如眼下有某个巴里齐尼派分子在跟前，他很可能立即还他以颜色，因为他认定，这一侮辱是敌手故意加到他头上的。

"这帮胆小如鼠的混蛋！"他叫喊道，"在一头可怜的畜生身上撒气，怎么就不敢当面站出来跟我斗一斗！"

"我们还要等什么？"柯隆巴神情激昂地说，"他们来向我们挑衅了，伤害了我们的马匹，而我们竟然还不还击！你们还是男人吗？"

"报仇！"羊倌们齐声回答，"把那马牵到村里去游行，马上向他们的房子发起进攻！"

"有一个盖着麦秆的谷仓，紧挨着他们家的塔楼，"波罗·格里弗老头说，"只要翻一下手心，我就能把它给点着火。"

---

[1] 这里仿写了拉·封登的一句寓言诗："除了死亡一条路，没有什么能够惩罚这类罪行。"见拉·封登《寓言诗》第7卷第一篇《鼠疫病》。

另一个人建议到教堂去，把钟楼的梯子拿来；第三个人则建议，用人家放在广场上的一根准备造房子的梁木，来撞开巴里齐尼家的大门。在这一片愤怒的喧嚣声中，人们听到柯隆巴的声音，她向喽啰们宣布，在动手之前，每个人都可以从她那里得到一大杯茴香酒。

不幸的是，或者幸运的是，她对那匹可怜的马儿施行残酷手段所期待得到的效果，在奥尔索身上却失去了一大半。他毫不怀疑这一野蛮的残伤行为出自他的某个敌人之手，他尤其怀疑是奥尔兰杜乔所为；但是，他不相信，那个年轻人在遭受他的侮辱和打击之后，会通过割破一匹马的耳朵而抹却自己的羞耻。相反，这一卑劣和可笑的复仇反而增加了他对他敌手的蔑视，现在，他的想法跟省长有些一致了：像那样的可鄙小人，实在不值得去认真对待。

等到众人能听到他说话声时，他立即向乱哄哄的同情者宣布说，他们应该放弃好战的意图，司法当局马上就来到，他们会为受伤的马耳朵讨回公道的。

"我是这里的主人，"他口吻严峻地补充了一句，"我希望大家能听我的命令。谁要是再敢说去杀人放火，我第一个就把他火烧了。去吧！叫人给我备那匹灰马。"

"怎么，奥尔索？"柯隆巴把他拉到一旁问道，"您竟容忍了他们对我们的侮辱！我们的父亲在世时，巴里齐尼家的人可从来不敢损毁我们家的牲口。"

"我向你担保，他们终归会后悔的；但是，对那些只有勇气伤害牲口的胆小鬼，应该由宪警和狱卒去惩罚。我已经对你说了，司法机关会替我向他们复仇的。……否则……你就不必提醒我，问我到底是谁的儿子……"

"要有耐心！"柯隆巴叹了一口气，说道。

"我的妹妹，你记住了，"奥尔索继续道，"等我回来后，假如我发现有人对巴里齐尼家做了什么手脚的话，我是不会饶恕你的。"

随后，他换了一种口气，温和地说：

"很有可能，甚至几乎可以肯定，我会和上校及其女儿一起回来的。你准备整理一下他们的房间，把午饭做好了，最后，要让我们的客人不感到丝毫的不舒适。柯隆巴，你有勇气，这是一件好事，但是，一个女人还得善于持家才行。来吧，拥抱我，乖乖听话。瞧，那灰马已经备好了。"

"奥尔索，"柯隆巴说，"您不能一个人走。"

"我不需要任何人，"奥尔索说，"我再一次告诉你，我不会让人割掉耳朵的。"

"噢！在打仗的时候，我绝不允许您单独一个人出门。嗨！波罗·格里弗！吉安·弗兰切！梅莫！拿着你们的枪，好好护送着我的兄长！"

经过一阵相当激烈的争论，奥尔索不得不软下来，同意让一小队人马陪随着他出发。他在那些最活跃的羊倌中，挑选了几个喊打喊杀嚷得最响的人。随后，他又对他妹妹以及留守家中的羊倌们细细叮嘱了一番，便上了路，这一次，绕了一个大弯，以避开巴里齐尼的家。

他们已经远远地离开了皮耶特拉内拉村，匆匆地赶着路，经过一条通向沼泽地的小溪流时，波罗·格里弗老头发现几口猪舒舒服服地躺在烂泥塘中，同时享受着温暖的阳光和阴凉的水。他立即瞄准了最肥的一口，一枪打中了它的脑袋，当场就把它打死了。其他没死的同类立即跳起身，以惊人的灵敏迅捷逃奔而走。虽然另一个羊倌又开了一枪，它们还是全都安然无恙地逃进了矮树林中，消失不见了。

"蠢货！"奥尔索嚷道，"你们把家猪当作野猪了！"

"不是的，奥尔斯·安东，"波罗·格里弗回答说，"我们知道，这群猪都是巴里齐尼律师家的，这是为了教训他一下，好让他知道不该损伤我们的马。"

"怎么，混蛋！"奥尔索愤怒异常地叫喊起来，"我们竟然学着敌人的样子，也干那种下流事！混蛋，你们走开，离我远远的！我不需要你们。你们只配跟猪猡过不去。我向天主发誓，如果你们胆敢再跟着我，我就砸烂你们的脑袋！"

听了这话，两个羊倌惊愕万分，不禁面面相觑。奥尔索用马刺狠狠刺了一下马，马儿如箭一样飞驰而去，瞬间就没了影子。

"得了！"波罗·格里弗说，"真是开玩笑！你去爱人家吧，可人家就这样待你！上校，他的父亲，有一次埋怨你，因为你瞄准了律师而……你这大傻瓜，却没有开枪！……而他的这个儿子……你看到，我都为他做了什么……他却说要砸烂我的脑袋，就像要砸烂一个不能再装酒的葫芦似的。瞧瞧，这就是人们在大陆学到的东西，梅莫！"

"是啊，假如人家知道你杀死了这口猪，人家一定要找你打官司，而奥尔斯·安东却既不愿意向法官说情，也不愿意花钱为你请律师。幸亏没有人看见你开枪，圣女内加在此，会保佑你平安无事的。"

经过一阵短暂的商量，两个羊倌决定，最谨慎的做法是把那口死猪扔到山涧里，于是说干就干，当然，在把猪扔下山涧去之前，每人都在德拉·雷比亚家和巴里齐尼家仇恨的这个无辜牺牲品身上割了好几块肉，准备回去烤了吃。

十七

摆脱了他那不遵纪守法的卫队以后，奥尔索继续赶路，一颗心更多地沉浸在与内维尔小姐再次见面的喜悦中，而不怎么担心会遇上敌人。

"我要跟这帮混蛋巴里齐尼家的人打官司，"他自忖道，"不得不到巴斯蒂亚走一趟。为什么我不陪内维尔小姐一起去呢？

为什么不再从巴斯蒂亚一起到奥雷扎温泉地去呢？"

突然间，童年的回忆使得这地方如画的风景清清楚楚地印现在他的脑海中。他想象自己坐在绿茵茵的草坪中，在百年老栗树的脚下。油光发亮的绿草地上，星星点点地开放着蓝色的花儿，好像一双双朝着他微笑的眼睛，他仿佛看到了莉迪娅坐在了他身边。她摘下了头上的帽子，金黄色的头发披散下来，比丝线更纤细、更柔软，在透过树枝树叶洒射下来的阳光下，像金子一样闪闪发光。她的眼睛透着一种纯洁的蓝色，在他看来似乎比苍天还更蓝。她的脸颊托在一只手上，全神贯注地聆听他战栗着向她倾诉的情话。她还穿着上一回他在阿雅克修看到她穿的那件又薄又轻的衣裙。在衣裙的褶皱下，露出她那双小巧玲珑的脚，脚上穿着黑色的缎子鞋。奥尔索对自己说，要是能吻一吻这双小脚，他就感到十足的幸福。但是，莉迪娅小姐有一只手没有戴手套，手里拿着一朵雏菊花。奥尔索从她手中接过雏菊，莉迪娅的手就握住了他的手。他吻着雏菊，然后，吻着她的手，她没有生气……

所有这些想象使他根本就注意不到他正走着的路，然而他还是始终在路上飞马而行。在想象中，他正要第二次去吻莉迪娅小姐洁白的小手时，突然明白到，实际上，他要去吻的却是他那猛然停住脚步的坐骑的脑袋。原来是小姑娘吉莉娜挡在了路中央，拉住了马缰绳。

"您这是要去哪里啊，奥尔斯·安东？"她问道，"您难道不知道，您的敌人就在附近？"

"我的敌人！"看到自己的美梦在最得意的一刻被打断，奥尔索愤怒地喊叫起来，"他在哪里？"

"奥尔兰杜乔就在附近。他正等着您呢。您快回去吧，回去吧。"

"啊！他正在等我！你看到他了吗？"

"是的，奥尔斯·安东，当他走过的时候，我刚好躺在草丛中。他正用望远镜四下里到处张望呢。"

"他朝哪个方向去了？"

"他朝那边去了，就是您现在要去的方向。"

"谢谢你。"

"奥尔斯·安东，您就不等一下我的叔叔吗？他很快就会来的，跟他在一起，您就会平安无事的。"

"你别担心，吉莉，我不需要你的叔叔。"

"假如您愿意的话，我走在您前头好了。"

"不用了，谢谢，不用了。"

奥尔索策马而行，沿着小姑娘指给他看的道路很快地前进。

他的第一个反应，是胸中燃烧起一股无名火。他对自己说，命运给了他一个极佳的机会，可以好好教训一下那个为报挨巴掌的仇，竟然把气撒在马身上的懦夫。随后，他一边往前走，一边想起了他自己对省长做出的承诺，他尤其还担心会错过内维尔小姐的拜访，这些犹豫和担忧使他的心境起了变化，几乎使他做出决定，不再去找奥尔兰杜乔。但过了一会儿，他又想起了他的父亲，想起了敌人对他的坐骑所做的侮辱，想起了巴里齐尼家的种种威胁，这又激起了他的怒火，刺激他去寻找自己的敌人，去向他挑战，迫使他跟自己决一死战。他就这样被矛盾的心境折腾得激动不安，一边思考着，一边继续向前走着。不过，眼下他变得小心翼翼，仔细察看着灌木丛和绿篱，有时候甚至停下步子，聆听着乡野中传来的模糊声响。

离开吉莉娜十分钟后（现在大约是早上 9 点钟），他来到一个十分陡峭的山坡边上。他脚下的道路，或者不如说，一条还没有完全开辟出来的小径，要穿过一片新近焚烧过的丛林。在这片林子里，地上满是一堆堆白灰，东一搭西一搭地有被火烧得发黑的小树苗和粗大树干，完全没有了枝叶，尽管都已经死去，却还直立在那里。看到这片被烧毁的丛林，人们会以为自己来到了严冬季节中的北方，被火焰燎过的那片林地满目疮痍，同四周郁郁葱葱的密林形成鲜明对照，更是增添了几分凄凉与悲哀。但是在这片风景中，奥尔索现在只注意到一样东西，确实，在他目前的处境中，只有一样东西是十分重要的：大地光秃秃的，不可能藏有埋伏，一个时刻担心会从树丛里伸出一支枪来对准自己的胸膛的人，总是把一片一览无余的单调平地看成是沙漠中的绿洲。在这片烧焦的丛林后，是一连好几大块耕种了的田地，它们都按照当地的习惯，用大约齐腰高的石头矮墙围住。小径要从这些围墙中间穿过，那里，零零散散地种植着一些巨大的栗树，远远地看去，好像是茂密的树林。

由于斜坡太陡，奥尔索不得不下马步行，他把缰绳撂在马脖子上，很快地从灰土上滑了下去；刚刚到达离路右的一堵石头矮墙约二十五步远的地方时，他发现，恰恰就在他的正前方，先是有一杆长枪从墙的垛口伸出来，然后出现了一个人的脑袋。那杆枪向下一低，他认出了奥尔兰杜乔，那家伙正准备开火呢。奥尔索迅速做出防御反应，两人各自瞄准了对方，死死地盯了好几秒钟，情绪是那么紧张，在这不是你死就是我活的紧要时刻，连最最勇敢的人也会感到紧张。

"可耻的胆小鬼！"奥尔索叫骂道……

话音未落，他就看到奥尔兰杜乔的枪口上发出了一团火，差不多同时，从他的左边打来了第二枪，来自小径的另一边，是他没有发现的另外一个人开的枪，射手就躲在另一堵墙后面。两颗子弹都击中了他：一颗，奥尔兰杜乔的那颗，穿过了他的左胳膊，就是他用来托枪瞄准的那条胳膊；另一颗打到了他的胸脯上，撕开了他的衣服，但是，很幸运，子弹打在了匕首的刀刃上，滑落下来，只是轻轻地擦伤了他的表皮。奥尔索的左胳膊垂落下来，一动也不动地贴着大腿，刹那间，他的枪口往下一低。但是他紧接着就把枪一抬，只用他的右手挪动着枪，朝奥尔兰杜乔开了火。他只看得见眼睛的那颗敌人脑袋，随即消失在墙后面。奥尔索急忙转向左边，朝他刚刚能发现的、处在一团硝烟中的一个人开了枪。这张脸也随即消失了。

这四记枪响连接得是那么的迅疾，简直令人难以置信，即使是训练有素的士兵，也从来没人能在那么短的间隙中连续射击。奥尔索的第二枪打完后，四下里复归于寂静。从他枪口上冒出来的烟，缓缓地升上天空；石墙后没有一点儿动静，连最轻微的声响都没有。如果不是感觉到胳膊上的疼痛，他可能会以为，他刚刚开枪还击的，是他大白天做梦碰见的鬼。

奥尔索一面等着对方的第二轮射击，一面朝前走了几步，以便隐蔽到丛林中一棵已经烧焦，却依然耸立着的树背后。在这掩体后面躲藏好后，他把枪夹在两个膝盖间，迅速地上好弹药。这时，他的左胳膊传来钻心的疼痛，仿佛有千斤重担压在他的身上。他的敌手怎么样了？他无法弄清楚。假如他们逃跑了，假如他们受伤了，他肯定会听到一些声响，一些在树丛中弄出的动静。那么，他们是死了？或者，他们是躲在墙后，等待机会再次朝他开火？在半信半疑的犹疑中，他感到自己的力气在慢慢地减弱，于是，他右膝跪下，把他受伤的胳膊放在左膝上，倚靠着烧焦的树干上一根叉出去的树枝，架枪瞄准着。他的手指头按在扳机上，眼睛死死地盯着石墙，耳朵注意地捕捉着任何细微的声音，就这样，他纹丝不动地待了好几分钟，在他看来，时间好像过了一个世纪。

终于，他身后很远的地方传来一声叫喊，紧接着，一条狗像一支离弦之箭飞奔下山坡，忽地停在了他的身边，高兴地摇着尾巴。这是布卢斯科，强盗们的弟子和同伴，它的出现无疑宣告着它的主人即将来到；从来没有正人君子像这样被人焦急地等待过。那狗把鼻子伸出来，转向最近的围墙那一边，不安地嗅闻着。突然，它发出一阵低沉的咆哮，便纵身一跃，跳过了矮墙，几乎同时又跳上了垛口。从那里，它直直地盯着奥尔索看，在它的眼睛中表露出一种惊异，一条狗表露得最清楚的惊异莫过于此了。随后，它把鼻子伸向空中，这一次是朝着另一边围墙的方向，接着，它就跳到那堵墙上去了。一秒钟之后，它又出现在垛口上，表现出同一种惊奇与不安。随后，它跃入了丛林中，尾巴紧紧地夹在后腿之间，两眼一直盯着奥尔索看，慢慢地侧退着离开他，一直退到离奥尔索相当远的地方。这时，它才奔跑起来，爬上山坡，速度快得几乎跟它刚才跑下来时一样，它奔跳着迎接着一个男子，那男人正不顾陡峭地从山坡上迅速跑下来。

"到我这里来，布兰多！"奥尔索一俟认为那人已经能听到他的声音时，便放声大叫道。

"噢！奥尔斯·安东！您受伤了！"布兰多拉乔气喘吁吁地跑到他跟前，问道，"伤在哪里？是身体还是四肢？……"

"胳膊上。"

"胳膊上！这不碍事。那一个呢？"

"我想他被我打中了。"

布兰多拉乔跟着他的狗，跑到最近的那堵墙那边，俯下身去察看墙的另一面。从那里，他摘下了帽子。

"向您致意，奥尔兰杜乔老爷，"他说，然后转身向着奥尔斯·安东，紧接着向他致意，一脸严肃的神态，"瞧瞧，这就是我所说的，一个被恰到好处地安顿好了的男人。"

"他还活着吗？"奥尔索问道，艰难地喘着气。

"哦！他可实在活不了啦，您一枪打中了他的眼睛，他可是太伤心了。圣母马利亚！多大的一个洞啊！好枪法，没说的！多大的口径啊！简直可以打飞一个脑袋！您说说，奥尔斯·安东，当我先是听到'砰！砰！'两下枪声，我对我自己说，该死，他们要把我的中尉杀死了。随后，我听到'嘣！嘣！'又是两记枪声。啊！我说，这一下是英国枪在说话了，他在还击……可是，布卢斯科，你还要我干什么？"

那狗把他带到另一堵矮墙前。

"对不起！"布兰多拉乔惊诧地大声叫道，"两发两中！真的是这样！见鬼了！但我们看得出来，火药是很贵的，因为您真的很节省。"

"出了什么事，老天啊，我还真的不知道呢！"奥尔索问道。

"得了，得了！我的中尉，您可不要再开玩笑了！您把猎物扔在地上，您让我们把它捡起来……今天，会有人在吃饭时得到好大一份甜食啦！这个人就是巴里齐尼律师。新鲜的肉，你要不要？这里有的是！现在，谁来继承那份见鬼的遗产呢？"

"什么！文琴泰罗也死了吗？"

"死了，一点不错，死了。愿我们没死的人身体健康[1]！跟您打交道的好处，在于您不让他们太遭罪。您过来瞧瞧文琴泰罗：他仍还跪在地上，脑袋靠着墙壁呢。他就像是睡着了那样。这种情况下，我们可以说：'铅一般的沉睡，可怜的魔鬼！'"

奥尔索厌恶地转过了脑袋。

"你敢肯定他已经死了吗？"

"您真像是桑皮埃罗·科尔索，他从来只打一枪。您来瞧瞧，这里……在胸脯上，左边一点，看见了吗？就像芬奇莱奥内在滑铁卢战役中中弹时一样。我敢打赌，子弹离心脏不远。两发两中！……啊！我以后都不敢再打枪了。两颗子弹打中两人！……一枪一个！……两个兄弟！……要是再打第三枪，就连老爸也搭上了……下一次，还要打得更漂亮……多好的枪法，奥尔斯·安东！……实在想不到啊，像我这样一个勇敢的男子汉，却从来没有对宪警们来一个两发两中！"

这强盗一边说着，一边检查奥尔索的胳膊，还用匕首把

---

〔1〕 这一表达法一般紧接在说完死人之后，用来缓和一下语气。——原注

他衣服的袖子割开。

"没什么,"他说,"只不过这一件礼服要让莉迪娅小姐好好补一补了……哎!我看见什么了?胸前的衣服怎么有些钩破?……没有什么东西进去吗?不,肯定没有,要不,您就不会这样精神了。让我们试一试,您活动一下手指头……当我咬住您的小手指头时,您觉不觉得我的牙齿在使劲?……不太觉得吗?……这都一样,没关系的。让我来替您拿着手帕和领带吧……瞧,您的礼服算是完了……见鬼的,您为什么穿得那么漂亮?您是要去参加婚礼吗?……来吧,喝上一口酒……您为什么不带上酒葫芦?难道一个科西嘉人会不带酒葫芦就出门吗?"

然后,他在包扎伤口的当儿,又停下手来感叹道:

"两发两中!两个人全都死得干净利落!……这下要轮到神甫发笑了……两发两中!啊!瞧,这小乌龟吉莉娜终于来了。"

奥尔索一声不吭。他的脸色像死人那样苍白,四肢不停地颤抖着。

"吉莉,"布兰多拉乔喊着,"快到这堵墙后看一眼。怎么样?"

小姑娘手脚并用地爬上墙头,她一看到奥尔兰杜乔的尸体,便赶紧画了一个十字。

"这里没有什么,"强盗继续喊道,"到再远处看看,那边。"

女孩子又画了一个十字。

"是您打死的吗，叔叔？"她腼腆地问道。

"我！我不是老早就成了一个老废物了吗？吉莉，这是先生的杰作。快去祝贺他吧。"

"小姐知道了，还不定有多高兴啊！"吉莉娜说，"可是，奥尔斯·安东，她要是看见您受了伤，一定会生气的。"

"来吧，奥尔斯·安东，"强盗替他包扎完毕之后，对他说，"吉莉娜已经把您的马牵回来了。跟我一起上山吧，到斯塔佐纳丛林中来。在那里，要是还有人能找到您，那他可真算是太狡猾了。在那里，我们会好好待您的。等我们走到圣克里斯蒂娜十字架那里，我们就必须下马。到时候，您把您的马交给吉莉娜，让她去通知小姐，这样，在路上，您就可以把口信告诉她。奥尔斯·安东，您尽可以把一切都对她说，这小家伙宁可千刀万剐，也不会出卖朋友的。"

他又以温和的口吻对小姑娘说：

"去吧，小坏蛋，愿你被逐出教门，愿您受到咒骂，你这小捣蛋鬼！"如同许多强盗一样，布兰多拉乔十分迷信，担心给孩子以祝福和赞美会给她招来灾难，因为，要知道，主持着魅惑[1]的神秘强力有一种坏习惯，它专门做出与我们的

---

〔1〕 指一种不自觉的迷惑力，它或者由眼神发出，或者由话语发出。——原注

愿意相悖的事情来。

"你要我上哪里去啊,布兰多?"奥尔索嗓音微弱地问道。

"见鬼,您必须做出选择:或者进监狱,或者入丛林。但是,一个德拉·雷比亚家里的人是不认识去监狱的路的。去丛林吧,奥尔斯·安东!"

"那么,我就要跟我所有的希望永别了!"受伤者痛苦异常地叫喊着。

"您的希望?活见鬼!难道您还能希望比两发两中更好的事情吗?……啊!您难道希望他们有什么见鬼本事能打中您?还希望那些家伙有比猫更强的命[1]吗。"

"是他们先开的枪。"奥尔索说。

"这倒是真的,我忘记了……砰!砰!然后,嘣!嘣!……单手发枪,两发两中[2]!……要是还有谁打得更准,我情愿上吊去死!来吧,骑上您的马……在出发之前,先看一看您的杰作。就这样不辞而别离开团队,是不太礼貌的。"

奥尔索用马刺刺了几下马,他实在不愿意去看刚刚死于他手的那两个可怜家伙,连一眼都不想看。

----

〔1〕 西方有俗话,称"猫有九条命"。

〔2〕 如果有哪一个猎人不信我的话,怀疑德拉·雷比亚先生的两发两中,我会邀请他到萨尔泰纳来,给他讲一讲,这个城市中的一位最杰出、最可爱的居民,在左胳膊受伤的情况下,是如何孤身一人摆脱至少同样危险的境地。——原注

"听着，奥尔斯·安东，"强盗说着，一把抓住马缰绳，"您愿不愿意听我坦率地跟您谈一谈？好吧！我不怕得罪您，这两个可怜的年轻人实在令我伤心。请您原谅我……他们那么英俊……那么强壮……那么年轻！……奥尔兰杜乔好多次同我一起打猎……四天前，他还给过我一盒雪茄烟……文琴泰罗总是那么好脾气！……的确，您做了您应该做的事情……再说，枪法也实在太好了，叫人没什么可遗憾的……可是我，我没有参与您的复仇……我知道您做得很对；当你有了敌人时，你就得干掉他。但是，巴里齐尼家也是一个古老的世家……可现在，说绝后就绝后了！……而且是被一杆枪同时打死的！真叫惨啊。"

就这样，布兰多拉乔一边向巴里齐尼家致着悼词，一边带领着奥尔索、吉莉娜以及猎狗布卢斯科，急急忙忙地朝斯塔佐纳丛林赶去。

十八

与此同时，奥尔索出发后不久，柯隆巴从她的密探那里得知，巴里齐尼家正在准备战斗，顿时便感到坐立不安。只见她在家里四下里乱走，从厨房走到为客人准备的卧室。看起来忙得要命，实际上却什么事都没有做。她不断地停下步来，仔细观察着，看看村子里是不是有什么异常动静。大约11点钟的时候，一大队人马进了皮耶特拉内拉村，那就是英国上校、他的女儿、他们的仆人，以及向导。柯隆巴前去迎接他们时，说的第一句话就是：

"你们看见我哥哥了吗？"

接着，她又问向导，他们走的是哪一条路，是几点钟出发的。听了向导的回答之后，她怎么也弄不明白，他们在路上为什么没有遇到奥尔索。

"兴许您哥哥走的是上面的那条路，"向导说，"而我们，我们走的是下面那条路。"

但是柯隆巴摇了摇头，又重新问了一遍。尽管她生性坚强，在陌生人面前又要高傲地掩饰自己的弱点，但眼下还是无法遮盖内心的焦虑不安。当她告诉他们，双方的和解谈判没取得什么好结果时，她心中的不安便很快感染了上校他们，尤其是莉迪娅小姐。内维尔小姐激动异常，主张派人四处寻找，她的父亲自告奋勇地建议，他带上向导骑马去找奥尔索。客人们的担忧反倒提醒了柯隆巴，使她想起了自己家庭主妇的职责。她强装出笑脸，催促着上校到桌前坐下，随便找着各种各样的理由，解释她的兄长何以迟迟不归，可是，一会儿之后，她自己又把这些理由一一推翻。上校认为，自己作为男子汉，有责任千方百计地想办法来安慰女人们，便也提出了自己的解释。

"我敢打赌，"他说道，"德拉·雷比亚一定是碰上了好猎物；他抵御不住诱惑，我们会看到他背着满满的猎物袋回来。当然了！"他补充说，"我们刚才在路上听到了四声枪响。其中有两声特别的响，远远要比另外两声响，那时，我对我女儿说：我担保，这是德拉·雷比亚在打猎。只有我的枪才能打得那么响。"

柯隆巴的脸唰地变得煞白，一直在认真打量她的莉迪娅，毫不费力地就猜出了，上校的推测引起了柯隆巴心中何等的疑虑。经过一阵好几分钟时间的沉默，柯隆巴又急匆匆地问道，那两记特别响的枪声是在另两声枪响之前，还是在之后。但是，上校也好，他女儿也好，向导也好，都没有对这关键的一点加以特别注意。

到了一点钟，柯隆巴派出去的人一个都没有回来。她聚集起自己的全部勇气，请她的客人们入席就餐；但是，除了上校，谁都吃不下饭。只要广场上传来一丝丝动静，柯隆巴都要跑到窗前，然后又神情忧愁地回到饭桌上。她更为忧愁地勉强继续着跟她朋友们的谈话，不过谈话失去了任何意义，谁都没有注意它的实际内容，时不时地还间隔有好长一阵沉默。

突然，人们听到一阵急促的马蹄声传来。

"啊！这一次，一定是我哥哥。"柯隆巴说道，站了起来。

但是，她看到的却是吉莉娜骑着奥尔索的马。

"我的哥哥死了！"她发出一声尖利的惨叫。

上校手中的酒杯掉了下来，内维尔小姐大叫一声，所有人都跑到大门口。吉莉娜还没来得及跳下马背，就已经被柯隆巴像一根羽毛那样轻轻接住，紧紧搂定，搂得简直喘不过气来。小姑娘明白了她可怕的目光，她的第一句话，就是《奥塞罗》的合唱曲中的那一句："他活着！"[1]

柯隆巴的手一松，吉莉娜像一只小猫那样轻捷地跳落到地上。

"别的人呢？"柯隆巴嗓音沙哑地问道。

吉莉娜用食指和中指画了一个十字。立即，柯隆巴脸上的颜色由死人般的苍白变成了鲜活的绯红。她向巴里齐尼家的房子投去一道热辣辣的目光，微笑着对众人说："让我们都回去喝咖啡吧。"

强盗们的伊里斯[2]滔滔不绝地说个没完。她的土话先是由柯隆巴翻译为意大利语，然后再由内维尔小姐从意大利语翻译成英语，听得上校嘴里连连咒骂不已，听得莉迪娅连连叹息不已。但是，柯隆巴却丝毫不动声色地倾听着，只是把手中的缎纹布的餐巾拧来拧去，简直都快扯拦了。她五六次地打断小女孩的话，让她反复地叙说布兰多拉乔说过的话，

---

〔1〕 见罗西尼根据莎士比亚的悲剧改编的歌剧《奥塞罗》第二幕末尾，这是合唱队对黛丝迪莫娜唱的合唱曲中的一句。

〔2〕 伊里斯为希腊神话中的彩虹女神，是众神的信使。

即奥尔索的伤势不要紧，像这样的轻伤他见得多了。最后，吉莉娜转达说，奥尔索迫切地需要一些纸张用来写信，他请求他妹妹转告一位可能已经到了他家的小姐，请她在接到他的信之前不要离开他家。

"这是叫他心里最苦恼的，"小姑娘补充说，"我已经上了路，他却又把我叫了回去，又仔细叮嘱了一番，他已经反复叮嘱我了三次。"

柯隆巴听了她哥哥的这道命令，微微一笑，紧紧地握住了英国小姐的手，那姐已经哭成了一个泪人，认为叙述的这一部分不适宜翻译给她父亲听。

"是的，我亲爱的朋友，您一定要留下来跟我们在一起，"柯隆巴喊道，去拥抱内维尔小姐，"您一定会帮助我们的。"

随后，她从一个大衣柜里掏出许多旧衣物来，准备裁剪成绷带和纱布团。只见她眼睛闪闪发亮，精神焕发，一会儿忧心忡忡，一会儿又冷静自若，很难说清楚，她更多的是为她哥哥的伤势担忧呢，还是为仇敌的死亡而兴奋。一会儿，她为上校斟上咖啡，并向他炫耀自己煮咖啡的本领；一会儿，她又给内维尔小姐和吉莉娜派针线活做，鼓励她们缝制绷带，卷纱布团；她还第二十次地问，奥尔索的伤势是不是让他痛苦。她在干活的当儿停下手来，对上校说：

"两个那么机灵、那么可怕的敌人！……他独自一人，受了伤，只有一条胳膊……他却把那两个人全打死了。这是何等的勇敢啊，上校！……这难道不是一个英雄吗？啊！内维尔小姐，生活在一个像你们国家那样安宁的地方，真是一种幸福啊！……我敢肯定，您还不太认识我的兄长！……我早就说过了：雄鹰终将展开他的翅膀！……您会被他那么温柔的外表所迷惑……那是因为，内维尔小姐，只有在您的身边……啊！假如他看到您为他忙活，他真的可要……可怜的奥尔索！"

莉迪娅小姐已经无心干活了，她一句话也说不出来。他的父亲问，人们为什么不赶紧去官府报案。他谈到了**验尸官**[1]的检查，还有人们在科西嘉感到同样陌生的许多其他事情。最后，他想知道，那个前去帮助受伤的奥尔索的好心的布兰多拉乔先生，他的乡野别墅是不是离皮耶特拉内拉村很远，还有，他能不能亲自到那里去一次，去看看他的朋友。

柯隆巴以平素的冷静神态回答说，奥尔索现在正在丛林中，有一个强盗帮着照料他；在弄清楚省长和法官们将采取什么措施之前，假如上校就抛头露面的话，他会冒很大的风险。最后，她会想办法，让某个医术高明的外科大夫偷偷地到奥尔索那里去治疗的。

"尤其重要的是，上校先生，您要记住，"她说道，"您听

---

〔1〕 原文为英文。

到了四声枪响，而且您对我说过，奥尔索是后来开枪的。"

上校对这里头的奥秘一点儿也搞不明白，而他的女儿只是连声叹气，抹着眼泪。

当一行沮丧的队伍进入村庄的时候，天色已经很晚了。人们给巴里齐尼律师带回了他两个儿子的尸体，每一个都横驮在骡子背上，由一个农人赶着送来。这家的一大群客户和游手好闲的人跟随着这一惨兮兮的队伍。人们看到，跟他们一起来的，还有一些宪警，他们总是来得太晚。副镇长朝天举起他的双臂，不断重复道：

"省长先生该会说什么！"

有几个妇女，其中包括奥尔兰杜乔的奶妈，揪扯着头发，声嘶力竭地哭喊着。可是，她们震天的号叫声，远远比不上一个人沉默的绝望更能激动人心，众人的目光全被吸引到了他的身上。他就是那个可怜的父亲，他从一具尸体旁，走到另一具尸体旁，托起他们沾有泥土的脑袋，亲吻着他们发紫的嘴唇，抬起他们已经僵硬的四肢，仿佛是为了避免路途的颠簸。有时候，人们看到他张开嘴巴，像是要说些什么，但嘴里却发不出一声叫喊，一句话语。他的目光始终不离开儿子的尸体，磕磕碰碰地走着，绊上了石头，撞上了树木，碰上了挡在一路上的所有障碍。

当他们来到看得见奥尔索家房屋的地方时，女人们的哀哭和男人们的咒骂越发来劲了。几个雷比亚派的羊倌开始时还胆敢发出一阵表示胜利的欢呼声，而对手们却也已经怒不可遏了。

"报仇！报仇！"几个声音大叫起来。有人扔石头，还有人朝柯隆巴和她的客人待的客厅的窗口开了两枪，打穿了护窗板，打得碎木头片乱飞，其中一片还飞到了两个女人围坐的桌子上。莉迪娅小姐惊叫了一声，上校一把拿起了长枪，而柯隆巴，不等上校把她拦住，便已一个箭步冲到大门口，猛然把大门一开。她站在高高的门槛上，伸出两只手，诅咒着她的敌人。

"胆小鬼！"她喊叫道，"你们竟然朝女人开枪，朝外国人开枪！你们还是不是科西嘉人？你们还是不是男人？你们这些混蛋，只知道从人背后放冷枪，有种的出来！我不怕你们。我只有一人；我的哥哥远不在此。杀死我吧，杀死我的客人吧，你们做得出这种事情……你们不敢了吗，你们这些胆小鬼！你们知道，我们总要复仇的。快呀，快哭吧，像女人那样地哭吧，你们还应该感谢我们没让你们流更多的血呢！"

在柯隆巴的嗓音和行为中，有着某种咄咄逼人、令人生畏的东西。看到她时，人群惊恐地向后退去，就仿佛见到了在科西嘉冬季守夜时人们常常讲述的可怕故事中作恶的仙女。副镇长、宪警以及相当数量的一部分妇女，利用人们后退的机会，插到了双方的中间；因为雷比亚派的羊倌已经准备好了武器，一时间里，广场上很可能会爆发一场大规模械斗。但是，两大派都是群龙无首，而科西嘉人，即使在怒火燃烧的时候也十分守纪律，只要内战的主要角色不在场，便很少能动起手来。何况，柯隆巴因为胜利到手，已经变得小心谨慎，约束住了她的那支小部队。

"让那些可怜的家伙哭去吧，"她说，"让这老头子带走他的皮肉吧。何必要杀死这个老狐狸呢？他已经没有牙齿来咬人了。——久迪切·巴里齐尼！你要记住8月2日！你要记住那个血淋淋的皮夹子，他在那上面亲手伪造了笔迹！我父亲在那上面记下了你的欠债；你的儿子今天还清了账。老巴里齐尼，我把收据给你！"

柯隆巴双臂交抱着，嘴唇上挂着轻蔑的微笑，看着人们把尸体搬进仇敌的家里，看着人群慢慢地散去。她关上门，回到餐厅里，对上校说道：

"先生，我替我的同胞们向您道歉。以前，我从来不相信科西嘉人会朝里头有外国人的一座房屋开枪，我为我的家乡感到惭愧。"

晚上，莉迪娅小姐回到了她的卧室，上校跟随她进来，问她，第二天是不是应该立即离开一个人们的脑袋随时都可能挨上一枪的村庄，是不是应该尽早离开一个人们只看到仇杀与背叛的地方。

内维尔小姐好一会儿回答不出来，很明显，父亲的建议在她心中引起的不是一种一般的为难。最后她说道：

"在这位不幸的姑娘那么需要安慰的时刻，我们怎么能离开她呢？我的父亲，您难道不觉得这样做太残忍了吗？"

"我的女儿，我这样说，完全是为你好，"上校说，"假如我知道你们在阿雅克修的旅馆里会平平安安的，那么我向你们担保，在没有握一握这位勇敢的德拉·雷比亚的手之前，我是不愿意离开这该死的岛屿的。"

"好吧！我的父亲，就让我们再等一等吧。在出发之前，我们得看一看到底能不能帮他们一点什么忙。"

"善良的心哦！"上校说着，吻了吻他女儿的额头，"我很高兴看到你这样，宁肯做出自我牺牲，也要减弱别人的不幸。让我们留下来吧。人们是绝不会为做过的好事善举而后悔的。"

莉迪娅小姐在床上翻来覆去地睡不着觉。一会儿，耳中听到的模模糊糊的声音使她以为是敌人在准备攻打她家，一会儿，她又静下心来，想起了那个可怜的受伤者，这时候他很可能还躺在冰冷的地上，得不到其他人的帮助，只能求助于一个强盗的善心。她想象他浑身都是血，在可怕的痛楚中苦苦挣扎，尤其奇怪的是，每一次奥尔索的形象出现在她的脑海中，都是最后一次离开她时的那副模样，他拿着她送给他的护身符，紧紧地贴在嘴上，深情地吻着……接着，她又梦想着他的英勇壮举。她对自己说，他刚刚躲避过的可怖危险，都是由于她的缘故，他是为了尽早地看到她，才不惜冒了如此大的危险。再差一点，她简直就以为，奥尔索是为了保护她的安全而被打断了胳膊。她为他受的伤而谴责自己，但是，她为此而更加地崇敬他。假如说，在她的眼中，那两发两中的辉煌成就还不如在布兰多拉乔和柯隆巴的眼中那么具有价值，那么，她倒也认为，很少有小说中的英雄能够在如此巨大的危险中，表现出像他那样勇敢，像他那样冷静。

她现在住的房间原来是柯隆巴的卧室。在一个橡木跪凳上方的墙上，在一张祝过圣的棕榈叶的旁边，挂着一幅奥尔索身穿少尉军官服的肖像细密画。内维尔小姐摘下了这幅肖像画，久久地凝视着它，最后，把它放在自己的床边，而不是挂回到原处。直到天色蒙蒙亮时，她才入睡，等她醒来的时候，太阳已经升得老高了。她睁眼后，发现柯隆巴站在床前，正一动不动地等着她睁开眼睛呢。

"好了！小姐，在我们简陋的家中，您可能住得不太舒服吧？"柯隆巴问她，"我担心您这一夜没有睡好。"

"我亲爱的朋友，您有没有他的消息？"内维尔小姐一边坐起来，一边问。

她发现了奥尔索的肖像，赶紧扔过去一条手绢，想把它盖住。

"是的，我有他的消息。"柯隆巴微笑着回答道。然后，她拿起肖像。

"您觉得画得像吗？他本人比肖像还要强。"

"天哪！……"内维尔小姐羞惭万分地说，"我不经意……把这肖像……拿了下来……我这人有个毛病，什么东西都乱动……动了又不再放归原处……您的哥哥怎么样了？"

"情况相当不错。乔坎多今天早上四点以前来过这里了。他给我带来了一封信……是给您的，莉迪娅小姐。奥尔索没有给我写信。信封上写得很清楚：烦交柯隆巴；但在下面又有一行字：转交 N...小姐。当妹妹的是绝不会嫉妒的。乔坎多说，他写信时十分吃力。乔坎多写得一手好字，向他建议，由奥尔索口述，他来书写。但奥尔索不愿意。他仰躺在地上，用一支铅笔来写。布兰多拉乔帮他拿着纸。每次我哥哥想欠一欠身子，只要稍微一动弹，他受伤的胳膊就剧烈地疼痛起来。乔坎多说他实在可怜。喏，这是他的信。"

内维尔小姐读起了信，信是用英文写的，无疑是出于谨慎的考虑。信的内容如下：

小姐，

一个厄运之神在推动着我；我不知道我的敌人们会说什么，也不知道他们会制造什么流言蜚语。这一切全都无所谓，只要您，小姐，您不相信它。自从我见到您以来，我做了不少荒唐的梦。直到此番灾难降临，才让我看出我自己的疯狂；而现在，我已经恢复了理智。我知道等待着我的是什么样的未来，我将会逆来顺受。您送给我的这个戒指，我以前一直认为是能赐福的护身符，而现在我不敢继续保留它了。我担心，内维尔小姐，您会后悔把礼物送错了人；或者，我担心它会让我回想我疯狂的时刻。柯隆巴会把它还给您的……别了，小姐，您将离开科西嘉，我将再也不会见到您；但是，希望您能告诉我妹妹，我依然值得您的看重，而我，我要十分确信地说，我永远值得您的看重。

O. D. R.[1]

莉迪娅小姐转过身子读着这封信，而柯隆巴则在一旁仔细观察着她，然后把那枚埃及戒指交给她，用目光询问她这里头包含的意思。但是，莉迪娅小姐不敢抬起脑袋，她忧愁地打量着戒指，一会儿把它戴在自己的手指头上，一会儿又把它摘下来，如此反复不已。

"亲爱的内维尔小姐，"柯隆巴说，"我能不能知道我哥哥都对您说了些什么？他对您谈到了他的伤势了吗？"

"可是……"莉迪娅小姐说着，脸红了，"他没有谈到……他的信是用英文写的……他让我对我父亲说……他希望省长能够处理好……"

柯隆巴狡猾地笑了一下，坐到了床上，抓起内维尔小姐的两只手，用她锐利无比的目光注视着她。

---

〔1〕 这是"奥尔索·德拉·雷比亚"的缩写字母。

"您有没有一颗善良的心？"柯隆巴对她说，"您会给我哥哥回信的，是吗？您将给他带来那么大的安慰！当他的信送到的时候，我一时间里真想立即把您叫醒，但后来我没敢这样做。"

"您可是错了，"内维尔小姐说，"假如我的一封信能使他……"

"现在，我不能给他送信。省长来了，皮耶特拉内拉村到处是他的武装侍从。等以后再说吧。啊！内维尔小姐，假如您真的了解了我的哥哥，您就会像我爱他那样地爱他了……他是那么善良！那么勇敢！想一想他所做的事情！独自一人对付两个敌人，而且还负了伤！"

省长回来了。他是听了副镇长派去的特使汇报后，带着宪警和巡逻队回来的，他还带来了王家检察官、书记官以及其他人，准备调查这一新的、可怕的惨案。这次祸事使得皮耶特拉内拉两大家族间的世仇越发复杂化了，或者不如说，使得它走向结束。他到达后不久，见到了英国上校和他的女儿，当着他们的面，他并不掩饰自己的担心，他怕事态发展的趋势越来越糟。

"你们知道，"他说，"那次枪战没有证人；那两个不幸的年轻人的敏捷和勇敢是尽人皆知的，谁都不会相信，德拉·雷比亚先生在没有强盗帮助的情况下能把两人都打死，人们说，他现在正躲在那些强盗那里呢。"

"这不可能，"上校喊了起来，"德拉·雷比亚先生是一个看重名誉的小伙子，我可以为他作保。"

"我相信您，"省长说，"但在我看来，王家检察官（那些先生总是怀疑他人）的意见于您的朋友十分不利。他手中有一件对您朋友来说非常糟糕的证物。那是一封致奥尔兰杜乔的威吓信，在信中，他约他做一次决斗……而在检察官看来，这一约会可能是一个圈套。"

"这个奥尔兰杜乔，"上校说，"拒绝像个上等人那样出面应战。"

"这不符合本地的习惯。在我们这里，暗中伏击，背后杀人才是流行的方式。不过，倒也有一个对他有利的证词。有一个小姑娘肯定地说，她听到了四响枪声，其中后两响比前两响要更响亮，是德拉·雷比亚先生那杆枪这样的大口径武器打的。可惜的是，这个女孩是被怀疑为同谋的某个强盗的侄女，她的证词可能是受人唆使的。"

"先生，"莉迪娅小姐打断了他的话，她的脸涨得通红，一直红到了眼白，"打枪的时候，我们正好在路上，我们听到的枪响也是这样的。"

"真的如此吗？这一点倒是很重要。那么您呢，上校，您想必也同样注意到了枪声？"

"是的，"内维尔小姐急忙说，"我父亲对武器很有经验，是他对我说：这是德拉·雷比亚打响了我送的那把枪。"

"您听出来的那几声枪响，真的是最后打的吗？"

"是最后那两下，我的父亲，不是吗？"

上校的记忆力不太好；但是，无论如何，他都不愿意违背女儿的意思。

"上校，必须马上把这一点告诉王家检察官。另外，我们等着外科医生今天晚上来验尸，最后证实死者的伤是不是由刚才说的武器所导致。"

"是我把那杆枪送给奥尔索的，"上校说，"我倒希望它早已沉入了海底……我是说……勇敢的年轻人！我很高兴他手中有这杆枪，因为，要是没有我的曼顿枪，我真不知道他会如何逃脱险境。"

十九

外科医生稍稍来得晚了些。半路上，他遇到了意外。他被乔坎多·卡斯特里科尼截住，这个强盗彬彬有礼地邀请他去给一个受伤者治疗。他被带到奥尔索身边，给他治了伤。然后，强盗又把他带到很远的地方，跟他谈起了比萨城最著名的教授，说他们都是他最亲密的朋友，使医生听后茅塞顿开。

"大夫，"分别的时候，神学家说，"您十分值得我的敬重，所以我不必在此特别提醒您，一个医生应该跟一个听忏悔神甫同样守口如瓶。"说到这里，他玩了一番他的步枪。"您已经忘记了我们有幸与您见过面的地方。别了，很高兴认识您。"

柯隆巴请求上校也参加尸体剖检。

"您比任何人都更熟悉我哥哥的枪,"她说,"您的在场是特别管用的。另外,这地方有那么多坏心眼的人,假如没有人为我们的利益辩护,我们就实在太冒险了。"

等到只剩下她独自跟莉迪娅待在一起时,她便推说自己头疼得厉害,建议她一起去村子里溜达溜达。

"新鲜空气对我有好处,"她说,"有很长时间我没有呼吸到新鲜空气了!"

她一边走,一边对莉迪娅小姐谈起她的哥哥;莉迪娅小姐对这一话题十分感兴趣,谈着谈着,竟没有发觉她们俩已经走得离皮耶特拉内拉很远了。等到她发现过来,太阳早已经下山了,这时,她便催着柯隆巴往回赶。柯隆巴说她认得一条岔路,可以少绕好多弯路;于是,她们离开了刚才走的小径,走上了另一条外表看来很少有人走的小路。很快,她们便开始向一个小山丘上爬,山坡是那么陡,柯隆巴为了稳住身子,不得不用一只手不断地去抓树枝,另一只手把她的同伴往她身边拉。这样艰难地攀登了整整一刻钟后,她们来到一方小小的高地上,周围长满了香桃木和野草莓树,再旁边则团团地矗立着大块大块的花岗岩。莉迪娅小姐已经疲劳不堪了,村庄还是不见踪影,天色几乎已经全黑了。

"您知道吗,我亲爱的柯隆巴?"她说,"我担心我们可能迷路了。"

"不用害怕，"柯隆巴回答说，"我们继续走吧，您只要跟着我就行。"

"可是，我敢说，您弄错了。村庄不可能在这个方向。我敢打赌，我们正在背着村子的方向走。您瞧，我们看到的远处的那些灯光，那才是皮耶特拉内拉村。"

"我亲爱的朋友，"柯隆巴神情激动地说，"您说得对。但是，离这里二百步远……在这片丛林里……"

"您说什么？"

"我的兄长就在那里；假如您愿意，我就可以见到他，拥抱他了。"

内维尔小姐惊讶得不禁一抖。

"我走出了皮耶特拉内拉村，"柯隆巴继续说，"而没有被人注意到，这是因为我跟您在一起……不然的话，就会有人跟踪我……离他已经那么近了，竟然还不去看看他吗？……您为什么不跟我一起去见我那可怜的哥哥？他见了您会十分高兴的！"

"可是，柯隆巴……这对我来说不太适宜吧。"

"我明白了。你们这些城里女人，总是担心什么适宜不适宜的，而我们乡下女子，我们只考虑这样做好不好。"

"可是，天太晚了！……还有您的哥哥，他见了我会怎么想呢？"

"他会想，他根本没有被他的朋友所抛弃。而这会给予他勇气来忍受痛苦。"

"那我父亲呢，他会担忧的……"

"他知道您跟我在一起……好吧，您拿主意吧……今天早晨，您还看着他的肖像呢。"她补充说，脸上闪着狡黠的微笑。

"不……真的……柯隆巴，我不敢……那些强盗就在那里……"

"好啊！那些强盗又不认识您，有什么关系呢？您可是一直想见一见他们的！……"

"我的天！"

"瞧您，小姐，赶紧拿个主意吧。把您一个人留在这里吧，我又不能，谁知道会出什么事呢。要不一起去看奥尔索，要不一同回村里去……天知道，我再见到我哥哥……要等到什么时候……兴许永远都见不到了……"

"您说什么呢，柯隆巴？……好吧！我们一起去！不过，只待一分钟，我们马上就回来。"

柯隆巴没有回答，只是握住了她的手，开始疾步向前走，速度快得让莉迪娅小姐几乎跟不上。幸亏柯隆巴很快就停住了脚，对她的同伴说：

"在没有事先通知他们之前，我们别再往前走了，不然的话，我们兴许会吃上一颗枪弹的。"

她把手指头含在嘴里，打了一个呼哨，顷刻之间，他们就听到了一条狗的吠叫，紧接着，强盗们的这一游动前哨出现了。那正是我们的老相识，猎犬布卢斯科，它当即就认出了柯隆巴，高兴地为她指路导向。在丛林里狭窄的小径中拐了好几道弯之后，两个武装到了牙齿的男子过来迎接她们。

"是您吗，布兰多拉乔？"柯隆巴问道，"我哥哥在哪里？"

"在那边！"强盗回答道，"不过，请走得轻一点，他已经睡着了，自他负伤之后，这还是头一次睡安了呢。天主永在！我可看到了，俗话说得没错：魔鬼能去的地方，女人也能去。"

两个女人蹑手蹑脚地过去，只见有人用干燥石头在一个火堆边围了一道矮墙，以便小心地挡住火光，她们看见奥尔索躺在一堆蕨类植物上，身上盖着一件厚厚的皮罗尼。他的脸色十分苍白，急促的呼吸声清晰可闻。柯隆巴在他身旁坐下来，双手合捧，静静地注视他，仿佛在默默地为他祈祷。莉迪娅小姐用手绢捂着自己的脸，紧紧地靠着她的身体，但时不时地抬起头，从柯隆巴的肩膀上面望去，看那个负伤者。一刻钟就这样悄悄地过去了，没有人开口说话。神学家做了一个手势，布兰多拉乔便和他一起钻入了丛林之中。这使莉迪娅小姐十分高兴，她第一次觉得，强盗们的大胡子以及装备实在太有地方色彩了。

终于，奥尔索动了一下。柯隆巴立即朝他俯下身子，拥抱了他好几下，连连问了好几个问题，伤势怎么样啦，还痛不痛啦，需要一些什么啦，等等。他先是回答说，他已经好得再好也没有了，随后就接着反问内维尔小姐是不是还在皮耶特拉内拉村，她是不是给他写了信。柯隆巴俯身挡在奥尔索身上，把她同伴完全给遮藏住了，再加上四周一片黑暗，他很难认出什么来。柯隆巴一手拉着内维尔小姐，另一只手轻轻地扶起受伤者的脑袋。

"不，我的哥哥，她没有让我给您捎信……不过，您总是想念内维尔小姐，您很爱她吗？"

"我当然很爱她，柯隆巴！……但是，她……她现在很可能瞧不起我！"

这时，内维尔小姐使劲地想挣脱自己的手，但是要想让柯隆巴松手，可不是一件容易的事；尽管她的手很小，长得也好看，但力气却不小，我们以前就已经领教过了。

"瞧不起您！"柯隆巴嚷了起来，"在您干了这一切之后，还瞧不起您！……正相反，她说了您的好话……啊！奥尔索，我有许多她的事情要告诉您。"

那只手还在试图挣脱，但是柯隆巴把它拉得离奥尔索越来越近。

"不过，不管怎样，"受伤者说，"她为什么不给我回信？……哪怕只写一行字，我也会很高兴的呀。"

柯隆巴使劲地拉着内维尔小姐的手，终于把她的手放到了她哥哥的手中。这时候，她突然一闪身躲开，哈哈大笑起来：

"奥尔索，小心不要说莉迪娅小姐的坏话，因为她听得懂科西嘉话。"

莉迪娅小姐立即抽走了她的手,结结巴巴地嘟囔了几句。奥尔索以为自己是在做梦。

"内维尔小姐,原来您在这里!我的主!您怎么敢到这里来?啊!您真使我感到幸福!"

他挣扎着支起身体,想离她更近些。

"我是陪同令妹来的,"莉迪娅小姐说,"……是为了不让人怀疑她的去处……而且,我也想……证实一下自己……嗨!您这地方实在是糟糕透了!"

柯隆巴坐到了奥尔索身后。她小心翼翼地扶起他来,让他的脑袋靠在自己的膝盖上。她用胳膊搂住他的脖子,做了一个手势让莉迪娅小姐凑近一些。

"再近些!再近些!"她说道,"不要让一个病人太大声说话。"

见莉迪娅小姐还在犹豫,她一把抓住她的手,迫使她坐得那么近,使她的衣裙都碰到了奥尔索,她那只始终被柯隆巴抓住的手,被放在了奥尔索的肩膀上。

"这样很好,"柯隆巴神情快活地说道,"不是吗,奥尔索?这样一个美丽的夜晚,在丛林中露营,不是很好吗?"

"噢,是啊!多么美丽的夜晚!"奥尔索说道,"我永远不会忘记它的!"

"您一定非常痛苦吧!"内维尔小姐说。

"我不再痛苦了,"奥尔索说,"我真愿意就这样死在这里。"

他的手慢慢地凑过去，伸向依然被柯隆巴抓在手中的莉迪娅小姐的那只手。

"必须立即把您送到能做治疗的地方去，德拉·雷比亚先生，"内维尔小姐说，"我现在看到您睡在这么糟糕的地方……在露天……我就将再也睡不好觉了。"

"要不是因为怕遇到您，内维尔小姐，我早就设法回皮耶特拉内拉自投罗网了。"

"哎？您为什么怕遇到她呢，奥尔索？"柯隆巴问道。

"因为我没有听从您的话，内维尔小姐……所以我现在不敢见到您。"

"莉迪娅小姐，您知不知道，您只要想让我哥哥做什么，他就会做什么？"柯隆巴笑着说，"我将阻拦您再见他了。"

"我希望，"内维尔小姐说，"这一不幸的事件将得到澄清，希望不久后您就不用担心什么了……假如，等到我们离开时，我能知道，法庭已经还您以公道，人们已经承认您的忠诚如同承认您的勇敢，那时，我将十分高兴。"

"您要走，内维尔小姐！不要再说这个字啦。"

"这又有什么办法……家父不能永远地打猎……他想走了。"

奥尔索松开了他那碰触着莉迪娅小姐的手的手。接着，是一阵沉默。

"呵！"柯隆巴说道，"我们不会让你们这么快就走的。

在皮耶特拉内拉，我们还有许多东西要让你们看……何况，您曾答应过，要给我画一幅肖像的，而您还没有开始动笔呢……还有，我也答应过您，要给您作一首有七十五段歌词的小夜曲……还有……嗨，布卢斯科怎么又叫起来了？……原来是布兰多拉乔跟着跑来了……我去看看出了什么事。"

她立即站起身来，毫不客气地就把奥尔索的脑袋搁在了内维尔小姐的膝盖上，跑到强盗那里去了。

内维尔发现自己扶着一个漂亮的青年男子，独自和他一起待在丛林深处，不禁有些惊讶。她实在不知道怎么办才好，因为，要是突然间抽走自己的身体，她又怕弄痛了受伤者。但是，奥尔索自己主动离开了他妹妹提供给他的柔和的倚靠物，用右胳膊硬撑着，支起身子。

"莉迪娅小姐，您就将这样很快离开这里吗？我一直就不认为您应该在这倒霉的地方多逗留……然而……自从您来到这里后，每当我想到要对您说再见，我就感到万分痛苦……我是一个可怜的中尉……毫无任何前途……眼下又有家难归……莉迪娅小姐，在这种时刻，我如何开口对您说我爱您……但是，现在无疑是我对您说出这句话来的唯一机会了，既然我已倾诉了我的心声，我就轻松了，我自己仿佛也觉得不那么难受了。"

莉迪娅小姐扭转了脑袋，似乎黑黑的夜色还不足以遮掩她脸上的红晕。

"德拉·雷比亚先生，"她嗓音发颤地说道，"我难道还会上这地方来吗，要是……"一边说着，一边把那个埃及戒指塞到奥尔索的手中。

然后，她做出极大的努力，才恢复了平日习惯的开玩笑口吻：

"奥尔索先生，您这样说可真坏……在丛林深处，在您的强盗们中间，您很清楚，我是绝不敢对您发脾气的。"

奥尔索动弹了一下，去吻把戒指塞给他的那只手，谁知莉迪娅小姐抽手抽得太快，他一下子失去了重心，身体一倒，压在了那条受伤的胳膊上。他禁不住发出一声痛苦的呻吟。

"我的朋友，您摔疼了吗？"她喊了一声，连忙把他扶起来，"这是我的错！请您原谅……"

他们又低声说了好一会儿话，彼此靠得更近了。柯隆巴急急忙忙跑回来时，发现他们恰恰处于她离开时他们保持的姿势。

"巡逻队来了！"她嚷道，"奥尔索，想办法站起来，走一趟，我来帮您。"

"别管我，"奥尔索说，"告诉强盗们，叫他们快跑……让巡逻队抓住我好了，没关系；但是，你快把莉迪娅小姐带走：我的天，千万不要让人看见她在这里！"

"我绝不能把您一个人留下，"跟在柯隆巴后面的布兰多拉乔说，"巡逻队的队长是律师的教子；他可能不逮捕您，却把您打死，然后，他会说，他不是故意这样的。"

奥尔索试着站了起来,甚至还走了几步,但立即停了下来:

"我走不了,你们都快跑吧。再见了,内维尔小姐,伸手给我,再见了!"

"我们不离开您!"两个女人齐声喊道。

"假如您不能走,"布兰多拉乔说,"就让我来背您。快,我的中尉!拿出勇气来;我们还来得及从山后的沟谷中逃走。神甫先生会给他们制造一些麻烦的。"

"不,让我留下来,"奥尔索说着,躺在地上,"柯隆巴,看在天主的分上,快把内维尔小姐带走!"

"柯隆巴小姐,您很强壮,"布兰多拉乔说,"您来扛他的肩膀,我来扛他的脚;好!使劲,向前走!"

他们不顾他的抗议,一下子便把他抬走了。莉迪娅小姐跟随着他们,惊吓得不知所措。突然,响起了一声枪响,跟着就有五六记枪声随即打响。莉迪娅小姐惊叫了一声,布兰多拉乔骂了一句,但立即加快了步伐。柯隆巴学着他的样子,拼命奔跑在丛林之中,根本顾不上迎面而来的树枝,任由它们抽打着她的脸,或者撕扯着她的衣裙。

"低下身子,低下身子,我亲爱的,"她对她的女伴说道,"不然,您会被子弹打中的。"

就这样,他们一口气走了——或者还不如说,跑了——大约五百步。这时,布兰多拉乔宣称,他实在走不动了,便立即倒在地上,任凭柯隆巴怎么鼓励,怎么责骂,也不再动弹了。

"内维尔小姐呢？"奥尔索问道。

内维尔小姐已经被枪声吓蒙了，每时每刻都被茂密的丛林挡住去路，不一会儿就见不到前面奔跑的人的踪影了。一个人落在后头，战战兢兢，惶恐不安。

"她落在后头了，"布兰多拉乔说道，"但是她不会迷路的，女人是永远也不会迷路的。仔细听，奥尔斯·安东，神甫拿您的枪弄出了多么大的声响啊！可惜的是，我们一点儿也看不到，在黑夜里乱开一通枪是不会有什么事的。"

"嘘！"柯隆巴叫喊起来，"我听到了马蹄的声音，我们得救了。"

果然，一匹在丛林吃草的马，被打枪的声音吓坏了，靠近了他们这边。

"我们得救了！"布兰多拉乔重复道。朝马奔过去，抓住马鬃毛，给它嘴上套一根带结的绳子当作缰绳，这对一个强盗来说，是一眨眼就能完成的事，更何况还有柯隆巴的帮助呢。

"现在，我们该通知一下神甫了。"他说。

他打了两记呼哨；远远地，回传来了一声呼哨，于是，那支曼顿造的枪停止了它那大嗓门的发言。这时，布兰多拉乔一跃飞身上马。柯隆巴帮着把她哥哥放在强盗身前，强盗用一只手紧紧地抱定他，另一只手用来驾驭他的坐骑。那匹马尽管驮着两个人，但当它的肚子被狠狠地踢了两脚之后，还是敏捷地出发了，飞快地跑下一个陡峭的山坡。只有科西嘉的马才那样灵巧,换成别的马,早就在陡坡上摔死一百回了。

这时,柯隆巴转身往回走,全力呼喊着内维尔小姐的名字,但是却没有任何嗓音回复她的呼叫……她这样胡乱走了好一阵子后,还是寻不到刚才走过的道路,在一条小径上,她碰上了两个巡逻兵。巡逻兵大声问她是哪一个。

"哎呀! 各位先生,"柯隆巴用开玩笑的口吻说,"这里可真热闹呀。打死了几个人呢?"

"您曾和强盗待在一起,"一个士兵说,"请跟我们走一趟吧。"

"太愿意啦,"她回答道,"但是,我这里还有一个女朋友,我们必须先找到她。"

"您的女朋友已经被抓到了,您就跟她一起去坐监牢吧。"

"坐监牢? 我们倒要看一看了,不过,眼下,请把我带到她那里去吧。"

于是,巡逻兵们把她带到了强盗的营地,他们正在那里搜集战利品,也就是说,奥尔索盖过的皮罗尼,一口旧锅,一个盛满水的瓦罐。内维尔小姐正待在那里,她被士兵们遇上时,已经吓得半死,当他们问她到底有几个强盗,都往哪个方向逃了等等问题时,她什么都说不出来,只是一个劲儿地流泪。

柯隆巴扑上前去抱住她,对她耳语道:"他们得救了。"

随后,她对巡逻队队长说:

"先生,您看得很清楚,这位小姐对您提的问题一无所知。

让我们回村庄去吧，家里人等我们都等得急死了。"

"我们会把你们带回去的，而且比你们希望的还要更早，我的小宝贝，"队长说，"但你们必须说清楚，在这一时间里，你们跟那些刚刚逃走了的强盗一起在丛林做什么。我真不知道那些混蛋使了什么魔法，竟然把年轻姑娘都迷惑住了，因为，哪里有强盗，哪里就肯定能找到漂亮的小姐。"

"您可真风流，队长先生，"柯隆巴说道，"但是您说话可得要有些分寸。这位小姐是省长的亲戚，您可不该拿她打趣啊。"

"省长的亲戚！"一个巡逻兵对他的头头喃喃说道，"确实，她还戴着帽子呢。"

"帽子不帽子的没有关系，"队长说道，"她们俩都跟那个叫神甫的强盗在一起，他可是当地勾引女人的第一号老手，我的责任是把她们俩带走。这样，我们在这里就没有什么可干的了。要不是那个该死的托品下士……那个法国酒鬼，不等我把丛林包围住就露了面……要是没有他，我们早把他们像瓮中捉鳖一样一网打尽了。"

"你们一共七个人吗？"柯隆巴问道，"先生们，你们可知道，万一冈比尼、萨罗基和泰奥多雷·波利三兄弟[1]在圣

---

[1] 这三人都实有其人，其中泰奥多雷·波利（1799—1831）最有名，占据丛林长达八年（1819—1827）。

克里斯蒂娜十字架那边，同布兰多拉乔以及神甫会合的话，他们就会让你们尝尝麻烦的滋味。假如你们必须同**乡野司令**[1]对话一番，我可不愿意在场。因为在夜里，子弹可是不认人的。"

一想到他们可能会同柯隆巴刚刚提到那些令人畏惧的强盗相遇，巡逻兵的心中不禁蒙上了一层阴影。队长一边不停地咒骂下士托品，那个法兰西狗杂种，一边下令撤退，于是，他那支小部队便带着皮罗尼和锅子，走上了回皮耶特拉内拉的路。至于那个瓦罐，早就被他们一脚踢破了。一个巡逻兵想抓住莉迪娅小姐的胳膊，但却被柯隆巴一把推开了。

"谁都不许碰她！"她说，"你们难道以为我们还想逃跑吗？来吧，莉迪娅，我亲爱的，您靠在我的身上，别像孩子一样哭个没完。这可是一次奇遇，但它不会有坏结局的。再过半个钟头，我们就可以吃晚饭了。我嘛，我已经饿坏了。"

"人们会对我怎么想呢？"内维尔小姐低声说道。

"人们会想，您在丛林中迷了路，还能有什么？"

"省长会怎么说？……尤其是，家父会怎么说？"

"省长？……您就叫他把他的那个省管好吧。至于令尊呢？……从您跟奥尔索交谈的方式上，我似乎觉得，您可能

---

[1] 这是泰奥多雷·波利给自己加上的头衔。——原注

有什么话要对令尊说。"

内维尔小姐抓住了她的胳膊，没有回答。

"我的哥哥，"柯隆巴在她的耳边喃喃低语道，"难道不是很值得人爱吗？您难道没有爱上她一点点吗？"

"啊！柯隆巴，"内维尔小姐回答道，尽管已经羞涩难堪，但还是微笑着，"您背叛了我，可我是那么相信您！"

柯隆巴伸出一条胳膊搂住她的腰肢，在她的脑门上亲吻了一下：

"我的好姐姐，"她低声说道，"您肯原谅我吗？"

"当然肯原谅了，我的可恼的妹妹。"莉迪娅答道，还了她一个亲吻。

省长和王家检察官住在皮耶特拉内拉的副镇长家里；上校实在担心女儿的安全，已经跑来有二十次，向他们打听她的消息。当他又一次来到副镇长家时，正好碰上一个由巡逻队长派来的信使。信使向他们叙述了与强盗激烈鏖战的经过，但在激烈的恶战中，却既没死人，也没伤人，他们只是在那里缴获了一口锅，一件皮罗尼，还有两个待在那里的姑娘，他说，她们肯定是强盗的情妇，要不就是他们的眼线。于是，两个女俘虏便由卫兵武装押送上来。人们猜想得到柯隆巴神采飞扬的表情，她的女伴的羞惭神态，省长的诧异反应，以及上校的欢快与惊讶。王家检察官怀着狡猾的心计，肆意地作弄可怜的莉迪娅，让她忍受了一番审问，直到她完全失去了常态时才告停止。

"我认为,"省长说,"我们可以释放所有的人。这些小姐是去散步的,在这么晴朗的天气里,再没有比散步更自然的事情了。她们偶然遇上了一个受了伤的可爱的年轻人,这也是再自然不过的事了。"

然后,他把柯隆巴拉到一旁问道:

"小姐,您可以告诉令兄,就说他那案子的情况比我期望的还要好。尸体的剖检,以及上校的证词,都证明了他当时只是还击,而且在枪战时,只有他一人在场。一切都会顺利解决的,但是,他必须尽快地离开丛林,出来自首。"

等上校、他女儿和柯隆巴坐下来吃晚餐时,时间已是夜里 11 点钟了,饭菜早就凉了。柯隆巴一边津津有味地大吃着,一边嘲笑着省长、王家检察官以及巡逻兵。上校一言不发地吃着,眼睛直盯盯地注视着女儿,女儿始终低着头看着盘子,不敢抬起眼睛来。最后,上校用温柔但却严肃的口吻说道:

"莉迪娅,"他说的是英语,"您是不是跟德拉·雷比亚订了婚约?"

"是的,爸爸,今天刚刚订的。"她红着脸答道,但是语气十分坚定。

随即,她抬起眼睛,在父亲脸上,她没有发现一丝愤怒的痕迹。她一下子扑到他的怀中,拥抱着他,就像所有有教养的小姐在类似场合下所做的那样。

"很好，"上校说道，"他是一个好小伙子；但是，我的老天！我们可不能住在这见鬼的地方！不然，我就不答应了。"

"尽管我不懂英语，"柯隆巴说，她一直在一旁十分好奇地注视着他们，"但是我敢说，我已经猜到你们在说什么了。"

"我们在说，"上校回答说，"我们要带您到爱尔兰去旅行。"

"好极了，我非常愿意，那么我就将是**柯隆巴小姑**了。这件事定了没有，上校？我们要不要击掌敲定？"

"在这种情况下，我们应该互相拥抱。"上校说。

二十

那次使皮耶特拉内拉全镇陷入惊愕（报纸上都这么说）的两发两中事件发生后，又过了几个月。一天下午，一个年轻人，左胳膊上缠着绷带，骑马出了巴斯蒂亚城，向卡尔多村[1]进发，该村以温泉而闻名遐迩，夏天，它给城里体弱的人们提供清冽的甘泉。一个身材苗条、相貌俊美的年轻女子陪同着他，她骑着一匹小黑马，内行人一眼就能看出那黑马腿力健强，体态优雅，但不幸的是，一只马耳朵却莫名其妙地因什么事故撕破了。到了村子里后，年轻女子轻巧地跳下

---

〔1〕 卡尔多村，科西嘉一地，在巴斯蒂亚以西两公里处。

马来，帮她的同伴跳下坐骑之后，她把绑在马鞍后的几个相当沉重的囊袋卸了下来。把马儿交给一个农人看管后，那女子把囊袋藏在自己的美纱罗底下，年轻男子带着一把双响长枪，两人便沿着一条十分陡峭的小径向山上走去，那条路看起来似乎不会通向任何一户人家。

来到盖尔乔山[1]的一处高台阶之后，他们就停住步子，两人都在草地上坐下来。他们像是在等什么人，因为他们不时地抬起头来望着山上，那个年轻女子还频繁地往一块漂亮的金表上瞧一眼，兴许她既是为了欣赏一下她拥有时间还不太长的一件宝物，同样也是为了知道约会时刻到了没有。他们并没有等待太久。一条狗从丛林中窜出来，年轻女子喊了一声"布卢斯科"，它就赶紧跑过来跟他们磨蹭亲热。不一会儿后，出现了两个大胡子汉子，肩上挎着枪，腰带上别着子弹盒，胯上还斜插着手枪。他们那打满了补丁的褴褛衣衫，同他们身上所带的大陆名牌厂家制造的闪闪发亮的武器，恰成极其鲜明的对照。尽管从外表看来，眼前这四个人的地位明显不平等，他们却如老朋友那样亲密无间。

"好啊！奥尔斯·安东，"强盗中的年长者对年轻男子说，"您的案子总算了结了。不予起诉。祝贺您了。我真遗憾，律

---

〔1〕 盖尔乔山就在卡尔多村的北面。

师那老家伙不再住在岛上了，我倒真想看到他发狂的情景。您的胳膊怎么样了？……"

"他们说，再过半个月，"年轻男子回答说，"我就不用再吊绷带了。——布兰多，我的老伙计，我明天就要出发去意大利了，我要对你，也要对神甫先生说再见了。所以我请你们特地来一趟。"

"您走得可真匆忙啊！"布兰多拉乔说道，"昨天刚对您宣布不予起诉，明天您就要动身？"

"我们有事情嘛，"年轻女子欢快地说道，"先生们，我给你们带好吃的来了，吃吧，不要忘了我们的朋友布卢斯科。"

"您把布卢斯科惯坏了，柯隆巴小姐，不过，它可是知恩图报的。您等着瞧吧。过来，布卢斯科，"他说道，把手中的长枪平举着，"为巴里齐尼家跳一个！"

那狗待在那里一动也不动，舔舔自己的嘴脸，看着它的主人。

"为德拉·雷比亚家跳一个！"

于是，那狗立即跳了起来，跳得比枪杆还高了两尺。

"听我说，我的朋友们，"奥尔索说，"你们从事着一种糟糕的职业；即便你们不是在我们从这里望去就能看到的这个广场[1]上结束你们的生涯，你们能得到的最好结局，也就是

---

〔1〕 指在巴斯蒂亚执行死刑的广场。——原注

在丛林中被宪警的一颗子弹击中倒下。"

"好啊！"卡斯特里科尼说道，"怎么死还不都是死吗？不过，这样死去终归比患热病死在床上，而你的财产继承人在你身边真心真意或假心假意地号哭要更好。当一个人像我们那样过惯了露天的生活，他就会觉得，再没有比穿着鞋死去更好的了，就像我们村里的人说的那样。"

"我真愿意，"奥尔索说，"看到你们离开这个地方……而过着一种更为宁静的生活。比方说，你们为什么不到撒丁岛〔1〕去呢？你们的好多伙伴不是都去那里安家了吗？我可以帮你们想办法的。"

"去撒丁岛！"布兰多拉乔喊叫起来，"**那些可怜的撒丁人**！〔2〕让魔鬼把他们，还有他们的土话都一块带了去吧！这样的同伴实在太糟糕了！"

"在撒丁岛，也没有什么活路，"神学家接着说，"反正，我蔑视撒丁人。为了围捕强盗，他们组织了保安骑兵队；这就使他们同时遭到了强盗和乡亲们的痛骂〔3〕。让撒丁岛滚他妈

---

〔1〕 撒丁岛在地中海，在科西嘉南面，属意大利。
〔2〕 原文为拉丁文。
〔3〕 对撒丁岛的这一批评意见，是我从一个以前当过强盗的朋友那里听到的。只有他一个人才能对这句话负责任。他想说的是，那些被骑兵抓到的强盗都是一些傻瓜，一支骑马追捕强盗的保安队是连强盗的影子都碰不上的。——原注

的蛋吧！德拉·雷比亚先生，您是一个有趣味、有学识的人，但是在您品尝过了我们这样的生活之后，您竟然不接受我们的丛林活法，这可真叫我大惑不解了。"

"可是，"奥尔索微笑着说，"当我有幸成为你们的同餐者时，我其实并没有过于珍惜你们所处地位的魅力。当我回想起，在一个美妙的夜晚，我像一个褡裢那样被横放在一匹没有备鞍的马的背上，让我们的朋友布兰多拉乔指挥着逃跑时，我的肋骨现在还在隐隐作痛呢。"

"还有逃脱了追捕时的欢乐呢，难道您不把它当一回事了吗？"卡斯特里科尼紧接着说，"在我们这里如此美好的天气里，过着绝对自由的日子，对这样的一种诱惑力，您怎么可能无动于衷呢？拿着这个令人八面威风的家伙（他指了指手中的枪），只要在子弹打得到的地方，我们到处都能称王。我们发号施令，我们拨乱反正……先生，这是一种十分符合道德意义的娱乐，而且十分有趣，我们可绝不想放弃。当我们比堂吉诃德还拥有更好的武器，更富理智的头脑时，那么，还有什么生活比流浪骑士的生活更美妙的呢？您听我说，有一天，当我得知，小姑娘丽拉·路易齐的叔叔，那个老吝啬鬼，不愿意给她出一份嫁资，我就给他写了一封信，信中当然没有半点恐吓，恐吓不是我的方式。行啦！那家伙一下子就服了：他把她嫁了出去。我给两个人带来了幸福，请相信我，奥尔索先生，世界上没有任何东西能与强盗的生活媲美。

啊！要是没有某个英国女郎的话，您或许会成为我们中的一员，那个英国女郎，我只模模糊糊地见过一眼，可是在巴斯蒂亚，人人都在羡慕地谈论她。”

“我未来的嫂子不喜欢丛林，”柯隆巴笑着说，“她在丛林里担惊受怕够了。”

“反正，”奥尔索说，“你们是想留在这里了？那么好吧。请告诉我，我能为你们做些什么呢？”

“什么都不用，”布兰多拉乔说，“只要您能时不时地想着我们。您给我们的已经足够多了。吉莉娜已经得到了一份嫁资。用不着我的朋友神甫写一封不带威胁的信，她就能嫁一户好人家了。我们知道，您的佃户们会在我们需要时提供面包和火药。就这样吧，再见了。我希望不久后能在科西嘉再见到您。”

“在某个紧急关头，”奥尔索说，“几枚金币会带来很大的好处。既然我们已经是老熟人了，你们一定不会拒绝我这颗小小的子弹吧，它可以为你们生出别的子弹来。”

“我们之间不谈钱，中尉。”布兰多拉乔口吻坚定地说。

“在这世界上，金钱是万能的，”卡斯特里科尼说，“但是在丛林里，我们看重的只是真诚的心，还有百发百中的枪。”

“我实在不想离开你们而不留下什么纪念品，”奥尔索又说，“瞧瞧，我能为你留下什么呢，布兰多？”

强盗挠了挠脑袋，朝奥尔索的枪膅去斜斜的一眼：

"哎，我的中尉……假如我胆敢……不过，算了，您太珍爱它了。"

"你想要什么？"

"没什么……东西算不了什么……还得看人怎么使。我总在想那次见鬼的两发两中，而且只用一只手……噢！那是不会再有的啦。"

"你是要那杆枪吗？……我把它给你拿来；不过，你要尽量省着点使。"

"哦！我不敢吹嘘能使得像您那么好；但是，请您放心，等到另外一个人得到它的那一天，您尽可以说，布兰多·萨维里已经一命归天了。"

"那么您呢，卡斯特里科尼，我能给您什么呢？"

"既然您一定要为我留下一件纪念物，我就不客气地请您给我一本开本尽可能小的贺拉斯的集子。这将会给我带来消遣，而且会不让我忘掉拉丁文。在巴斯蒂亚的码头上，有一个卖雪茄的小姑娘，您把书给她就行，她会转交给我的。"

"您会得到一个艾尔泽维尔版本[1]的集子，博学的先生，

---

〔1〕 艾尔泽维尔本是荷兰的一个书商世家，以出版袖珍书出名。当时，人们用"艾尔泽维尔版本"这个词组来称呼由印刷商艾尔泽维尔家族于16世纪末17世纪初在荷兰印刷的开本特别小的书册。

我想带走的书中正好有这么一本。——好吧！我的朋友们，我们该分手了。握一握手吧。假如你们有一天想撒丁岛了，就给我写信吧；N.律师会把我在大陆上的地址给你们的"．

"我的中尉，"布兰多说，"明天，当你们出了港口后，请朝山上看，朝这个方向看；我们会在这里的，我们会挥舞起手帕向你们道别的。"

于是，他们分了手。奥尔索跟他的妹妹取道回卡尔多，强盗们则返回山上。

二十一

4月里一个晴朗的早晨，上校托马斯·内维尔爵士，他新婚不久的女儿，还有奥尔索和柯隆巴，一起坐着敞篷四轮马车，出了比萨城，去参观一处伊特鲁里亚人的地下坟墓，它是新近发掘出来的，所有的外国人都跑去看。下到建筑物地下的墓穴后，奥尔索和他妻子便拿出铅笔，临摹起里面的壁画来；而上校和柯隆巴，他们俩对考古学谁都没有兴趣，便留下那对夫妻做他们的作业，自己到周围散步去了。

"我亲爱的柯隆巴，"上校说，"我们是绝不可能及时赶回比萨吃我们的**午饭**了。您不饿吗？瞧奥尔索跟他妻子专心于他们的古董；当他们一起开始画起画来，那就没完没了啦。"

"是啊，"柯隆巴说，"不过，他们还从来没带回过一幅像样的画。"

"我的意见是,"上校继续道,"我们到那个小农庄里去。在那里,我们会找到面包,或许还会有阿莱阿蒂戈[1],谁知道呢?甚至还可能找到奶油和草莓,然后,我们就耐心地等我们的画家。"

"您说得有道理,上校。您和我,我们是家里最富理智的人,我们不应该为那两个只生活在诗情画意中的恋人而牺牲我们自己。把您的胳膊给我。看,您不是把我培养出来了吗?我会挽胳膊了,我戴帽子了,我穿时髦的衣裙了;我有了首饰,我学会了不知有多么多的东西,我再也不是一个野姑娘了。您看,我披上这条围巾多有风度……那个金黄头发的小伙子,那个前来参加婚礼的你们军团的军官……我的天!我都忘记了他的名字,那个卷头发的高个子,我一拳就可以把他打翻在地……"

"是那个查特沃思吗?"上校说。

"对了,就是他!但我总是读不好这个音。对了!他已经疯狂地爱上我了。"

"啊!柯隆巴,您可真变得会卖弄风情了……我们不久又该有一场婚礼了。"

---

〔1〕 阿莱阿蒂戈指托斯卡纳地方的葡萄以及用这种葡萄酿制的葡萄酒。

"我！结婚？那等到奥尔索给我一个侄子时……谁来抚养他呢？谁来教他说科西嘉话呢？……对了，他将说科西嘉话，我还要给他戴上一顶尖角帽子，好气气你们。"

"让我们先等您有了一个侄子再说吧；然后，假如您愿意，您就去教他怎样玩匕首好了。"

"再见吧，匕首。"柯隆巴开心地说，"现在，我有了一把扇子，当你们要说我家乡的坏话时，我就用它来敲打你们的手指头。"

就这样，他们一边说话，一边进了农庄，果然，他们在那里找到了酒、草莓和奶油。柯隆巴帮农妇采摘草莓，而上校则在一旁喝着阿莱阿蒂戈。在一条小路的拐弯处，柯隆巴看见有个老头子坐在一把草垫椅子上晒太阳，一副病恹恹的样子，因为他脸腮凹陷，眼窝成了一个深洞，全身瘦骨嶙峋；他的纹丝不动，他的苍白脸色，他的呆滞目光，使他看起来更像是一具尸体，而不是一个活人。好几分钟时间里，柯隆巴一直十分好奇地注视着他，结果引起了农妇的注意。

"这个可怜的老头，"她说道，"是您的一个同胞，因为我从您的说话中听出来，您是科西嘉人，小姐。他在他的家乡遭遇了不幸，他的儿子们都死于非命。听人说，请您原谅我这么说，小姐，您的同胞在对待仇人时都不心慈手软。所以，这个可怜的老人只剩下孤独一人，到比萨来投靠一个远房亲戚，她就是这个农庄的女主人。这位老人家精神有些不太正常，都是不幸和忧伤的结果……这对于喜爱接待宾客的我家太太来说，实在有些碍事。她便把他打发到这里来了。他是很温和的人，从来不碍别人的事；他一整天都说不上三句话。他的脑子有些糊涂了。医生每礼拜都要来诊视，医生说，他活不了多久了。"

"啊！他已经没治了吗？"柯隆巴说，"照这样的话，早早死了倒还是福气。"

"小姐，您应该跟他说一说科西嘉话；听到乡音后，他的心情兴许还会好一些。"

"那可不一定。"柯隆巴说着，脸上露出一丝狡黠的微笑。

她走近到老头身边，一直到她的身影挡住了他的阳光。这时，可怜的白痴抬起了脑袋，直直地盯着柯隆巴看，她也同样盯着她看，始终微笑着。一会儿工夫后，老头把手举在额头上，闭上了眼睛，仿佛是为了躲避柯隆巴的目光。随后，他又睁开眼睛，但却睁得特别的大；他的嘴唇颤抖起来；他想伸出手来；但是在柯隆巴的震慑下，他像被钉在了椅子上一样，既不能动弹，又说不出话来。最后，大滴的眼泪从眼睛中流出，胸膛中传出几声呜咽。

"我可是头一次看到他这个样子。"农妇说道。接着，她又对那个老头说："这位小姐是您家乡的一个姑娘；她是来看您的。"

"饶命啊！"老头儿嗓音嘶哑地说，"饶命啊！你还不满足吗？那张纸……被我烧了……你怎么可能读到呢？……但是，为什么把两个都打死呢？……奥尔兰杜乔，对他，你可拿不出任何的证据……总该给我留下一个吧……仅仅一个也好啊……奥尔兰杜乔……你没有读到他的名字……[1]"

"我必须要两个，两个都要，"柯隆巴低声地，用科西嘉方言对他说，"树枝被砍掉了；而要是树根不腐烂，我一定要把它连根拔了。行了，不要哭怨叫屈了；你受苦的日子不长了。而我呢，我痛苦了整整两年！"

老头迸发出一声叫喊，他的脑袋垂在了胸脯上。柯隆巴一转身，缓缓地返回农舍，嘴里还含糊不清地唱着一首哭丧歌中的几句："我要那只开枪的手，那只瞄准的眼睛，那颗起歹念的心……"

等农妇赶紧跑去救那老头子时，柯隆巴容光焕发、目光炯炯地在上校对面的饭桌前坐下。

"您怎么啦？"他说，"我发现您的神色有些像是在那一天，就在皮耶特拉内拉村，正当我们吃饭的时候，有人向我们开枪的那一天。"

"那是科西嘉的往事闪现在了我的脑海中。但是现在已经完了。我将当教母了，是吗？噢，我将给孩子起一个多么美丽的名字啊：吉尔福乔－托马索－奥尔索－莱奥纳！"

---

[1] 从这段坦白中，读者可以看到，杀害吉尔福乔·德拉·雷比亚上校的是文琴泰罗，奥尔兰杜乔没有参与其中。

这时候，农妇进来了。

"怎么样？"柯隆巴十分冷静地问道，"他是死了，还是仅仅昏了过去？"

"没什么事了，小姐。可是，真奇怪，您的目光竟然使他变成那样。"

"医生说，他活不了多久了吗？"

"兴许连两个月也活不到。"

"这也算不上是太大的损失。"柯隆巴评说道。

"您说的是谁呢？"上校问。

"一个白痴，我的同胞，"柯隆巴毫不在乎地说，"他寄住在这里。我会经常派人来询问他的情况。可是，内维尔上校，不要把草莓都吃了，给我哥哥和莉迪娅留一些啊！"

当柯隆巴离开农舍，重新上马车时，农妇的目光尾随了她好一阵子。

"你看见这个长得那么漂亮的小姐了吗？"农妇对她的女儿说，"好吧！我对你说，我担保她有一双谁见了谁就倒霉的毒眼[1]。"

1840

---

〔1〕 所谓毒眼，是当地的一种迷信说法，被长有这种毒眼的人盯过，人们就得倒霉，尤其是妇女和儿童。

卡 门

(*Carmen*)

女人虽刻毒，亦曾两度美；

一度新婚床，二度亡命鬼。[1]

———帕拉达斯[2]

一

我总是猜疑，那些地理学家在不知所云地信口开河，他们明确地认为门达战役[3]的遗址处于巴斯图利－波尼地区，离现今的门达不远，在马尔贝拉以北大约两里远的地方[4]。根据我自己从无名氏的著作《**西班牙战争**》[5]中所了解的，以及

---

〔1〕 原文为希腊语。

〔2〕 帕拉达斯（公元5世纪时人），希腊作家，活动在亚历山大城。

〔3〕 门达为西班牙一古城。门达战役发生在公元前45年，凯撒领军与庞贝的两个儿子克内伊乌斯和塞克斯图斯大战一场，凯撒克服了地形不利的困难，拼死奋战，涉险获胜。

〔4〕 巴斯图利－波尼为古代西班牙一省。马尔贝拉为西班牙一地中海小港，位于直布罗陀和马拉加之间。

〔5〕 原文为拉丁文。这部著作为罗马或西班牙一无名氏军官所作，记叙了凯撒远征西班牙的许多资料。

从奥苏纳公爵的藏书丰富的图书馆[1]中收集到的资料来推测，我认为应该到蒙蒂利亚[2]附近去寻找那个值得纪念的地点，凯撒曾在那里孤注一掷地与共和国的精英们决一死战。1830年的初秋季节，我正好在安达卢西亚，便做了一次相当长的远足，以求弄明白我心中犹存的疑点。我希望，我不久即将发表的一篇论文[3]，能使所有那些信实的考古学家心中不留下丝毫疑虑。不过，在我的论文尚未将困扰着整个欧洲学术界的这一地理问题最终解决之前，我想先给诸位讲述一个小故事，它丝毫不会对门达古战场的有趣问题下什么断言。

我在科尔多瓦[4]雇了一个向导和两匹马，带着我唯一的行李，即那本凯撒的《高卢战纪》和几件衬衣，就出发了。一天，我在加尔塞纳河[5]边的一处高地上东游西荡，在烈日的照耀下，我疲惫不堪，口干舌燥，真想把凯撒跟庞贝的两个儿子[6]一齐打发去见鬼。突然，我发现，在离我正走着的

---

[1] 奥苏纳公爵，西班牙贵族头衔，最初由西班牙国王菲利普二世1562年颁发给佩德罗吉隆（1537—1590）。佩德罗也是那不勒斯总督（1582—1586），驻葡萄牙大使和乌雷尼亚的伯爵五世。那座图书馆位于马德里，本小说作者梅里美曾去那里查阅有关资料。

[2] 蒙蒂利亚位于西班牙科尔多瓦省，在该省省会科尔多瓦市南面约50公里。

[3] 这一论文始终没有发表。不过，作者在《考古研究》杂志上，倒是发表过文章，论及门达战役的地点问题。

[4] 科尔多瓦为西班牙安达卢西亚地区的一个城市。

[5] 加尔塞纳河，一条小河，流入瓜达尔基韦尔河。

[6] 指《高卢战纪》中的人物。

小径很远的地方，有一片碧绿的草地，上面还零零散散地长有灯芯草和芦苇。这在向我预示，附近有一处泉水。果不其然，等我走近一看，所谓的草坪原来是一片沼泽地，有一条小溪，流到这里便消失了，这条溪流可能源自卡布拉山脉[1]两个高高的支脉之间一处狭窄的峡道。我断定，如果溯流而上，我必能寻得更清冽的泉水，水中没准不会有那么多的蚂蟥和青蛙，甚至说不定还能在岩石之间找到一个阴凉地呢。

一进入峡道，我的马就嘶鸣起来，另一匹我见不到的马，也立即应声嘶鸣。我刚刚行了百余步，峡道便豁然开阔，为我呈现出一个天然的圆形剧场，四周岩石林立，把这片场地完全遮了荫。对旅行者来说，恐怕不可能找到一个地方，比这里更适合休息了。在刀削般笔直的岩石脚下，泉水奔腾激越，泻入到一个小水池中，水池底上铺有一层如雪般白的细沙。五六棵挺拔苍翠的橡树峙立于池旁，终年不遭风吹，又得泉水滋润阴凉，伸出浓密的枝叶，为水池撑开了荫伞。最后，泉水边还有一地细细的青草，油绿油绿的，提供了一张舒服的床，方圆十里地以内的任何客店中，都找不到这么舒适的睡床。

我不能自诩有幸首先发现了这一如此美妙的境地。等我

---

[1]　卡布拉山脉位于蒙蒂利亚以南 15 公里处。

进入其中时，已经有一人休息在那里了，而且无疑还睡着了。他被马的嘶鸣惊醒，站起身，走到他的坐骑旁，那匹马正趁主人睡觉之际，在附近饱饱地美餐了一顿青草。此人是一个壮实的青年男子，中等身材，外表十分粗壮，目光阴沉而坚毅。原本可能十分漂亮的皮肤，由于风吹日晒，颜色变得比他的头发还深。他一手牵着马缰绳，一手握着一支铜质的喇叭口短统枪。我得承认，一开始，那支短统枪和持枪人一脸的凶相使我不无惊诧。不过，由于我听说的强盗的事多了，而又从来未曾遇到过，便再也不相信有什么强盗了。再说，我见到过那么多正直诚实的农民武装到牙齿地去赶集，所以，看见一把枪并不能使我就此怀疑那陌生人的道德品质。"而且，"我这么自忖道，"他又能拿我的衬衣和艾尔泽维尔版[1]的《高卢战纪》怎么样？"

于是，我对那个握着短统枪的男子亲热地点了点头，微笑着问他，我是否搅散了他的好梦。他没有回答，却把我从头到脚地打量了一番；随后，仿佛满足于他的检查，他又怀着同样的专注神情，打量起我那个正走近过来的向导来。我看到向导脸色发白，停住了脚步，显出十分恐惧的样子。"糟了，碰上坏人了。"我心说，但是，谨慎心立即提醒我，不要表露

---

[1] 见《柯隆巴》第20章中的前注，本书第310页。

出丝毫不安的神态。我跳下马来，让向导卸下辔鞍，自己走到泉水边跪下，把脑袋和双手浸到水里；然后肚子贴地躺下来，就像基甸[1]手下没出息的士兵一样，饱饱地喝了一大口水。

这时，我注意观察着我的向导和陌生男子。向导十分勉强地走近来；陌生男子仿佛对我们没有什么恶意，因为他已经松开了马缰绳，而他那先是平举着的短统枪，现在已经枪口冲地了。

我认为不应该为别人对我的冷淡不尊而生气，就在草地上躺下，满不在乎地问那带短统枪的汉子，他身上有没有打火石；同时，我掏出我的雪茄烟盒来。陌生人始终不做声，在他的口袋里紧掏一气，摸出他的打火石来，急忙帮我点火。很明显，他现在和气多了，因为他已经坐到了我的对面，尽管手里的枪一直还没有放下。我的雪茄点燃之后，就在剩下的雪茄中选了一支最好的，问他抽不抽烟。

"抽的，先生。"他回答。

这是他让我听到的第一句话，我注意到，他发"s"这个

---

[1] 据圣经《旧约·士师记》第7章记载，上帝让基甸在出征前考验自己的士兵：让他们去喝湖水，结果，许多士兵趴在地上舔水喝，上帝认为他们没出息，均淘汰之；而用手捧着水喝的士兵有三百人，上帝认为他们是好兵，均留下出战。

音时并不像安达卢西亚人那样[1]，故而得出结论：他同我一样也是一个旅行者，只是不像我那样是个考古学家。

"您会觉得这一支相当不错。"我一边说，一边给他递上一支真正的哈瓦那优质雪茄。

他对我微微地点了点头，用我的雪茄点燃了他那支，又点了一下头向我表示道谢，然后露出十分愉快的样子，抽了起来。

"啊！"他高声叹息道，同时让第一口烟从嘴巴和鼻孔里慢慢地喷出来，"有多长的日子我没有抽烟了！"

在西班牙，送人一支烟并被人接受，就算是两人之间建立起了友谊；这就如同在东方，人们分享面包和盐一样。我那位汉子显得比我预想的要更健谈。不过，他虽然自称是蒙蒂利亚区的居民，却似乎对此地不甚熟悉。他连我们所在的这可爱的小山谷叫什么名都不知道，就连附近村庄的名字，他也一个都叫不出来；最后，当我问他，在附近他有没有见到过断壁残垣、卷边的大瓦和雕刻的石头，等等，他老实地承认，他从未注意过诸如此类的东西。相反，他对马匹表现得十分内行。他批评我的马，这还不算是太难的事；然后，

---

[1] 安达卢西亚人把"s"读成嘘音，同柔音"c"和"z"相混淆；西班牙人把这后两个音发得更英语中的"th"一样。所以只要听"Señor"（先生）一词的发音，就可以认出一个人是不是安达卢西亚人。——原注

他对我讲述起了他那匹马的血统，说它来自科尔多瓦一家著名的养马场。这的确是一匹高贵的名马，非常吃苦耐劳，按它主人的说法，有一次，它连飞奔带疾走，足足跑了30法里的路程。正说得天花乱坠的时候，陌生男子突然停了下来，仿佛惊讶地发现自己多嘴了，对自己的饶舌十分生气。

"这是因为我要急着赶到科尔多瓦去，"他有些尴尬地继续说道，"我有一桩案子要向法官们申诉……"他一边说着，一边瞧着我的向导安东尼奥，向导赶紧垂下了眼皮。

阴凉和泉水使我心旷神怡，我不由得想起，我的蒙蒂利亚的朋友把几片美味的火腿放在了我的向导的褡裢里。我让向导把火腿拿过来，邀请陌生人参加我们的临时便餐。假如说，他很长日子没有抽烟了，那么我想，他至少有48个钟头没吃东西了。他像一头饿狼似的生吞活剥地吃着。我心想，这个可怜鬼遇上我真算有福气。我的向导这时却吃得很少，喝得也更少，连一声都不吭，尽管从我们的旅行开始后，我发现他是一个无人能敌的碎嘴子。客人的在场似乎妨碍了他，某种不信任的情感使他们彼此分隔开来，而我却猜不透其中的缘由。

最后的几片面包和火腿都已吃尽，我们每人又都抽了第二支雪茄烟；我让向导备好马，等我准备向我的新朋友告别时，他却问我今晚打算在何处过夜。

我还没有注意到向导使来的眼色，便说我准备在乌鸦旅店住宿。

"对一个像您这样的人来说，先生，那可是一个糟透了的地方……我也去那里，假如您允许我来陪伴您，我们可以一起行路。"

"非常愿意。"我一边说，一边翻身跨上马。

我的向导为我托着马镫子，又对我眨了眨眼。我耸耸肩膀作为回答，似乎在安慰他说，我十分放心，我们就这样上路了。

安东尼奥神秘的眼色，他的不安神态，陌生男子偶然流露出的几句话，尤其是他一口气骑马行走了30法里路，以及他对此事所做的不近情理的解释，已使我在心里形成了对这位旅伴的看法。我毫不怀疑，我碰到的是一个走私贩子，或者是一个窃贼，但这跟我又有什么关系呢？我相当熟悉西班牙人的性格，我确信，对一个跟我一起吃饭、一起抽烟的人，我没有什么可以害怕的。有他在场甚至还是一种确切的保护，以至于在路上不会遇到别的坏人。此外，我也实在很想见识一下，一个强盗究竟是什么样的人。强盗可不是每天都能遇到的，同一个危险人物在一起，这事本身就很有诱惑力，尤其是当你觉得他既温和又驯良的时候。

我想一步一步地引导陌生男子对我说一些真心话。尽管我的向导一个劲儿地朝我使眼色，我还是把话题转向拦路剪径的强盗身上。当然，我是怀着崇敬谈论他们的。那时，在安达卢西亚有一个著名的强盗叫何塞－玛利亚，每个人都把他的业绩挂在嘴上。

"我会不会就是跟何塞－玛利亚走在一起呢？"我心里想……我讲起了我所知道的有关这个英雄的故事[1]，当然都是赞美他的事情，我高声地表达了我对他的勇敢和他的慷慨的敬仰。

"何塞－玛利亚只是一个滑稽的小丑。"陌生人冷冷地说。

"他是在对自己说公道话呢？还是表现得过分谦虚呢？"我心中暗暗自问。因为，我越是打量这位同伴，就越是觉得他具备何塞－玛利亚的特征，我在安达卢西亚许多城市的城门口张贴的告示上读到过这些特征。

"是的，一点没错，就是他……金黄的头发，蓝色的眼睛，大大的嘴巴，漂亮的牙齿，纤细的双手，做工考究的衬衫，带银纽扣的天鹅绒上衣，白色皮子的护腿套，一匹枣红色的马……再也没有疑问了！但是，我们还是尊重他的隐姓埋名吧。"

我们来到了客店。它正像他向我描绘的那样，就是说，是我所遇到过的最糟糕的一处。一个大房间用作了厨房、餐室兼卧室。在房间正中央，一块平平的石头上，生着一堆火，

---

〔1〕 梅里美曾在第三封《西班牙来信》中讲述了这些故事。

烟从屋顶上开着的一个窟窿中飘出去，或者不如说，就滞留在那里，在离地面几尺高的地方形成一团云雾。沿着墙壁，就地铺着五六张破旧的骡子皮，这就是旅客们的床铺了。离房屋——或者说得更确切一些，离我刚才描述的唯一的那个房间——二十步远，有一个敞着的棚子，就算是马厩了。在这可爱的居所里，只有一个老妪和一个十一二岁的小姑娘，除此之外就再没有别的人了，至少在眼下是这样。两个人都黑得跟煤炭似的，衣衫褴褛。

"这就是古代门达 – 波蒂卡[1]的居民所遗留下的一切！"我心想，"噢！凯撒！噢！塞克斯图斯·庞贝！如若你们重新来到这世上，你们该会多么惊讶！"

一看见我的同伴，老妪禁不住进出一声惊异的叫喊：

"啊！堂何塞老爷！"

堂何塞皱起了眉头，很威严地挥了挥手，老妪立即闭上了嘴。我朝我的向导转过身子，偷偷地打了一个暗号，让他明白，他不必麻烦告诉我，今天要跟我们一起过夜的那个汉子是什么身份的人了。晚餐比我想象的要强得多。在一张一尺来高的小桌子上，先是摆上了一盆老公鸡红烧块烩米饭，里面放了许多辣椒，然后，是红油辣椒，最后是加斯帕乔，

---

[1] 波蒂卡为古罗马帝国的一个行省，在今天的安达卢西亚地区。

一种辣椒做的生菜[1]。三道如此辣的菜迫使我们不断地求助于一只装有蒙蒂利亚葡萄酒的皮囊，这种酒的味道真是可口极了。吃完了饭，我看到墙上挂着一只曼陀铃——在西班牙，到处都可以看到曼陀铃，我就问伺候我们吃饭的小姑娘会不会弹琴。

"我不会，"她回答道，"不过堂何塞弹得非常好。"

"这样的话，"我说，"就请您为我唱点什么吧。我特别喜爱你们的民族音乐。"

"我不能拒绝像您这样的一位正人君子，您给过我那么珍贵的雪茄。"堂何塞神情快活地高声嚷嚷道。他让小姑娘把曼陀铃递给他，便一边弹琴，一边唱了起来。他的嗓音有些沙哑，但却很是悦耳，曲调有些忧郁，也显得有些怪异。至于歌词嘛，我连一句都听不懂。

"假如我没有搞错的话，"我对他说，"您唱的不是一首西班牙歌曲。它有点像是我在特权省[2]听到过的左尔齐科[3]，歌词应该是巴斯克语的吧。"

"对了。"堂何塞神态阴郁地回答说。他把曼陀铃放在地

---

〔1〕 加斯帕乔实际上是冷汤，里头有面包、洋葱、油料以及各种各样的蔬菜。

〔2〕 特权省，是享有特别权利的省份，指阿拉瓦省、比斯开省、吉普斯夸省，以及纳瓦拉省的一部分。当地的语言是巴斯克语。——原注

〔3〕 左尔齐科是巴斯克一种民间舞蹈的曲调。

上，抱着胳膊，开始全神贯注地凝视着正一点点熄弱下去的火，满脸忧愁的表情。放在小桌上的一盏灯照亮了他的脸膛，这张既高贵又凶狠的脸，使我回想起了弥尔顿笔下的撒旦[1]。兴许我的同伴也像撒旦一样，在幻想着他已离别的欢快时日，幻想着他因失足而导致的流亡生活。我试图让我们的谈话重新活跃起来，可是他一语不答，深深地陷入在悲愁的思绪之中。

老妪用一根绳子挂起一张破被单，挡住屋子的一个角落，已经在角落里头睡下了。小姑娘也紧跟着钻进那个专为女性准备的角落。这时，我的向导站起来，叫我跟他到马厩去。但是，听到这句话，堂何塞仿佛被惊醒了似的，跳将起来，恶狠狠地问他要到哪里去。

"到马厩去。"向导回答道。

"干什么去？马儿有的是吃的。睡到这里来，先生不会责怪你的。"

"我怕先生的马病了；我想让先生去看一看：兴许他知道应该怎么办。"

很明显，安东尼奥想单独跟我谈话；但是我又不想引起堂何塞的疑心，在当时的情景下，我觉得应采取的最佳办法，乃是表现出充分的信任。因此我对安东尼奥说，我对马匹一

---

[1] 弥尔顿（1608—1674），英国诗人，所著《失乐园》写撒旦因反对上帝而被贬落人间，但雄心不死。

窍不通,并说我困得只想睡觉。于是,堂何塞跟他到马厩去了。不过,很快,他便一个人回来了。他对我说,马儿没什么问题,但我的向导把它当成了一头珍贵的畜生,拿他的衣服为马擦身子,让它出汗,而且,他打算一整夜就干这件安闲的事了。这时,我已经躺在了骡子皮毯子上,为了不碰到那皮毯,我用我的大衣仔细地把身子紧紧裹住。堂何塞请我原谅他斗胆跟我在一起睡觉,然后就在门口躺下,临睡前没忘记在他的短统枪上装好火药,然后把枪放在他用来作枕头用的褡裢底下。我们相互道了晚安,五分钟之后,两人已经酣然入睡了。

我想我确实是疲倦极了,否则,我不可能在这样的客店里睡着觉。但是,大约一个钟头后,一种奇痒难忍的感觉把我从最初的睡梦中弄醒。我一弄清楚痒痒的性质后,便翻身起床,心想,后半夜就是躺在露天,也要比待在这难以寄居的屋顶底下强百倍。我蹑手蹑脚地走到门口,从睡得正香的堂何塞身上跨了过去,我走得那么轻盈,竟没有把他惊醒就走出了房间。在靠近大门口不远的地方,有一条很宽的木头长凳;我倒在长凳上,尽量舒适地安顿下来,以度过剩下的半夜。我刚要第二次闭上眼睛,仿佛觉得有一个人和一匹马的影子无声无息地飘过我的面前。我从长凳上一跃而起,觉得认出了安东尼奥。我非常惊奇他在这一时刻走出了马厩,便站起来,向他迎过去。他先是看见了我,停了下来。

"他在哪里?"安东尼奥压低了声音问道。

"在客店里，他正睡觉呢；他倒是不怕臭虫。您干吗把这马牵出来啊？"

这时，我发现安东尼奥给马的四个蹄子仔细地裹上了旧毯子的碎片，以便走出马厩时不发出声响来。

"看在天主的分上，请您说话轻点声！"安东尼奥对我说，"您还不知道此人是谁吧。他就是何塞·纳瓦罗，安达卢西亚最有名的强盗。我一整天都在给您使暗号，您都装作不明白。"

"他是不是江洋大盗，跟我又有什么关系？"我回答说，"他又没有抢我们，我敢说，他根本就没有这个想法。"

"好吧。但是，谁能告发他，谁就能得到200迪加[1]。我知道，离这里一里半的地方有一个枪骑兵的营地，天亮之前，我就会带来几个强壮的大汉。我本来还想把他的马牵走，但那畜生凶狠得要命，除了那个纳瓦拉人，谁也无法靠近它。"

"您真是见鬼了！"我对他说，"那可怜的家伙什么地方得罪了您，您竟然要去告发他？另外，您敢肯定，他就是您所说的那个大盗吗？"

"绝对没错。刚才他还跟着我来到马厩，并对我说，'你好像认识我；假如你胆敢对那个善良的先生说出我是谁来，我就叫你的脑袋开花。'先生，您在这里留下，留在他的身边，

---

〔1〕 迪加本来是威尼斯的一种古金币。15世纪和16世纪在西班牙也曾发行过这种钱币，价值不等。

您没有什么可害怕的。他只要知道您在这里，他就不会起一丝疑心。"

我们边走边说，已经来到了离客店相当远的地方，等到不怕人听到马蹄的声音时，安东尼奥一眨眼的工夫就把裹在马蹄上的碎布片扯掉，准备上马。我又是恳求，又是威吓，竭力想把他拦住。

"我是一个可怜的穷光蛋，先生，"他对我说，"200 迪加是不该白白丢掉的，尤其是，这样做又能为地方清除一害。不过，您可要小心在意：假如纳瓦拉人醒来，他一定会去抓他的短统枪的，您可要小心提防！我嘛，我已经骑虎难下了；您尽可能地对付着吧。"

这家伙跨上了马；把马肚子一夹，很快就消失在了茫茫的黑暗之中。

我对我那向导的行径深感气愤，也略略感到一丝不安。考虑片刻之后，我下定了决心，回到客店。堂何塞仍在熟睡中，毫无疑问，他正利用这一时机，恢复一下连日来的历险导致的疲劳而困倦的身体。我不得不使劲地把他推醒。我永远也忘不了他惊醒过来时那凶狠的目光和他一跃而起去抓短统枪的动作；不过，为防不测，我已经把他的枪移到了别的地方。

"先生，"我对他说，"请原谅我把您叫醒了；不过，我有一个愚蠢的问题要来问您：您乐不乐意看到有半打的枪骑兵来到这里？"

他跳将起来，用可怕的嗓音问道：

"谁对您说的？"

"只要情况确实，您管它是谁说的呢。"

"您的向导出卖了我，但这笔账我一定要找他算的！他在哪里？"

"我不知道……兴许在马厩，我想……但是，有人对我说……"

"谁对您说的？……不可能是老太婆吧……"

"一个我不认识的人……不要再说废话了，您回答我，您愿不愿意在这里死等着士兵的到来，愿意，还是不愿意？假如您不打算等死，那就不要再耽搁，否则的话，我就只能说一句'晚安'了，请原谅我打搅了您的美梦。"

"啊！您的向导！您的向导！我一开始就怀疑他……不过……他的账是要算清的！……再见了，先生。您帮了我的忙，但愿天主报答您。我其实并不完全像您所想象的那么坏……是的，在我的身上，是有一些东西值得一个绅士的同情……再见吧，先生……我只有一个遗憾，就是我无法亲自报答您。"

"您如果要报答我的话，就请答应我一件事，堂何塞，请不要怀疑任何人，请不要想着复仇！拿着，这些雪茄留着您路上抽。一路平安！"说完，我向他伸出手去。

他紧紧地握了握我的手，没有说话，拿起他的枪和他的褡裢，对老妪说了几句话，所用的方言我一句也听不懂。然后，他跑向了马厩。一会儿工夫之后，我就听到他骑马奔驰在田野上了。

而我，我又躺倒在长凳上，但我的睡意全无。我自忖，我把一个盗贼，兴许还是一个杀人犯，从绞刑架上救了下来，这样做到底对不对？我这样救他，仅仅因为我曾跟他一起吃过火腿和巴伦西亚式炒饭。我难道不是出卖了我那位站在法律一边的向导？我难道不是把他推上了遭恶徒报复的危险境地？可是，待客的义务又在哪里呢？……我对自己说，这是野蛮人的偏见；今后，我必须对这一强盗所犯的所有罪行负起责任……然而，凭着良心的本能来抵御一切推理，这难道也算是偏见吗？也许，在我当时所处的微妙局面中，我是不可能毫不后悔地脱身的。

正当我苦思冥想，对我行为是否合乎道德委决不下之际，我看到六个枪骑兵带着安东尼奥一齐赶来，安东尼奥出于谨慎，跟在队伍的末尾。我向他们迎去，告诉他们，强盗早在两个钟头之前就已经逃走了。带队的去问老妪，老妪回答说，她认识那个纳瓦拉人，但是，因为孤身度日，她是不敢冒着生命危险去告发他的。她还补充说，每当他到她这里来，他总是习惯在半夜里动身的。至于我，我必须走好几里的路，到治安法官那里去检验我的护照，还得签署一份声明，只有这样，我方能继续从事我的考古学研究。

安东尼奥有些记恨我，怀疑是我妨碍了他赚得那200迪加。然而，在科尔多瓦，我们还是友好地分了手；在那里，我尽我经济条件的许可，尽量多地给了他一笔数目可观的报酬。

....

二

我在科尔多瓦待了好几天。有人告诉我，在多明我会修士的图书馆里有一份手稿，可能会给我提供一些有关古门达的有趣资料。我得到了那些善良的神甫的接待，白天在他们的修道院里度过，晚上就在城里散散步。在科尔多瓦，每到日落时分，总有数量众多的闲人聚集在瓜达尔基韦尔河右岸的堤岸上。那里散发着一股制革工场特有的浓烈的皮革味，这所制革工场还为当地保留住了制作皮革品的一份古老声誉。另外，在这里，还可以欣赏到一种十分值得一看的场景。晚祷钟声敲响之前的几分钟，一大群女子聚集在高高的堤岸下的河滩上。没有一个男人敢混到女人群里去。晚祷钟声一敲响，黑夜就宣告来临。等最后的一记钟声响过后，所有那些女子都脱去衣服，走进水里。一时间，到处都是叫喊声、欢笑声，一片喧闹。从堤岸上，男人们观望着洗浴的女子，虽拼命睁大了眼睛，但却看不清什么东西。然而，那些白晃晃的、模模糊糊的形体从深蓝色的河水上显露出来，倒也让诗意的心灵不免遐想万千，只要有那么一点点想象力，人们就不难在眼前为自己呈现一幅狄安娜与众位水仙女的沐浴图，而不必担心遭到阿克特翁的命运〔1〕。

有人告诉我，某一天，有那么几个无耻之徒凑了几个钱，用来买通大教堂的敲钟人，让他提前二十分钟敲响晚祷钟。尽管那时天色尚亮，瓜达尔基韦尔河的水仙女们却没有片刻的犹豫，她们更相信晚祷钟，而不相信太阳，泰然自若地换上了简单而又简单的浴装。那天我不在那里。

而我在那里的时候，敲钟人没有被贿赂，黄昏是暮色朦胧的，只有猫的眼睛才能分辨出最年老的卖橙子老妪与科尔多瓦最漂亮的轻佻女工。

有一天，天色黑得什么都看不清的时候，我靠在堤岸的栏杆上抽烟，只见一个女子从河边的水梯上爬上来，走到我的身边坐下。她的头发上插着一大束茉莉花，花瓣在晚空中散发出一丝醉人的芳香。她的衣着十分简单，或者说相当寒酸，一身黑色，就像绝大多数的风流女工晚上时分穿的那样。大家闺秀只是在上午才穿黑色的衣服，而到了晚上，她们就按照法兰西式来穿戴打扮。走到我的身边后，这一位浴女就让披裹在脑袋上的头巾滑落下来，搭在肩膀上。在从星星洒

---

〔1〕　狄安娜是罗马神话中的月亮与狩猎女神。猎人阿克特翁因为偷看狄安娜洗浴，触怒女神，女神把他变成一只鹿，结果，他被自己的猎犬们咬死。

下的微光中[1]，我看出了，她年轻，娇小，苗条，长着一双大大的眼睛。我立即把雪茄扔掉。她明白到，这完全是法兰西式的礼貌举动，便连忙对我说，她很喜欢烟草的气味，有时候碰到味道醇和的香烟，她甚至还抽几口。恰巧，我的烟盒中还有几支这样的香烟，便忙不迭地敬递给她。她居然就取了一支，在一个孩子递过来的线香上点燃了，我给了那孩子一个苏。

我们一边吞云吐雾，一边聊天，不觉谈了很久，一直到我们——美丽的浴女和我——发现堤岸上只剩下了我们两人。我认为邀请她到内维里亚[2]去吃冷饮不算什么冒昧之举，一番谦让之后，她同意了；但是在决定去那里之前，她想先知道几点了。我按响了我的表，报时的音乐声似乎使她十分惊讶。

"外国人先生，你们那里的新发明可真多啊！请问您是哪一国人，先生？一定是英国人吧[3]？"

"鄙人是法国人。那么您呢，小姐，或者夫人，您或许是

---

〔1〕这是法国悲剧诗人高乃依著名悲剧《熙德》中的诗句（第四幕第三场）。

〔2〕这是一种咖啡馆，带有冰窖，或者不如说是存储雪的冷库。在西班牙，没有一个村镇是不设有内维里亚的。——原注

〔3〕在西班牙，凡是随身不带棉布或丝绸样品的旅客，都被视为英国人。在近东一带也是如此。在哈尔基斯，我曾有幸被人宣布为"法兰西的英国绅士"。——原注
哈尔基斯是希腊一地。梅里美1841年去希腊和小亚细亚游历时，曾去过那里。

科尔多瓦人吧？"

"不是的。"

"您至少是安达卢西亚地方的人吧。我从您柔美的口音中好像能听出来。"

"假如您对人们的口音注意得那么细，那您一定猜得出我是哪里人。"

"我相信您来自耶稣的国度，离天堂只有两步远。"

（这一隐喻指的是安达卢西亚，我是从我的朋友弗朗西斯科·塞维利亚[1]，著名的斗牛士那里听来的。）

"得了！天堂……这里的人们说，天堂不是为我们这些人造的。"

"那么，您兴许是摩尔人了，或者……"我停住了，我不敢说她是犹太人。

"行了！行了！您明明知道我是波希米亚人；您要不要我给您算一算巴基[2]呢？您有没有听人说起过小卡门？那就是我。"

这是整整十五年前的事了，那时我真是一个不信教的家伙，看到身边坐着一个女巫，我居然都没有吓得逃走。

---

〔1〕 弗朗西斯科·塞维利亚（1805—1842）是西班牙著名斗牛士。梅里美去西班牙旅行时曾同他结识，在他的第一封《西班牙来信》中多有谈及他。
〔2〕 即算命。——原注

"好！"我心想，"上个礼拜，我还跟一个江洋大盗共进午餐，今天又要跟一个魔鬼的使女一起去吃冷饮了。旅途中，真是什么都该看一看的。"

我想结识她还有另外一个目的。我现在只好惭愧地承认，从中学出来后，我曾花费了一段时间去研究神秘学，我甚至好几次尝试着去降伏阴间的鬼魂。戒掉此类研究的爱好固然已有好长时间了，但我对种种迷信仍然抱有相当的好奇和兴趣，我当然十分乐意了解，波希米亚人的魔法妖术到底提高到了什么水平。

我们一边聊天，一边走进了内维里亚，我们在一张小桌子前坐下，桌子上摆着一个玻璃球，里面点着一根蜡烛。此时，我十分感兴趣地准备观察我的齐塔娜[1]。有几个顾客看到我和这么一个女子为伴，一边饮冰，一边露出惊愕的神态。

我非常怀疑卡门小姐是不是一个纯血种，至少，她比我见过的所有波希米亚女人要漂亮得多。按照西班牙人的说法，一个女人若要称得上漂亮，必须集中三十个条件，或者换句话说，人们可以用十个形容词来确指她，十个形容词中的每一个都能适用于她身上的三个部位。举例来说，她必须有三处黑：眼睛黑、眼睑黑、眉毛黑；她得有三处细巧：手

---

[1] 原文为西班牙文。西班牙人把波希米亚人或茨冈人叫作齐塔诺（男性）和齐塔娜（女性）。

指、嘴唇和头发；等等等等。至于其余部分，请参阅布朗托姆的著作[1]。我的波希米亚女郎自然不能说达到了如此的十全十美。她的皮肤虽然十分细腻，却非常接近古铜的色泽。她的眼睛虽然有些斜歪，却非常细长。她的嘴唇虽然过于厚实，但是线条很好，而且露出洁白的牙齿，比去了外皮的杏仁更白。她的头发兴许有点粗，却乌亮乌亮的，很长很长，带有蓝色的反光，像乌鸦的翅膀那样。为了避免冗长的描绘使读者厌烦，我就概括地说吧：她的每一处缺陷总是陪衬有一处优点，而且这优点在对照之下，还会变得格外显著。这是一种奇特的、野性的美，这是一张初见之下你会惊奇，但你却永远忘不了的脸。尤其是她的眼睛，具有一种既充满肉欲又凶悍毕露的表情，此后我再也没有在任何人的目光中见到过。"波希米亚人的眼睛，是狼的眼睛。"这句西班牙谚语，显然是仔细观察后得出的结论。假如你没有时间去植物园[2]观察狼的目光，那么就好好地注视一下你家的猫，看看它在窥伺麻雀时

[1] 指布朗托姆的老爷皮埃尔·德·布尔代伊（1540—1614），法国作家、史学家、神学家，著有《名媛录》。该书第二卷曾详述西班牙美女的标准，这三十个标准如下："三白：皮肤、牙齿和手；三黑：眼睛、眉毛和眼睑；三红：嘴唇、脸颊和指甲；三长：身子、头发和手；三短：牙齿、耳朵和脚；三宽：胸乳、额角和眉间；三窄：嘴、腰身和脚脖子；三粗：胳膊、大腿和小腿肚；三细：手指、头发和嘴唇；三小：乳头、鼻子和脑袋。"
[2] 那时，法国各地的植物园通常都是与动物园合二为一的大型公园。

的目光吧。

在一家咖啡馆里让人算命可能会显得很可笑。因此，我求那位漂亮的女巫准许我陪送她回家；她毫不难堪地就答应了，但是她还想知道现在几点了，便再一次请求我把表撳响。

"它真的是金的吗？"她问道，全神贯注地盯着它瞧。

当我们重新上路时，天色已经全黑；街上多数的店铺都已关张，街道一片荒凉。我们经过了瓜达尔基韦尔桥[1]，到了郊镇的尽头，在一所看起来丝毫不像是宫殿的房子前停了下来。一个小男孩给我们开了门。波希米亚女郎用一种我不熟悉的语言对他说了几句，后来我才知道，那是齐塔诺人的用语，叫作罗马尼或者希普－加丽。小孩子立即消失了，把我们留在一个相当宽敞的房间里，只见屋里有一张小桌子、两把凳子、一个大箱子。我绝不应该忘记，还有一瓦罐水、一堆橙子和一大把葱头。

等到只剩下我们两人时，波希米亚女郎从她的箱子里拿出一副似乎已经用过许多回的纸牌、一块磁石、一条干枯了的蜥蜴，以及另一些必要的作法工具。随后，她叫我用一枚钱币在左手上画一个十字，神秘的仪式就这样开始了。在此，我无须向诸位读者叙述她的预言，至于她的卜算方法，则很

---

[1] 这是一座十六孔桥，长 223 米。

显然，她可不是那种半吊子女巫。

很可惜，不一会儿后，我们就被人打扰了。大门突然被重重地撞开，一个汉子闯了进来，很不客气地对波希米亚女郎嚷嚷着。他身上披着一件褐色的大氅，只露出一双眼睛。我听不懂他在说什么，但他的语调却表明，他是在大发脾气。看见他后，茨冈女子既不表示惊奇，也没有愤怒的样子，反倒向他迎上去，叽里呱啦地大讲一通，用的仍然是已在我面前用过的那一种神秘语言。我只听出来一个词，那就是佩伊佬，因为它被重复了好几次。我知道，波希米亚人就用这个词来指不属于他们种族的所有陌生人。我猜测他是在指我，看来免不了要做一番微妙的解释；我的手已经抓住了一条凳子腿，偷偷地捉摸着，看在什么时候往擅入者的脑袋上砸去最为合适。那家伙粗暴地一把推开波希米亚女郎，向我走来；然后，突然后退了一步。

"啊！先生，"他说，"原来是您！"

我也仔细地打量起他来，认出了我的朋友堂何塞。这时候，我稍稍有些后悔当初没有让他被抓住吊死。

"嗨！是您呐，我的老朋友！"我喊道，十分勉强地笑了起来，但尽量不让他看出我的做作，"您可是在关键时刻打断了小姐，她正要告诉我一些有趣的东西呢。"

"总是老一套！早晚得收场了！"他从牙缝里说，一道凶狠的眼光射向她。

然而，波希米亚女郎继续用她的语言跟他说话。她越说越激动。她的眼睛里充满了血丝，变得十分可怕，脸上肌肉抽搐着，拼命地跺着脚。我似乎觉得，她是在逼迫他去做一件他正犹豫不决的事。而这件事情究竟是什么，我以为已经猜个八九不离十了，因为我见她老是用手在自己下巴下匆匆地划来划去，我禁不住相信，她是想要割断一个人的脖子，而且我怀疑就是我的脖子。

对她滔滔不绝的话流，堂何塞只用两三个词来回答，而且语气十分干脆。于是，波希米亚女郎向他投去深深鄙夷的一瞥；然后，走到房间的一个角落里，盘膝坐下，挑了一个橙子，剥开皮，吃了起来。

堂何塞抓住我的胳膊，打开门，把我拉到街上。我们默默无语地走了二百来步。然后，他伸手一指，说：

"一直走下去，您就会看到那座桥。"

接着，他就转过背去，疾步地走开了。我回到我的客店，羞惭而窘迫，心绪颇为恶劣。最为糟糕的是，等我脱衣睡觉时，我发现我的金表早已不翼而飞。

种种的考虑阻碍我第二天去要回我的表，也不想敦促治安官[1]派人将它找回。我结束了对多明我会修士的手稿的研

---

[1] 治安官指兼任行政和司法的地方长官。

究工作，出发去塞维利亚。在安达卢西亚游荡了短短的几个月之后，我打算再返回马德里，这样，我就必须再经过科尔多瓦。我不打算在那里多逗留，因为我对这座美丽的城市和瓜达尔基韦尔河的浴女，已经有些头疼。然而，毕竟有几个朋友要拜访，有一些事务要处理，我不得不在这个穆斯林亲王们的古都[1]中待上三四天。

我一回到多明我会修士的修道院，一位对我关于古门达遗址的研究始终表示出强烈兴趣的神甫，向我张开双臂表示欢迎，同时对我喊道：

"愿天主之名得到赞美！欢迎您，我亲爱的朋友。我们全都以为您死了，而我，现在正在对您说话的我，为了您灵魂的拯救，已经念了许多遍《天主经》和《圣母经》，不过我没有什么遗憾的。您居然没有被杀死，因为我们知道，您确实是被抢劫了，不是吗？"

"你们是怎么知道这些的？"我问他，心中不免有些惊诧。

"当然啦，您知道得很清楚，您那块漂亮的报时表，就是您在图书馆时，当我们对您说，到了该去唱诗班听唱诗的时候，您就摁响它报时的那块表。对了！它已经找到了，会还

<hr />

[1] 科尔多瓦在8世纪时曾被阿拉伯人征服，连续四个世纪成为伍麦叶王朝（阿卜杜拉·拉赫曼一世以及继承者的王朝）在西班牙的首都。公元9—10世纪，科尔多瓦的繁荣达到顶点。

给您的。"

"您的意思是说,"我不无窘迫地打断了他的话,"我把表给弄丢了……"

"那坏蛋已经被关起来了。众所周知,他是为了几个铜钱不惜开枪打死基督教徒的那种人,我们生怕他会把您打死。我同您一起到治安官那里去吧,我们帮您把您那块漂亮的表领回来。这样,您回去后就不会说西班牙的司法机关不尽职啦。"

"我老实向您承认,"我说,"我宁肯丢了我的表,也不愿意向司法当局做证,让一个可怜的穷鬼被吊死,尤其是因为……因为……"

"噢!请您尽管放宽心吧;他已经是恶贯满盈了,多了您的一份证词,他也不会被吊死两次的。不过,当我说吊死时,我是说错了。您那个窃贼是贵族,已经定在后天受绞刑[1],绝不赦免[2]。您瞧,多偷一件东西,少偷一件东西,对他的性命来说毫无影响。假如他只是偷盗,还就要感谢天主了!他还犯了好几桩杀人案,一桩更比一桩凶残。"

─────────────

〔1〕 受绞刑时,死囚坐在木桩前,一铁环将死囚的脖子连同木桩一起套住,用螺丝拧紧铁环后,使人气绝而死。
〔2〕 在1830年,贵族仍然享受着这一特权。今天,在宪政体制下,卑贱的小人们犯死罪时也获得了受绞刑的权利。——原注
西班牙于1837年实行宪政。

"他叫什么名字？"

"在当地，人们都管他叫何塞·纳瓦罗；但他还有一个巴斯克名字，是您和我都读不出来的。您瞧，这是一个值得一看的人，您那么渴望熟悉每一个地方的特点，您真不应该错过这样的一个好机会，了解一下在西班牙坏蛋们是怎样离开这个世界的。他关在小礼拜堂里[1]，马丁内斯神甫可以陪同您去。"

我的多明我会修士一再劝我去看一看那"美丽的小绞刑"[2]的准备过程，使我不好意思拒绝。我带上一盒雪茄，去看囚犯，我希望这盒雪茄能使他原谅我这个不速之客。

人们把我带到了堂何塞身边，当时，他正在吃饭。他冷冷地对我点了点头，很有礼貌地感谢我带给他礼物。在数了数我交到他手中的烟盒里有几支雪茄之后，他挑选了几支，把其他的又还给了我，表示他用不着更多的了。

我问他，假如花一些钱，或者靠我朋友的努力，我能不能帮他获得减刑。起初，他耸了耸肩膀，苦笑了一下；过了一会儿，他改变了主意，请求我为他献上一台弥撒，以赎救

---

〔1〕 按当时的习惯，死囚犯在受刑前最后三天，要关在小教堂里，跟听忏悔神甫在一起。
〔2〕 原文有读音错误和拼写错误。此言典出莫里哀的喜剧《德·浦尔叟雅克先生》第三幕第三场，是一个瑞士士兵所说的洋泾浜法语。

他的灵魂。

"您愿不愿意，"他腼腆地问道，"您愿不愿意另外再奉献一台弥撒，为一个冒犯过您的人呢？"

"当然愿意，我亲爱的朋友，"我对他说，"然而，在这个地方，就我所知，没有任何人冒犯过我啊。"

他抓住了我的手，紧紧地握着，神情十分严峻。沉默了一会儿，他接着说：

"我还可以再向您提一个小要求吗？……当您返回家乡时，您或许要经过纳瓦拉[1]，至少，您总要经过离那里不算太远的维多利亚。"

"是的，"我对他说，"我当然要经过维多利亚；可是，我特地兜一个圈子，绕道去一下潘普卢纳[2]，也不是不可能的。为了您的缘故，我很愿意兜一个圈子。"

"好吧！假如您要去潘普卢纳，您将看到不止一个让您感兴趣的东西……那是一个美丽的城市……我会把这个圣牌给您的（他指着他脖子上挂着的一个银质胸章）您把它包在纸里……"他停顿了一下，以抑制住自己的激动……"您亲自或者托人把它交给一个老大娘，我把她的地址给您。——您就说，我死了，您不用对她说我是怎么死的。"

---

〔1〕 纳瓦拉是西班牙的一个省。
〔2〕 维多利亚和潘普卢纳都是西班牙北部城市。

　　我答应把他嘱托的事办到。第二天，我又去看他，跟他一起待了很长一段时间。正是从他的嘴里，我听到了下面这样一个悲惨的故事。

三

　　他说，我出生在巴斯坦河谷[1]的艾利松多镇[2]。我的姓名叫堂·何塞·利萨拉本戈亚[3]。先生，您那么熟悉西班牙，您从我的姓名中一定能够马上看出，我是一个巴斯克人，而且是一个老基督教徒[4]。如果说，我的名字之前有一个"堂"，那是因为我有这一权利。如果我们现在是在艾利松多，我可以给您看记在羊皮纸上的我的家谱。家里人想让我当教士，便让我用功读书，可是我却读不进书。我太喜欢打网球[5]了，是它把我给毁了。当我们纳瓦拉人打起网球来，我们就忘记了一切。有一天，我赢了网球，一个阿瓦拉[6]的小伙子就跟

---

〔1〕 这条叫巴斯坦的富饶河谷以往曾构成为一个小小的共和国，其所有的成员全都是贵族阶层。

〔2〕 艾利松多是纳瓦拉省的一个市镇。

〔3〕 "利萨拉本戈亚"在巴斯克语中的意思是"白蜡树"。

〔4〕 所谓的老基督教徒，指在阿拉伯人统治西班牙时期，不肯放弃天主教，也不愿与伊斯兰教徒通婚的西班牙人。

〔5〕 指一种老式的网球，后渐渐分化演变为今日的网球与回力球。

〔6〕 阿瓦拉是巴斯克地方的一个省，维多利亚为其省会。

我吵架。我们都动了**马基拉**[1]，我又一次赢了他。可是，这样一来，我就不得不离开家乡。路上，我遇到了龙骑兵，我就参加了阿尔曼扎的骑兵团[2]。

我们这些山里人很快就学会了吃当兵这碗饭。不久后，我就当上了班长，正当他们要提升我当排长的时候，我不幸被派到塞维利亚的烟草工厂去当警卫。假如您到塞维利亚去，您就将看到那幢大建筑物，在城墙外面，靠近瓜达尔基韦尔河。现在，我好像还看见工厂的大门和门旁的警卫岗哨。西班牙人值勤的时候，总是打牌，或者睡觉，而我，作为一个正直的纳瓦拉人，我却老是不愿意闲着。我用黄铜丝编织着一根链条，用来拴住打火枪用的引火针。突然，同伴们都说："敲钟了，姑娘们该回来上班了。"

先生，您知道，在这个工厂里，有四五百个女工做工。她们在一个大厅里卷雪茄烟，没有**二十四**[3]的许可，任何男子都不许进入大厅，因为天气热的时候，女工们穿着都很随便，尤其是那些青年女工。当女工们吃完饭回工厂时，有许多小青年在那里看她们经过，千方百计地挑逗她们。这些小姐当中，

---

〔1〕 这是巴斯克人的一种铁皮棍。——原注
〔2〕 "阿尔曼扎"是"阿尔曼萨"的安达卢西亚当地叫法。阿尔曼萨是安达卢西亚地区的一个城市。
〔3〕 负责治安和城市行政部门的官员。——原注

很少有人拒绝送过来的一块丝头巾；爱好这门子的人，想钓姑娘们的鱼，不用费什么事，只要弯下腰来就能白捡。当别人在那里观看时，我仍然留在门旁我的凳子上。

那时，我还很年轻；总是思念家乡，从来不相信，不穿蓝色的裙子、不梳两条垂到背上的大辫子[1]，还能算是漂亮姑娘。

另外，安达卢西亚的女子让我害怕；我还不习惯她们的待人方式：总是开玩笑，没有一句正经话。

正当我低着头编链条时，我听到那些市民们纷纷嚷道："齐塔娜小妞来了！"我抬起眼睛，看见了她。这是一个礼拜五，我永远也不会忘记。我看见的就是您认识的那个卡门，几个月前，我在她家里遇到过您。

她穿着一条很短的红裙子，露出了她那不止有一个破洞的白丝袜，还有一双小巧玲珑的红色的摩洛哥山羊皮的皮鞋，鞋带是火红色的绸带。她撩开丝头巾，让两个肩膀以及里面衬衣上的一束金合欢花[2]露出来。她的嘴角上还含着一朵金合欢，腰身一扭一扭地向前走来，就像科尔多瓦养马场里的一匹小牝马。在我的家乡，看见这样打扮的女人是要画十字

---

[1] 这是纳瓦拉和巴斯克地方乡村女子的平常打扮。——原注
[2] 这种花色黄，香气浓郁。

的[1]。在塞维利亚,每个人对她的这副模样都要说上几句轻佻的恭维话。而她,对这些话是来一句答一句,还飞着媚眼,手握拳叉在腰上,一副淫荡的做派,完全是一个标准的波希米亚女郎。一开始,她不讨我喜欢,我继续干着我的活;可是她,就像女人和猫所习惯的那样,你叫她来她倒不来,你不叫她来她倒偏要来。她停在了我的面前,对我说道:

"老乡,"她按安达卢西亚人的方式对我说,"你愿意把你的链条送给我,让我拴箱子的钥匙吗?"

"它是用来拴我的引火针的。"我回答道。

"你的引火针!"她哈哈大笑地嚷嚷道,"啊!这位先生原来是绣花边的,难怪他还需要织针呢[2]!"

在场的所有人哄堂大笑起来,我却满脸通红,找不出什么话来回答她。

"来吧,我的心肝宝贝,"她又说,"给我织七尺黑色花边好做头巾,我心爱的针贩子!"

她把嘴里含着的金合欢取下来,用大拇指一弹,就把它弹到了我的眉心。先生,这一下就仿佛有子弹击中了我一样……当时,我简直无地自容,我像一块木头那样呆呆地站

---

〔1〕 照迷信说法,画十字可以用来祛除厄运。
〔2〕 这是一种谐音的文字游戏,原文中,"引火针"(épinglette)和"织针"(épingles)极为相似,只是词尾稍有变化。

在那里。

等到她走进了工厂，我看到金合欢正好掉在我两脚之间的地上；我不知道犯了什么傻，竟然鬼使神差地趁同伴的不注意，把花捡了起来，如获至宝地藏在了衣服里头。

第一件傻事！

两三个钟头之后，我还沉浸在这件事的遐想中，突然有一个看门人上气不接下气地跑来，来到警卫哨亭，满脸惊恐的样子。他对我们说，在卷雪茄的大厅中，有一个女工被杀了，必须派警卫去处理。排长让我带两人去那里看一下。我带上人就上了楼。先生，您想象一下，进了大厅后，我先是发现三百个女人都只穿着内衣，或者跟穿内衣相差无几，全都在那里大叫大嚷，指手画脚，那一片喧闹，使人连天上的雷声都听不见。

大厅的一角，有一个女工四肢朝天地倒在那里，满身是血，脸上刚被人用刀划了一个"×"形，有几个人还在忙着救护。在受伤者的对面，我看到卡门被五六个工友紧紧地摁住。受伤的女人在叫喊："找忏悔神甫！忏悔神甫！我要死了！"

卡门一言不发；她紧咬着牙齿，眼睛滴溜溜地转着，活像一条蜥蜴。

"怎么回事？"我问道。

因为所有的女工全都同时叽叽喳喳地对我说话，我费了好大劲，才搞清楚是怎么一回事。

原来是那个受伤的女工先夸口，说她口袋里有相当多的钱，足可以在特里亚纳的集市[1]上买下一头驴。"咳！"快嘴的卡门说，"你有一把扫帚还不够吗？[2]"另一位被这一讥讽刺痛，或许还因为这件东西触了她的心病，便回答说，她哪里比得上小卡门小姐，她可不认识什么扫帚的，她既没有福气当一个波希米亚女子，也没有运气成为撒旦的教女；而卡门将很快就会认识她的驴的，因为治安官先生将会带着她骑驴游行，后面跟着两个听差赶苍蝇呢[3]。"好吧！"卡门说，"我就在你的脸上挖一条苍蝇的喝水槽[4]吧，我还要在水槽里**画棋盘**[5]呢！"说完，就噼里啪啦地厮打开了，她用切雪茄头的小刀，在对方的脸上画了一个圣安德烈十字架[6]。

情况清楚了，我抓住卡门的胳膊，彬彬有礼地对她说："我的姐妹，请跟我走。"

她瞥了我一眼，似乎认出了我；不过，她带着无奈的口

〔1〕 特里亚纳为塞维利亚市的一郊镇，以集市活跃而著称。

〔2〕 西方人有一说法：扫帚为女巫作法的工具，又是女巫夜晚代步的用具。卡门的意思是：你既然是女巫，有扫帚就可代步，何必买驴呢。

〔3〕 骑驴游街在古代西班牙是一种惩罚，尤其是对女巫和通奸的女人，身后跟着两个兵，用鞭子抽打。"赶苍蝇"与"狠狠鞭打"为同一意思。

〔4〕 所谓"苍蝇的喝水槽"，指的就是又宽又长的伤口。

〔5〕 原意是"漆三桅船"。绝大多数的西班牙三桅船的船侧漆成红白相间的方格。——原注

〔6〕 所谓的圣安德烈十字架，是斜形的即"×"形的十字。

吻说："好吧，我们走。我的头巾在哪里？"

她用头巾包住了脑袋，包得紧紧的，只露出一只大眼睛，然后，她跟在我带去的两人后面，驯良得如同一只绵羊。到了警卫岗亭，排长说案情严重，必须把她带到监狱去。

押送的差使又落在我的头上。我让她走在两个龙骑兵中间，我则跟在后头，就像在此类情况下一个班长该做得那样。我们走上了去城里的路。一开始，波希米亚女郎默默无言，但是，走到蛇街[1]——您认识这条街，它确实如同街名所显示的那样，曲里拐弯——的时候，她开始让头巾落到肩膀上，故意让我看她那张迷人的小脸蛋，她尽可能地向我转过身子，冲着我说：

"我的长官，您要把我带到哪里去啊？"

"到监狱去，我可怜的孩子。"我以尽可能温和的语气对她说，做出一个好心的士兵对一个囚徒说话时该做的样子，尤其当这一囚徒是个女人的时候。

"可惜啊！我将成为什么样子呢？长官先生，可怜可怜我吧。您是那么年轻，那么可爱！……"然后，她压低了嗓音对我说，"放我逃走吧，我将给您一块**巴尔－拉基**，它会使所有的女人都爱上你的。"

---

〔1〕 这是位于城中心的一条很狭窄又很热闹的街。

所谓**巴尔－拉基**，先生，就是磁石，波希米亚人认为，知晓它秘诀的人，可以用它施行多种妖法。比如说，把它研磨成的粉末放进一杯白葡萄酒里，让一个女子喝下，她就会乖乖听从你。

我口气十分严肃地回答她：

"这里可不是我们说废话的地方；必须到监狱去，这是命令，没什么好商量的。"

我们巴斯克地方的人，有一种特殊的口音，很容易跟西班牙人区别出来；相反，西班牙人中却没有一人学得会说 *baï, jaona*[1] 的。卡门毫不费力地猜出了，我是来自特权省的。您知道，先生，波希米亚人没有祖国，终年流浪，会说各种各样的语言，他们中大多数人住在葡萄牙、法国、特权省、加泰罗尼亚，他们到处为家。甚至跟摩尔人以及英国人，他们也能彼此交谈。卡门精通巴斯克语。

"**我心中的人儿**[2]，我的心肝，"她突然对我说，"咱们是同乡吧？"

先生，我们家乡的语言是那么的好听，当我们在异国他乡听到乡音时，我们会禁不住战栗起来……

---

〔1〕 意思是"是的，先生"。——原注
〔2〕 原文为巴斯克语。

说到这里，那个强盗低低地补充了一句："我想要有一个特权省的听忏悔神甫。"沉默了好一阵之后，他又接着说。

"我是艾利松多人。"我用巴斯克语对她说，因为听到了家乡话而激动万分。

"我嘛，我本是艾查拉尔[1]人，"她说，（那地方离我家有四个钟头的路。）"我被波希米亚人带到塞维利亚。我在工厂做工，为的是挣一些路费，好回到纳瓦拉，去抚养我可怜的母亲，她除了我就没有别的人可依靠了，她只有一个小小的巴拉才阿[2]，里头有二十棵用来酿苹果酒的苹果树。啊！假如我能回到家乡，站在白色的大山前，那有多么好啊！在这里，人们欺负我，因为我不是这个地方的人，跟那些骗子，那些卖烂橙子的小贩不是老乡；那帮臭婆娘齐了心地挤对我，因为我对她们说过，哪怕她们塞维利亚所有的雅克[3]都带上刀子，也吓唬不了我们家乡一个头戴鸭舌帽，手拿马基拉的小伙子。我的朋友，伙伴，您不能为一个同乡姑娘帮点什么忙吗？"

先生，她是在撒谎，她总是撒谎。我不知道那姑娘一辈子有没有说过一句实话。但是，只要她说话，我就相信她，

---

〔1〕 艾查拉尔在艾利松多的北面，在比达松河的右岸。
〔2〕 意思是园子、花园。——原注
〔3〕 意思是大胆的人，吹牛大王。——原注

真是莫名其妙。她说了几句走腔跑调的巴斯克语，我就懵懵懂懂地相信了她是纳瓦拉人。其实，只要看一下她的眼睛，还有她的嘴巴和她皮肤的颜色，谁都明白她是一个波希米亚女郎。我真是疯了，居然什么都没有注意。我那时想，那些西班牙人如果敢说我们家乡的坏话，我就划破他们的脸，就像她刚才对付她的工友那样。总之，我像是喝醉了酒似的，我开始胡说八道起来，也快要胡作非为了。

"假如我把您一推，然后您假装跌倒在地，我的老乡，"她继续用巴斯克语说，"那就由不得那两个卡斯蒂利亚新兵蛋子来抓我了……"

我的天！我已经忘记了命令，忘记了一切，我对她说：

"好吧！我的朋友，我的老乡，试一试吧，但愿山里的圣母能帮助您！"

这时，我们正好经过一条很狭窄的小巷，在塞维利亚有许多这样的小巷。突然，卡门转过身子，给我当胸来了一拳。我故意仰天倒下。她纵身一跳，就从我的身上跳了过去，撒开腿就跑，叫我们只看到她的两条腿！……人们爱说，巴斯克人的腿跑得快，她的两条腿比谁的都不差……不但跑得快，而且还长得美。

说到我，我立即站了起来，但是我把枪矛[1]横拿着，挡

---

[1] 西班牙的骑兵均装备枪矛。——原注

住了路，让我那两个同伴的追赶先就耽搁了一阵。然后，我自己开始跑起来，而他们跟着我们跑；但是，甭想追上她！我们穿着刺马靴，挎着马刀，手持枪矛，要追她谈何容易！还不等我有时间告诉您是怎么回事，那女囚早已跑得踪影全无。更何况，这条街上的所有女人都帮着她逃跑，起哄嘲笑我们，故意给我们乱指路。经过来回几次白费力气的折腾，我们始终两手空空，结果，只好没拿到监狱长的收条就回到工厂的警卫岗亭。

我的两个手下为免遭处分，供认说我曾跟卡门说过巴斯克话；此外，说实话，一个那么小巧的姑娘打来的一拳，竟然就把我这样的大汉搋翻在地，似乎也不那么合乎情理。所有这一切显得十分可疑，或者说显得太明白无疑了。下了岗哨后，我被撤了职，判了一个月的监禁。自从我当兵以后，这是我领受的第一次处分。本以为已经到了手的排长肩章，我就只有跟它永别了！

我关监禁的头几天，日子过得很凄惨。我刚当兵时，认为自己将来至少会当上军官。我的同乡隆加和米纳[1]都当上

---

[1] 隆加（1783—1831），西班牙将军，曾统率军队抗击拿破仑的入侵。米纳（1781—1836），西班牙将军，曾因反对王权而多次流亡，是自由主义派的领袖人物之一。

了将军；查帕兰加拉[1]，他跟米纳一样是个"黑人"[2]，也跟米纳一样流亡到贵国避难，他也当了上校；他的弟弟倒是跟我一样，还是个穷鬼，我还跟他一起打过不下二十次网球呢。现在，我对自己说，"你服役而没有受惩罚的所有日子，全都算白过了。你现在有了糟糕的处分记录，你若想在长官脑子里恢复好形象，你就得比你当新兵时更加努力十倍才行！"我是为了什么而受处分的呢？为了一个曾嘲弄过我的波希米亚贱女子，而她，此时此刻，恐怕又在城市的某个角落里行偷盗勾当吧。然而，我禁不住还是要去想她。先生，您相信我的话吗？她逃跑时穿的，我看得一清二楚的那双满是破洞的长丝袜，现在似乎还在我的眼前晃动。我透过监狱的栅栏窗观望街上，在来来往往的女人中，我找不到一个比得上那个女妖精。还有，我不知不觉地闻到了她扔给我的金合欢的香味，花儿虽已干枯，清香却依然留存……要是说真的有女巫的话，那姑娘就是活脱脱的一个！

　　一天，狱卒走进来，递给我一个阿尔卡拉面包[3]。

---

〔1〕 查帕兰加拉（？—1830），西班牙军人，独立战争的英雄，曾抗击入侵的法军。

〔2〕 所谓"黑人"是指反对王权的自由主义派，相对而言，保王派被叫作"白人"。

〔3〕 阿尔卡拉是离塞维利亚两里远的一个小镇，出产美味的小面包。人们都说是因为阿尔卡拉的水好，面包才这么好吃。每天，这里都有大量的面包运往塞维利亚出售。——原注

"拿着,"他说,"这是您的表妹送来的。"

我十分惊奇地接过面包,因为我在塞维利亚并没有什么表妹。我一边瞧着面包,一边心想,也许是谁弄错了。但那面包是那么吊人胃口,闻起来是那么香,我便不去操心它是从哪里来的,也不打算知道它到底是给谁的,而决定把它吃了。切面包的时候,我的刀碰上了什么硬东西。仔细一瞧,我发现,有人在烤面包之前在面团里头塞了一把英格兰小锉刀。面包里还有一枚值两个皮阿斯特[1]的金币。毫无疑问,这是卡门送来的礼物。对她那样的波希米亚人来说,自由就是一切,为了少坐一天的监牢,她会不惜放火烧了整座城市。此外,这个女人精明至极,用这样的一块面包,竟然就蒙骗了狱卒。用不了一个钟头,最粗的铁栅栏也会被这小小锉刀锯断;而用这枚值两皮阿斯特的金币,到了第一家旧衣铺里,我就可以把我的一身军装换成平民打扮。您可以想象,一个常常在悬崖峭壁上掏鹰巢抓乳鹰的人,要从不满三十尺高的墙上跳到街上,是不费吹灰之力的。

但是,我并不想逃走。我还有我的军人荣誉,而开小差对于我是一桩大罪。我仅仅只是被这怀念往事的标志而感动。

被关监禁时,想到在外面还有一个朋友在关心着你,这

---

〔1〕 皮阿斯特是当时在西班牙、埃及等国通行的货币名,也叫杜罗。

真是一件令人高兴的事情啊。钱币使我稍稍感到不安，我真想把它给还了；但是去哪里找我的债主呢？我不觉得这是一件容易的事。

经过撤职处分的仪式之后，我感到自己已没有什么羞辱可再蒙受的了；但是，却不料还有一个屈辱等着我去忍受：这就是，在我走出禁闭的监牢之后，上级立即给我派了任务，让我像一个小兵那样去站岗。您简直不能想象，一个血性男儿在这种情景下所感受的是什么。我认为我还不如被拉去枪毙。这样，我至少还可以独自一人走在行刑队的前头；我至少还能感到自己是个人物，大家全都在看着我呢。

我被派到一个上校的门前站岗。他是一个有钱的青年人，脾气不错，喜欢玩乐。所有的年轻军官都喜欢去他那里，此外，还有许多市民，也有女人，据说，都是一些女戏子。对我来说，我仿佛觉得全城的人都约好了似的，聚集到了他家门口来看我笑话。

这时，上校的马车来了，车上坐着他的贴身男仆。您说我看见谁走下了马车？……就是那个齐塔娜小姐。这一次，她浓妆艳抹，花枝招展，衣裙上饰着金属片，鞋子上也有发蓝的饰片，从上到下，全身一片珠光宝气，披金戴绸，插花飘带。她的手里拿着一只巴斯克手鼓，身后还跟着两个波希米亚女子，一个年轻，一个年老。照例，她们总是由一个老婆子来领着，还有一个带吉他的老头子，也是波希米亚人，他弹吉他，伴她们跳舞。您知道，人们常常喜爱招波希米亚女郎到社交场所来，让她们跳**罗马里舞**，这是她们种族的舞蹈，当然也有别的娱乐。

卡门认出了我，我们交换了一个眼色。但是，我不知道为什么，这个时候，我真想一头钻进地底下去。

"阿古尔，拉古那〔1〕，"她说，"我的长官，你像个新兵一样在这里站岗啊！"

还没等我找到什么话来回答，她已经走进了屋子。

所有的宾客都在内院，尽管人多声杂，我还是可以透过铁栅栏门大致看清楚里面发生的一切〔2〕。我听到里头的响板声、手鼓声、欢笑声和喝彩声。偶尔，我还能看见她的脑袋，那是她拿着手鼓跳起舞来的时候。随后，我还听到一些军官对她说了好多话，这些话使我的脸一阵阵发烧。至于她是如何回答的，我不得而知。我想，正是从这一天起，我真心地爱上了她；因为，我当时有三四次想冲进内院，挥舞我的马刀，刺破所有那些用肉麻的淫语调戏她的轻浮男子的肚子。我受酷刑足足折磨了一个钟头。随后，波希米亚人都出来了，马

〔1〕 意思是："你好，伙伴。"——原注
〔2〕 塞维利亚的大多数房屋有一个内院，四周有回廊团团围着。到夏天，人们就在那里活动。院子里有布篷遮阴，白天往上面浇水，晚上撤下，朝街的大门几乎总是开着，通向内院的通道由一道铁栅栏门隔着，这道铁门的浮雕往往十分精美。——原注

车又把他们拉回去。卡门经过我的身旁时，又用您所熟悉的那种眼神瞧了我一眼，低声对我说：

“老乡，你要是想吃美味的炸鱼，就请来特里亚纳，到里拉斯·帕斯蒂亚的馆子里来吃。”

说完，轻盈得如同一只小山羊，她就钻进了马车中。车夫鞭策骡马，这兴高采烈的一帮人便跑到不知什么地方去了。

您肯定猜对了。我一下岗，就跑到特里亚纳去了。但在出发前，我刮了胡子，刷了衣服，打扮得整整齐齐，好像要去受检阅一样。她果然就在里拉斯·帕斯蒂亚的馆子里，这个里拉斯·帕斯蒂亚是一个卖炸鱼的，波希米亚人，黑得跟摩尔人一样，许多居民都到他的店铺里来吃油炸鱼，尤其是，这我相信，自从卡门来后，这里更是顾客盈门。

“里拉斯，”她一看见我，就说，“我今天什么都不干了。明天又是一天[1]！走吧，老乡，我们去溜达溜达。”

她拿头巾遮住了脸，我们来到了街上，我不知道该往哪里走。

“小姐，”我对他说，“我想我应该感谢您在我关监禁时送来的礼物。面包我吃了，锉刀可以用来磨我的枪刺。我把它作为对您的纪念保留着。但是，钱币嘛，我还您吧。”

---

〔1〕 这是一句西班牙谚语。——原注

"瞧！他还留着钱呢，"她嚷着说，哈哈大笑起来，"不过，这样也好，因为我现在正缺钱花呢。但是，这又有什么关系？跑路的狗是饿不死的[1]。走吧，我们去吃个饱。你好好请我一顿好了。"

我们又回到塞维利亚。走到蛇街的拐角时，她买了一打橙子，放在我的手帕里。又走不远，她又买了一个面包、一些肉肠，还有一瓶曼萨尼利亚酒[2]，然后，她又走进了一家糖果店。她把我还给她的那枚金币，还有从她口袋掏出来的另一枚金币，以及一枚银币，"啪"地扔在柜台上，最后问我还有没有钱。我只有一个银币，以及几个铜板，便都给了她，同时为拿不出更多的钱来而惭愧。我以为她要把整片店都买回去。她把店里最好的和最贵的都买了，**耶玛**[3]啊，**图隆**[4]啊，蜜饯啊，等等，一直把钱花得精光为止。所有这些，我还得把它们装进纸袋里拿着。您或许熟悉油灯街，那里有正义者国王堂佩德罗的一个头像[5]。它本该启迪我的思索。我们在

---

〔1〕 有一句波希米亚谚语，叫作"跑路的狗，总能找到骨头"。——原注

〔2〕 这是一种加有香料的、味道清淡的白葡萄酒，因出产在离塞维利亚以西不远（约五十公里远）的曼萨尼利亚，故名。

〔3〕 蛋黄酥。——原注

〔4〕 核桃粘。——原注

〔5〕 国王堂佩德罗，我们称为残暴者，而女王天主教徒伊莎贝拉从来就只称为正义者，他喜欢晚上在塞维利亚城内散步，惹是生非，就像哈里发哈伦－阿尔－赖世德那样。某晚，他在一条僻静的小巷，同一个正在唱（转下页）

这条街上一幢老房子前停了下来。她走入甬道，敲了敲楼下的门。一个波希米亚女人，活像是撒旦的女仆，前来给我们开门。卡门对她用土话说了几句。老太婆先是不满地嘟囔着。为堵住她的嘴，卡门给了她两个橙子和一把糖果，还答应让她尝一尝酒的滋味。然后，卡门给她披上斗篷，把她送出门外，又用门闩把门关好。等到只剩下我们两个人时，她开始像个

（接上页）小夜曲的求爱男子争吵起来。双方动起武来，国王把热恋中的骑士杀死了。听到击剑的声音时，一个老婆子从窗户中探出脑袋，手里拿着一盏小油灯，照亮了整个场面。要知道，国王堂佩德罗虽然既灵巧又强壮，但身上却有一个古怪的缺陷。当他走路时，骸骨会发出咯咯的声响。老太婆听到咯咯的声音后，就猜出了他是谁。第二天，负责治安的"二十四"向国王禀报。"陛下，昨夜有人当街决斗。其中一人已然身亡。""有否查到行凶者？""查到了，陛下。""为何还不将他惩处？""陛下，微臣正等候您的旨令。""依法执行。"那时，国王刚刚颁布了一条法令，凡决斗者均应斩首，其首级应放置于决斗地点示众。治安官"二十四"十分聪明地处理了此事。他让人锯下了一个国王雕像的脑袋，放在出事地点那条街的一个壁龛里示众。国王和所有塞维利亚人都认为事情处理得很妥当。那条街后来以老婆子的油灯命名，因为它是这件事的唯一目证。——这是一个民间传说。苏尼加的叙述稍稍有些不同（参见《塞维利亚编年史》第二卷，第136页）。不管怎么说，在塞维利亚，现在有一条街叫作油灯街，在此街上，有一尊石雕像，人们都说是堂佩德罗的像。然而，此像是现代人所塑。原先的那尊早在17世纪就已磨损，那时的市政当局便以今日所见的那一尊代之。——原注

堂佩德罗一世（1334—1369），卡斯蒂利亚和莱昂国王，以残暴镇压反叛诸侯而出名。梅里美对这一历史人物十分感兴趣，曾写过关于他的历史研究著作。天主教徒伊莎贝拉一世（1451—1504），卡斯蒂利亚的女王，为开明君主。哈伦－阿尔－赖世德（766—809），巴格达的阿拔斯王朝第五代哈里发。据传，他曾常常夜巡巴格达，考察臣民的思想。

疯子似的又是跳舞又是欢笑，嘴里还唱着：

"你是我的**罗姆**，我是你的**罗密**〔1〕。"

而我呢，站在房间中央，手里捧着一大堆东西，不知道该把它们往哪里放。她把所有东西都扔到地上，跳过来就搂住我的脖子，对我说：

"我还我的债，我还我的债！这是加赖〔2〕的规矩！"

啊！先生，那一天！那一天！……我每想起这一天，就忘了还有第二天。

强盗说到这里，沉默了一会儿；在重新点燃他的雪茄烟后，他继续说下去：

我们一起度过了这一整天，又是吃，又是喝，还有其他。当她像一个六岁的女孩那样吃饱了糖果后，她把剩下的糖大把大把地塞进老太婆的水壶。"这是给她做果子露的。"她说。她把耶玛蛋黄酥压碎后扔到墙上。"这是叫苍蝇不要来打扰我们。"她说……没有什么恶作剧，没有什么蠢事是她做不出来的。

---

〔1〕 罗姆，意思为丈夫；罗密，意思为妻子。——原注
〔2〕 这是波希米亚人在他们的语言中对自己的称呼：男的叫加罗，女的叫加丽，多数叫加赖。这个词的本义是黑。——原注

我对她说，我想看她跳舞；但是去哪里找响板呢？她马上拿起老太婆仅有的一只盘子，把它砸碎，用这些釉瓷碎片敲着，跳起了罗马里舞，这些釉瓷碎片在她的手里敲起来，简直就像乌木的或象牙的响板一样轻巧动听。我对您说吧，在这个姑娘的身边，你是不会厌倦的。

傍晚来临，我听到了催促返归军营的鼓声。

"我得回军营去听候点名了。"我对她说。

"回军营？"她问了一句，神态十分轻蔑，"你竟是个黑奴，让别人用棍棒撵着走吗？你是一只真正的金丝雀，衣服装束与性格脾气[1]都跟金丝雀没有两样。走吧，你的胆量跟小鸡一样大。"

于是，我留了下来，早早地准备接受关禁闭的处罚。第二天一早，是她首先提出分手的。

"听我说，我的小何塞，"她说，"我还了你的债没有？按我们的规矩，我什么都不欠你的了，既然你是个外乡佩伊佬。不过，你是个漂亮的小伙子，你很讨我的喜爱。我们算是两清了。再见。"

我问她，我什么时候可以再来见她。

"等到你不那么傻的时候。"她笑着回答。然后她又以一

----

[1] 西班牙的龙骑兵都穿黄颜色的军装。——原注

种更严肃的口吻说，"你知道吗，我的孩子，我认为我有些爱上你了。但这是不能长久的。狗和狼做伴，是不会长期平安相处的。或许，假如你能遵守埃及人[1]的规矩，我倒是愿意做你的罗密。不过，这是说说傻话而已：这是不可能的事。算了！我的小伙子，相信我吧，你跟我清账时并没有吃亏。你遇到了魔鬼，是的，遇到了魔鬼；它并不总是黑的，它没有掐你的脖子把你勒死。我穿着羊毛的衣服，但我却不是绵羊[2]。快点一支蜡烛放在你的**圣女**[3]面前吧，她理应得到它。来吧，让我们再说一声再见。不要再想着小卡门了，不然的话，她就要让你娶一个木腿寡妇[4]。"

她一边这样说着，一边卸下顶门的门闩。一到了街上，她立即就裹上头巾，转身匆匆地走掉了。

她说的都是真话。我本应该学得聪明点，不再去想念她；但是，自从在油灯街度过的这一天之后，我的脑子就不能想别的东西了。我整天地东游西荡，希望能够碰上她。我去向老太婆和卖油炸鱼的老板打听过她的消息。他们两个都说，她出发

---

〔1〕 据说，波希米亚人最早来自埃及，所以，他们有时称自己为埃及人。遵守埃及人的规矩，就等于说成为波希米亚人。
〔2〕 这是波希米亚谚语。——原注
〔3〕 圣女，即圣母处女马利亚。——原注
〔4〕 指绞刑柱，因为它是刚被绞死的人的寡妇。——原注

到拉洛罗[1]去了，他们就是这样称呼葡萄牙的。很可能是卡门教他们这样说的，不过，我很快就清楚了，他们是在撒谎。

在油灯街度过那一天的几个礼拜之后，我在一个城门口站岗。离这一城门不远，在内城墙上有一个缺口；白天，有人在那里干活，修补城墙，到晚上派兵放哨，以防走私贩子进入。那天白天，我看见里拉斯·帕斯蒂亚老出现在那里，围着岗亭走过来又走过去，同我的伙伴们闲聊；大家全都认识他，尤其熟悉他的炸鱼和油煎果饼。他走到我的身边，问我有没有卡门的消息。

"没有。"我回答他说。

"好吧，伙计，您就会有了。"

他没有说错。那天夜里，我在缺口那里站岗。等到队长刚一离开，我就看见一个女子向我走来。我的心告诉我，那一定是卡门。然而，我还是喊道：

"快走开！这里不能过！"

"不要这么狠心嘛。"她一面对我说，一面让我认出她来。

"怎么！原来是您呐，卡门！"

"是啊，老乡。闲话少说，开门见山吧。你想不想挣一个杜罗[2]？一会儿有一些带包裹的人要来，让他们过去吧。"

---

[1] 拉洛罗是红土的意思。——原注
[2] 杜罗是西班牙银币，价值为五个佩塞塔。也叫皮阿斯特，见前注。

"不，"我回答道，"我必须阻止他们经过；这是命令。"

"命令！命令！在油灯街的时候，你怎么就没想到命令呢？"

"啊！"我回答不出来，一想起那天的事，我的心中就翻江倒海般地沸腾起来，"那天的事值得我把命令忘却；但是，我不想要走私贩子的钱。"

"瞧瞧，你说你不愿要钱，那么，你是不是愿意我们一起到多萝蒂老太婆家再去吃饭呢？"

"不愿意！"我说道，拼命说出来的话差一点让我窒息，"我不能够。"

"很好。假如你这样难通融，我可以另请高明。我会邀请你的长官到多萝蒂家去吃饭。他看起来倒是个乖孩子，他将另外派一个睁一只眼闭一只眼的小伙子来站岗。再见了，金丝雀。假如有一天，一道命令下来要把你吊死，我会开心地大笑的。"

我的心顿时软了下来，连忙把她叫住。我答应她，假如必要的话，我会让所有的波希米亚人都通过，只要我能得到我所希望的唯一报答。她立即向我发誓，从第二天起就履行诺言。说完，她就跑去通知她的同伙，他们就等在附近。一共有五个人，其中有帕斯蒂亚，每人身上都满载着英国货。卡门为他们望风。一发现巡逻队，她就会敲动响板警告他们，但是，这一次没有这个必要。一眨眼间，走私贩子就全部通过了。

第二天，我去了油灯街。卡门让我等了好久，她来的时候，心绪很是糟糕。

"我不喜欢那些让人去求的人，"她说，"头一次，你帮了我一个很大的忙，然而却不知道你能不能从中得到什么好处。而昨天，你却跟我讨价还价。我不知道我为什么还是来了，因为，我已不再爱你了。拿着，这一个杜罗就算是给你的报酬。你走吧。"

我差点儿就把那钱币扔到她的脑袋上，我迫使自己使出极大的克制力，才算没有动手打她。经过足足一个钟头的吵闹，我怒气冲冲地离开了她。我在城里闲逛了好一阵子，像个疯子似的东游西荡；最后，我走进了一座教堂，来到一个最最阴暗的角落里待定，在那里哭起来，热泪滚滚。正哭着，我突然听到一个声音：

"好一把龙的眼泪[1]！我要拿它来制春药。"

我抬起眼睛，原来是卡门站在我面前。

"怎么，老乡，您还在生我的气吗？"她说道，"我还真是爱上您了，尽管我的心里不怎么样，因为，自从您离开我之后，我总觉得少了点什么东西。瞧瞧，现在是我来问你，你愿不愿意去油灯街了。"

就这样，我们言归于好。但是，卡门的脾气就像我们家

---

〔1〕 这是文字游戏，在原文中，"龙"与"龙骑兵"是同一个词。

乡的天气一样。在我们家乡的山区，明明是烈日当空的大好晴天，暴风雨却说来就来。她明明答应我在多萝蒂家里再见我一次，但她却没有来。多萝蒂居然天花乱坠地对我说，她为了一些埃及的事务〔1〕又到拉洛罗去了。

我已经有了经验，知道该如何对待这样的一句话，于是，我到处转悠着寻找卡门，她可能会去的地方我都去了，一天里要到油灯街去二十次。

一天傍晚，我正待在多萝蒂家中，平常我时不时地请这个女人喝一两杯茴香酒，已经把她给收买了。这时，卡门突然进来了，身后还跟着一个年轻人，是我们团队里的一个中尉。

"你快滚开。"她用巴斯克语对我说。

我一下子愣在了那里，心中升腾起一股火。

"你在这里干什么？"中尉问我，"滚开，离开这里！"

我一步也动不了；我好像全身都瘫痪了。那军官见我既不动窝，甚至也不脱下军帽致敬，火也上来了。他一把揪住我的衣领，使劲地摇晃着我。我不知道对他说了些什么。他拔出了他的佩剑，我也拔刀出鞘。老太婆拉住了我的胳膊，中尉一剑刺在我的脑门上，今天还给我留着这条伤疤。我后退几步，胳膊肘一杵，就把多萝蒂摔了个仰面朝天。中尉追

---

〔1〕 所谓"埃及的事务"指只跟他们波希米亚人自己有关的内部事，如前注所言，他们有时候管自己叫埃及人。

着扑过来，我刀尖一伸，便刺入了他的身体，他就这样自作自受地挨了一刀。

这时，卡门吹灭了油灯，用她的土话劝多萝蒂赶紧逃走。我自己也跑到了街上，没头没脑地乱跑一气。我似乎觉得有人在追我。等我的脑子清醒过来，我发现卡门原来一直就没有离开我。

"你这金丝雀中的大傻瓜！"她对我说，"你只会干傻事。所以，我早就对你说过，我会给你带来厄运的。行了，当你有了一个罗马的佛来米女人〔1〕当你的女友，一切都还有办法对付。先把这条手帕包在头上，把你的皮带扔给我。在这条小道上等着我。我两分钟里头就回来。"

她一溜烟地消失了，不一会儿，她给我带回来一件条纹斗篷，也不知她是从哪里找来的。她让我脱下军装，在衬衣上披上斗篷。这样一装扮，再加上那条她替我包在我受伤的脑门上的手帕，我活像是一个巴伦西亚的农民，在塞维利亚经常可以看到这样的农民来卖**叙法**糖浆〔2〕。然后，她把我带到一条小巷尽头的一所房子里，跟多萝蒂的那所房子相当相像。

〔1〕 罗马的佛来米女人是一句行话，指波希米亚女人。在这里，**罗马**并不是指永恒之城，而是指波希米亚人用来自称的罗密或**已婚之人**的民族。人们在西班牙见到的波希米亚人最初可能来自荷兰，故而有**佛来米人**之名。——原注
〔2〕 **叙法**是一种球根类植物，可以用来制作相当可口的饮料。——原注

她跟另一个波希米亚女人给我洗干净伤口，用纱布包扎好，包得比一个军医做的还要高妙，还让我喝了一种不知什么东西；最后，她们把我安顿在一个床垫子上，我就睡着了。

兴许，这些女人在给我喝的饮料里，掺上了一些安眠药，那秘方只有她们才知道，因为，第二天，我一直睡到很晚才醒来。我的脑袋疼得厉害，还有些发烧。过了好一阵子，我才回想起头天晚上发生的可怕场景。给我包扎完伤口之后，卡门跟她的女伴一起蹲在我的床垫旁边，用**加赖人土语**交换了几句，好像是在商讨医疗的问题。然后，她们俩都宽慰我说，我很快就会痊愈的，但我必须尽快地离开塞维利亚，越早越好；因为，假如我被逮住的话，我一定会被当场枪决。

"我的小伙子，"卡门对我说，"你得做点儿什么了；现在，国王不会再给你发米饭和鳕鱼[1]，你必须自己想办法谋生了。你实在太愚笨，不能做**暗扒巧取**的小偷[2]，但是你敏捷而又有力气：假如你有胆量，就到海边去吧，你去当走私贩子吧。我不是答应过你，要让你上绞刑架吗？这终归比枪毙要好得多。再说了，假如你懂得怎么应付自如，那么，只要独立小队[3]和海防卫队抓不住你，你就将始终生活得跟一个王

---

〔1〕 这些东西是西班牙士兵的日常食物。——原注
〔2〕 指靠灵巧偷窃，而不是靠武力抢劫。——原注
〔3〕 这是一种独立部队。——原注

子一样。"

　　这个魔鬼女郎就是用这种恩惠，给我指明了她为我安排的新生活，说老实话，这倒也是我唯一可行的出路，既然我已经犯下了该死之罪。先生，我还用得着对您说吗？她不费吹灰之力就决定了我的命运。我似乎觉得，这一冒险的、叛逆的生活把我跟她团结得更加亲密无间了。从此之后，我相信我赢得了她的爱。我常常听人说起一些走私的老手，来往于安达卢西亚大地上，他们骑着骏马，握着短统枪，马背上还带着情妇。我仿佛已经看到自己骑着马，身后带着可爱的波希米亚女郎，驰骋于崇山峻岭之间。当我对她说起这些时，她笑得直不起腰来，她对我说，世界上再没有比露天宿营更美的事情了，那时刻，每一个罗姆都带上他的罗密，钻进一个用三个箍轮支起一块帆布而搭成的小帐篷里。

　　"假如有一天，我能扎营深山，"我对她说，"我就对你放心了！在那里，再没有什么中尉来跟我争风吃醋了。"

　　"啊！你嫉妒了，"她回答说，"那你就活该了。你怎么会傻到这一分儿上？你没有看出来，我爱你吗？因为，我从来就没有问你要过钱！"

　　当她说出这番话时，我真想一把掐死她。

　　简而言之，先生，卡门给了我一套平民服装，我穿着它离开了塞维利亚，没有被人认出来。我带着帕斯蒂亚的一封介绍

信，来赫雷斯^{〔1〕}找一个卖茴香酒的商人，走私贩子都是在他的
店铺里聚集的。有人把我介绍给那帮人，他们的头头是一个外
号叫"赌棍^{〔2〕}"的人，他让我入了他们那一伙。我们出发去了
高辛^{〔3〕}，在那里我又见到了卡门，是她约我在那里见面的。在
我们的远征行动中，她充当眼线，而且干得比谁都漂亮。她从
直布罗陀回来，已经和一个船主商定好，要装一船英国货过来，
让我们在海岸卸货。我们到埃斯特坡那^{〔4〕}附近等候，然后我们
把部分货物藏在山区，余下的货由我们带到龙达。卡门先于我
们一步到达那里。又是她告诉了我们在什么时候进入城市。

　　这第一趟旅行以及随后的几趟都十分顺当。走私贩子的
生活比士兵的生活更叫我喜欢。我给卡门送了一些礼物。我
有了钱，还有了一个情妇。我没什么后悔的，因为，就如波
希米亚人所说的：花天酒地时，生了疥疮也不痒。我们到处
受到款待；我的同伴待我也很不错，甚至还对我表现出相当
的尊重。理由很简单，因为我杀过一个人，而在他们当中，
有些人甚至都不曾在心底里转过这样的念头。但是，在我的
新生活中，更让我激动的，是我可以常常见到卡门。她对我

―――――――

〔1〕　赫雷斯是西班牙安达卢西亚地区一城市，靠瓜达莱特河。
〔2〕　原文的意思是"用别人的钱专门替别人赌博的人"。
〔3〕　高辛是西班牙马拉加省的一个山城，景色优美。
〔4〕　埃斯特坡那是西班牙地中海一小港，在高辛以东30公里。龙达也是附近
　　　一城市。

体现出前所未有的友情；然而，在同伴们面前，她从来不肯承认她是我的情妇；她甚至让我起各种各样的誓言，保证不在他们面前谈论她。我在这一尤物前，显得是那么软弱，竟听从她所有任性的命令。另外，这是她第一次对我体现出一个正派女子的审慎做派，我的头脑也实在太简单了，居然相信她真的改掉了以往的习气。

我们团伙有十来个人，只在紧急关头才到一起碰头，而平时，我们分散成两人一组，或三人一伙，住在城里或者乡下。我们每人都假装有个职业：有的当补锅的小炉匠，有的干马贩子行当，而我，我当上了卖针线的货郎。但是，由于我在塞维利亚闯下的那桩大祸，我从来不在大地方抛头露面。

有一天，或者还不如说，有一夜，我们在维赫尔〔1〕的下城区约会见面。赌棍和我比其他人先到那里。

"我们将要多一个伙伴了，"他对我说，"卡门使了一招最漂亮的计策。她刚刚帮她的罗姆从塔里发〔2〕的监狱中逃了出来。"

那时，我已经开始懂了一点波希米亚话，因为我的同伴们几乎都说这种话。罗姆这个词让我大吃一惊。

---

〔1〕 维赫尔是西班牙的一个小城，也在安达卢西亚地区，靠海。
〔2〕 塔里发是直布罗陀海峡上的一个城市，它的要塞曾在相当长的一段时期中用作监狱。

"怎么！她的丈夫！她已经结婚了？"我问我们的头。

"是啊！"他回答说，"她嫁给了独眼龙加西亚，一个同她一样老到的波希米亚人。这个可怜的小伙子被判处服苦役。卡门迷住了监狱中的外科医生，使她的罗姆获得了自由。啊！这个姑娘可是价值千金啊。两年前，她就在想方设法帮助他越狱。但始终没有成功，一直到监狱里换了医生后才得手。显然，对付这个新来的医生，她很快就找到了办法。"

您可以想象我听到这一消息之后的兴奋心情。很快，我见到了独眼龙加西亚；他确实是波希米亚人哺育出来的最丑陋的魔鬼：皮肤黑，灵魂更黑，他是我生平见过的最地道的无赖。卡门跟他一起来的；她当着我的面叫他罗姆，但在加西亚转过头去时，她又偷偷地朝我使眼色，做鬼脸。我很气愤，那一夜，我没有跟她说话。

第二天早上，我们运货上路，途中发现有十几个骑兵跟踪着我们。那些爱吹牛皮的安达卢西亚人，平日里说要杀尽一切敌人，现在纷纷装出一副可怜相。众人顿时作鸟兽散。只有赌棍、加西亚、一个来自埃西哈[1]的外号"补丁"的漂亮小伙子，还有卡门，保持着冷静的头脑。其他人丢下驮货的骡子，逃进马匹进不去的洼地。我们不可能保住我们的牲

---

〔1〕埃西哈是一个城市，在蒙蒂利亚以西40公里。

口，便急急忙忙地卸下最值钱的货物，用肩扛着，试图穿越最陡峭的山坡，从岩石丛中逃走。我们先把货物包裹扔下坡去，然后出溜着滑下山坡。这时，追兵砰砰地朝我们开起枪来。这是我第一次听到子弹在我耳边嗖嗖地飞过，而我倒也不觉得有什么可怕。当有个女人在眼前时，一个男子勇敢地不怕死也没有什么了不起。我们都逃脱了性命，只有那个可怜的补丁腰部中了一枪。我扔下我的货物包，想把他扶起来。

"笨蛋！"加西亚冲我喊道，"我们要一具烂尸有什么用？把他结果了，不要丢下纱袜子。"

"把他扔了！把他扔了！"卡门对我喊道。

我筋疲力尽，不得不把他放在一块岩石的背后，好喘一口气。加西亚赶了过来，拿他的短统枪，朝他脑袋上开了几枪。

"现在，看谁还能把他给认出来！"他说着，瞧着死者被一打子弹打成一团稀烂的脸。

瞧瞧，先生，这就是我过的美好日子。晚上，我们来到一处荆棘林，一个个疲乏至极，又没有吃的，又丢了骡子。您猜这恶魔加西亚做什么呢？他从口袋里摸出一副纸牌来，就着点燃的篝火的微光，和赌棍玩起了牌。这时，我躺在地上，遥望着满天的星斗，思念着补丁，对自己说，我真愿意像他那样死了算。卡门走到我的身边蹲下来，不时地敲着响板，低声地唱着歌。随后，她凑到我的耳边，像是要对我耳语什么，却吻了我两三下，几乎是违着我的意愿。

"你是个魔鬼。"我对她说。

"是的。"她回答我。

经过几个钟头的休息之后,她就到高辛去了,第二天一早,一个放羊的小孩子给我们送来了面包。我们一整天都等在那里,到夜晚,我们走近高辛。我们等待着卡门的消息。但是杳无音信。天亮时,我们看见一个赶骡子的走来,骡背上坐着一个穿戴整齐的女子,手撑一把阳伞,身后还带着一个小姑娘,像是她的使女。

加西亚对我们说:"圣徒尼古拉〔1〕给我们送来了两头骡子和两个女人。我倒更希望是四头骡子。不过也罢,我去把他们弄来!"

他端起短统枪,躲在小树丛后面,下到小路上去。赌棍和我,我们也跟着他,保持着不远的距离。等我们走近,我们一齐跳出来,喝令赶骡子的停下。那女子见了我们非但不害怕——要知道,我们的打扮就足以吓人的了——反而哈哈大笑起来。

"啊!瞧这些**利利旁蒂**,竟然把我当作了一个**埃拉尼**〔2〕!"

原来是卡门,她化装得那么巧妙,又说着另一种语言,我简直都认不出她来了。她从骡子背上跳下来,低声地跟赌

---

〔1〕 在天主教的传统中,圣徒尼古拉是窃贼、强盗的保护人。

〔2〕 意思是:这些傻瓜蛋,竟把我当成了一个贵太太。——原注

棍以及加西亚交谈了好一会儿，然后她对我说：

"金丝雀，在你还没被吊死前，我们还会见面的。我要为埃及的事务去一趟直布罗陀。你们很快就会听到我的消息。"

在我们分手之前，她为我们指点了一个地方，我们可以在那里暂时躲避几天。这个女郎真是我们这伙人的福星。很快，我们就收到了她给我们送来的一些钱，而更可宝贵的是，她还给了我们一条线索：某天，将有两个有钱的英国人要从直布罗陀到格林纳达去，走的是某一条路。聪明人能从这里头听出好苗头。他们身上肯定有货真价实的畿尼[1]。加西亚想把他们杀死，但是赌棍和我都反对。我们只夺取了他们的金钱和挂表，此外还有衬衣，那是我们十分需要的。

先生，人都是在不知不觉中变坏的。一个漂亮姑娘迷住了你的心窍，你为她而大打出手，于是大祸临头，结果不得不逃到山岭中，还没容你考虑好，你就从一个走私贩子变成了窃贼。自从打劫了那两个英国绅士之后，我们认为在直布罗陀附近待下去已经不是一个安全之计，于是，我们进入了龙达山脉之中。

您曾经跟我谈起过何塞－玛利亚，对了，我就是在那里认识了他的。他外出行动时总是带着他的情妇。那是一个漂

---

〔1〕 畿尼是英国的一种金币，值一英镑又一先令。

亮的姑娘，有头脑，谦逊，而且规规矩矩，从来不说一句粗话，对他总是忠心耿耿！……相反，他却不好好待她。他总是在外寻花问柳，还虐待她，有时候又假装吃醋。有一次，他还刺了她一刀。谁知道，她竟然因此而更爱他了。女人生来就是这样，尤其是安达卢西亚女人。这一位就特别为她胳膊上的那条伤疤而自豪，仿佛它是世界上最美的东西，露给别人看。而何塞－玛利亚呢，他还是一个对同伴最不讲义气的人！……在我们参加的一次行动中，他算计得那么巧妙，把所有的好处全都独吞了，而把倒霉和麻烦统统留给了我们。

不过，我还是继续我的故事吧。我们再也听不到卡门的消息了。赌棍说：

"我们中得有一个人走一趟直布罗陀，去打听一下虚实；她想必已经准备好了一笔买卖。我本来可以去，但是我在直布罗陀太出名了，怕人认出来。"

独眼龙则说：

"我也是，在那里，谁都认识我，我给龙虾们[1]捣蛋过不知有多少回呢！而且，因为我只有一只眼睛，也不好化装呀。"

"那么，就应该我去了？"轮到我说话了，只要想到我能再见到卡门，我就心里高兴，"你们看吧，我该怎么做？"

---

[1] 这是西班牙人给英国兵起的外号，因为他们的军服颜色跟龙虾一样。——原注

他们对我说：

"你坐船也好，从圣洛克[1]走也好，随你的便，等你到达直布罗陀的时候，你就去港口打听一个外号叫胖姐的女人，打听这个卖巧克力的女人住在哪里。你找到她之后，就能从她嘴里知道那里的消息了。"

我们说好了三个人一起出发去高辛山脉，我在那里把两个同伴留下，自己一个人扮作水果商去直布罗陀。在龙达，一个我们的人给我搞了一张护照；在高辛，有人给我牵来一头驴：我让它驮上橙子和甜瓜，便上了路。来到直布罗陀后，我发现那里的人都认识胖姐，但不知道她是死了，还是去**大地的尽头**[2]了，依我看，她的失踪本身，就解释了我们与卡门失去联系的原因。我把我的驴寄放在一个牲口棚中，就带了橙子进城，装作卖橙子的样子，但实际上，我是想试试能不能见到什么熟人。在那里，有着来自世界各地的那么多坏蛋，简直是一个巴别塔[3]，因为，人们在街上走不了十步路，就会听到不止十种语言。我看到许多所谓的埃及人，可是我不敢相信他们；我在捉摸他们，他们也在捉摸我。我们彼此

---

〔1〕 圣洛克是直布罗陀以北 6 公里处的一个小城市。
〔2〕 指上了苦役船，或者见了鬼了。——原注
〔3〕 巴别塔典出圣经《旧约·创世记》：上帝为阻止巴别的居民建造通天之塔，使人们各自说一种彼此不懂的语言，结果，他们无法沟通，建不成塔。

猜测得很对，我们本是一丘之貉，但是，要紧的是要弄清楚
我们是不是同一路的。我白白地东奔西跑了两天，既没有得
到胖妞的消息，也没有卡门的音信，我打算稍稍买一些东西后，
就回到我同伴那里去。太阳下山的时分，正当我在一条小街
上闲逛时，我听到一个女人的声音从一个窗户中传来，她叫我：

"卖橙子的！……"

我抬头一看，只见卡门正趴在一个阳台上，身边站着一
个穿红色制服、戴金色肩章的军官，他有一头卷发，一副大
富豪的神态。而她呢，穿戴得十分气派：肩上披着一方披肩，
头发上插着一把金梳子，浑身上下裹在绸缎之中。好一个女
人，总是那副老样子，在那里哈哈地大笑，笑得直不起腰来。
那个英国人用半生不熟的西班牙语叫我上去，说是夫人要买
橙子。而卡门则用巴斯克语对我说：

"上来吧，不要大惊小怪了。"

确实，她身上没有任何东西可以让我奇怪的。我不知道，
找到了她之后，我感到的更多的是欢乐还是悲哀。在大门口，
有一个高大魁梧的英国仆人，头上扑了好多粉，他把我领到
一个金碧辉煌的大厅。卡门立即用巴斯克语对我说：

"你装作一句西班牙语都不会说，也不认识我的样子。"

然后，她转身对着英国人说：

"我对您说得很清楚，我一眼就看出了他是巴斯克人。您
将听到多么奇怪的语言。瞧他的样子有多么笨，不是吗？简

直像是一只在食品橱里被抓住的猫。"

"那么你呢，"我用我的家乡话对她说，"你倒像是一个不要脸的荡妇，我真恨不得当着你情郎的面，在你的脸上划他几刀才好呢。"

"我的情郎！"她说，"呸！亏你想得出来！你在吃这个傻瓜蛋的醋？你真比我们在油灯街认识之前还要蠢。你难道没有看出来，你这个傻瓜，我现在正在以一种最漂亮的手法，做着一趟埃及生意吗？这幢房子已经是我的了，那龙虾的畿尼也将归我所有，我牵着他的鼻子走，我将把他牵到他永远也转不出来的地方。"

"而我，"我说，"假如你再敢用这样的方式做你的埃及生意，我就叫你再也成不了。"

"啊！真是的！你是我的罗姆吗，敢这样来命令我？独眼龙认为这样好，关你屁事！你难道还不感到满足吗？你是唯一可以自称为我的**敏考罗**[1]的人。"

"他在说什么？"英国人问。

"他说，他口渴，很想喝上一杯。"卡门回答说。她仰身倒在长沙发上，为她精彩的翻译而哈哈大笑。

先生，当这个姑娘笑起来时，你就没法跟她讲道理了。

---

〔1〕 意思是：我的情人，或者，我的一时的相好。——原注

所有人全都跟着她笑了起来。那个高个子英国人也笑了，就像一个白痴似的，还让人给我拿喝的饮料来。

当我喝着饮料时，她对我说：

"你看到他手上戴的那枚戒指了吗？假如你想要的话，我可以把它给你。"

我回答说：

"我宁可丢掉一根手指头，也要把你的那个英国富豪抓到深山老林里，每人手中拿一根马基拉比试比试。"

"马基拉，这是什么意思？"英国人问道。

"马基拉，"卡门说，还一直不断地在笑着，"是一种橙子。把橙子叫作这个名字不是很滑稽吗？他说他要让您吃马基拉。"

"是吗？"英国人说，"很好！明天给我们再带些马基拉来吧。"

我们正说着话时，仆人进来了，说晚饭已经备好。于是，英国人站起身来，给了我一个皮阿斯特，把他的胳膊伸给卡门挎着，仿佛她不会自个儿走路似的。卡门始终还在笑着，对我说：

"我的小伙子，我不能邀请你吃晚餐了；但是，明天，等听到阅兵的鼓声，你就带着橙子到这里来。你将看到一间陈设得比油灯街的房间更为气派的房间，你将看到，我还是不是你的那个小卡门。然后，我们再谈埃及的生意。"

我什么都没回答，走到了街上，听到英国人在对我喊：

"明天给我送马基拉来！"我还听到了卡门的哈哈大笑声。

我出来后，不知道自己该干什么。我睡不着觉。到了第二天早上，我对那个出卖良心的女人是那么气愤，决定就这样回到直布罗陀去，而不再去见她。但是，等第一遍军鼓敲响后，我所有的勇气便消失得一干二净。我拿起我的橙子篓，一口气跑到卡门的住所。她的百叶窗半掩半开着，我看到她黑黑的大眼睛在窗后窥伺着我。头上扑粉的仆人立即把我引了进去。卡门把他支开办事去了，等到屋里只剩下我们两人时，她立即爆发出一阵鳄鱼般的哈哈大笑声，扑上来搂住我的脖子。我从来没有见她那么漂亮过。她打扮得像一个圣母，身上满是香水的气味……罩着丝绸的家具，绣着花边的帘子……啊！……而我呢，我却仍是一副强盗的模样。

"我的**敏考罗**！"卡门说，"我真想把这里的一切都砸碎，放一把火烧了这房子，然后逃到山里去。"

然后，是万种风情！……然后，又是一阵大笑！……她跳着舞，她撕着她衣裙的裙饰：甚至连猴子都比不上她那么欢蹦乱跳，那么撒野，那么做鬼脸。

恢复了严肃神态后，她说：

"听着，这事涉及埃及的生意。我想让他把我带到龙达去，我说那里有我一个当修女的姐妹……（说到这里，又是一阵大笑。）我们要经过一个地方，我以后让人告诉你地名。你们在那里伏击他，来一个漂亮的抢劫！最好结果了他的性命。

但是，"说到这里，她的脸上露出一种魔鬼般的微笑，她这种在某些场合下才有的微笑，是没有任何人愿意模仿的。她接着说："你知道应该怎么做吗？让独眼龙去打头阵。你们其他人稍稍往后靠；那只龙虾不仅勇敢，而且机敏，他还有几把好手枪……你明白吗？"

说着，她又爆发出一阵哈哈大笑，笑得我心惊胆战。

"不，"我对她说，"我恨加西亚，但他是我的同伴。或许有一天我会把他给你除掉，但是，我会按我们家乡的规矩算清我们之间的账的。我出于偶然才成了埃及人，但是，对某些事情来说，我仍然是地道的纳瓦拉人，就像俗话所说的那样。"

她接着说：

"你是一个傻瓜，一个笨蛋，一个真正的**佩伊佬**。你就像一个小矮人，当自己把唾沫吐得很远时，便以为自己个子很高了[1]。你并不爱我，你走吧。"

她对我说，"你走吧，"我却不能走开。我答应过离开，回到我的同伴那里去，等着英国人来到；而她，她也答应我，一直装病，直到离开直布罗陀去龙达的那一刻。然而，我还是在直布罗陀又待了两整天。而她，她甚至还壮着胆子化了

---

〔1〕 这是波希米亚的谚语：小矮人的承诺，就是把唾沫吐得很远。——原注

装到我住的旅店里来看我。

我动身了,不过我心中也有我自己的计划。我回到了我们约会的地点,得知了英国人和卡门应该经过的时间与地点。我找到了正等待着我的赌棍和加西亚。我们在一个树林里过夜,用松果点起一堆篝火,松果烧火烧得很旺。我向加西亚提议玩一把纸牌。他同意了。玩到第二圈时,我说他作弊;他便哈哈大笑起来。我把纸牌朝他脸上扔去。他想去抓他的短统枪;我用脚踩住枪,对他说:

"听说你玩刀子跟马拉加最棒的雅克[1]玩得一样好,愿不愿意跟我试一试呢?"

赌棍想把我们拉开。我却早已朝加西亚打了两三拳。愤怒使得他勇气倍增;他拔出他的刀子,我也拔出我的刀子。我们俩都对赌棍说,叫他让出地方,让我们一决雌雄。赌棍见无法阻止我们,便退到了一旁。加西亚已经弯下了腰,就像一只准备扑到老鼠身上去的猫。他左手拿着帽子作幌子,刀子冲前握着。那是他们安达卢西亚人的防卫姿势。我则摆上纳瓦拉人的姿势,面对他站得很直,左臂扬起,左腿前弓,刀子紧贴着右大腿。我感到自己比巨人还强有力。他像闪电一样迅速向我冲来,我左腿一转,令他扑了一个空;而我的

---

〔1〕 雅克指爱吵架闹事的莽汉,见前注。

刀子却已经扎进了他的喉咙，刀子扎得是那么的深，我握刀的手都碰到了他的下巴。我使劲把刀刃一转，不料竟把刀子折断了。事情完结了。一股像胳膊那么粗的血涌了出来，把刀刃也从伤口中带了出来。他鼻子冲地倒下了，直挺挺地像根木桩子。

"你都做了什么？"赌棍对我说。

"听我说，"我对他说，"我们不能生活在一起。我爱卡门，我要一个人跟她。再说，加西亚是个混蛋，我今天还记得他对补丁下的毒手。我们现在只剩下两人了，但是，我们都是好小伙子。你说吧，你愿不愿意我们成为生死之交的朋友？"

赌棍把手伸给我。他是一个五十来岁的人。

"让那些男女之情见他妈鬼去吧！"他嚷嚷道，"假如你向他要卡门，他会以一个皮阿斯特的钱把她卖给你的。可我们现在只有两个人了，明天我们怎么办呢？"

"让我一个人去干吧！"我回答他说，"现在，全世界我都不放在眼里。"

我们埋葬了加西亚，把我们的营地搬到二百步远的地方。第二天，卡门和她的英国人带着两个骡夫和一个仆人来了。我对赌棍说：

"我来对付英国人，你去吓唬其他人，他们都没有武器。"

英国人真有种。假如不是卡门推了他一下胳膊的话，他可能就把我给杀了。简而言之，这一天，我又得到了卡门，而我对她说的第一句话，就是告诉她，她已经成了寡妇。当她得知了事情经过时，她对我说：

"你永远是一个**利利旁蒂**！加西亚应该把你杀死。你的纳瓦拉防卫姿势顶个屁用，他曾经把许多远比你能干的人都打发去见了魔鬼。没别的，只是他的大限到了。你的大限也快到了。"

"你的大限也快到了，"我回答道，"假如你不老老实实做我的罗密的话。"

"好啊！"她说，"我已经三番五次地在咖啡渣里看出[1]，我们会一道完蛋的。算了吧！我们走着瞧吧！"

她敲起了响板，每当她想驱除一些不愉快的想法时，她总是这样敲起响板。

一个人说起他自己时，不觉就会忘乎所以。所有这些琐碎的细节一定让您厌烦了吧，不过，我很快就要说完了。

我们的生活又持续了相当的一段时光。赌棍和我，我们又招了几个比先前更可靠的伙伴，我们做走私买卖。不瞒您说，有时候，我们也干拦路抢劫的勾当，不过是在万不得已的时机，在没有别的任何生计时。另外，我们从来不虐待那些旅客，我们只是抢夺他们的金钱财物。在好几个月时间里，我对卡

---

[1] 依据咖啡渣来看未来，也是一种算命的方法。

门很满意。她继续在我们的行动中起作用，给我们通风报信，送来好生意。她有时候在马拉加，有时候在科尔多瓦，有时候又在格林纳达；但是，只要我说一句话，她便立即抛弃一切，到一个宁静的旅店，甚至到露天营地来找我。只有一次，那是在马拉加，她让我很是有些不放心。我知道她看中了一个富有的批发商，她又想在这个富贾身上玩直布罗陀的那套把戏。尽管赌棍对我千阻万劝，我还是出发了，在大白天进了马拉加城。我寻找到了卡门，立即把她带了回来。我们之间大动了一番口舌。

"你知道吗，"她对我说，"自从你当上了我的罗姆，我就不如你当我的敏考罗时那么爱你了。我不愿意被人纠缠，尤其不愿意听人指挥。我想要的，是自由，是爱干什么就干什么。小心，不要逼我太甚。假如你让我厌烦了，我会让某个棒小伙子把你干了，就像你干掉独眼龙那样。"

赌棍让我们言归于好；但是，我们说出的话，都留在了我们彼此的心中，我们再也不像以前那样了。不久后，我们遇上了一桩倒霉事。军队奇袭了我们。赌棍被打死了，另外两个同伴也死了，还有两个被抓住。我负了重伤，要是没有那匹好马，恐怕也早落入了士兵手中。我身体内带着一颗枪弹，疲乏到了顶点，和剩下的唯一一个同伴一起躲进了一片树林。从马上下来时，我昏了过去，我以为自己会像一只中了铅弹的兔子一样，死在这片灌木丛中。同伴把我背到我们熟识的一个岩洞里，然后他去找卡门。卡门当时在格林纳达，听到消息后立即赶来。整整半个月时间里，她一刻都没有离开过我身边。她眼皮都不合一下，在我身边专心地、灵巧地照料着，从来没有一个女人能对她心爱的男人照顾得这样体贴周到。一旦等我刚能站立，她便偷偷地把我带到格林纳达。波希米亚女人到处都能找到安全的隐蔽所，于是，我在一座房子里待了整整六个多礼拜，那里离正在搜寻着我的治安官的家只相隔两个门。我不止一次地从百叶窗后面，看着治安官从门前走过。最后，我完全康复了；但是，当我躺在病床上受罪的时候，我就反复思考过了，我打算改变生活。我对卡门说，我想离开西班牙，到新大陆去过一种正派的生活。卡门听了我的话，便嘲笑起我来。

"我们生来就不是种白菜的料，"她说，"属于我们的命运，就是靠佩伊佬来维持生活。喏，我又跟直布罗陀的纳坦－本－约瑟夫安排下了一桩生意。他有些棉织品，只等着你去把它们弄过来。他知道你还活着。他指望着你。假如你食言背信的话，我们在直布罗陀的联络人会说什么呢？"

我又被她说服了，重新操起卑鄙的旧业。

当我躲在格林纳达的时候，那里举行了几次斗牛表演，卡门去看了。回来时，她滔滔不绝地谈论着一个叫卢卡斯的十分灵巧的斗牛士。她知道他的马的名字，还知道他身上那件绣了花边的上衣值多少钱。一开始我没有太在意。好几天后，我的那位伙伴小胡安对我说，他曾看见卡门和卢卡斯一起待在扎加廷[1]的一家店里。这句话开始引起了我的警觉。我问卡门，她是怎么跟斗牛士认识的，这又是为了什么。

"他是一个能帮我们做生意的小伙子，"她说，"河里有声响，不是有水，就是有石头[2]。他在斗牛场上赚了1200里亚尔[3]。我们要不就抢了这笔钱，要不就拉他入伙，既然他也是一个好骑手，一个勇敢的好小伙：二者必居其一。我们的伙伴一个又一个地死掉，你需要人来补缺。把他拉来跟我们一起干吧！"

"我既不要他的钱，"我回答说，"也不要他这个人，我禁止你再谈起他。"

"当心，"她对我说，"若是谁禁止我去做一件事，那么，这件事会立即做成！"

幸亏那个斗牛士到马拉加去了，而我，我也忙着去把那个犹太人的棉织品弄过来。在这一次行动中，我有那么多的事情要做，卡门也是，要做很多事，于是，我忘掉了卢卡斯；也许她也把他忘了，至少是暂时忘了。

先生，就是在这段时间里，我遇到了您，先是在蒙蒂利

〔1〕 扎加廷是格林纳达的一条繁华的商街。
〔2〕 这是一句波希米亚谚语。——原注
〔3〕 里亚尔为西班牙古银币，每一个值 1/20 皮阿斯特。

亚附近，然后是在科尔多瓦。我就不用对您说我们最后那次见面的情景了吧。您兴许知道得比我还多一些。卡门偷了您的挂表；她还想偷您的钱，尤其还有您戴在手指上的那枚戒指，她说，这是一枚具有魔力的戒指，她一定设法弄到手。我们为此大吵了一通，我动手打了她。她脸色发白，并且哭了。这是我第一次看到她哭，我被深深地震惊了。我请求她原谅，但是她整天赌着气，不理睬我；而当我出发再去蒙蒂利亚时，她也不愿吻我。我的心里十分难受。但是，只过了三天，她却满脸喜色，笑嘻嘻地来找我，就像是一只快乐的燕雀。一切事全忘得干干净净，我们又像是一对热恋中的情人。我们临要分手时，她对我说：

"在科尔多瓦有一次节庆赛会，我要去看看，我会知道哪些人带着钱去了，然后，我再来告诉你。"

我让她走了。独自一人时，我就想到了那次赛会，想到了卡门这一次心情的转变。

"她肯定已经报复了，"我心想，"要不，她是不会先来找我的。"

一个农民对我说，在科尔多瓦有斗牛表演。我的热血一下子沸腾起来，像一个疯子那样，立即出发去了那里的斗牛场。

有人指给我看谁是卢卡斯，而我在护栏边的凳子上见到了卡门。只要看到她一分钟，就足以证实我所怀疑的事实。果然不出我的所料，卢卡斯从第一头公牛出来后，便开始大献殷勤，他从公牛身上夺下花结[1]来，把它献给卡门，而卡门竟也立即佩戴在头上。公牛为我报了仇。卢卡斯被公牛当胸一撞，连人带马被掀翻下来，公牛又从人和马身上踩了过去。我瞧了瞧卡门，她早已不在座位上了。我无法从我的座位上挤出去，只好等到斗牛结束。于是，我走到您所认识的那幢房子，在那里默不作声地等了大半夜。凌晨两点左右，卡门回来了，看到我在那里，吃了一惊。

"跟我走。"我对她说。

"好吧，"她说道，"走就走！"

我去牵了马来，把她抱上马背，我们就这样一直走着，走到天快亮时也没有说一句话。我们在晨光中来到一所孤零零的旅店前，离一个隐修院[2]不太远。我对卡门说：

"听着，我把一切都忘掉。我再也不对你谈起什么；但你要答应我一件事：你要跟我到美洲去，你将在那里过着安分的日子。"

"不，"她以赌气似的口吻说，"我不愿意去美洲。我在这里过得很好。"

---

[1] 这是一种用绸带扎成的花结，其颜色表明着公牛来自哪一个牧场。花结用钩子挂在牛的脖背上，把它从牛身上夺下来，然后献给一个女子，这是一种风流至极的行为。——原注
[2] 作者这里指的，可能是科尔多瓦修道院，位于科尔多瓦以西两公里处。

"这是因为你在卢卡斯的身边；但是，你好好想一想，就算他痊愈了，恐怕也活不太长久了。何况，我又何必记恨他呢？我杀你的情人都已经杀得厌倦了；我将要杀的，就是你。"

她用她野气十足的眼睛紧紧地盯着我，对我说：

"我一直在想，你总会杀死我的。我第一次看见你的那天，刚好在家门口遇到了一个教士。昨天晚上，离开科尔多瓦时，你没看见什么吗？一只兔子穿过小路，从你的马腿之间跑过[1]。这是命中注定的。"

"我的小卡门，"我对她说，"你真的不再爱我了吗？"

她不吭声。她两腿盘着坐在一张席子上，手在地上画着什么。

"卡门，让我们改变生活吧，"我苦苦哀求她说，"我们到一个我们可以永远不分离的地方去生活。你知道，离这里不远，我们在一棵橡树下埋了120个金盎司[2]……此外，我们在犹太人本-约瑟夫那里还有存钱。"

她开始笑了起来，对我说：

"我先死，你再死。我很清楚，事情一定会这样发生。"

"好好再想想，"我接着说，"我的耐心和我的勇敢已经到

---

〔1〕 这些都是民间迷信的说法。尤其是：见兔子穿过道路预示着灾祸临头。蒙田在其《随笔集》中也曾提到过。

〔2〕 这里的盎司是西班牙的一种古金币，每一个值四个金路易还多一些。

了尽头，你赶快拿定主意，不然，我就要拿主意了。"

我把她留在那里，自己一个人离开，到修道院附近去溜达。我发现隐修士在祈祷。我就等着他祈祷完毕；我倒是很想祈祷，可是我不会。等他站起身时，我迎着他走去。

"我的神甫，"我对他说，"您愿不愿意为一个处于巨大危难中的人祈祷？"

"我为所有受苦的人祈祷。"他说。

"您能为一个即将来到救世主跟前的灵魂主持一台弥撒吗？"

"当然可以。"他回答说，眼睛紧紧地盯着我。由于我的神情中有着某种奇怪的东西，他想让我开口说出来。

"我似乎觉得我见到过您。"他说道。

我把一个皮阿斯特放在他的跪凳上。

"您什么时候主持弥撒？"我问他。

"半个钟头之后，那边那家旅店主的儿子会来当辅祭的。年轻人，请告诉我，您的心灵中是不是有什么东西在折磨着您呢？您愿不愿意听一听一个基督徒的忠告？"

我觉得自己快要哭了。我对他说，我就会回来的，然后我就走了。我躺在一片草地上，一直到我听到钟声。于是，我走近礼拜堂，但我留在礼拜堂的外面。

当弥撒结束后，我回到了小旅店。我几乎期望着卡门已经逃走；她完全可以骑上我的马，逃之夭夭……但是，我却看见她还在那里。她不愿意让人说我使她害怕了。在我外出期间，她拆开她衣裙的贴边，取出缝在里头的铅条。现在，她正坐在一张桌子前，注视着一只盛满了水的瓦钵，她把铅条熔化后，扔到盛了水的瓦钵中。她是那么全神贯注于她的魔法，以至于一开始都没有听到我归来的脚步声。她一会儿拿起一块铅，神色忧愁地把它翻过来又覆过去；一会儿又唱着某一首魔法之歌，请求堂佩德罗的情妇玛丽亚·帕蒂利亚显灵，人们说，她是**巴里－克拉里萨**，是波希米亚人的伟大女王[1]。

"卡门，"我对她说，"您愿不愿意跟我？"

她站起来，扔掉碗钵，披上了头巾，仿佛准备好就要动身。有人牵来了我的马，她翻身上马，我们离开了客店。

"怎么样，"走了一段路后，我问她，"我的卡门，你想跟我一起走了，是不是？"

"要我跟着你走向死亡，这可以，但是，要我跟你一起活着，绝不。"

我们来到一个偏僻的峡谷口；我勒住了马。

"就在这里吗？"她问道，纵身一跳，跳到地上。她摘去

---

〔1〕 有人说，玛丽亚·帕蒂利亚用魔法迷住了堂佩德罗。有一种民间传说叙述的是，她送给波旁王室的布朗什王后一条金腰带，在中了魔的国王眼中，这条腰带如同一条活的蛇。由此，他便总是对那位不幸的王后抱有厌恶的情绪。——原注

头巾，把它扔在脚边，一只拳头叉在腰上，纹丝不动地站在那里，直直地盯着我看。

"你想杀死我，这我看得很清楚，"她说，"这是命中注定的，但是，你休想叫我让步。"

"我求求你了，"我对她说，"求你通情达理一些。听我说！我可以忘记过去的一切。然而，你知道，是你把我给毁了的；我是为了你才成了一个盗贼，成了一个杀人者。卡门！我的卡门！让我来拯救你，把我跟你一起拯救出来吧！"

"何塞，"她回答道，"你的所求是不可能的。我不再爱你了。而你，你还在爱我，你是因为这个，才要杀死我的。我当然可以对你说一些谎话；但是我现在不想这样做。我们之间的一切都完了。作为我的罗姆，你有权利杀死你的罗密。但是，卡门永远是自由的。她生为加丽人，死为加丽鬼。"

"那么你爱卢卡斯吗？"我问她。

"是的，我爱过他，就像爱过你一样，但只是一阵子，兴许比爱你的时间还要短。现在，我什么都不爱了，我恨我曾经爱过你。"

我扑倒在她的脚下，抓住她的双手，把热泪洒在上面。我让她回想起我们在一起度过的所有的幸福时刻。为使她开心，我还说我可以继续当强盗。我说了一切，先生，是一切！我答应了她一切，只求她能继续爱我！

她对我说："继续爱你，这不可能。跟你生活在一起，我不愿意！"

我不由得怒火冲天。我拔出了我的刀子。我真希望她能够害怕，软下来向我求情，但是，这女人是一个魔鬼。

"我最后问一次，"我喊叫道，"你愿不愿意留下来跟我在一起？"

"不！不！不！"她跺着脚说。她把我送她的一只戒指从手指上摘下来，扔进了灌木丛。

我捅了她两刀。我用的是独眼龙的刀，我自己的那把已经断了。第二刀下去后，她一声不吭地倒下了。我现在仿佛还看见她那又黑又大的眼睛直盯盯地瞪着我。然后，眼神逐渐变浑，眼皮终于闭上。我在尸体前呆呆地坐了整整一个钟头。随后，我想起来，卡门曾经说过，她喜欢死后埋在树林子里。我用刀子给她挖了一个坑，把她放了进去。我费了很长时间去找她的那枚戒指，最后终于找到了。我把戒指放在坑里，放在她的身边，还放了一个小小的十字架。或许我放得不对[1]。然后我骑马上路，一直跑回到科尔多瓦，走到我看到的第一个警卫岗亭，我就自首了。我说我杀死了卡门；但我不愿意说她的尸体在哪里。隐修士是一个圣洁的人。他为她做了祈祷！他为她的灵魂奉献了一台弥撒……可怜的孩

---

〔1〕因为波希米亚人不信教，所以说，可能不应该放十字架。

子！把她抚养成为这样的姑娘，有罪的是那些**加赖**。

1845

四[1]

西班牙是这样一个国家，至今还存在着数目众多的流浪民族，那些散布在全欧洲的民族，以**波希米亚人**、**齐塔诺人**、**吉卜赛人**、**齐若奈尔人**等等名称而出名。他们中的大多数人居住在——或者还不如说，流浪地生活在——南部和东部的各省，在安达卢西亚，在穆尔西亚王国治下的埃什特雷玛杜拉[2]；还有许多人生活在加泰罗尼亚。而生活在加泰罗尼亚的游民还常常越境去法国。我们在法国南方所有的集市上都能碰到他们。通常，他们的男子从事贩马匹、当兽医、剪骡毛等职业，有的人还做补锅、修理铜器的手艺活，至于干走私买卖的，或者从事其他非法行当的，那就不必去说了。女人们则靠算命、乞讨、贩卖各种各样正当或不正当的药物

---

〔1〕《卡门》最初发表在《两世界杂志》上时（1845年），全文到第三章末为止。第四章是作者于1846年印行单行本时加进去的。

〔2〕穆尔西亚王国是以西班牙穆尔西亚城为中心的独立的穆斯林王国。埃什特雷玛杜拉是靠近葡萄牙边境的一个省份。

谋生。

波希米亚人的体质特征，描写起来不太容易，但要辨别出来却不难；你只要见过其中的一人，就能在一千人当中认出一个他的同族人来。尤其是他们的相貌和表情，能把他们跟居住在同一地方的其他民族明显地区别开来。他们的肤色特别黝黑，总是比生活在当地的居民的肤色要深。他们的**加赖**之称就是由此而来，**加赖**的意思即为"黑人"，他们常常这样称呼自己[1]。他们的眼睛明显地斜挑着，又细长又黑，盖有一层又密又长的睫毛。他们的目光只有猛兽可以与之相比。目光中同时兼有大胆和腼腆，从这一关系来看，他们的眼睛充分显示出他们民族的性格：狡猾、大胆，但又像巴奴日那样**天生地怕挨打**[2]。他们的男人大部分都身材健美，精悍而又敏捷；我相信我还从未见到过一个肥胖的男人。在德国，波希米亚女子常常很漂亮；但在西班牙，齐塔娜中的美人却稀少得可怜。很年轻时，她们虽然已显丑陋，却还差强人意；一旦当了母亲后，她们就变得令人望而生畏。无论男女，他们的肮脏都叫人无法相信，谁要是没有亲眼见过波希米亚已婚妇女的头发，那么他很难想象它的模样，很难把它跟最粗硬、

---

[1] 我似乎觉得，德国的波希米亚人虽然完全明白加赖一词的意思，却不喜欢被人这样称呼。他们彼此之间称呼**罗马内－恰威**。——原注

[2] 见《柯隆巴》中的前注。

最油腻、最为灰尘蓬蓬的马尾联想在一起。在安达卢西亚的某些大城市里，一些姿色稍好的年轻姑娘倒是比较注意个人的清洁卫生。那些女郎靠跳舞来挣钱，她们跳的舞跟我们在狂欢节公开舞会上禁跳的那些舞十分相似。英国传教士博罗先生[1]，就是那个写了两本关于西班牙波希米亚人生活的十分有趣著作的作者，他曾试图用圣经公会提供的经费从事传教，来规劝他们皈依基督教。他断言，从来没有一个齐塔娜会爱上一个外族男子，绝无例外。我似乎觉得，他对她们的贞操所给予的赞美未免有些过分。首先，她们中的绝大多数属于奥维德所言的丑女，是**无人愿要的贞女**[2]。至于那些漂亮女郎，她们同所有西班牙女子一样，选择情郎时过于挑剔。既要他中她们的意，又要他配得上她们。博罗先生举了一个例子，以求证明她们的德行，其实，这个例子只是证明了他自己的德行，尤其是他的天真无邪。据他说，他认识一个道德败坏的男人，送了好几个金盎司给一个漂亮的齐塔娜，但是一点用都没有。我把这件事讲给一个安达卢西亚男人听，他

---

〔1〕 博罗（1803—1881），英国旅行家、传教士、作家。他长期生活在波希米亚人中间，著有《波希米亚人》《西班牙的圣经》等书，对梅里美影响很大。梅里美在自己的作品（包括《卡门》等小说作品）中大量地引用了博罗著作中的材料。

〔2〕 原文为拉丁文。语见奥维德《爱情诗》（第一卷，第八首）。奥维德（公元前43—公元17）为古罗马著名诗人。

听后却说，这个坏男人其实用不着送钱给她，他还不如给她看一看两三个皮阿斯特，那样反而更容易把她搞到手。送金盎司给一个波希米亚女郎，就跟答应给客栈姑娘一百万或者二百万块钱一样，是一个很糟糕的求爱办法。无论如何，有一点是确凿无疑的，齐塔娜对她们的丈夫体现出一种异乎寻常的忠诚。在必要时，为救助自己的丈夫，她们甚至会冒任何风险，会忍受任何苦难。波希米亚人称呼自己的名称之一是**罗姆**，意思是**配偶**，这在我看来，充分证明了该民族对婚姻状态的尊重。一般情况下，人们可以说，他们的主要德行是爱国主义，如果我们可以把下列的行为称为爱国主义的话：对同祖同宗的人相处关系中体现的忠诚，相互帮助时的热情，在从事违法行为时对秘密的严格恪守。当然，在一切不受法律管辖的、神秘的社团中，人们也遵守着类似的法则。

几个月之前，我访问了居住在孚日山区[1]的一个波希米亚人部落。在一个老妪——该部落的老前辈——的茅屋里，住着一个同她家没有亲戚关系的波希米亚外来男子。他得了一种不治之症后，离开了原先得到很好护理的医院，准备到他的同胞中间去死。他在这户人家的病床上躺了十三个礼拜，受到的待遇比生活在同一个家里的儿子和女婿还要好。他有

---

〔1〕 孚日山在法国东部。

一张铺着干草和干苔的好床，床单相当的白，而家里的其他人，他们的数目有十一个，却睡在长约三尺的木板上[1]。这就是他们好客的证明。这同一个老妪，待客是那么的人道，却当着病人的面对我说：*Singo, singo, homte hi mulo.*"快了，快了，他就该死了。"总之，那些人的生活是如此凄惨，宣告死亡对他们来说也不是什么可怕的事。

波希米亚人性格中的一个显著特点，就是他们对宗教的无所谓；这倒不是因为他们是精神上的强者，或者是怀疑论者。他们从不信奉无神论。恰恰相反，他们所在之地的宗教便是他们的宗教；但是，他们换了一个居住地后，也就换了一种宗教。在野蛮民族中代替宗教情感的迷信，对他们来说也是同样的陌生。确实，经常要靠他人的轻信过日子的人，自己又怎么能相信迷信呢？然而，我曾在西班牙的波希米亚人中注意到一种奇特的恐惧，他们很害怕接触尸体。他们中很少有人愿意为挣几个钱而去干抬尸体到墓地去的活儿。

我说过，大多数波希米亚女子都参与了算命的职业。她们也很善于操持这一行当。但是，能使她们赚大钱的，却是兴妖作媚，贩卖春药。她们不仅会抓着癞蛤蟆的腿使男人的花花心思安定下来，或者用磁石的粉末使得冷酷的心来爱上

---

[1] 梅里美本人曾经画过一幅水粉画，表现了这一场景。

自己，必要时，她们还会念动法力无比的咒语，逼迫魔鬼前来帮助她们。去年，一个西班牙女子对我讲了下面这个故事。

一天，她经过阿尔加拉街[1]，心事重重，神情忧愁，一个蹲在人行道上的波希米亚女郎喊住了她："美丽的夫人，您的情郎背叛了您。"这的确是事实。"您愿不愿意让他回心转意呢？"西班牙女人欣喜地接受了她的建议，这不难理解，既然她一眼就能看穿人心中最隐秘的心思，当然应该相信她这样的人啦。由于在马德里最热闹的大街上实在不好施行这样的魔法，她们就约了一个地方第二天见面。"把那不忠诚的人带回到您的脚下，再没有比这更容易的事情了，"那个齐塔娜说道，"您有没有一块他送你的手帕？或者一块头巾，或者一条披肩？"西班牙女人就给了她一方丝巾。"现在，您用深红色的丝线把一枚皮阿斯特缝到方巾的一角。在另一个角上，缝进一枚半皮阿斯特的钱币，这里，再缝一个佩塞塔，那里，再缝一枚两里亚尔的钱。最后，在中间缝一枚金币。最好是一枚双币[2]。"她便把双币和其他钱币一一缝上。"现在，把你的披肩给我，我将在午夜钟声敲响时把它带到圣田[3]。假如

---

〔1〕 这是马德里市中心一条非常漂亮的街。
〔2〕 佩塞塔是一种小钱，合 1/5 皮阿斯特。里亚尔更小，合 1/20 皮阿斯特。双币是一种金币，其价值经过多次变化后，约等于 4 个皮阿斯特。
〔3〕 "圣田"的原文为意大利文，意思是墓地。

您想见到漂亮的魔鬼，您就同我一起去。我向您担保，从明天起，您就将重新看到您所爱的人。"波希米亚女子一人去了圣田，因为那个西班牙女子实在太怕鬼，不敢陪她一起去。我请你们想一想，那个被遗弃的可怜苦恋女是不是还能再见到她的披肩和她的薄情郎。

尽管波希米亚人生活贫困，并令人感到某种敌意，他们还是在不太有知识的人们中享有一定的威望，他们也因此而自豪自得。他们自以为是一个在智力上的优等种族，并且对接纳他们居住的当地人直率地表示轻蔑。

"那些外乡佬[1]实在太蠢，"一个孚日山区的波希米亚女子这样对我说，"欺骗他们算不了什么本事。有一天，一个乡下女人在大街上叫住我，我去了她的家。她的炉子在冒烟，她求我施魔法把烟驱散。而我呢，我先是让她给了我一大块腊肉。然后，我用罗马尼语喃喃地说了几句。我说的是：'你是笨蛋，你生来就是笨蛋，你到死还是个笨蛋……'当我来到门口时，我改用标准的德语对她说，'要让你的炉子不冒烟，有一个百试不爽的办法，那就是不要生火。'说完我撒腿就跑。"

波希米亚人的历史至今还是一个疑问。实际上，我们知道，他们中数量不多的第一批游民，大约在 15 世纪初出现在

---

[1]"外乡佬"既指异教徒，又指外国人。

东欧地区；但是，人们既说不出他们从哪里来，也不知道他们为什么来到欧洲，而且，最奇怪的是，人们根本就不知道，在短短一段时期内，他们是如何以那么快的速度，在彼此相隔得那么遥远的许多地区中繁殖的。波希米亚人自己并没有保留任何祖先的传统，假如他们中的绝大多数人把埃及说成是自己最早的祖国，那也不过是采纳了一种很早就已广为流传的有关他们种族起源的说法罢了。

研究过波希米亚人语言的绝大多数东方问题研究者，认为他们的祖先来自印度。确实，罗马尼语中相当数量的词根以及许多语法形式，似乎都是从梵文的惯用语衍化出来的。人们可以设想，在长期的流浪过程中，波希米亚人吸收了许多的外来词汇。在罗马尼语的所有方言中，人们都能找到来自希腊语的词。比如：*cocal*（骨头）、*petalli*（马蹄铁）、*cafi*（钉子），等等。今天，波希米亚人有多少个彼此分隔着的部落，几乎就有多少种不同的方言。无论在哪里，他们说起居住地的语言都要比说他们自己的方言更为流利，他们越来越少说自己的方言，只有在当着外族人的面，又想自由表达自己的思想时，才说方言。德国的波希米亚人和西班牙的同胞已经有好几个世纪不相往来了，但是，在比较他们的方言时，人们仍可发现很大数量的共同词语。但是，原先的方言在与文明度更高的语言的接触过程中，到处都被明显地同化，只是程度有所不同而已，因为这些游动民族不得不使用当地的语言。一方面是德语，另一方面是西班牙语，这两种语言分别对罗马尼语的基础做了如此大的改变，以至于一个住在黑森林[1]的波希米亚人，已经不可能跟他在安达卢西亚的同胞交谈了，尽管他们只需交换几句话，就能识别出他们两人所讲的，是从同一种土话中衍生出来的一种方言。我相信，在他们的所有方言中，某些使用得比较频繁的词是相同的；由此，在波希米亚所有方言的词汇中，我都能看到：*pani* 指的是水，*manro* 是面包，*mâs* 是肉，*lon* 是盐。

数字的名称几乎到处都差不多。德国方言依我看比西班牙方言更纯真一些；因为它保留了许多基本的语法形式，而在西班牙的齐塔诺人则采用了卡斯蒂利亚语[2]的语法形式。然而，毕竟还有某些例外，而这些例外足以证明它们在古代属于同一种语言。德国方言的过去时态由命令式——即动词的词根——再加上 *ium* 构成。在西班牙的罗马尼语中，动词的变位全都按照卡斯蒂利亚语第一组变位动词的变位方式进行。动词不定式 *jamar*，吃，规则的变位形式是：*jamé*，我吃了；不定式 *lillar*，拿，变位应该是：*lillé*，我拿了。然而，也有一些老波希米亚人说得很是例外，他们说：*jayon*，*lillon*。我不熟悉保留了这一古老形式的其他动词。

———————————

〔1〕 黑森林区，在德国的南部。
〔2〕 卡斯蒂利亚语是西班牙的一种方言。

在我如此显示我对罗马尼语的浅薄知识时，我还要指出我们这些小偷从波希米亚人那里借用来的一些词语，它们已经成为了法兰西俚语。《巴黎的秘密》[1]告诉有教养的人士，*chourin* 的意思就是刀子。这是纯真的罗马尼语；而 *tchouri* 是在所有的方言中共有的词语之一。维多克先生[2]把马叫作 *grès*，这又是一个波希米亚词：*gras, gré, graste, gris*。您不妨还可以加上一个词：*romamichel*，它在巴黎的俚语中指的是波希米亚人。这是从 *rommané tchave*，"波希米亚小伙子"变化而来的。但是，我最感自豪的一个词源，是 *frimousse*，意思是脸色、颜面，这个词我们的小学生现在还在用，至少我小时候还在用。首先，请注意，乌丹[3]在他 1640 年的那本十分奇怪的字典中，把这一词写成 *firlimouse*。然而，罗马尼语中，*firla*, *fila* 指的是脸，*mui* 也是同一个意思，相当于拉丁人说的 *os*。这样，*firlamui* 这一组合词马上就能被一个波希米亚语言纯洁主义者所理解，而我，我相信这是符合这种语言的本质的。

---

[1] 《巴黎的秘密》，又译《巴黎的黑幕》，是法国小说家欧仁·苏（1804—1857）所写的长篇小说。

[2] 维多克（1775—1857）是当时巴黎的一个著名人物。他早年因犯罪被判做苦役，后越狱逃脱。1809 年在巴黎当上了治安警察的警长，一直干到1827 年，后因犯罪而去职。在他回忆录性质的作品《小偷》（1837）中，他为世人详细叙述了当时流行的种种俚语和切口。

[3] 乌丹（？—1653），语言学家。他熟悉波希米亚各种方言，曾编写多种字典，如《法语怪异词典》。

对于《卡门》的读者，以上这番话足以使他们对我的罗马尼语研究有了一种更深刻的印象。我还是趁机借用一句恰到好处的谚语来结束我的小说吧：**嘴巴闭得紧，苍蝇飞不进**[1]。

1846

---

[1] 原文为波希米亚语。

译后记

余中先

在法国的文学史上，梅里美不算高产作家，他以写作短篇小说而著称，除了初期的七个短剧和两部长篇小说之外，给后人留下了三十来部短篇小说，其中，《柯隆巴》《卡门》等都是家喻户晓的名篇。

梅里美是一个喜爱旅行的作家，旅行使他眼界开阔，阅历丰富，更为他的创作提供素材。1834年，梅里美被官方任命为法国的"历史文物总督察官"（inspecteur général des monuments historiques），这使得他有了"周游列国"、广泛地接触各地的风土人情的大量机会，同时，他也成为了考古学家和历史学家，为发掘和保护法国的历史文物做出了自己的贡献。梅里美的使命主要是对各地的文物名目进行了编制，确定文物的保护等级。他曾委托建筑师欧仁·维奥莱-勒-杜克主持修复了韦泽莱的大教堂（1840）、巴黎圣母院（1843）、卡尔卡松的古城区（1853）等。如今法国的文物保护等级条例还是在梅里美当年的工作的基础上制定的，被称为"梅里美条例"（1978年颁布）。

他不仅走遍法兰西大地，还时常漫游异国他乡，西班牙、英国、希腊、意大利等地都留下了他的足迹。他或骑骡，或坐马车，或步行，每到一地，必然打听当地的风土人情，到图书馆或博物馆查阅资料，在小旅店中与老板神侃，旅途中跟向导聊天，讨听得满耳朵的故事。

正因为他去了科西嘉、西班牙采风，才有了《马铁奥·法尔科内》《伊尔的维纳斯》《柯隆巴》《卡门》这四篇故事。梅里美曾借用《卡门》中一个人物之口这样说："上个礼拜，我还跟一个江洋大盗共进午餐，今天又要跟一个魔鬼的使女一起去吃冷饮。旅途中，真是什么都该看一看的。"他的作品是写出来的，但也是听来的。

法国人对异国情调的好奇，对他乡风情的关注，是有传统的，梅里美仅仅只是其中的一个杰出代表。我们在法国文学史上读到过多少充满对人类其他文明的向往的作品，如孟德斯鸠（《波斯人信札》）、伏尔泰（《中国孤儿》等）、普莱伏神甫（《玛侬·列斯戈》）、贝纳丹·德·圣皮埃尔（《保尔和薇吉妮》）、夏多布里昂（《阿达拉》）、洛蒂（中国与日本的古老故事，如《菊子夫人》）、克洛代尔（《缎子鞋》）、马尔罗（上海工人的贫苦生活）、杜拉斯（《情人》，印度支那的风情）、勒克莱齐奥（非洲传奇、墨西哥传奇）、艾什诺兹（北极圈的渔民生活）等人之作。乍一读来，人们仿佛只是在游历他乡，但仔细琢磨之下，却会发现，这些作品蕴含了寄寓在异国背景中的人文关怀、人性挖掘、文明比较等深层次上的文化元素。

一种文明中的人（作家），往往特别关注另一种文明，而且关注得比那种文明中的人（作家）更甚，一个巴黎人很可能不太熟悉巴黎，比不上像当年的我这样的留学生，到了休息日，便会在大街小巷中乱串，寻访巴尔扎克笔下的某个印刷作坊的踪迹，或慕名拜访屠格涅夫建造的小木屋，或一边踏着卢森堡公园中的落叶，一边幻想着当年雨果在这里的漫步……仅仅以我自己认识的法国人为例：一个在北京工作了四年的法国外交官戴鹤白，工作之余，竟编写出了一本厚厚的《北京导游》，在巴黎出版；而另一位叫易杰的年轻外交官则借用中国的故事写出一部小说《石头新记》……

其实，关注和喜爱另一种文明，并不妨碍人继续关注和喜爱其自身所属于的文明。你喜欢凡尔赛宫，便可以把它跟北京的故宫来比较；你喜欢塞纳河畔的旧书摊，因为它使你联想起了北京的琉璃厂；你在《马铁奥·法尔科内》读到"在深夜，人们在80步开外的地方，放上一支点燃了的蜡烛，蜡烛前再挡上一张盘子大小的透明纸。他举枪瞄准，然后，一人吹灭蜡烛，再等一分钟，他在漆黑一团中开枪，四次中有三次能打穿透明纸"这样的故事，一定会想起"百步穿杨"的养由基，还有飞将军李广。当我们读到《缎子鞋》的故事时，我们甚至可以肯定，这个美丽的西班牙故事，是中国古代"牛郎织女的传说"的宗教文学的翻版。

文明往往是相通的，而且往往在不同的异质中含有相通的、可比的成分。做一些比较的欣赏（或研究），也是我们阅读中的乐趣。

再回过头来说梅里美。梅里美无疑是法国的一流作家，因为他的文字才华，他对语言的敏感，他对故事的叙述能力，还有他独树一帜的对非主流文明的文化传统的关注。但也因为他什么都干，兴趣太广泛，涉猎的文学类别太多，日常关心的杂事太多，心中放不下的情感太重，所以成不了超一流作家。这当然只是我个人的看法。

其次，梅里美的分心也是性情使然。他后来的专门职业就是文物保护和文物鉴定，文学只是副业，短篇小说更是副业中的副业。梅里美对俄罗斯文化的热爱，对俄罗斯文学的喜爱，也让他花费了不少时间，翻译了俄语文学，包括普希金、屠格涅夫的七部作品。另外，他在大量的旅行之余写出了五部游记；他的历史学研究也促成了十来部著作。

再次，梅里美对几个女人的爱恋，对几个情人的痴迷，多少也影响了他的文学创作，让他无法有更多的时间和精力投入其中。他对拉科斯特夫人艾美丽的私情甚至还导致了他与菲利克斯·拉科斯特的决斗，结果梅里美的左胳膊被打伤。读者在其小说《伊特鲁里亚花瓶》中能读到对这次决斗的影射（决斗发生于1828年，小说写于1830年，记忆犹新）。梅里美与另一个情人蒙蒂霍伯爵夫人堂娜·玛奴艾拉（也即拿破仑三世妻子欧仁妮皇后的母亲）保持了长期的亲密关系，以及几乎终生的通信关系，后来结集出版的书信集有厚厚两大部。梅里美与女作家乔治·桑好像也有一段恋情，只不过时间很短，有人考据，两个人只在一起过了一夜。

另外，由于梅里美与皇帝、皇后的密切关系，他也没少花费时间混迹在皇宫中，消磨时光岁月。从1853年起他成为众议员，一度还主持过皇宫中的沙龙，例如，1857年的著名的"听写比赛"。这一切，让他常年穿梭于皇室官廷与贵族城堡，即便不是"乐不思文"，至少也是"乐在其中"。

我作为梅里美小说的译者，无意在这篇"译后记"中来上一通"八卦"。有兴趣者当可自行去故纸堆中挖掘，可能也是一种乐趣。

总而言之，梅里美的小说创作可谓少而精，短而美，仅凭其短篇小说的成就，他就足以在世界的短篇小说大家中占有一席之地了。而在他的短篇小说中，这里译介的《马铁奥·法尔科内》《伊特鲁里亚花瓶》《伊尔的维纳斯》《柯隆巴》和《卡门》无疑是最为精彩的，也是最有代表性的。

关于这里的几篇小说的翻译，还有几句话要交代一下。大约二十年前，我最初翻译了梅里美的《柯隆巴》和《卡门》，结集为《卡门》，1997年在解放军文艺出版社出版，为"世界名家名著名译——大众丛书"中的一种。后来我又补译了《马铁奥·法尔科内》，仍以《卡门》为题，2001 年在浙江文艺出版社出版，作为"经典印象"丛书的一种。再后来，这三篇小说被选入中国文联出版社 2007 年出版的《梅里美中短篇小说选》中，作为"外国文学名著典藏书系"中的一种。这次，我又加译了《伊特鲁里亚花瓶》和《伊尔的维纳斯》两篇，构成新的"精选"。

最后，需要说明一下的是，本书收集的普罗斯佩·梅里美的短篇小说篇目以及创作年份分别为：《马铁奥·法尔科内》（1829）《伊特鲁里亚花瓶》（1830）《伊尔的维纳斯》（1837）、《柯隆巴》（1840），以及《卡门》（1845）。

这五篇小说的原文标题分别是 *Mateo Falcone*，*Le Vase étrusque, La Vénus d'Ille, Colomba, Carmen*，根据 Prosper MERIMEE, *Théâtre de Clara Gazul, Romans et nouvelles* 一书（法国 Gallimard 出版社，"Bibliothèque de la Pléiade"丛书 1978 年版）译出。特此说明。

2018 年 4 月 11 日于北京蒲黄榆寓中